Reinaldo Arenas

Bevor es Nacht wird

Autobiographie

Deutsch von Thomas Brovot
und Klaus Laabs

Deutscher
Taschenbuch
Verlag

dtv

Ungekürzte Ausgabe
April 1996
Deutscher Taschenbuch Verlag GmbH & Co. KG,
München

Titel der spanischen Originalausgabe:
›Antes que anochezca‹ (Tusquets Editores, S.A., Barcelona 1992)

Die deutsche Erstausgabe erschien 1993
in der Edition diá, St. Gallen / Berlin / São Paulo
Umschlaggestaltung: Dieter Brumshagen
Umschlagfoto: Lázaro Gomez Carriles / USA
Gesetzt aus der Sabon 10/11,5˙ (Linotron 202)
Satz: IBV Satz- und Datentechnik, Berlin
Gedruckt auf säurefreiem, chlorfrei gebleichtem Papier
Druck und Bindung: C. H. Beck'sche Buchdruckerei,
Nördlingen
Printed in Germany · ISBN 3-423-12161-0

Das Ende

Im Winter 1987 dachte ich daran, zu sterben. Seit Monaten hatte ich furchtbares Fieber. Ich ging zum Arzt, und die Diagnose war Aids. Da ich mich mit jedem Tag schlechter fühlte, kaufte ich mir ein Ticket nach Miami und beschloß, am Meer zu sterben. Nicht in Miami direkt, sondern am Strand. Aber ein teuflischer Bürokratismus scheint dafür zu sorgen, daß sich alles, was wir uns wünschen, hinzieht, selbst der Tod.

Ich will nicht sagen, daß ich wirklich sterben wollte, aber ich finde, wenn einem keine andere Wahl bleibt, als zu leiden und Schmerzen zu ertragen, ohne jede Hoffnung, dann ist der Tod tausendmal besser. Außerdem war ich ein paar Monate vorher in einem öffentlichen Pissoir gewesen, und es hatte sich nicht dieses Gefühl von verschwörerischer Erwartung eingestellt, das sonst immer da war. Niemand hatte mich beachtet, alle machten sie mit ihren Sexspielen einfach weiter. Mich gab es schon nicht mehr. Ich war nicht mehr jung. Dort kam mir der Gedanke, das beste wäre der Tod. Ich fand es immer erbärmlich, um das Leben zu betteln wie um einen Gefallen. Entweder man lebt, wie man es sich wünscht, oder es ist besser, nicht weiterzuleben. In Kuba hatte ich Not und Elend ertragen, weil mir die Hoffnung auf Flucht und die Aussicht, meine Manuskripte zu retten, Kraft gaben. Jetzt war die einzige Flucht, die mir blieb, der Tod. Ich hatte fast alle aus Kuba herausgebrachten Manuskripte überarbeitet, sie waren in sicheren Händen bei Freunden oder schon veröffentlicht. In fünf Jahren Exil hatte ich außerdem einen Essayband über die kubanische Wirklichkeit geschrieben, *Verlangen nach Freiheit,* sowie fünf Theaterstücke, die unter dem Titel *Verfolgung* erschienen waren, und ich hatte die

Romane *Der Portier* und *Reise nach Havanna* abgeschlossen, obwohl ich mich beim letzten schon krank fühlte. Leid tat mir jedoch, daß ich sterben mußte, ohne daß ich die *Pentagonie* beenden konnte, einen Zyklus von fünf Romanen, von denen *Celestino vor dem Morgenrot, Der Palast der blütenweißen Stinktiere* und *Noch einmal das Meer* schon erschienen waren. Es tat mir auch leid, einige Freunde wie Lázaro, Jorge und Margarita verlassen zu müssen. Mir tat der Schmerz leid, den ich ihnen und meiner Mutter mit meinem Tod bereiten würde. Aber der Tod war nun einmal da, und es blieb nichts anderes übrig, als ihn zu akzeptieren.

Lázaro, der wußte, wie schlecht es mir ging, kam nach Miami geflogen und ließ mich, bewußtlos, ins New York Hospital bringen. Meine Einlieferung war, wie er mir später erzählte, ein Riesenproblem, ich war nämlich nicht krankenversichert. Das einzige, was ich in der Hosentasche hatte, war die Kopie des Testaments, das ich Jorge und Margarita geschickt hatte. Ich war halb tot, aber die Ärzte weigerten sich, mich aufzunehmen, weil ich nichts zum Bezahlen hatte. Zum Glück arbeitete ein französischer Arzt in dem Krankenhaus, den Jorge und Margarita kannten; er sorgte dafür, daß ich doch noch aufgenommen wurde. Ein anderer Arzt, Dr. Gilman, sagte mir allerdings, ich hätte nur eine Überlebenschance von zehn Prozent.

Ich kam in die Notaufnahme, wo alle mit dem Tod kämpften. Überall hingen Schläuche aus mir raus, aus der Nase, aus dem Mund, aus den Armen; ich sah wirklich mehr wie ein Wesen von einem anderen Stern aus als wie ein Mensch. Ich will nicht von dem ganzen Auf und Ab erzählen, das ich im Krankenhaus durchmachte. Jedenfalls starb ich damals nicht, obwohl wir alle damit rechneten. Der französische Arzt, Dr. Olivier Ameisen, der auch ein exzellenter Komponist war, schlug mir sogar vor, ich sollte ihm Texte für ein paar Lieder schreiben, die er dann vertonen wollte. Und mit all den Schläuchen, an ein Gerät zur künstlichen Beatmung angeschlossen, kritzelte ich, so gut es eben ging, den Text für zwei Lieder aufs Papier. Olivier kam immer wieder in den Krankensaal, wo wir dahinstarben, und sang uns die Lieder vor, zu denen ich die Worte und er die Musik geschrieben hatte. Er hatte einen elektronischen Synthesizer dabei, der alle möglichen Töne erzeugte und jedes beliebige Musikinstrument imitierte. Die Notaufnahme hallte wider von den Tönen des Synthesizers und der Stimme Oliviers. Ich glaube, sein musikalisches Talent war wesentlich größer als sein medizinisches. Ich selbst brachte natürlich kein Wort heraus, ein Schlauch in meinem Mund führte direkt in die Lunge. Ich war nur noch am Leben, weil diese Maschine für mich atmete; mit ein bißchen Anstrengung schaffte ich es aber, meine Meinung über Oliviers Kompositionen in ein Notizbuch zu schreiben. Mir gefielen diese Lieder wirklich. Eins hieß *Eine Blume in der Erinnerung,* das andere *Hymne.*

Lázaro besuchte mich bei jeder Gelegenheit. Er brachte eine Gedichtsammlung mit, schlug sie auf gut Glück auf und las mir ein Gedicht vor. Wenn es mir nicht gefiel, schüttelte ich die an meinem Körper angebrachten Schläuche, und er las mir ein anderes vor. Jorge Camacho rief mich jede Woche aus Paris an. *Der Portier* wurde gerade ins Französische übersetzt, und Jorge bat wegen ein paar schwieriger Wörter um Rat. Am Anfang konnte ich als Antwort nur lallen. Dann ging es mir ein bißchen besser, und sie verlegten mich auf ein Einzelzimmer. Ich konnte mich zwar nicht bewegen, aber es war angenehm, ein eigenes Zimmer zu haben; da hatte ich wenigstens ein bißchen Ruhe. Außerdem hatten sie mir inzwischen den Schlauch aus dem Mund genommen, und ich konnte wieder sprechen. So wurde die Übersetzung von *Der Portier* dann fertig.

Nach dreieinhalb Monaten wurde ich entlassen. Ich

konnte kaum laufen, und Lázaro half mir in meine Wohnung hoch, die leider im sechsten Stock eines Hauses ohne Aufzug liegt. Mit Müh und Not schaffte ich es bis oben. Lázaro ging wieder, unendlich traurig, und ich fing an, wenigstens ein bißchen Staub zu wischen. Dabei entdeckte ich auf dem Nachttisch einen Briefumschlag, der ein Rattengift namens Troquemichel enthielt. Darüber bekam ich eine unglaubliche Wut, denn offensichtlich hatte das jemand da hingelegt, damit ich es nahm. Jetzt war ich fest entschlossen, meinen Selbstmord, den ich im stillen schon geplant hatte, erst einmal aufzuschieben. Wer immer mir diesen Umschlag ins Zimmer gelegt hatte, diesen Gefallen würde ich ihm nicht tun.

Ich hatte furchtbare Schmerzen und fühlte mich unendlich müde. Ein paar Minuten später kam René Cifuentes, er half mir beim Saubermachen und kaufte etwas zu essen ein. Dann war ich wieder allein. Da ich zu schwach war, um mich an die Schreibmaschine zu setzen, fing ich an, die Geschichte meines Lebens auf Band zu sprechen. Ich redete eine Weile, ruhte mich aus und machte weiter. Meine Autobiographie hatte ich bereits in Kuba begonnen, davon später mehr. Ich hatte sie *Bevor es Nacht wird* genannt, weil ich mich in einen Park geflüchtet hatte und schreiben mußte, bevor die Nacht hereinbrach. Nun rückte die Nacht wieder heran, noch bedrohlicher. Es war die Nacht des Todes. Jetzt mußte ich wirklich zusehen, mit meiner Autobiographie fertig zu werden, bevor es Nacht wurde. Ich nahm es als Herausforderung. Und so arbeitete ich weiter an meinen Erinnerungen. Ich besprach eine Kassette und gab sie einem Freund, Antonio Valle, damit er sie abschrieb.

Ich hatte schon mehr als zwanzig Kassetten vollgesprochen, und es wurde immer noch nicht Nacht.

Im Frühjahr 1988 kam *Der Portier* in Frankreich heraus. Der Roman war ein Erfolg, bei der Kritik wie bei den

Lesern. Zusammen mit zwei anderen war er als bester ausländischer Roman für den Prix Médicis nominiert. Der Verlag schickte mir ein Flugticket; ich war eingeladen, als Gast der Sendung *Apostrophes* im französischen Fernsehen aufzutreten. Es war die Kultursendung mit der höchsten Einschaltquote in Frankreich, und sie wurde in ganz Europa ausgestrahlt; es war eine Live-Sendung. Ich nahm die Einladung an, obwohl ich nicht wußte, ob ich überhaupt die Treppe meines Hauses hinunterkommen und es bis zum Flugzeug schaffen würde. Aber die Ermunterung durch Jorge und Margarita hat mir wohl geholfen. Ich flog nach Paris und fuhr ins Studio. Kaum einer wußte es, aber während ich in dieser Sendung redete, die eine Stunde oder noch länger dauerte, stand ich mit einem Bein schon im Grab. Ich blieb ein paar Tage in Paris und kehrte an meine Autobiographie zurück. Während ich daran arbeitete, sah ich die hervorragende Übersetzung durch, die Liliane Hasson von *Der Berg des Engels* anfertigte, einer sarkastisch-liebevollen Parodie auf Cirilo Villaverdes *Cecilia Valdés*.

Doch der körperliche Verfall war nicht aufzuhalten; im Gegenteil, es ging immer schneller. Ich bekam wieder eine PCP genannte Lungenentzündung, genau so eine, wie ich sie schon einmal gehabt hatte. Jetzt waren die Chancen, mit dem Leben davonzukommen, noch geringer, mein Körper war noch geschwächter. Ich überstand die Lungenentzündung, aber dort im Krankenhaus bekam ich andere entsetzliche Krankheiten wie Krebs, Kaposi-Sarkom, Venenentzündung und etwas ganz Furchtbares, das Toxoplasmose heißt und das Blut im Gehirn vergiftet. Selbst der Arzt, der mich behandelte, Dr. Harman, sah mich mit soviel Mitleid an, oder zumindest kam es mir so vor, daß manchmal ich ihn zu trösten versuchte. Jedenfalls überlebte ich auch diese Krankheiten, das heißt, ihre schlimmsten Krisen. Ich mußte die *Pentagonie* zu Ende bringen. Im Krankenhaus fing ich an, den Roman *Die*

Farbe des Sommers zu schreiben. In meinen Händen steckten verschiedene Nadeln mit einem Serum, weshalb mir das Schreiben einigermaßen schwerfiel; ich nahm mir aber vor, so weit wie möglich damit zu kommen. Ich begann diesen Roman (für mich das Kernstück des Zyklus) nicht mit dem Anfang, sondern mit einem Kapitel, das ich *Die Omnibumse* nannte. Als ich aus dem Krankenhaus kam, schloß ich meine Autobiographie ab (mit Ausnahme dieser Einleitung natürlich) und arbeitete weiter an *Die Farbe des Sommers*. Außerdem redigierte ich zusammen mit Roberto Valero und María Badías *Der Überfall*, den fünften Roman der *Pentagonie*. Eigentlich war es eher ein Rohmanuskript, das ich in allergrößter Eile noch in Kuba geschrieben hatte, um es außer Landes bringen zu können. Robertos und Marías Aufgabe bestand nun darin, das Buch aus einem fast unverständlichen Idiom ins Spanische zu übertragen. Irgendwann war die Reinschrift des Romans fertig und ließ die Sammlung meiner Originaltexte in der Firestone-Bibliothek der Princeton University anwachsen, wo sie jedermann zugänglich sind.

Inzwischen war meine Mutter aus Kuba zu Besuch gekommen, mit einer dieser abgefeimten Genehmigungen für Rentner, mit denen Castro Dollars eintreibt. Mir blieb nichts anderes übrig, als nach Miami zu reisen. Meine Mutter bemerkte nicht, wie nah ich dem Tod in Wirklichkeit war, und ich begleitete sie bei ihren Einkäufen. Ich sagte ihr nichts von meiner Krankheit, und nicht einmal jetzt (im Sommer 1990) habe ich ihr davon erzählt. In Miami holte ich mir wieder eine Lungenentzündung. Zurück in New York, kam ich gleich ins Krankenhaus. Ich kam wieder raus und flog nach Spanien, in das Landhaus von Jorge und Margarita. Dort konnte ich saubere Luft atmen.

Ich weiß noch, wie wir in Jorges Haus auf der Finca Los Pajares (das war im Herbst 1988) auf die Idee kamen,

Fidel Castro einen offenen Brief zu schreiben, in dem wir ihn aufforderten, ein Plebiszit abzuhalten, so ähnlich, wie es Pinochet gemacht hatte. Jorge sagte, ich sollte den Brief verfassen, und gemeinsam gingen wir ans Werk. Dann unterschrieben er und ich; selbst wenn wir keine weiteren Unterschriften kriegen sollten, würden wir Castro den Brief mit unseren beiden bescheidenen Unterschriften schicken. So kam es aber nicht; wir bekamen Tausende zusammen, darunter die von acht Nobelpreisträgern. Wir schufteten Tag und Nacht in dieser Finca, wo es weder fließend Wasser noch elektrisches Licht gab. Der Brief wurde in der Zeitung publiziert und war ein furchtbarer Schlag für Castro, denn er machte deutlich, daß seine Diktatur noch schlimmer war als die Pinochets, daß er freie Wahlen nie zulassen würde. Die Leute, die so naiv sind und immer noch meinen, mit Castro einen Dialog führen zu können, sollten sich an seine Reaktion auf diesen Brief erinnern: erst hat er die Unterzeichner »Agenten der CIA« genannt, dann »Hurensöhne«. Es liegt auf der Hand, daß Castro heute nur noch ein Ausweg bleibt, um sich an der Macht zu halten, und zwar der Dialog mit dem Exil. Das Unglaubliche ist, daß viele Exilanten, die als Intellektuelle gelten, sich für so einen Dialog aussprechen. Das heißt aber, die Persönlichkeit Castros und seinen Ehrgeiz völlig zu verkennen. Es ist doch klar, daß Castro die Komitees für den Dialog von Kuba aus gegründet hat, und deren Mitglieder geben sich sogar als Vorsitzende von Menschenrechtskomitees aus. Auf der einen Seite haben wir die Agenten Castros, im Ausland und im Land selbst, die für ihn arbeiten; auf der anderen die Ehrgeizlinge, die überall dabeisein wollen; und obendrein noch die Halunken, die meinen, sie könnten bei dem Geschäft mit dem Dialog etwas »absahnen«.

Eines Tages wird das Volk Castro natürlich stürzen, und das mindeste, was es tun wird, ist, diejenigen zu richten, die ungestraft mit dem Tyrannen kollaboriert haben. Die Leute, die einem Dialog mit Castro das Wort reden, obwohl sie (wie alle Welt) wissen, daß Castro die Macht nicht freiwillig aus den Händen geben wird und daß er nur eine Erholungspause und Wirtschaftshilfe braucht, um wieder zu Kräften zu kommen, machen sich ebenso schuldig wie die Schergen, die das Volk foltern und morden, vielleicht sogar noch schlimmer, denn in Kuba herrscht der absolute Terror. Draußen kann man sich zumindest für eine gewisse politische Würde entscheiden. All diese Wichtigtuer, die davon träumen, beim Händedruck mit Fidel im Fernsehen zu erscheinen und eine wichtige Rolle in der Politik zu spielen, sollten realistischere Träume haben: sie sollten von einem Strick träumen, an dem sie im Parque Central von Havanna baumeln werden, denn wenn die Stunde der Wahrheit kommt, wird Kubas Volk sie in seiner Großmut aufhängen. So werden sie aufs angenehmste sterben, wenigstens bei ihnen wird es kein Blutvergießen geben. Vielleicht wird dieser Akt der Gerechtigkeit für die Zukunft als Beispiel dienen, denn im Verhältnis zu seiner Bevölkerungszahl bringt Kuba einfach zu viele Halunken, Verbrecher, Demagogen und Feiglinge hervor.

Zurück zum Plebiszit: Den Brief unterschrieben mehrere gewählte Präsidenten und zahlreiche Intellektuelle aller politischen Richtungen. In meiner Wohnung gaben sich Fotografen und Journalisten die Klinke in die Hand, was mir körperlich noch mehr zu schaffen machte. Ich konnte kaum sprechen, der Krebs hatte schon meinen Kehlkopf angegriffen, und trotzdem mußte ich im Fernsehen auftreten. Andererseits war ich noch nicht mit dem Roman *Die Farbe des Sommers* fertig, der einen Großteil meines Lebens behandelt, besonders meine Jugend, das alles in unbefangenen, phantasievollen Bildern. Es ist außerdem ein Buch, das die Geschichte eines alt und verrückt gewordenen Diktators erzählt und Homosexualität offen beim Namen nennt, ein Tabuthema für fast alle Kubaner und fast die gesamte Menschheit. Der Roman spielt auf einem großen Karneval, wobei es dem Volk gelingt, die Insel von ihrem Schelf zu lösen und mit ihr in See zu stechen, als wäre sie ein Boot. Als sie schließlich auf hoher See sind, kann man sich nicht einig werden, wo man Anker werfen und was für eine Regierung man wählen will. Es kommt zu einem Riesenkrawall nach kubanischer Art, und bei dem ganzen Getrampel versinkt die Insel, die keinen Festlandsockel mehr hat, im Meer.

Noch vollauf mit diesem mehr als sechshundertseitigen Roman beschäftigt, machte ich mich an die Durchsicht meiner poetischen Trilogie *Leprosorium*, die inzwischen im Druck ist, und der ausgezeichneten englischen Übersetzung von *Der Portier*, die Dolores M. Koch anfertigte und die demnächst erscheint.

Ich sehe, ich bin fast am Ende der Vorstellung angelangt, an meinem eigenen Ende in Wirklichkeit, und ich habe noch nicht viel zu Aids gesagt. Ich kann es nicht, ich weiß nicht, was das ist. Niemand weiß es wirklich. Ich habe Dutzende Ärzte aufgesucht, und für alle ist es ein Rätsel. Man behandelt die mit Aids zusammenhängenden Krankheiten, doch Aids selbst scheint ein Staatsgeheimnis zu sein. Ich kann nur versichern, daß es zwar eine Krankheit ist, aber keine Krankheit wie alle anderen, die man kennt. Jede Krankheit ist ein Produkt der Natur, und da die Natur nicht perfekt ist, kann man sie bekämpfen und sogar ausrotten. Aids ist ein perfektes Unheil, weil es außerhalb der menschlichen Natur steht, und sein Ziel besteht darin, mit dem menschlichen Wesen so grausam und systematisch wie möglich Schluß zu machen. Noch nie war die Menschheit einer so unaufhaltsamen Katastrophe ausgeliefert. Diese teuflische Perfektion ist es, die einen manchmal auf den Gedanken bringt, daß der

Mensch dabei seine Hand im Spiel hat. Die Regierenden auf der ganzen Welt, die reaktionäre Klasse, die immer an der Macht ist, die Machthaber in egal welchem System, sie haben allen Grund, sich über Aids zu freuen, denn ein großer Teil der an den Rand gedrängten Bevölkerung, die nichts anderes will als leben und die darum jedes Dogma und jede politische Scheinheiligkeit ablehnt, wird durch dieses Unheil verschwinden.

Doch es sieht nicht so aus, als ob die Menschheit, die arme Menschheit, leicht vernichtet werden könnte. Es hat sich gelohnt, das alles durchzumachen, denn wenigstens habe ich den Zusammenbruch eines der finstersten Reiche der Geschichte erleben dürfen, des stalinistischen Reiches.

Außerdem gehe ich, ohne die Beleidigung des Alters ertragen zu müssen.

Als ich vom Krankenhaus in meine Wohnung zurückkam, schleppte ich mich zu einem Foto von Virgilio Piñera, das dort an der Wand hängt; Virgilio ist 1979 gestorben. Ich sagte zu ihm: »Hör gut zu, was ich dir jetzt sage, ich muß noch drei Jahre leben, um mein Werk zu beenden, das ist meine Rache an fast der ganzen Menschheit.« Ich glaube, Virgilios Antlitz verfinsterte sich, als hätte ich ihn um etwas ganz Ungeheuerliches gebeten. Seit dieser verzweifelten Bitte sind bald drei Jahre vergangen. Mein Ende ist ganz nah. Ich hoffe, meine Gelassenheit bis zum letzten Augenblick zu bewahren.

Danke, Virgilio.

New York, August 1990

Die Steine

Ich war zwei Jahre alt. Ich stand da, nackt; ich bückte mich und leckte mit der Zunge über die Erde. Der erste Geschmack, an den ich mich erinnere, ist der Geschmack der Erde. Ich aß Erde zusammen mit meiner Cousine Dulce Ofelia, die auch zwei Jahre alt war. Ich war ein mageres Kind, aber mit einem ganz dicken Bauch; das kam von den Würmern, die in meinem Magen gewachsen waren, weil ich soviel Erde aß. Wir aßen die Erde im Rancho des Hauses; der Rancho war der Ort, wo die Tiere schliefen, das heißt die Pferde, Kühe, Schweine, Hühner und Schafe. Der Rancho stand gleich neben dem Haus.

Irgendwer schimpfte mit uns, weil wir Erde aßen. Wer war das, der da mit uns schimpfte? Meine Mutter, meine Großmutter, eine meiner Tanten, mein Großvater? Eines Tages hatte ich fürchterliche Bauchschmerzen; ich schaffte es nicht mehr, aufs Klo hinter dem Haus zu gehen, und benutzte den Nachttopf, der unter dem Bett stand, wo ich zusammen mit meiner Mutter schlief. Das erste, was herauskam, war ein riesiger Wurm, ein rotes Tier mit vielen Füßen, wie ein Tausendfüßler, und er sprang im Nachttopf herum; bestimmt raste er vor Wut, weil ich ihn auf so gewaltsame Weise aus seinem Element verstoßen hatte. Dieser Wurm machte mir große Angst, und seitdem erschien er mir jede Nacht und versuchte, sich in meinen Bauch zu bohren, während ich mich an meine Mutter klammerte.

Meine Mutter war eine sehr schöne, sehr einsame Frau. Sie hatte nur einen Mann kennengelernt: meinen Vater. Seine Liebe gehörte ihr nur wenige Monate. Mein Vater war ein Abenteurer: er verliebte sich in meine Mutter, bat meinen Großvater um »ihre Hand«, und nach drei Monaten verließ er sie. Meine Mutter lebte damals im Haus ihrer Schwiegereltern; dort wartete sie ein Jahr lang, doch mein Vater kam nicht wieder. Als ich drei Monate alt war, kehrte meine Mutter zu ihren Eltern zurück; sie kam mit mir, der Frucht ihres Unglücks. An den Ort, wo ich geboren wurde, kann ich mich nicht erinnern; die Familie meines Vaters habe ich nie kennengelernt, ich glaube aber, der Ort lag im nördlichen Teil der Provinz Oriente, auf dem Land. Meine Großmutter und alle anderen im Haus versuchten immer, mir einen großen Haß auf meinen Vater anzuerziehen, weil er meine Mutter »betrogen« hatte, das war das Wort. Ich kann mich noch an ein Lied erinnern, das sie mir beibrachten; darin wurde die Geschichte von einem Kind erzählt, das seinen Vater tötete, um seine verlassene Mutter zu rächen. Ich sang dieses Lied vor der ganzen Familie, und alle lauschten verzückt. Das Lied war zu jener Zeit sehr populär, es berichtete von den Schicksalsschlägen einer Frau, die von ihrem Geliebten entehrt worden war; kaum hatte er ihr ein Kind gemacht, schon war er verschwunden. Die letzte Strophe des Liedes ging so:

Der Knabe wuchs und wurde zum Mann,
dann zog er ins Gefecht,
den Vater erschlug er, er hat sich gerächt.
So handelt ein Sohn, der lieben kann.

Einmal waren meine Mutter und ich auf dem Weg zum Haus einer meiner Tanten. Als wir zum Fluß hinuntergingen, kam uns ein Mann entgegen; er war stattlich, groß, dunkelblond. Plötzlich raste meine Mutter vor Wut; sie fing an, Steine vom Ufer aufzusammeln und sie dem Mann an den Kopf zu schmeißen, der trotz des Steinhagels weiter auf uns zuging. Er kam bis zu mir, griff in seine Hosentasche, gab mir zwei Pesos, streichelte mir über den Kopf und rannte weg, ehe ihm ein Stein den Schädel einschlagen konnte. Den Rest des Wegs weinte meine Mutter, und als wir bei meiner Tante ankamen, begriff ich, daß dieser

Mann mein Vater gewesen war. Ich habe ihn nie wiedergesehen, auch nicht die zwei Pesos; meine Tante borgte sie sich von meiner Mutter, und ich weiß nicht, ob sie ihr das Geld je zurückgegeben hat.

Meine Mutter war eine »sitzengelassene« Frau, wie es damals hieß. Es war praktisch unmöglich für sie, einen neuen Mann zu finden; die Ehe war etwas für Señoritas, und sie war betrogen worden. Wenn sich ein Mann an sie heranmachte, dann wollte er sie nur, wie man es damals nannte, »mißbrauchen«. Darum mußte meine Mutter sehr mißtrauisch sein. Zu den Tanzvergnügen gingen wir immer zu zweit, obwohl ich erst vier Jahre alt war. Forderte ein Mann sie auf, setzte ich mich derweil auf eine Bank; nach dem Tanz kam meine Mutter zurück und setzte sich neben mich. Lud jemand meine Mutter zu einem Bier ein, nahm sie mich ebenfalls mit; ich trank kein Bier, dafür mußte der Freier mir viele »Geraspelte« spendieren; so nannten wir auf dem Land das Eis, das von einem Eisblock gehobelt und mit Sirup übergossen wurde. Meine Mutter dachte vielleicht, bei diesen Tanzabenden einen ernsthaften Mann zu finden, der sie heiratete; sie fand ihn nicht oder wollte ihn nicht finden. Ich glaube, meine Mutter blieb immer der Untreue meines Vaters treu und wählte die Keuschheit, eine bittere und vor allem widernatürliche, grausame Keuschheit, sie war damals schließlich erst zwanzig. Die Keuschheit meiner Mutter war schlimmer als die einer Jungfrau, weil sie die Lust für einige Monate kennengelernt und dann für den Rest ihres Lebens darauf verzichtet hatte. All das machte sie zu einer zutiefst unbefriedigten Frau.

Eines Abends, als ich schon im Bett lag, stellte mir meine Mutter eine Frage, die mich in dem Moment ganz verstörte. Sie fragte mich, ob ich sehr traurig wäre, wenn sie sterben würde. Ich klammerte mich an sie und fing an zu weinen; ich glaube, sie weinte auch und sagte mir, ich sollte die Frage schnell vergessen. Später, vielleicht auch schon im selben Augenblick, wurde mir klar, daß meine Mutter daran dachte, sich das Leben zu nehmen, und ich hatte sie davon abgehalten.

Ich blieb ein häßliches Kind, ein Dickbauch mit riesengroßem Kopf. Ich glaube nicht, daß meine Mutter damals den nötigen praktischen Sinn hatte, um ein Kind zu versorgen; sie war jung und unerfahren und lebte im Haus meiner Großmutter, und so übernahm diese die Aufgaben der Hausherrin. Um es mit ihren eigenen Worten zu sagen: sie war es, die im Haus »die Zügel in der Hand hatte«. Meine Mutter war eine unverheiratete Frau mit Kind, die zudem keinen eigenen Hausstand hatte. Sie konnte keinerlei eigene Entscheidung treffen, nicht einmal über mich. Ich weiß nicht, ob meine Mutter mich damals liebte; ich erinnere mich nur, daß sie mich, wenn ich zu weinen anfing, auf den Arm nahm, was sie aber immer derart ungestüm tat, daß ich ihr manchmal über die Schulter rutschte und mit dem Kopf auf den Boden schlug. Oder sie wiegte mich in einer Hängematte aus Jute, die sie jedoch so hastig anschubste, daß ich ebenfalls auf den Boden fiel. Ich glaube, das war auch der Grund, weshalb mein Kopf so voller Schrammen und Beulen war, doch ich überlebte diese Stürze; zum Glück hatte das Haus, eine riesige Bauernhütte, einen Lehmfußboden.

In diesem Haus wohnten noch weitere Frauen; ledige Tanten, die so jung waren wie meine Mutter, und andere, die als alte Jungfern galten, weil sie schon über dreißig waren. Eine Schwiegertochter lebte ebenfalls dort, sitzengelassen von einem Sohn meiner Großeltern; das war die Mutter von Dulce Ofelia. Außerdem kamen noch die verheirateten Tanten ins Haus und blieben immer eine ganze Weile; sie brachten ihre Kinder mit, die schon größer waren als ich und zu denen ich voller Neid aufschaute, weil sie ihren Vater kannten. Das verlieh ihnen eine Ungezwungenheit und Sicherheit, wie sie mir nie vergönnt waren. Fast alle diese Verwandten wohnten nicht weit weg vom Haus meines Großvaters. Manchmal kamen sie zu Besuch, dann machte meine Großmutter eine Süßspeise, und es wurde ein richtiges Fest. In diesem Haus wohnte auch meine Urgroßmutter, eine alte Frau, die sich fast nicht mehr vom Fleck rührte und die meiste Zeit auf einem Stuhl saß, vor einem Detektorempfänger, den sie nie hörte.

Der Mittelpunkt des ganzen Hauses war meine Großmutter, die im Stehen pinkelte und mit Gott sprach; stets verlangte sie Rechenschaft von Gott und der Jungfrau Maria für alles Unheil, das uns auflauerte oder heimsuchte: für die Dürre, für die Blitze, die in eine Palme einschlugen oder ein Pferd töteten, für die Kühe, die an irgendeiner Krankheit starben, gegen die es kein Mittel gab, für die Besäufnisse meines Großvaters, der sie schlug, wenn er heimkam. Meine Großmutter hatte damals elf ledige Töchter und drei verheiratete Söhne; mit der Zeit fand jede dieser Töchter vorübergehend einen Ehemann, der sie mitnahm und, wie meine Mutter, nach ein paar Monaten sitzenließ. Es waren attraktive Frauen, nur konnten sie aus irgendeinem fatalen Grund keinen Mann festhalten. Bei so vielen Töchtern mit dickem Bauch und verheulten Bälgern wie mir wurde es eng im Haus meiner Großeltern. Die Welt meiner Kindheit war bevölkert von sitzengelassenen Frauen; der einzige Mann, den es im Haus gab, war mein Großvater. Mein Großvater, früher ein Don Juan, war jetzt ein kahlköpfiger alter Mann. Im Unterschied zu meiner Großmutter sprach er nicht mit Gott, sondern mit sich selbst; nur manchmal sah er zum Himmel hoch und stieß einen Fluch aus. Er hatte mehrere Kinder von anderen Frauen aus der Umgebung, die mit der Zeit ebenfalls zu meiner Großmutter kamen, um bei ihr zu leben. Da beschloß meine Großmutter, nicht mehr mit meinem Großvater zu schlafen; so daß auch sie sich fortan in Enthaltsamkeit übte und so verzweifelt war wie ihre Töchter.

Mein Großvater bekam manchmal seinen Rappel; dann sagte er kein Wort mehr und war stumm wie ein Fisch, verschwand aus dem Haus und ging in den Wald, wo er wochenlang unter den Bäumen schlief. Er nannte sich einen Atheisten, wünschte aber sein Leben lang die Muttergottes zum Teufel; vielleicht machte er das, um meine Großmutter zu quälen, die immer wieder mitten im Feld auf die Knie fiel und den Himmel um irgendeine Gnade anflehte; eine Gnade, die ihr im allgemeinen nicht gewährt wurde.

Der Obsthain

Meine Kindheit war, glaube ich, unvergleichlich schön, weil sie sich im absoluten Elend, aber auch in absoluter Freiheit abspielte; im Wald, inmitten von Bäumen, Tieren, Gespenstern und Menschen, denen ich völlig gleichgültig war. Meine Existenz war nicht einmal gerechtfertigt, und niemand interessierte sich dafür; das ließ mir einen ungeheuren Raum, mich davonzustehlen; niemand kümmerte es, wo ich steckte und wann ich nach Hause kam. Ich kletterte in den Bäumen herum; von dort oben sahen die Dinge sehr viel schöner aus, man überblickte die Wirklichkeit in ihrer ganzen Fülle und spürte eine Harmonie, an der man sich nicht erfreuen konnte, wenn man unten war, zwischen dem Gekeife meiner Tanten, den Flüchen meines Großvaters und dem Gackern der Hühner... Die Bäume haben ein geheimes Leben, das sich nur dem offenbart, der hinaufklettert; auf einen Baum steigen bedeutet, eine einzigartige, rhythmische, magische und harmonische Welt zu entdecken; Würmer, Insekten, Vögel, Ungeziefer, lauter scheinbar wesenlose Tiere teilen uns Stück für Stück ihre Geheimnisse mit.

Beim Umherstreifen zwischen diesen Bäumen fand ich einmal den Fötus eines Kindes; bestimmt hatte ihn eine meiner Tanten im Gras zurückgelassen, nach einer Fehlgeburt, oder weil sie einfach nicht noch ein Kind haben wollte. Ich bin mir jetzt nicht mehr sicher, ich weiß nicht, ob dieser fliegenbedeckte kleine Leib ein Fötus war oder der Leichnam eines Neugeborenen. Wie auch immer, ich denke, es war ein Vetter, mit dem ich nun nicht mehr spielen konnte.

Manchmal wimmelte es im Haus meiner Großmutter von Vettern und Cousinen, die mit ihren Müttern kamen, um gemeinsam mit uns das Jahresende zu feiern. Bei anderen Gelegenheiten war irgendeine Tante ihrem Ehemann davongelaufen, der ihr eine ungewöhnlich heftige Tracht Prügel verabreicht hatte; kehrte sie dann zu ihrem Mann zurück, ließ sie ein Kind in der Obhut meiner Großmutter. Fast immer gab es im Haus ein anderes Kind, das mehr oder weniger in meinem Alter war. Im Haus herrschte ein rastloses Treiben; meine Tanten wuschen die Wäsche, fegten den Fußboden, wischten Staub und bügelten mitten in einem unablässigen Radau. In der Küche regierte meine Großmutter; keine meiner Tanten lernte jemals kochen; meine Großmutter ließ es nicht zu. Die Küche war der heilige Ort, wo sie vor einem Herd ihres Amtes waltete; sie heizte ihn mit trockenem Brennholz, das ich ihr sammeln half. Obwohl das Haus immer voller Menschen war, wußte ich es einzurichten, allein in den Wald, in den Obsthain oder zum Fluß zu entwischen. Ich glaube, meine phantasievollste Zeit war die Kindheit; meine Kindheit war eine Welt der Kreativität. Um die tiefe Einsamkeit auszufüllen, die ich in dem ganzen Trubel empfand, bevölkerte ich die eigentlich eher kärgliche Umgebung mit geradezu mythischen und übernatürlichen Menschen und

Erscheinungen. Eine der Gestalten, die ich mit unerhörter Klarheit jede Nacht sah, war die eines alten Mannes, der unter dem riesigen, üppig vor dem Haus wachsenden Matikostrauch einen Reifen drehte. Wer war der Alte? Warum drehte er diesen Reifen, der von einem Fahrrad zu sein schien? War er das Grauen, das mich erwartete? Das Grauen, das jedes Menschenleben erwartet? War er der Tod? Der Tod ist mir immer sehr nah gewesen; er war mir stets ein so treuer Gefährte, daß es mir manchmal leid tut zu sterben, weil mich der Tod dann vielleicht verläßt.

Als ich fünf war, bekam ich eine Krankheit, die damals tödlich war: Hirnhautentzündung. Fast niemand überlebte sie; die Lymphknoten an meinem Hals schwollen an, ich konnte den Kopf nicht bewegen und bekam hohes Fieber. Wie sollte man auf dem Land, wo es weder hygienische Maßnahmen noch ärztliche Versorgung noch irgendwelche sanitären Einrichtungen gab, diese Krankheit heilen oder wenigstens bekämpfen? Meine Großmutter brachte mich zum Tempel eines berühmten Spiritisten aus der Gemeinde Guayacán; der Mann hieß Arcadio Reyes. Er vollzog eine Beschwörungszeremonie und gab mir eine Flasche mit Wasser, das »Heilwasser« hieß, weil er es geweiht hatte, und verschrieb mir Arzneien, die man im Dorf kaufen mußte. Außerdem schlug er mir, während er mich segnete, mit irgendwelchen Kräutern auf den Rükken und den ganzen Körper, und aus denselben Kräutern machte er mir einen Aufguß, den ich auf nüchternen Magen trinken sollte. Er rettete mich. Er rettete mich auch, als der höchste Ast des Pflaumenbaums brach, auf den ich geklettert war, und ich auf dem Boden landete, unter den Schreien meiner Mutter, die mich schon für tot hielt. Ich kam mit heiler Haut davon, als ich von dem ungezähmten Fohlen stürzte, das ich zureiten wollte, und mit dem Kopf auf die Steine schlug; und ich überlebte, als ich über den Brunnenrand purzelte, der nur aus ein paar über Kreuz befestigten Hölzern bestand, und in die Tiefe fiel, wo zum Glück genug Wasser war.

Meine Welt blieben immer der Obsthain und das Dach des Hauses, das ich gleichfalls in halsbrecherischer Weise erkletterte; ein Stückchen weiter war der Fluß, da kam man aber nicht so leicht hin; man mußte durch den ganzen Wald hindurch und sich in Gegenden wagen, die ich noch nicht kannte. Ich hatte immer Angst, nicht vor den wilden Tieren oder den wirklichen Gefahren, die dort auf mich lauerten, sondern vor den Gespenstern, die mir ständig erschienen, wie der Alte mit dem Reifen unter dem Matikostrauch oder eine alte Frau mit einem riesigen Hut und gigantischen Zähnen, die, ich weiß nicht wie, von beiden Seiten auf mich zukam, und ich genau in der Mitte. Man erzählte auch, am Fluß gäbe es eine Stelle, wo ein weißer Hund aus dem Wasser käme; wer ihn sah, mußte sterben.

Der Fluß

Mit der Zeit wurde der Fluß für mich zum Ort der größten Geheimnisse. Sein Strom folgte den verworrensten Windungen, stürzte hinab, bildete dunkle Tümpel, die sich bis zum Meer hinzogen; seine Wasser kehrten niemals wieder. Wenn es regnete und Sturm aufzog, dröhnte der Fluß, und sein Donnern hallte bis zum Haus; es war ein tosender, aber gleichmäßig dahinrauschender Fluß, der alles mit sich riß. Als ich ein paar Jahre älter war, durfte ich hin und schwamm in seinem Wasser; sein Name war Río Lirio, Lilienfluß, obwohl ich nie auch nur eine Lilie an seinen Ufern habe wachsen sehen. Dieser Fluß schenkte mir ein Bild, das ich nie vergessen werde; es war an Johannis, dem Tag, an dem jedermann auf dem Land im Fluß baden soll. Die alte Taufzeremonie wurde zu einem Fest für die Schwimmer. Ich lief mit meiner Großmutter und ein paar gleichaltrigen Vettern und Cousinen am Ufer entlang, als ich plötzlich gut dreißig Männer entdeckte, die dort badeten, nackt. Alle jungen Burschen aus der Gegend waren da und sprangen von einem Felsen ins Wasser.

Der Anblick ihrer Körper, ihrer Geschlechtsteile war für mich eine Offenbarung: keine Frage, mir gefielen die Männer; mir gefiel, wie sie aus dem Wasser stiegen, zwischen den Bäumen umherrannten, auf die Felsen kletterten und hinuntersprangen; mir gefiel der Anblick ihrer triefenden, perlend nassen Körper mit den glänzenden Schwänzen. Diese Burschen tollten im Wasser, kamen wieder heraus, stürzten sich unbekümmert in den Fluß. Mit meinen sechs Jahren betrachtete ich sie begeistert, ich war verzaubert vom Mysterium der Schönheit. Am Tag darauf entdeckte ich das »Mysterium« der Selbstbefriedigung; natürlich konnte ich mit sechs Jahren noch nicht ejakulieren; aber im Gedanken an die nackten Jungs rieb ich meinen Penis bis zum Krampf. Die Lust und die Überraschung waren so überwältigend, daß ich meinte, ich würde sterben; ich wußte nichts von Selbstbefriedigung und dachte, das wäre nicht normal. Doch obwohl ich glaubte, ich müßte jeden Moment sterben, machte ich weiter, bis ich fast ohnmächtig war.

Zu der Zeit war eins meiner einsamen Spiele das Pullenspiel; eine Reihe von Flaschen jeder Größe stellte eine Familie dar, das heißt meine Mutter, meine Tanten und meine Großeltern. Diese Pullen verwandelten sich plötzlich in junge Schwimmer, die in den Fluß sprangen, während ich onanierte; irgendwann entdeckte mich einer der Burschen, verliebte sich in mich und ging mit mir ins Gebüsch; da war das Paradies vollkommen, und meine Krämpfe wurden so häufig, daß ich große dunkle Ringe um die Augen bekam und ganz blaß wurde und meine Tante Mercedita fürchtete, ich hätte mir wieder eine Hirnhautentzündung geholt.

Die Schule

Mit sechs Jahren kam ich in die Schule; es war die Landschule Nummer einundneunzig von Perronales. Diese Gemeinde, in der wir wohnten, war ein dünnbesiedeltes Gebiet aus Savannen und ein paar Hügeln, durchzogen von einer Landstraße, die nichts anderes war als ein planierter Feldweg, der zur nächsten Stadt führte, Holguín, etwa zwanzig Kilometer entfernt. Perronales lag zwischen Holguín und Gibara, einem Hafen am Meer, wo ich noch nie gewesen war. Es war weit bis zur Schule, und ich mußte mit dem Pferd hinreiten. Beim erstenmal kam meine Mutter mit. Die Schule war ein großes Haus mit Wänden aus Palmfasern und einem Dach aus Palmblättern, so wie die Bauernhütte, in der wir lebten. Die Lehrerin kam aus Holguín. Sie mußte mit dem Bus fahren, dem guagua, wie man in Kuba sagt, und dann mehrere Kilometer zu Fuß laufen; am ersten Übergang über den Río Lirio holte sie einer der älteren Schüler mit dem Pferd ab und brachte sie bis zur Schule. Sie war eine Frau mit einer angeborenen Weisheit und Offenherzigkeit; sie besaß diese Gabe, von der ich nicht weiß, ob es sie bei den Lehrerinnen heutzutage noch gibt, nämlich zu jedem einzelnen Schüler Zugang zu finden und von der ersten bis zur sechsten Klasse alle Fächer zu unterrichten. Der Unterricht dauerte mehr als sechs Stunden, und am Wochenende gab es immer eine Art Leseabend, der sich »Ein Kuß dem Vaterland« nannte. Nach dem Fahnengruß mußte jeder Schüler ein Gedicht rezitieren, das er auswendig gelernt hatte. Mir lag immer viel daran, mein Gedicht vorzutragen, obwohl ich mich jedesmal versprach. Einmal bog sich der Saal vor Lachen, als ich beim Vortragen des Gedichts *Die zwei Prinzen* von José Martí statt der Zeile »Es kommt herein und geht hinaus ein trauriger Hund« sagte: »Es kommt herein und geht hinaus ein magerer Hund«. Die Feierlichkeit dieses Gedichts, das vom Begräbnis der beiden Prinzen handelt, duldete keinen mageren Hund; bestimmt hatte mir mein Unterbewußtsein einen Streich gespielt, und ich brachte Martís Hund mit Vigilante durcheinander, dem mageren Köter von zu Hause.

Natürlich verliebte ich mich in einige Mitschüler von mir. Ich erinnere mich noch an einen, Guillermo, wild, hübsch, stolz und ein bißchen verrückt, der sich hinter mich setzte und mich mit seinem Bleistift piekte. Es kam nie zu einer erotischen Beziehung zwischen uns, nur Blicke und Balgereien, die typischen Neckereien von Kindern, hinter denen sich Begierde, Flirt und manchmal sogar Liebe verbergen; für uns war es allerdings das höchste der Gefühle, daß einer dem anderen beim Pinkeln seinen Schniepel zeigte, wie zufällig. Der keckste war Darío, ein Junge von zwölf Jahren; wenn wir von der Schule zurückritten, holte er oben auf dem Pferd seinen ziemlich beachtlichen Schwanz raus und führte jedem, der es sehen wollte, dieses Wunderding vor.

Wenn ich mit diesen Jungen auch keine körperlichen Beziehungen hatte, so half mir ihre Freundschaft doch wenigstens zu verstehen, daß das einsame Onanieren, wie ich es praktizierte, nichts Ungewöhnliches war und auch nicht zum Tode führte. Alle diese Jungen redeten den ganzen Tag davon, wie sie das letztemal »gewichst« hatten, und sie erfreuten sich blendender Gesundheit.

Sexuelle Beziehungen hatte ich damals mit den Tieren. Erst die Hühner, Ziegen und Säue. Dann, als ich ein bißchen größer war, die Stuten; eine Stute bumsen war gewöhnlich ein Gemeinschaftserlebnis. Der Reihe nach stiegen wir auf einen Stein, um an das Tier heranzukommen, und gaben uns dem Vergnügen hin; es war ein heißes Loch und für uns unendlich.

Ich weiß nicht, ob der wirkliche Reiz im Geschlechtsakt mit der Stute bestand oder ob die Erregung daher rührte, daß wir den anderen zuschauten. Jedenfalls machten wir einer nach dem anderen, alle Jungen von der Schule, etliche meiner Vettern und sogar einige der Burschen, die nackt im Fluß badeten, Liebe mit der Stute.

Meine erste sexuelle Beziehung mit einem anderen Menschen hatte ich allerdings nicht mit einem dieser Jungen, sondern mit Dulce Ofelia, meiner Cousine, die auch Erde gegessen hatte wie ich. Vorweg will ich aber klarstellen, daß das mit dem Erdeessen nichts Literarisches ist und auch nichts Sensationelles; auf dem Land machten das alle Kinder; es hat nichts mit dem Magischen Realismus zu tun, absolut nicht; irgendwas mußte man ja essen, und weil es halt Erde gab, aß man sie ... Meine Cousine und ich machten Doktorspiele hinterm Bett, und ich weiß nicht, welche merkwürdigen Behandlungen wir uns verordneten, jedenfalls lagen wir uns am Ende immer nackt in den Armen; obwohl sich diese Spiele über Monate erstreckten, haben wir den Akt nie richtig vollzogen, nie bin ich in sie eingedrungen. Vielleicht war das bloß die Unbeholfenheit unserer Frühreife.

Zum richtigen Akt, in diesem Fall dem gegenseitigen Eindringen, kam es mit meinem Vetter Orlando. Ich war etwa acht Jahre alt, er zwölf. Ich bewunderte Orlandos Schwanz, und ihm machte es Spaß, ihn mir zu zeigen, wann immer sich die Möglichkeit ergab; er war ein großes, dunkles Ding, und wenn er stand, zog sich seine Haut zurück und brachte eine rosige Eichel zum Vorschein, die mit kleinen Hüpfern darum bat, gestreichelt zu werden. Einmal zeigte mir Orlando seine schöne Eichel, als wir in der Krone eines Pflaumenbaums saßen, und dabei fiel ihm sein Hut runter; wir Bauern auf dem Land trugen alle so einen Hut. Ich schnappte mir den Hut, rannte weg und versteckte mich hinter einem Busch, an einer abgelegenen Stelle; er begriff genau, was ich wollte; wir ließen die Hosen runter und fingen an zu onanieren. Das ging so, daß er mir seinen Schwanz reinsteckte und ich ihm dann meinen, auf seine Bitte hin; das Ganze in einer Wolke von Fliegen und anderen Insekten, die anscheinend ebenfalls an dem Festmahl teilhaben wollten.

Als wir fertig waren, fühlte ich mich absolut schuldig, aber nicht richtig befriedigt; ich hatte eine Riesenangst, und mir war, als hätten wir etwas ganz Furchtbares getan, das mich irgendwie für den Rest meines Lebens verurteilte. Orlando ließ sich ins Gras fallen, und nach ein paar Minuten fingen wir von neuem an, uns zu balgen. »Jetzt gibt es für mich eh kein Entrinnen mehr«, dachte ich, oder glaube zumindest, daß ich es dachte, als ich mich bückte und Orlando mich von hinten nahm. Während Orlando mir seinen Schwanz reinsteckte, dachte ich an meine Mutter, die all das so viele Jahre mit keinem einzigen Mann gemacht hatte, und ich machte es dort, in dem Obsthain, in Reichweite ihrer Stimme, die mich zum Essen rief. Ich entschlüpfte Orlando und rannte zum Haus. Natürlich hatten wir beide keinen Samenerguß. Befriedigt hatte ich wohl einzig und allein meine Neugier.

Der Tempel

Am nächsten Tag gingen wir zum Tempel von Arcadio Reyes. Während die Medien unter Anleitung Arcadios meine Mutter und mich umkreisten und uns »entzauberten«, packte mich eine schreckliche Furcht. Ich hatte Angst, eine dieser Frauen, unter denen sich auch eine meiner elf Tanten befand, könnte von einem Geist besessen werden und dort, vor der ganzen Gemeinde, offenbaren, was Orlando und ich im Gebüsch gemacht hatten.

Der Geist fuhr in meine Tante Mercedita, und ich dachte schon, mein letztes Stündlein hätte geschlagen. Als es passierte, schlug sie mehrere Male mit dem Kopf gegen die Tempelwand, die zum Glück aus Holz war. Doch meine Tante sagte kein Wort von dem, was mich bedrückte; sie war in Flammen gehüllt und verlangte, wir sollten viele Gebete sprechen, damit das Feuer, das sie verbrannte oder das uns alle verbrannte, verschwand. Womöglich war es ein taktvoller Geist, der nicht allzu direkt auf mein Treiben mit Orlando anspielen wollte.

Ich fühlte mich zwar weiterhin schuldig, war jetzt aber etwas ruhiger; die Geister hatten meine Sünde nicht deutlich offenbart, eine Sünde, die ich im übrigen ganz gern auch weiterhin begehen wollte. Orlando wuchs zu einem schönen jungen Mann heran und brachte es sogar zu einem Fahrrad, etwas ganz Außergewöhnliches dort, wo wir lebten. Er heiratete und hat heute viele Kinder und Enkel.

Der Brunnen

Eines Nachmittags ging ich zum Brunnen, der ein ganzes Stück vom Haus weg war, um Wasser zu holen. Ich habe mir nie erklären können, warum man die Häuser auf dem Land nicht in der Nähe der Brunnen baut. Jedenfalls gehörte es zu meinen täglichen Pflichten, zum Brunnen zu gehen und Wasser zu holen: um die Pflanzen im Garten zu gießen, zum Waschen, für die Tiere, für die Fässer, für die Wasserkrüge.

Hinter dem Brunnen stand mein Großvater; er war nackt und wusch sich, indem er sich einen Eimer Wasser über den Kopf schüttete. Plötzlich drehte er sich um, und da bemerkte ich, was für ungeheure Eier er hatte; so etwas hatte ich noch nie gesehen. Er war ein Mann mit einem mächtigen Glied und vor allem mit riesigen, behaarten Hoden. Ich kehrte ohne Wasser zum Haus zurück; das Bild meines nackten Großvaters verwirrte mich. Lange

Zeit war ich eifersüchtig auf meine Mutter; in meiner Phantasie malte ich mir aus, wie mein Großvater sie beschlief; ich sah ihn vor mir, wie er sie mit seinem ungeheuren Schwanz und seinen Riesenhoden vergewaltigte; ich wollte etwas tun, doch es war mir unmöglich. In Wirklichkeit wußte ich nicht, auf wen ich eifersüchtig war, auf meine Mutter oder auf meinen Großvater; vielleicht war es eine mehrfache Eifersucht. Später erfuhr ich, daß mein Großvater einen Leistenbruch gehabt hatte. Ich war auch eifersüchtig auf meine Tanten, und was war ich erst eifersüchtig auf meine Großmutter; zwar schliefen sie in getrennten Betten, aber meine Großmutter hatte einen größeren Anspruch als irgendwer sonst, sich mit diesen Eiern zu vergnügen. Auch wenn alles bloß das Produkt meiner Einbildung war, blieb das Bild meines nackten Großvaters lange Zeit für mich eine wahre Obsession.

Heiligabend

Auf dem Dorf gab es noch andere Festlichkeiten, die mich glücklich machten und von meinen erotischen Obsessionen ablenkten. Eine davon war die Vorweihnachtszeit, Heiligabend. Die ganze Familie versammelte sich im Haus meines Großvaters. Es wurden Spanferkel gebraten, Weinflaschen entkorkt, Weihnachts-Turrones und Bottiche voll Orangenkompott gemacht, man wickelte rote Äpfel, die für mich vom anderen Ende der Welt kamen, aus leuchtend buntem Papier, knackte Walnüsse und Haselnüsse, und alle Welt betrank sich. Es wurde gelacht und getanzt. Manchmal stellte man mit einer Drehorgel, einem Guiro und ein paar Trommeln sogar eine Kapelle auf die Beine; das Land wurde zu einem magischen Ort. Es war einer der Augenblicke, die ich am meisten genoß, ich saß auf einem Baum und sah zu, wie sich die Leute in den

Höfen vergnügten und durch den Obsthain spazierten. Im Haus fabrizierte Vidal, einer meiner Onkel, der ein richtiger Erfinder war, gelbes Eis in einem Faß mit einer Kurbel dran. Um dieses außergewöhnliche Produkt herzustellen, hatte mein Onkel einen mächtigen Eisblock aus der Fabrik in Holguín mitgebracht; dieser Eisblock, der sich dann in köstlichen gelben Schnee verwandelte, war das erhabenste Symbol dafür, daß Weihnachten gefeiert wurde.

Ich stieg vom Baum, sobald an mehreren zusammengestellten Tischen das Essen aufgetragen wurde. Das Spanferkel wurde auf riesengroßen Palmfaserstücken serviert, zusammen mit gekochten Bananen und Unmengen Salat. Meine Großmutter waltete bei dieser Zeremonie ihres Amtes und schnitt das Fleisch auf, schenkte den Wein ein und achtete darauf, daß es keinem an etwas fehlte. Da sich das Essen bis spät in die Abendstunden hinzog, wurden Funzeln und Öllampen geholt; unter diesen Lichtern gewann das Fest einen Glanz wie im Märchen. Alle waren glücklich und zufrieden, und selbst wenn sie sich stritten, was häufig vorkam, endete es immer in aller Freundschaft.

Mittendrin nahm ich mir Orlandos Fahrrad, fuhr den Hügel vor dem Haus hoch und raste mit Karacho auf die lärmende Versammlung zu; mal bremste ich, mal flog ich mitten in dem Gewühl auf die Nase.

Die Ernte

Eine andere, ebenso erfüllte Zeremonie, die meine Kindheit prägte, war das Einbringen der Ernte. Mein Großvater baute vor allem Mais an. Um ihn zu ernten, mußte fast die gesamte Nachbarschaft zusammengetrommelt werden. Auch wir packten selbstverständlich mit an, meine Großmutter, meine Tanten, meine Mutter und ich. Nach dem Abernten des Feldes mußten die Maiskolben mit Karren in die Scheune gebracht werden (in den Verschlag, wie wir sie nannten), das war ein Schuppen hinter dem Haus. An einem Abend wurden die Nachbarn zum Entblättern und Entkörnen der Maiskolben eingeladen; auch das war ein Fest. Riesengroße Planen bedeckten den Boden; ich wälzte mich darauf herum, als läge ich am Strand, den ich damals noch nicht gesehen hatte. Meine Großmutter machte an diesen Abenden einen Kokos-Turron aus braunem Zucker und Kokosraspeln, der duftete wie kein anderer nach ihm. Der Turron wurde um Mitternacht verteilt, während immer mehr Körner auf das Tuch fielen und ich mich darin wälzte.

Der Wolkenbruch

Das vielleicht außergewöhnlichste Ereignis, das ich in meiner Kindheit erlebt habe, kam von oben. Es war kein alltäglicher Regenguß, sondern ein Wolkenbruch des tropischen Frühlings, der sich mit großem Grollen ankündigte, mit kosmischen Paukenschlägen, mit Donner, der über das ganze Land rollte, mit Blitzen, die irrwitzige Linien zeichneten und plötzlich in die Palmen einschlugen, die wie Streichhölzer aufflammten und abbrannten. Und gleich darauf kam der Regen, als marschierte eine gewaltige Armee über die Bäume hinweg. Auf dem Vordach aus Zinkblech knallten die Wassertropfen wie Schüsse; im Wohnraum, unter dem Palmdach, schienen unzählige Menschen geradewegs über meinem Kopf daherzutrampeln; in den Rinnen rauschte das Wasser wie ein über die Ufer getretener Bach und stürzte mit dem Tosen eines Wasserfalls auf die Regentonnen herunter; in den Bäumen des Hofs verwandelten sich die Tropfen, von den Wipfelblättern bis zum Erdboden, in ein vielstimmiges Konzert erstaunlichster Trommelwirbel; es war eine duftende

Klangfülle. Ich rannte unter dem Vordach hin und her, lief in den Wohnraum, warf einen Blick aus dem Fenster, flitzte in die Küche und sah die triefenden Pinien im Hof, in denen es wie irre heulte, und stürzte mich schließlich, nackt und bloß, hinaus ins Freie und ließ mich bis auf die Knochen naßregnen. Ich umarmte die Bäume, walzte mich im Gras, baute aus Schlamm kleine Dämme, wo sich das Wasser staute, und in diesen Tümpeln planschte ich, schwamm und tauchte unter; ich ging bis zum Brunnen und sah, wie das Wasser aufs Wasser fiel; ich schaute zum Himmel hinauf und sah Schwärme grüner Schwalben, die wie ich den ersehnten Wolkenbruch feierten. Ich wollte mich nicht nur im Gras wälzen, sondern mich erheben, aufsteigen wie diese Vögel, allein mit dem prasselnden Regen. Ich ging weiter bis zum Fluß, der brüllte, besessen vom unbezähmbaren Zauber der Gewalt. Die Kraft dieses über die Ufer tretenden Stroms riß beinahe alles mit sich, Bäume, Steine, Tiere, Häuser; es war das Mysterium vom Gesetz der Zerstörung und auch des Lebens. Ich wußte damals nicht, wohin dieser Fluß führte, wo dieser rasende Wettlauf enden würde, aber etwas sagte mir, daß auch ich diesem Tosen folgen mußte, daß auch ich mich in diese Fluten stürzen und in ihnen verlieren mußte, daß ich nur in der Mitte dieses Stroms, der immer weiterzog, ein wenig Frieden finden würde. Aber ich traute mich nicht zu springen; ich war immer ein Angsthase. Ich trat ans Ufer, wo das Wasser nach mir brüllte; ein Schritt weiter, und der Strudel verschlang mich. Wie vieles wäre mir erspart geblieben, hätte ich es getan! Es war ein gelbliches, aufgewühltes Wasser, ein machtvolles und einsames Wasser. Ich hatte nicht mehr als dieses Wasser, diesen Fluß, diese Natur, die mich aufgenommen hatte und die nun, im Augenblick ihrer höchsten Apotheose, nach mir rief. Warum sollte ich nicht in diese Fluten springen? Warum nicht mich darin verlieren, darin vergehen und inmitten dieses Tosens, das ich so liebte, Frieden finden? Was für ein Glück wäre es gewesen, hätte ich es damals getan! Doch ich kehrte triefend ins Haus zurück; es war schon dunkel. Meine Großmutter machte das Abendessen. Es hatte aufgeklart. Ich bibberte, während meine Tanten und meine Mutter den Tisch deckten, ohne sich allzusehr um mich zu kümmern. Ich hatte immer das Gefühl, daß meine Familie, auch meine Mutter, mich als ein seltsames Wesen ansah, unnütz, leichtsinnig, übergeschnappt oder verrückt; jemand außerhalb ihres Lebens. Bestimmt hatten sie recht.

Das Schauspiel

Vielleicht weil ich einsam war und etwas wirr im Kopf und gleichzeitig zu meiner eigenen Befriedigung eine Starrolle spielen wollte, fing ich an, mir selbst Schauspiele vorzuführen, die ganz anders waren als das, was ich alle Tage erlebte. Sie bestanden unter anderem aus einer Reihe endloser Lieder, die ich mir selbst ausdachte und überall draußen in Szene setzte. Sie hatten einen kitschigen, stets schwärmerischen Text; außerdem führte ich sie selber auf, wie Theaterstücke, auf leerer Bühne. Bei diesen Auftritten hüpfte ich, jammerte, schlug mir an die Brust, trat gegen die Steine, stieß gellende Schreie aus, rannte zwischen den Bäumen herum, fluchte, warf Stöcke und trockenes Laub in die Luft. Und all das, während ich meine Lieder sang, die praktisch endlos waren und jeden, der sie hörte, in die Flucht schlugen. Einmal veranstaltete ich einen derartigen Lärm, daß meine eigene Mutter und meine Großmutter, die auf einem Maisfeld Unkraut jäteten und sich die Herkunft dieses Geheuls nicht erklären konnten, das Weite suchten.

Natürlich schrieb ich die Texte dieser Lieder nicht auf;

ich hatte damals gerade erst schreiben gelernt. Ich improvisierte vielmehr spontan die opernhaften Lieder (oder was für welche es auch immer waren), die ich damals mitten im Wald sang. Bestimmt waren Text, Melodie und Stimme grauenvoll; doch nachdem ich so eine stattliche »Kantate« zur Aufführung gebracht hatte, verspürte ich ein Gefühl des Friedens und konnte ins Haus zurückkehren; ich war versöhnter mit meiner Welt und legte mich früh neben meiner Mutter schlafen, im kleinsten Zimmer dieses windschiefen Hauses.

Das Haus hatte fünf Zimmer. Meine Großeltern wohnten in einem, wo zwei riesige Eisenbetten standen und ein Schrank, der so groß war, daß er bis an die Decke reichte. In einem anderen Zimmer schliefen die sitzengelassenen Tanten und mehrere Vettern; in einem weiteren ein Onkel, der mehrere Frauen gehabt hatte, schließlich alleingeblieben war und sich den Raum mit meiner Urgroßmutter teilte; und dann war da noch das Zimmer, wo mein Großonkel wohnte, ein alter Junggeselle, der sich schließlich mit einer Liane erhängte. Meine Mutter und ich schliefen in dieser kleinen Kammer am Eingang. Gegenüber, hinter der Wand aus Palmfasern, schliefen die Schweine, die die ganze Nacht grunzten. Wenn ich Sandflöhe hatte und nicht schlafen konnte, scheuerte ich mir die ganze Nacht die Beine am Bettgestell.

Die Erotik

Ich glaube, ich hatte immer einen unstillbaren sexuellen Appetit. Nicht nur die Stuten, Säue, Hennen oder Puten, fast alle Tiere machte ich zum Objekt meiner sexuellen Leidenschaft, auch die Hunde. Es gab einen, der mir besondere Lust verschaffte; ich versteckte mich mit ihm hinter dem Garten, um den sich meine Tanten kümmerten, und zwang ihn, meinen Pimmel zu schlecken; der Hund gewöhnte sich daran, und mit der Zeit machte er es von sich aus.

Dieses Alter von sieben bis zehn war für mich voller Erotik, von einem sexuellen Heißhunger, der in der Tat fast grenzenlos war. Es war ein Hunger nach der Natur ganz allgemein, denn auch die Bäume gehörten dazu. In die Bäume mit einem weichen Stamm, wie die Papaya zum Beispiel, bohrte ich ein Loch, und da steckte ich meinen Pimmel rein. Es war eine wahre Lust, einen Baum zu bumsen; meine Vettern machten es genauso; sie machten es mit Melonen, Kürbissen und Guanábanas. Einer von ihnen, Javier, vertraute mir an, die größte Lust empfände er, wenn er einen Hahn bumste. Eines Morgens war der Hahn tot; ich glaube nicht, daß die Größe des Schwanzes von meinem Vetter schuld daran war, der war ja noch ziemlich klein; ich glaube, der arme Hahn starb vor Scham darüber, daß er der Gebumste war, wo er es schließlich sämtlichen Hennen auf dem Hof besorgte.

Dabei darf man eins nicht vergessen: wer auf dem Land lebt, ist in direktem Kontakt mit der Natur, also mit der Welt der Erotik. Die Welt der Tiere wird von unablässiger Erotik und sexueller Begierde beherrscht. Die Hennen werden den ganzen Tag über vom Hahn besprungen, die Stuten vom Hengst, die Sau vom Eber; die Vögel vögeln in der Luft; die Tauben treiben es nach einem Riesenrabatz und allerlei Gepluster recht heftig; die Eidechsen bleiben stundenlang ineinander stecken; die Fliegen ficken auf dem Tisch, an dem wir essen; die Meerschweinchen werfen Monat für Monat; wenn die Hündinnen bestiegen werden, fangen sie ein solches Gejaule an, daß sich noch bei der frommsten Nonne etwas regt; die rolligen Katzen maunzen nachts dermaßen, daß sie die verborgensten erotischen Begierden wecken... Die von manchen verfochtene Theorie, die Bauern seien sexuell unschuldig, ist falsch; das Landleben birgt eine erotische Kraft, die in der Regel stärker ist als alle Vorurteile, Hemmungen und Bestrafungen. Diese Kraft, die Kraft der Natur, setzt sich durch. Ich glaube, auf dem Land gibt es nur wenige Männer, die nie etwas mit anderen Männern hatten; die Begierden des Körpers sind einfach stärker als alle machistischen Gefühle, die unsere Väter meinten, uns einimpfen zu müssen.

Ein Beispiel dafür ist mein Onkel Rigoberto, der älteste meiner Onkel, ein verheirateter und sehr ernsthafter Mann. Manchmal ritt ich mit Onkel Rigoberto ins Dorf. Ich war damals etwa acht Jahre alt und saß mit ihm im selben Sattel; wir brauchten nur aufs Pferd zu steigen, schon fing der Schwanz von meinem Onkel an zu wachsen. Vielleicht wollte mein Onkel das im Grunde gar nicht, aber er konnte nichts dagegen tun; er machte es mir so bequem wie möglich, hob meinen Po an und setzte ihn sich auf den Schoß, und während das Pferd dahintrabte, eine Stunde oder länger, hüpfte ich auf diesem ungeheuren Schwanz hoch und runter, ich ritt auf ihm, als würden mich zwei Tiere zugleich tragen. Ich glaube, am Ende ejakulierte Rigoberto. Wenn wir nachmittags zurückkehrten, wiederholte sich dieselbe Zeremonie noch einmal. Natürlich lief das alles so ab, als würden wir beide davon nichts merken; er pfiff oder schnaubte, während das Tier weitertrabte. Zu Hause angekommen, empfing ihn Coralina, seine Frau, mit offenen Armen und gab ihm einen Kuß. In diesem Augenblick waren wir alle sehr glücklich.

Die Gewalt

Die ländliche Umgebung, in der ich aufwuchs, war nicht nur die Welt der Sexualität, es war auch eine Welt allgegenwärtiger Gewalt. Die Schafe wurden lebendig an den

Beinen aufgehängt, und man schnitt ihnen die Kehle durch; dann ließ man sie ausbluten und vierteilte sie, noch halb lebendig. Die Schweine wurden mit einem langen Messer abgestochen, das ihnen das Herz durchbohrte; noch ehe sie verendet waren, wurden sie mit Alkohol übergossen und angezündet, um vor dem Braten die Borsten abzusengen. Den jungen Kühen, den Färsen, trieb man einen riesigen Bolzen in den Kopf, damit der Tod augenblicklich eintrat, und zerlegte sie. Ihr Fleisch hing dann in Streifen unter einem Baum oder im Rancho, wo auch die Fliegen an dem Festschmaus teilhatten. Die zur Feldarbeit bestimmten Stiere wurden kastriert, genau wie die Hengste. Das Kastrieren eines Stiers gehört zum Gewalttätigsten und Grausamsten, was ich erlebt habe; dem Stier wurden die Hoden mit einem dicken Draht abgebunden, die Hoden wurden über eine Art eisernen Amboß gelegt, der auf einem Stein stand, und mit einem Hammer oder einem Schlägel schlug man dann darauf ein, bis sie von den Sehnen und sonstigen Verbindungen mit dem Körper abgetrennt waren; da baumelte der Sack dann lose herunter und wurde später gegessen. Der Schmerz, den diese Tiere erlitten, war so unerträglich, daß man genau wußte, wann die Hoden abgerissen worden waren, weil sich dann ihre Backenzähne lockerten. Viele starben dabei, und die überlebten, waren keine Stiere mehr, sondern Ochsen, das heißt zahme, kastrierte Viecher, die einen Pflug ziehen durften, während mein Großvater, dahinter, sie mit Flüchen und Spießstichen traktierte.

Doch die Gewalt war überall in dieser Welt meiner Kindheit; die Stiere, die nicht kastriert worden waren, rammten sich beim Kampf um die sexuelle Vormachtstellung mit den Hörnern den Schädel ein; die Hengste rissen sich beim Anblick oder Wittern einer Stute mit den Hufen gegenseitig den Bauch auf.

Als meine Mutter und ich einmal zum Tempel von Arcadio Reyes ritten, auf einer Stute, die meiner Tante Olga gehörte (die Frauen auf dem Land hatten Stuten, die Männer Hengste), tauchte plötzlich auf freiem Feld ein Hengst auf; sein unwiderstehlicher Trieb ließ ihn hinter uns herstürmen. Wir saßen noch auf der Stute, als der Hengst schon versuchte, sie zu besteigen. Meine Mutter gab der Stute die Sporen, aber die tat keinen Schritt; ganz offensichtlich wollte sie lieber von den Sporen zerfleischt werden, als sich die Gelegenheit entgehen zu lassen, von diesem Prachtexemplar bestiegen zu werden; sie machte schon die Beine breit und hob den Schweif hoch. Wir mußten abspringen und mit ansehen, wie in unserer Gegenwart der Geschlechtsakt vollzogen wurde, ein machtvoller, gewalttätiger und wirklich wunderschöner Akt, der einfach jeden erregt hätte.

Nach diesem Kampf ritten meine Mutter und ich ohne ein Wort zum Tempel. Bestimmt wären wir beide gern die Stute gewesen, die jetzt im leichten Trab über die Weiden von Arcadio Reyes lief.

Die Gewalt zeigte sich auch im Kampf ums Überleben. Nachts war das Quäken der Frösche zu hören, wenn sie langsam von einer Natter verschlungen wurden; man hörte das Fiepen einer Maus, die ein Kauz zerfetzte; das verzweifelte Gackern eines Huhns, das von einer Boa erdrosselt und hinuntergewürgt wurde; das Zappeln und die erstickten Todesschreie eines Kaninchens, das eine Eule in der Luft zerriß; und das Blöken eines Schafs, das die wilden Hunde zerfleischten. Diese Laute, dieses verzweifelte Lärmen, dieses dumpfe Stampfen waren normal dort auf dem Land, wo ich lebte.

Der Nebel

Es gab aber auch Momente der Ruhe und Friedlichkeit, wie ich sie nirgendwo sonst wiedergefunden habe. Am unbeschreiblichsten und eindringlichsten war dieser Zustand der Fülle, wenn früh am Morgen der Nebel kam, wenn alles in eine weiße Wolke gehüllt schien und alle Umrisse verschwammen. Keine Gestalt, kein Körper war mehr klar zu erkennen; die Bäume waren riesenhafte weiße Silhouetten; selbst die Gestalt meines Großvaters, der auf dem Weg zum Stall, wo er die Kühe melken mußte, vor mir herlief, war ein weißes Gespenst. Der Nebel legte einen Zauber auf diesen ganzen eher kargen und trostlosen Landstrich, weil er ihn einhüllte und verschleierte. Die Hänge und Hügel wurden zu mächtigen verschneiten Bergen, und die ganze Erde war eine dampfende, taufrische Fläche, auf der man zu treiben glaubte.

Die Nacht, meine Großmutter

Noch beeindruckender und geheimnisvoller als der Nebel war aber die Nacht. Wer die Nächte auf dem Land nicht kennt, kann sich nur schwer ein vollständiges Bild von der ganzen Schönheit der Welt machen, und noch weniger von ihrem tiefen Geheimnis. Die Nacht war nicht nur ein unendlicher Raum, der sich hoch oben entfaltete; die Nacht auf dem Land, wo ich groß wurde (ein längst verschwundenes Land, das nur in diesen Erinnerungen weiterlebt), war auch ein Raum des Klangs, ein gewaltiges, magisches Orchester, das von überallher widerhallte, mit einer unendlichen Skala klingender Töne. Und der Himmel war kein starrer Glanz, sondern ein unablässiges, flirrendes Funkeln von leuchtenden Streifen und Sternen, die explodierten und (nachdem sie Jahrmillionen existiert hatten) verschwanden, nur damit wir für ein paar Sekunden in Verzückung gerieten.

Meine Großmutter konnte zu jeder Nachtstunde die auffälligsten, aber auch die weniger bekannten Sterne ausfindig machen. Durch bloßen Instinkt oder die vielen Jahre, die sie schon in den Himmel spähte, vermochte sie im Nu den Stand dieser Gestirne zu bestimmen und sie vertraut mit Namen zu nennen, die bestimmt nicht dieselben waren, unter denen die Astronomen sie kennen: da waren zum Beispiel das Maikreuz, der Pflug, die Sieben Zicklein... Dort prangten sie in der unendlichen Nacht und funkelten für meine Großmutter, die sie mir zeigte; sie zählte sie nicht nur auf, sondern konnte je nach Stand und Glanz voraussagen, wie das Wetter wurde: ob es am nächsten Tag regnete oder nicht, ob es zwei oder drei Monate später eine gute oder eine schlechte Ernte gab, ob es vielleicht hagelte, ob die schrecklichen Zyklone kamen oder nicht. Meine Großmutter versuchte, die Zyklone mit Aschekreuzen zu bannen; wenn das Unwetter heraufzog, ging sie mit einem Eimer Asche hinaus, die sie aus dem Herd genommen hatte, und verstreute sie an den vier Ecken des Hauses; sie warf ein paar Handvoll Asche in die Luft und malte im Eingang und neben den wichtigsten Pfeilern des Hauses Kreuze. So versuchte sie die Naturgewalten zu bändigen.

Welche literarischen Einflüsse hatte ich als Kind? Kein Buch, keinen Unterricht, abgesehen von den Lesekränzchen namens »Ein Kuß dem Vaterland«. Was das Schreiben betrifft, gab es kaum einen Einfluß in meiner Kindheit; was jedoch das Magische betrifft, das Mysterium, unverzichtbar für jede Bildung, so war meine Kindheit die literarischste Zeit meines Lebens. Und das verdanke ich in hohem Maße dieser mythischen Person meiner Großmutter, die ihre Hausarbeit unterbrach oder im Wald ihr Bündel Brennholz fallen ließ, um sich mit Gott zu unterhalten.

Meine Großmutter kannte die Heilkräfte fast aller Kräuter und bereitete Aufgüsse und Arzneitränke für alle möglichen Krankheiten zu; mit einer Knoblauchzehe rieb sie eine Magenverstimmung weg, wobei sie nicht den Bauch massierte, sondern ein Bein. Dank einem System, das sie »Die kleinen Hütten« nannte und das aus zwölf geheimnisvollen Salzhäufchen bestand, die sie am ersten Januar aufdeckte, sagte sie die Regenzeit und die Trockenzeit für das kommende Jahr voraus.

Die Nacht war das Reich meiner Großmutter; in der Nacht regierte sie. Sie wußte genau, daß nachts einer Familienversammlung eine besondere Bedeutung zukam, die sich nicht von vornherein erklären ließ, weshalb sie die gesamte Familie unter einem beliebigen Vorwand zusammenrief: eine Süßspeise, ein Kaffee, ein Gebet. Und so, im Schein der Öllampe, waltete meine Großmutter ihres Amtes; draußen breitete sich die unendliche Nacht aus, sie aber hatte eine Festung gegen die Finsternis errichtet und schien nicht willens zu sein, sich widerstandslos zu ergeben.

Meine Großmutter erzählte mir Geschichten von Gespenstern, von Männern, die ihren Kopf unter dem Arm trugen, von Schätzen, bewacht von Toten, die ruhelos die Stelle umkreisten, wo sie versteckt lagen. Sie glaubte natürlich an Hexen, auch wenn sie sich ihnen nie zugehörig fühlte; des Nachts kamen die Hexen heulend oder fluchend und ließen sich auf dem Dach des Hauses nieder; sie verlangten irgend etwas, und das mußte man ihnen geben. Meine Großmutter kannte eine Beschwörung, um zu verhindern, daß die Hexen ihr gar zu übel mitspielten. Meine Großmutter wußte, daß der Wald ein heiliger Ort war, voller geheimnisvoller Geschöpfe und Tiere, nicht nur solcher, die man zum Arbeiten oder Essen brauchte; da gab es etwas jenseits dessen, was wir mit bloßen Augen sahen; jeder Pflanze, jedem Baum konnte ein

Geheimnis entströmen, und sie kannte es. Wenn sie hinaus in den Wald ging, befragte sie auch die Bäume; manchmal, wenn sie wütend war, gab sie ihnen Ohrfeigen. Ich sehe meine Großmutter vor mir, wie sie bei einem Gewitter eine Palme ohrfeigte. Was hatte ihr der Baum angetan? Irgendeinen Verrat, irgendeine Unterlassung. Und sie rächte sich mit Ohrfeigen. Meine Großmutter kannte auch Lieder, die wahrscheinlich uralt waren; sie setzte mich auf ihren Schoß und sang sie mir vor; von meiner Mutter kann ich mich einer solchen Zärtlichkeit nicht entsinnen. Vielleicht konnte sich meine Großmutter den Luxus leisten, zärtlich zu sein, weil ich für sie nicht das Sinnbild einer Enttäuschung war, nicht die Erinnerung an ein Unglück; sie konnte mir ihre Zuneigung ohne Groll oder Rachegefühle entgegenbringen. Für meine Mutter war ich das Produkt einer enttäuschten Liebe; für meine Großmutter war ich ein Kind mehr, das sie mit einem Abenteuer, einer Geschichte oder einem Lied unterhalten mußte, so wie früher ihre eigenen Kinder. Keine Frage, meine Großmutter war eine weise Frau; sie besaß die Weisheit einer Bäuerin, die vierzehn Kindern das Leben geschenkt hatte, von denen keines gestorben war; sie hatte die Schläge und Unflätigkeiten eines betrunkenen und untreuen Ehemanns ertragen; sie war mehr als fünfzig Jahre lang morgens aufgestanden, um das Frühstück zu machen und danach den ganzen Tag zu arbeiten, sie trieb die Tiere an einen anderen Platz, damit sie nicht unter der Sonnenglut erstickten oder verhungerten, sie schleppte das Holz, um den Herd zu feuern, sie grub die Knollen aus der Erde. Sie war weise, meine Großmutter; darum kannte sie die Nacht und stellte mir keine Fragen; sie wußte, daß niemand unfehlbar ist. Bestimmt hat sie mich irgendwann mal am Hintern einer Sau rumfummeln sehen oder sogar an der Hündin Diana, einer richtigen Kratzbürste, mit der ich nie etwas anstellen konnte. Aber niemals machte sie mir Vorwürfe; sie wußte, auf dem Land war das normal; vielleicht hatten es auch ihre Söhne und ihr eigener Mann getan. Meine Großmutter war Analphabetin; trotzdem sorgte sie dafür, daß ihre Kinder alle zur Schule gingen, und wenn eins mal nicht wollte, riß sie von irgendeinem stachligen Baum einen Zweig ab und peitschte es zur Schule; alle ihre Kinder konnten lesen und schreiben. Mir hat eigentlich meine Mutter das Schreiben beigebracht: beim Schein der Öllampe schrieb sie in einer sehr feinen Schrift lange Gebete auf, und ich malte sie mit dickem Strich nach.

Die Welt meiner Großmutter war viel komplexer als die meines Großvaters. Mein Großvater sagte, er sei Atheist, und wie es aussah, glaubte er an nichts; darum hatte er auch keine großen metaphysischen Obsessionen. Meine Großmutter glaubte an Gott, und zugleich fühlte sie sich von diesem Gott geprellt; sie bestürmte ihn mit Fragen und flehentlichen Bitten. Sie lebte in einer Welt der Unruhe und Ohnmacht. Und das alles bei einer Frau, die Analphabetin war und die Sterne deutete und Tag für Tag in der Erde wühlen mußte, um etwas zu essen zu finden. Auch die Küche und der Herd waren ein Mittelpunkt ihres Lebens; wir alle standen morgens auf und frühstückten in der Wärme des Feuers, das sie angezündet hatte.

Die Erde

Mit der Zeit gelangten meine Tanten zu der Überzeugung, daß sie keinen neuen Mann mehr anlocken konnten; auch meine Mutter hatte eingesehen, daß der Mann, den sie liebte, nie zurückkehren würde, vielleicht schon früher als meine Tanten. Daraufhin wurden sie noch frommer, sie wurden Medien und gingen jede Woche in den Tempel von Arcadio Reyes, wo sie von heftigen Geistern besessen wurden, die sie völlig durcheinanderbrachten. Das Haus meines Großvaters verwandelte sich in eine Art Filiale des Spiritismustempels von Arcadio Reyes; aus allen Gemeinden der Umgebung kamen die Leute, auch von weither, um von meinen Tanten spirituell entzaubert zu werden. Alle zusammen bildeten sie einen Kreis um die Person, die entzaubert werden sollte; manchmal wurden diese Leute schon beim ersten Besuch von ihrem Übel befreit, andere Male aber war das Unheil so schrecklich, daß sie ein paarmal herkommen und mehrere Entzauberungen mitmachen mußten.

Eines Abends nahmen meine Cousine Dulce Ofelia und ich mitten in einer dieser spiritistischen Sitzungen eine Handvoll Erde und warfen sie gegen die Wand; sofort fiel eine meiner Tanten in Trance. Kurz vorher waren die Eltern meiner Großmutter gestorben, und die Erben führten einen Familienkrieg um die Aufteilung des Grund und Bodens; diese Handvoll Erde war, nach den Worten der Besessenen, ohne Zweifel der Einspruch eines Geistes, der eine gerechte Aufteilung unter den Erben verlangte, sonst würde der ganzen Familie schreckliches Unheil widerfahren. Damals lachten meine Cousine und ich über die Prophezeiungen dieses Geistes; später sind aber wirklich viele Katastrophen passiert, und die Ländereien gingen verloren. Womöglich waren unsere Hände das Werkzeug eines prophetischen Geistes mit einem Sinn für Humor. Aber kommen wir auf die Erde zurück: Meine Kindheit begann damit, daß ich Erde aß, meine erste Wiege war ein Erdloch, das meine Großmutter gegraben hatte; in dieser Grube, die mir bis über die Hüfte reichte, lernte ich stehen. Dieselbe Technik hatte meine Großmutter bei all ihren Kindern angewandt; ich stand in diesem Loch und patschte auf dem Erdboden herum. Später warf ich Erde gegen die Wand, und eine meiner einsamen Vergnügungen war es, Lehmburgen zu bauen; ich rührte die Erde mit Wasser an, das ich vom weit entfernten Brunnen holte;

eins meiner Lieblingsspiele bestand darin, daß wir, meine Vettern und ich, uns mit Erde bewarfen; in der Erde zu wühlen bedeutete, ungeahnte Schätze zu finden: bunte Glasstückchen, Muscheln, Keramikscherben. Die Erde sprengen und zusehen, wie sie das Wasser aufnimmt, das wir ihr spenden, ist ebenfalls etwas Einmaliges; nach einem Wolkenbruch über die Erde zu laufen heißt, mit der absoluten Fülle in Berührung zu kommen; befriedigt, gibt die Erde ihre Freude an uns weiter, und ihre Gerüche erfüllen die Luft und wecken in uns die Sehnsucht nach Fortzeugung.

Die Landhebamme, die uns bei der Geburt den Bauchnabel abtrennte, hatte die Angewohnheit, den Nabel mit Erde abzureiben; viele Kinder starben an der Infektion, wer aber überlebte, hatte es verstanden, die Erde anzunehmen, und war auf fast alle zukünftigen Unglücksfälle vorbereitet. Auf dem Land waren wir durch ein uraltes Band mit der Erde verbunden; sie war für uns unentbehrlich. Sie war gegenwärtig bei unserer Geburt, bei unseren Spielen, bei der Arbeit und natürlich bei unserem Tod. In einer Holzkiste wurde der Leichnam direkt der Erde übergeben; der Sarg würde bald faulen, und dem Körper war es vergönnt, sich in dieser Erde aufzulösen, sie anzureichern und so ein lebensspendender Teil von ihr zu werden. Der Leichnam wurde als Baum wiedergeboren, als Blume oder irgendeine Pflanze, und vielleicht würde eines Tages jemand wie meine Großmutter an ihr riechen und ihre Heilkräfte erkennen.

Das Meer

Meine Großmutter war es auch, die mich mitnahm, das Meer kennenzulernen. Eine ihrer Töchter hatte es geschafft, einen festen Mann zu finden, und der arbeitete in Gibara, dem von uns aus nächsten Hafen. Zum erstenmal stieg ich in einen Omnibus; ich glaube, auch für meine Großmutter mit ihren sechzig Jahren war es das erstemal, daß sie in einem Guagua saß. Wir fuhren nach Gibara. Meine Großmutter und die anderen aus meiner Familie kannten das Meer nicht, obwohl sie nur dreißig oder vierzig Kilometer entfernt wohnten. Ich weiß noch, wie meine Tante Coralina eines Tages weinend ins Haus meiner Großmutter gelaufen kam und sagte: »Könnt ihr euch vorstellen, was das heißt, schon vierzig zu sein und noch nie das Meer gesehen zu haben? Irgendwann sterbe ich als alte Frau und habe es nicht einmal gesehen.« Seitdem dachte ich nur noch an das Meer.

»Das Meer verschluckt jeden Tag einen Menschen«, sagte meine Großmutter immer. Und ich verspürte ein unwiderstehliches Verlangen, ans Meer zu kommen.

Was soll ich sagen, wie es war, als ich das erste Mal am Meer stand? Unmöglich, diesen Augenblick zu beschreiben; es gibt nur ein Wort dafür: das Meer.

Die Politik

Mein Großvater hatte politische Ambitionen (oder versuchte wenigstens, in der Politik mitzumischen), ohne daß ihn die Politiker groß beachteten. Er war Mitglied der Orthodoxen Partei, die damals von Eduardo Chibás angeführt wurde. Irgendwann um Weihnachten sollte ein Foto von der ganzen Familie gemacht werden; mein Großvater hielt ein riesiges Plakat mit dem Porträt von Chibás hoch; es war so groß, daß auf dem Foto nichts anderes mehr zu erkennen war.

Mein Großvater war religionsfeindlich, liberal und antikommunistisch. Er konnte fließend lesen, was in der bäuerlichen Welt etwas Besonderes war. Jede Woche ritt er nach Holguín und kaufte die von Miguel Angel Quevedo herausgegebene Zeitschrift *Bohemia*, für uns alle so etwas wie die politische Aufklärung. Mein Großvater lehnte sich an einen Pfeiler des Hauses und las laut aus der Zeitung vor; gab jemand auch nur einen Mucks von sich, wurde mein Großvater so fuchsteufelswild, daß selbst die Tiere es vorzogen, sich schon beim Aufschlagen der Zeitung leise zu verkriechen. Damals war diese Zeitschrift eine der besten in ganz Lateinamerika; in ihr war alles drin: Literatur, Politik, Sport, Nachrichten; sie kämpfte gegen alle Diktaturen, einschließlich der kommunistischen selbstverständlich.

Woher hatte mein Großvater diese Intuition, daß auch der Kommunismus die Probleme Kubas nicht lösen würde, wo er unter diesem System doch nie gelitten hatte, wohl aber unter fast allen Schrecken des Kapitalismus? Ich denke, es war sein Bauernverstand. Ich nehme auch an, daß die Reportagen über die Erschießungen von Bauern in den kommunistischen Ländern zu seiner Ablehnung des Kommunismus beigetragen haben, und im gleichen Maße haßte er leidenschaftlich die Diktatur von rechts, unter der wir damals litten, unter der wir in der Vergangenheit gelitten hatten und unter der wir noch etliche Jahre leiden sollten. Für meinen Großvater waren alle Regierenden vor Batista genau solche Verbrecher gewesen; darum hatte er so große Hochachtung vor Chibás, der die Korruption anprangerte und dessen Motto hieß: »Anstand statt Geld«. Der Held meines Großvaters ist nicht Präsident der Republik geworden: ein paar Monate vor den Wahlen schoß er sich eine Kugel in den Kopf. Die Motive für diesen Selbstmord hingen verschiedenen Kommentatoren zufolge damit zusammen, daß Chibás die Bestechlichkeit eines hohen Regierungsbeamten angeprangert hatte, Aureliano Sánchez Arango mit Namen, aber keine schlüssigen Beweise vorlegen konnte, als man das von ihm verlangte.

Am selben Tag, als Chibás starb, starb auch meine Urgroßmutter, unerwartet, vom Blitz getroffen. In der Gegend, wo ich lebte, waren Blitze keine Seltenheit. Es hieß, sie seien so häufig, weil die Erde große Mengen Nikkel enthielt. Bei der Totenwache für meine Urgroßmutter flossen die Tränen in Strömen. Ich ging zu meiner Mutter, die in der Küche neben dem Herd hockte und weinte, und sie sagte zu mir: »Ich weine nicht wegen meiner Großmutter, sondern wegen Chibás.« Ich glaube, auch die anderen weinten aus diesem Grund.

In gewisser Weise hatte der Tod meiner Urgroßmutter allerdings etwas mit Chibás' Tod zu tun. Schon Jahre zuvor hatte mein Großvater einen Detektorempfänger im Haus installiert, um die Reden von Chibás hören zu können; dieser Apparat hatte eine endlos lange Drahtantenne, die aus dem Haus hinausführte und über ein paar Bambusstangen gespannt war. Durch diese Antenne, die als Blitzableiter funktionierte, wurde meine Urgroßmutter getötet, die gerade vor dem Radio saß, um das wir uns alle versammelt hatten; das Gerät hatte nämlich nur einen Kopfhörer, und gewöhnlich war es mein Großvater, der die Nachrichten hörte und sie uns beim Hören erzählte. Manchmal, wenn mein Großvater böse auf meine Großmutter war, schob er Sätze ein, die gar nicht aus dem Radio kamen; das waren Schmähungen gegen die Frauen und Beleidigungen, die sich meine Großmutter still anhörte, weil sie dachte, sie kämen aus dem Radio.

Eine meiner Tanten genoß das Vorrecht, sich einen Radioroman anhören zu dürfen; währenddessen erzählte sie ihn ihren Schwestern weiter. Sie schilderte zum Beispiel die Liebesabenteuer der Frau aus einer Serie, die um zwölf Uhr mittags übertragen wurde und *Geschieden* hieß. Der Titel und überhaupt die ganze Geschichte hatten viel mit dem Leben meiner Tanten und meiner Mutter gemeinsam, es waren alles verlassene Frauen, die, wie der Erzähler am Anfang jedes Kapitels sagte, »von der vollkommenen Ehe träumen oder schon einmal das Glück gekannt haben«. Ich weiß noch, wie ich auf den Knien meiner Mutter saß und meine Tante die Liebesszenen schilderte, die sie gerade hörte; die Beine meiner Mutter zitterten, und ich, obendrauf, empfing die erotischen Reflexe, die meine Mutter, die jung war und bestimmt begierig nach einer sexuellen Beziehung, an mich weitergab.

Einen Teil des Hauses hatte der Blitz, der meine Urgroßmutter erschlagen hatte, in Brand gesetzt, und wir weinten und weinten, nicht um die Palmwände, die konnten ersetzt werden, sondern um den Mann, der »Anstand statt Geld« versprochen hatte.

Nach dem Tod von Chibás war alles viel leichter für die politischen Verbrecher, die Kuba schon immer auf die eine oder andere Weise kontrolliert hatten. 1952 putschte Fulgencio Batista, und damit wurde es für die Orthodoxe und jede andere Partei unmöglich, bei den Wahlen zu gewinnen. Batista begann seine Diktatur mit brutaler Unterdrückung, nicht nur politischer, sondern auch moralischer Natur.

Einmal stachen wir gerade Yamswurzeln, die als Pflanzgut für die Finca bestimmt waren, da sahen wir zwei Landgendarmen kommen. Wir kriegten einen Riesenschreck; kein Gendarm besuchte uns aus Freundschaft. Sie kamen, um meinen Onkel Argelio festzunehmen, der ein Verhältnis mit einem minderjährigen Bauernmädchen gehabt hatte und vom Vater des Mädchens angezeigt worden war. Mein Onkel wurde verhaftet und kam ins Gefängnis; letzten Endes stellte sich heraus, daß das Mädchen vor meinem Onkel schon etliche andere Liebhaber gehabt hatte, und er wurde freigelassen; trotzdem beschloß er, in die Vereinigten Staaten auszuwandern, was er sowieso schon vorgehabt hatte. In dieser Zeit ungeheuren Elends war es der Traum aller, die in Kuba am Verhungern waren, fortzugehen, nach Norden, um dort zu arbeiten. Mein Onkel Argelio ging in die Vereinigten Staaten und schickte uns Fotos, auf denen er eine Luxusyacht steuerte, das Haar tadellos gekämmt, trotz der hohen Geschwindigkeit, mit der das Boot zu fahren schien. Viele Jahre später kam ich dahinter, daß das alles nur ein Trick war; man ging in ein eigens dafür hergerichtetes Studio, setzte sich in ein Boot aus Pappe vor einem Meer, das ebenfalls aus Pappe war, und ließ sich knipsen. In Kuba dachten wir alle, daß mein Onkel sein eigenes Motorboot fuhr.

Nach und nach entschlossen sich noch andere Verwandte von mir, meinem Onkel nachzufolgen und in die Vereinigten Staaten zu gehen. Das war nicht leicht; es gab Tausende, die auswandern wollten, ein Visum aber war schwer zu kriegen. Meine Tante Mercedita machte mehr als zwanzigmal die Reise zum Konsulat in Santiago de Cuba, um ein Visum zu beantragen, das man ihr jahrelang verweigerte. Irgendwann konnte sie schließlich doch fahren, zusammen mit Dulce; unsere Doktorspiele hinterm Bett hatten ein Ende. Später verließ dann auch meine Mutter Kuba. Sie reiste mit einem Touristenvisum und ohne Arbeitserlaubnis in die Vereinigten Staaten, arbeitete aber trotzdem illegal als Kindermädchen für Leute, die das Glück hatten, in einer Fabrik zu arbeiten. Ich stelle mir vor, wie meine Mutter in einer armseligen Wohnung im Miami der fünfziger Jahre auf heulende Kinder aufpaßte, die womöglich noch unerträglicher waren als ich. Ich stelle mir auch vor, wie sie versuchte, sie zu trösten und zu schaukeln, ihnen eine Zuneigung und Liebe entgegenzubringen, für die sie bei mir fast nie die Zeit gefunden hatte; vielleicht schämte sie sich auch dafür.

Holguín

Je länger die Batista-Diktatur währte, desto schlimmer wurde die wirtschaftliche Lage, zumindest für die armen Bauern wie meinen Großvater oder für meine Onkel, die auf den Plantagen praktisch keine Arbeit mehr fanden, wo sie immer Zuckerrohr geschnitten hatten. Mein Onkel Rigoberto war mehr als vier Monate lang von zu Hause fort, und wir dachten schon, er hätte doch noch Arbeit gefunden; am Ende kam er ohne einen Centavo in der Tasche und mit hohem Fieber zurück; er war fast durch die gesamte Provinz Oriente gezogen, ohne daß sie ihn irgendwo als Zuckerrohrschneider eingestellt hatten. Meine Großmutter heilte ihn mit einem Absud.

Die wirtschaftliche Lage wurde so schwierig, daß sich mein Großvater dazu entschloß, die Finca – etwa vierzig Hektar Land – zu verkaufen und nach Holguín zu ziehen, wo er einen kleinen Laden für Obst und Gemüse aufzumachen gedachte. Jahrelang hatten meine Großeltern die Finca zu Geld machen wollen, waren sich aber nie einig geworden. Jetzt mußten sie also verkaufen; die Finca ging an einen Schwiegersohn, der Anhänger von Batista war und finanziell nicht schlecht dastand.

Aus der Stadt kam ein Lkw, wo alle Sachen draufgeladen wurden: die Bettgestelle, die Stühle, die Schaukelstühle aus dem Wohnzimmer. Was haben meine Großmutter, mein Großvater, meine Tanten, meine Mutter und ich geweint! Kein Zweifel, in diesem Haus aus Palmfasern und Palmblättern, wo wir soviel Hunger gelitten hatten, hatten wir auch die schönsten Augenblicke unseres Lebens erlebt; vielleicht endete jetzt eine Zeit des absoluten Elends und der Abgeschiedenheit, doch damit auch ein Zauber, ein Überschwang, ein Geheimnis und eine Freiheit, die wir nirgendwo mehr wiederfinden sollten, am wenigsten in einem Nest wie Holguín.

Holguín war für mich – inzwischen war ich ein junger Bursche – die absolute Langeweile. Ein platter, quadratischer Marktflecken, ohne jedes Geheimnis, jeden Charakter; ein drückend heißer Ort ohne eine Ecke, wo man etwas Schatten auftanken konnte, ohne einen Platz, um seiner Phantasie freien Lauf zu lassen. Die Ortschaft erhebt sich inmitten einer trostlosen Ebene, überragt von einem kahlen Hügel, dem Kreuzberg, der so hieß, weil auf seiner Spitze ein riesiges Kreuz aus Beton stand; zahlreiche Betonstufen führten hinauf. Beherrscht von diesem Kreuz, kam mir Holguín wie ein Friedhof vor; einmal baumelte an diesem Kreuz ein Mann, erhängt. Für mich war Holguín ein riesiges Grab; seine flachen Häuser wirkten wie von der Sonne gestrafte Grabmäler.

Aus purer Langeweile ging ich eines Tages auf den Friedhof von Holguín; ich stellte fest, daß er eine Miniaturausgabe der gesamten Stadt war; die Grabmäler sahen genauso aus wie die Häuser, nur kleiner, platter und nackter; es waren Betonsärge. Ich mußte an all die Bewohner Holguíns denken und an meine eigene Familie; so lange Jahre lebten sie in diesen Sarghäusern, um danach in noch kleineren Särgen zu enden. Ich glaube, dort auf dem Friedhof nahm ich mir vor, dieser Stadt bei der erstbesten Gelegenheit den Rücken zu kehren und wenn möglich nie wieder zurückzukommen; mein Traum war es, weit weg von hier zu sterben, doch das ließ sich nicht so leicht bewerkstelligen. Wo sollte ich hingehen ohne Geld? Andererseits übte die Stadt wie jeder unheimliche Ort eine verhängnisvolle Anziehungskraft aus; sie flößte eine gewisse Mutlosigkeit und Resignation ein, die die Menschen davon abhielt, fortzugehen.

Ich arbeitete in einer Fabrik, wo Guavenbrot hergestellt wurde; ich stand früh auf und fing an, Holzkisten zu bauen, in die dann die kochende Guavenmarmelade hineinkam; darin erstarrte sie zu diesen Barren, auf denen später ein Etikett klebte mit dem Schriftzug »Guavenbrot der Barmherzigkeit« und einem Bild der Heiligen Jungfrau der Barmherzigkeit. Die Barmherzigkeit des Fabrikbesitzers war, glaube ich, nicht sonderlich groß, er ließ uns für einen Peso bis zu zwölf Stunden am Tag arbeiten. Am Zahltag ging ich gleich ins Kino, das war Holguíns einziger magischer Ort; der einzige Ort, wo man hinkonnte, um der Stadt zu entfliehen, und sei es nur für ein paar Stunden. Ich ging damals immer allein ins Kino, ich wollte dieses Schauspiel genießen, ohne es mit irgend jemandem teilen zu müssen. Ich setzte mich auf die »Hühnerstange«, so hießen die billigsten Plätze ganz oben, und sah mir manchmal für fünf Centavos bis zu drei Filme an. Es war ein unerhörtes Vergnügen, diesen Leuten zuzusehen, wie sie durch die Prärie ritten, sich in gewaltige Flüsse stürzten oder sich gegenseitig über den Haufen schossen, während ich mich zu Tode langweilte in diesem Kaff ohne Meer, ohne Flüsse, ohne Wiesen und Wälder, ohne irgend etwas, das mich auch nur im geringsten interessierte.

Wer weiß, vielleicht lag es am Einfluß dieser Filme, fast immer nordamerikanische oder mexikanische Streifen, daß ich anfing, Romane zu schreiben. Wenn ich nicht ins Kino ging, lief ich nach Hause, und beim Geschnarche meiner Großeltern setzte ich mich hin und schrieb; so wurde es manchmal Morgen, und von der Schreibmaschine weg – mein Vetter Renán hatte sie mir für siebzehn Pesos verkauft – ging ich gleich in die Guavenbrotfabrik, wo ich beim Zusammennageln der Holzkisten weiter an meine Romane dachte; manchmal haute ich mir mit dem Hammer auf den Finger, und mir blieb nichts anderes übrig, als in die Wirklichkeit zurückzukehren. Die Kisten, die ich baute, wurden immer schlechter, und ich schrieb grauenvolle Schinken mit Titeln wie *Hart ist das Leben!* und *Leb wohl, grausame Welt.*

Bestimmt bewahrt meine Mutter diese Romane in Holguín noch auf; in ihren Augen sind sie das beste, was ich je geschrieben habe.

In Holguín kamen meine Tanten und meine Mutter jetzt in den Genuß eines elektrischen Radios und konnten alle zugleich dieselbe Serie hören, die sie auf dem Land gehört hatten. Diese Radioromane, die auch ich hörte, beeinflußten natürlich die Romane, die ich mit meinen dreizehn Jahren schrieb.

Der Rubbelsalon

In Holguín herrschte der Geist des Machismo, und in diesem Geist erzog meine Familie auch mich. Mit dreizehn Jahren waren meine Liebesgefühle jedoch nicht ganz eindeutig. Ich verliebte mich in Carlos, einen Jungen aus der Fabrik, mit dem ich vieles gemeinsam hatte, wir ähnelten uns sogar körperlich; beide waren wir von unseren Vätern verlassen worden und das einzige Kind unserer Mütter, an denen wir hingen. Jetzt ging ich mit Carlos ins Kino; unsere Beziehung beschränkte sich darauf, uns im Kino nebeneinander zu setzen, wobei sich wie zufällig unsere Knie berührten; und so, mit aneinandergepreßten Knien, sahen wir wilde Indianer über die Leinwand jagen und lauschten den Liedern von Pedro Infante, und das stundenlang. Ich hatte auch Freundinnen, vielleicht unter dem Einfluß der Atmosphäre des Ortes: Irene, Irma, Lourdes, Marlene. Und ich schlug Schlachten gegen die Verehrer dieser Bräute und gegen die Jungs, denen ich ihr Mädchen wegschnappte; ich weiß noch, wie ich mich mit Pombo drosch, einem bildhübschen Burschen, von dem ich mörderisch eins auf die Nase bekam; mit der Zeit, glaube ich, war ich mehr in Pombo verliebt als in Lourdes, seine Freundin, die ich ihm »ausgespannt« hatte;

doch ich ging weiter mit ihr, vielleicht gerade weil ich ihn quälen wollte.

Währenddessen begehrte ich weiter Carlos; er war es, der mich in Eufrasias Rubbelsalon mitnahm, ein riesiges Bordell mit einem großen Tanzsalon. Es lag oben auf dem Hügel aus roter Erde, der *Die Grenze* hieß; ein passender Name, denn wenn man erstmal in diesem Viertel war, hatte man die Schranke zur Zivilisation oder Scheinheiligkeit hinter sich gelassen, und man mußte auf alles gefaßt sein; fast alle, die hier lebten, waren Kriminelle oder Prostituierte. Für mich war dieser Ort eine große Offenbarung, er übte eine unbestreitbare Faszination auf mich aus. Das Etablissement hieß Rubbelsalon, weil die Frauen, die dort tanzten, ihre Hüften so bewegten, daß von Tanzen eigentlich keine Rede sein konnte, vielmehr rieben sie sich am Schwanz des Mannes. Dieses Rubbeln ist eine kreisförmige Bewegung, die etwas aneinanderschweißt, was man hinterher nur schwer wieder auseinanderbekommt; in diesem Fall rubbelte die Frau ihr Geschlecht an dem des Mannes, und sobald die Tanzrunde vorbei war, lud der Mann die Frau zum Liebemachen ein, was dann für zwei oder drei Pesos im Haus gegenüber stattfand. Jede Runde kostete allerdings fünf Centavos; der Tänzer mußte fünf Centavos dafür zahlen, daß ihn die Frau rubbelte; die Orgel fing an zu spielen, und Eufrasia, die Bordellwirtin, ganz in Rot und mit einer riesigen weißen Handtasche, tippte jedem Tänzer auf die Schulter, damit er ihr die fünf Centavos gab. Von diesen fünf Centavos gingen zwei an die Tänzerin; Eufrasia führte im Kopf Buch über die Runden, die jede der Huren getanzt hatte, und gab ihnen ihren Anteil. Ich tanzte mit Lolín, einer jungen Mulattin mit unglaublich stämmigen Schenkeln; ermuntert von ein paar Freunden, darunter Carlos, ging ich am Ende in das Haus gegenüber, um mit Lolín zu bumsen. Wir machten es beim Licht einer Ölfunzel, und ich mußte an meine Mutter auf dem Land denken; ich war aufgeregt und bekam keinen Steifen, doch Lolín brachte das in Ordnung, und zu guter Letzt klappte es. Oder war ich es, der das in Ordnung brachte, indem ich an Carlos dachte, der draußen auf mich wartete? Jedenfalls war es das erste Mal, daß ich meinen Samen in die Scheide einer Frau spritzte.

Das Haus meiner Großeltern gehörte nicht einmal ihnen; die Hälfte des Geldes hatte Osaida dazugegeben, eine ihrer Töchter, die vorhatte, mit ihrem Mann in die Vereinigten Staaten zu gehen. Osaidas kleine Tochter war gestorben, und von diesem Schlag hatte sie sich nie ganz erholt; vielleicht hoffte Florentino, ihr Mann, daß sie sich im Norden besser fühlte. Das glaube ich nicht; in der Einsamkeit und dem Horror der Sümpfe von Miami ist sie mit den Jahren wohl eher noch unglücklicher geworden.

Das Haus war auch wieder viel zu klein für uns; wir hatten nur zwei Zimmer für zehn Personen, weshalb ich manchmal bei meiner Tante Ofelia übernachtete. Selbstverständlich konnte niemand das Recht beanspruchen, allein zu schlafen, wir lagen immer zu zweit oder zu dritt in einem Bett. Auf dem Land konnten meine Großeltern getrennt schlafen und sich auf Distanz und mit einem gewissen Respekt hassen; nun mußten sie zusammen schlafen; vielleicht nahmen sie deshalb ihre sexuelle Beziehung wieder auf. Manchmal, wenn ich schrieb, bekam ich ihre Liebesschlachten mit, die ziemlich lautstark vor sich gingen; ich nutzte die Gelegenheit, um unter das Bett zu kriechen, wo sie bumsten, und ein bißchen Geld aus der hölzernen Ladenkasse zu entwenden, die mein Großvater jede Nacht unters Bett stellte; das war sozusagen die Registrierkasse.

Im allgemeinen aber ging ich zum Schlafen zu meiner Tante und teilte das Bett mit meinem Vetter Renán, einem jungen Mann von sechzehn Jahren; ein Don Juan, wie es hieß. Nach seinen halberotischen Eskapaden kam Renán nach Hause und onanierte in dem Bett, wo auch ich schlief; ich genoß diese Selbstbefriedigungen, und manchmal, glaube ich, stellte ich mich schlafend und half ihm dabei.

Wenn ich Zeit hatte, ging ich in eine Schule, die sich Höhere Grundschule nannte, dort hatte ich eine Anatomielehrerin, die uns zwang, auf Punkt und Komma genau den Text eines schrecklichen Lehrbuchs für Anatomie, Physiologie und Hygiene aufzusagen; wer es nicht auswendig konnte, wurde nicht versetzt. In dieser Schule verliebte ich mich in den Grammatiklehrer, einen Mann von etwa siebzig Jahren. So verteilte sich meine platonische Liebe auf Carlos, der vierzehn war, und auf den alten, siebzigjährigen Lehrer. Wenn mein Vetter onanierte und dabei an eins der Mädchen dachte, das er vielleicht in einem der wenigen, kümmerlichen Parks des Städtchens geküßt hatte, tat ich das gleiche und dachte dabei an den Grammatiklehrer, der nie einen Blick für mich übrig hatte, obwohl alle behaupteten, er wäre homosexuell, und viele der Schüler sich damit brüsteten, ihn schon gefickt zu haben.

1957 kamen meine Cousine Dulce Ofelia und ihre Mutter aus Miami zu Besuch nach Holguín. Dulce war zu einem bildschönen Mädchen herangewachsen. Es war die Zeit, als meine Freundschaft mit Carlos auf ihrem Höhepunkt war; wir gingen jeden Abend zusammen ins Kino. Meine Cousine fand unser Verhältnis irgendwie sonderbar, vielleicht verliebte sie sich deshalb in Carlos. Die Lage veränderte sich für mich; nun waren es nicht Carlos und ich, die ins Kino gingen, sondern die beiden, und ich war ihr Anstandswauwau; sie saßen neben mir im Kino, und ich sah zu, wie sie sich küßten. So oft hatte ich mir gewünscht, das mit Carlos zu machen, und nun war es meine Cousine, die es vor meinen Augen tat, und ich durfte noch aufpassen, daß nichts »Schlimmes« passierte, wie meine Großmutter mir eingetrichtert hatte. Die Romanze dauerte einen Monat, bis Dulce nach Miami zurückfuhr. Carlos versuchte nun wieder, mit mir auszugehen, aber ich wollte nichts mehr von ihm wissen; insgeheim hatte er mich verraten, und ich brauchte ihm nichts zu erklären; er verstand. Carlos setzte sich auf die Veranda und fing mit meinen Großeltern ein Gespräch an, in der Hoffnung, ich würde irgendwann herauskommen; ich igelte mich aber im Eßzimmer ein; ich hatte angefangen, einen neuen schrecklichen Roman zu schreiben, *Der Kannibale,* der zum Glück verlorenging. Ich war nie wieder mit Carlos im Kino.

Zu dieser Zeit senkte ich beim Sprechen die Stimme, tat wie ein Weiberheld und erhöhte die Zahl meiner Freundinnen; ich fing womöglich schon selbst an zu glauben, daß mir eins dieser Mädchen gefiel. In der Schule machte ich allen Mädchen den Hof und sorgte dafür, daß ja keiner auf den Gedanken kam, ich würde mir nichts aus Frauen machen. Eines Tages aber, während die Anatomielehrerin ihre Schwarte wiederkäute, setzte sich ein Mitschüler neben mich, und diabolisch, aber absolut aufrichtig sagte er zu mir: »Hey, Reinaldo, du bist ein Schwuler. Weißt du, was ein Schwuler ist? Das ist ein Mann, dem die anderen Männer gefallen. Ein Schwuler, genau das bist du.«

Weihnachten

Eine meiner größten Freuden als kleiner Junge war es, wenn mein Großvater das Wort »Weihnachten« sagte. Wenn er es aussprach, hatte seine Stimme einen solchen Klang, daß man meinte, es wäre schon Heiligabend. Wenn er dieses Wort aussprach, lachte er, was man nicht oft an ihm sah, und in dem Wort lag alle Freude der Welt.

Weihnachten 1957 sagte mein Großvater das Wort

nicht; es gab keine Weihnachten. Was es gab, waren Blutweihnachten, wie die Zeitschrift Bohemia schrieb, wegen der zahllosen politischen Morde, die in dem Monat von der Regierung begangen wurden. Man hörte Schußwechsel; der Terror war schon etwas Alltägliches. Fast die gesamte Provinz Oriente war gegen Batista, und in den Bergen gab es Rebellen. Manchmal griffen sie aus der Ferne Batistas Armee an, und die Soldaten ergriffen die Flucht, es waren nämlich fast alles arme Teufel, die ebenfalls vor Hunger starben und nicht für so einen Blödsinn ihr Leben lassen wollten. Man kann aber auch nicht sagen, zwischen Fidel Castros Guerilleros und Batistas Truppen hätte es einen offenen Krieg gegeben; fast alle Toten waren von Batistas Schergen ermordet worden: Studenten, Mitglieder der Bewegung 26. Juli oder einfach Sympathisanten von Castro; sie wurden in den Städten festgenommen, gefoltert und umgebracht und anschließend in den Straßengraben geworfen, zur Abschreckung der Bevölkerung und vor allem der Verschwörer. Unter Castros Soldaten selbst gab es nicht viele Verluste, genausowenig in Batistas Armee. Als die Revolution triumphierte, sprach Castro von zwanzigtausend Toten, und diese Zahl wurde zu einer Legende, einem Symbol; die Namen dieser zwanzigtausend Toten sind allerdings nie veröffentlicht worden, und das wird auch nie geschehen, weil es sie in diesem Krieg gar nicht gegeben hat. In Wirklichkeit gab es auch keinen Krieg, sondern die nahezu einmütige Auflehnung eines Volkes gegen einen Diktator; das Volk selbst übernahm es, Sabotageakte zu verüben und vor allem zu verbreiten, es gäbe Tausende von Rebellen, die überall wären. Was es überall gab, war die Verachtung für das Regime Batistas, und darum tauchte an jeder Ecke eine Fahne des 26. Juli auf; ich selbst habe mal so eine Fahne angebracht. Batista war zudem ein ungeschickter Diktator, der niemals die absolute Kontrolle ausübte; die Macht glitt ihm aus den

Händen, wegen der andauernden Korruption unter seinen eigenen Anhängern und weil die Ehrlichsten von ihm abfielen. Man darf auch nicht vergessen, daß es eine Volkskampagne gegen Batista gab, die teilweise auch durch die Medien ging. Die Zeitschrift *Bohemia* veröffentlichte Interviews mit Fotos von den Rebellen in der Sierra Maestra und brachte Bilder von den Jugendlichen, die Batista ermordet hatte. Die *New York Times* unterstützte Fidel Castro von Anfang an, und in den Vereinigten Staaten konnten Castro und die meisten seiner Leute im allgemeinen auch unbehelligt ihre Fäden ziehen. Außerdem verachtete selbst die kubanische Bourgeoisie Batista, der dunkelhäutig war, und unterstützte Castro, den Weißen, den Sohn eines spanischen Plantagenbesitzers und Zögling einer Jesuitenschule. Einmal war es ausgerechnet der wichtigste Bischof ganz Kubas, der Fidel Castro das Leben rettete. Schon bevor Batista abdankte und endgültig das Land verließ, war er demoralisiert. Er war ein Lebemann, und was ihn am meisten interessierte, waren seine Millionen und wie er sie retten konnte; noch am Abend seiner Flucht gab er im Cabaret Tropicana ein Fest. Ein paar Jahre später, in Paris, äußerte sich Batista unmißverständlich und sehr sarkastisch über die letzten Jahre seiner Herrschaft in Kuba; er soll gesagt haben: »Als ich kam, ging die Post ab, als ich ging, nahm ich die Piste und hinterließ die Pest.«

Rebell

Mit dem Jahr 1958 wurde das Leben in Holguín immer unerträglicher; es gab fast nichts zu essen und keinen Strom; wenn das Leben dort früher langweilig war, so war es jetzt schlicht unmöglich. Schon seit geraumer Zeit wollte ich mich davonmachen, in die Berge gehen, mich den Rebellen anschließen; ich war vierzehn Jahre alt, und ich sah keinen anderen Ausweg. Ich mußte dabeisein beim Aufstand; vielleicht konnte ich sogar zusammen mit Carlos gehen, mit ihm an einer Schlacht teilnehmen und das Leben verlieren oder es gewinnen; Hauptsache, etwas tun. Ich erzählte Carlos davon, und er sagte, er würde mitmachen; ich sollte ihn bei Tagesanbruch wecken; wir würden zusammen nach Velasco gehen, einem Dorf, das angeblich schon von den Rebellen eingenommen war.

Ich stand in aller Frühe auf, ging zum Haus von Carlos und rief etliche Male am Fenster seines Zimmers, doch er antwortete nicht; offensichtlich wollte er nicht. Da ich aber fest entschlossen war, alles hinter mir zu lassen, machte ich mich auf den Weg nach Velasco; einen ganzen Tag lang marschierte ich, bis ich das Dorf erreichte. Ich dachte, dort würde ich auf viele Rebellen treffen, die mich mit Jubel empfingen, aber es gab keine Rebellen in Velasco, auch keine Batista-Soldaten; es gab ein Dorf, das am Verhungern war, und die Mehrzahl seiner Bewohner waren Frauen. Ich hatte nur siebenundvierzig Centavos. Ich kaufte ein paar Stück Kuchen, eine Spezialität aus der Gegend, setzte mich auf eine Bank und aß sie auf. Ich blieb stundenlang auf dieser Bank sitzen; ich hatte weder Lust, nach Holguín zurückzugehen, noch die Kraft, denselben Tagesmarsch noch einmal zu machen. Als es dunkelte, kam ein Mann zu mir, der mich seit einer ganzen Weile beobachtet hatte, und fragte mich, ob ich gekommen sei, um mich dem Aufstand anzuschließen. Ich sagte ja. Er hieß Cuco Sánchez und war etwa vierzig Jahre alt. Alle seine Brüder – sieben – waren in den Bergen; er war als einziger im Dorf geblieben, um für seine Mutter und seine Frau zu sorgen. Er nahm mich mit in sein Haus; seine Frau wirkte ganz unglücklich, vielleicht, weil sie nur einen Teller Bohnen hatte, den sie mir anbieten konnte, und dieser Teller Bohnen mußte auch noch für alle anderen reichen;

ich aß beschämt, aber mit Appetit. Die Mutter von Cuco Sánchez ermutigte mich zu bleiben; sie sagte zu Cuco, er solle mich in die Sierra de Gibara bringen, wo die Rebellen waren. Sie besaß einen kleinen Kramladen, der geplündert worden war, zuerst von den Rebellen, dann von den Soldaten Batistas. Eine Woche zuvor war einer der berüchtigtsten Schergen Batistas durchs Dorf gekommen, Sosa Blanco; er hatte das Dorf verwüstet, einen Mann bei lebendigem Leib verbrannt und das bißchen mitgenommen, was der Mutter von Cuco Sánchez in ihrem Laden noch geblieben war. Dann hatte er ihr das Schaufenster zerschossen; in dem Laden stand nichts mehr außer einer Waage, und die war auch zertrümmert. »Hier, die haben sie mir kurz und klein geschlagen«, sagte Cucos Mutter zu mir, halb wütend, halb verängstigt. Ja, ich sollte in die Berge gehen, meinte sie; als wäre ich dafür zuständig, ihre kaputte Waage zu rächen. Dort waren auch die Brüder von Cuco Sánchez, und es wäre nicht schwierig für Cuco, mich zu ihnen zu führen. Er selbst hatte es übernommen, für die Aufständischen Kugeln zu gießen; solange ich in seinem Haus war, half ich ihm bei der Herstellung der Munition. Schließlich marschierten wir zum Lager der Rebellen in der Sierra de Gibara.

Ich redete mit dem Hauptmann der Rebellen; er hieß Eddy Suñol und war verwundet; er hatte eine Kugel abbekommen, als Sosa Blanco kam, erklärte er mir. Er trug noch einen riesigen, improvisierten Verband über der Hüfte; ich glaube, er hatte auch eine gebrochene Rippe. Der Mann war ein Bauer aus Velasco; er sah mich mit einer gewissen Achtung an, aber er nahm mich nicht auf; ich war noch zu jung, und ich hatte keine Waffe. »Guerilleros haben wir zur Genüge, was wir brauchen, sind Waffen«, sagte er zu mir. Ich tat alles, um zu bleiben, und Cuco legte ein Wort für mich ein; so überzeugten wir Suñol, und er sagte mir, ich könnte für eine Woche bleiben, bis ein

Trupp in die Sierra Maestra aufbrach, mit dem sollte ich dann gehen; ob die mich akzeptierten, wäre dann nicht mehr seine Sache; eine Woche aber könnte ich bleiben und helfen, wo man mich brauchte: beim Kochen, Wasserholen, Holzsammeln.

Nachdem wir zehn Tage auf den Befehl zum Aufbruch in die Sierra Maestra gewartet hatten, kamen fünfundvierzig Männer und sieben Frauen von dort; Suñol hatte sie als Guerilleros hingeschickt, sie waren aber abgewiesen worden, weil sie keine Waffen hatten und Castro sie nicht gebrauchen konnte. Für mich war nun kein Platz mehr im Lager; ich sollte nach Holguín zurückkehren, einen Soldaten töten, ihm seine Waffe abnehmen und wiederkommen. »Wenn du ein Gewehr mitbringst, nehmen wir dich sofort auf«, sagte Suñol. Einer der Rebellen, ein Junge von etwa achtzehn Jahren, schenkte mir das einzige Messer, das er besaß; er sagte zu mir, ich dürfte nicht unbewaffnet fortgehen, ich sollte einem Soldaten Batistas das Messer in den Rücken jagen und wiederkommen. »Ich warte hier auf dich«, sagte der Junge zu mir. Vielleicht sagte er es nur, um mir Mut zu machen, damit ich mit ein bißchen Hoffnung loszog; so kehrte ich jedenfalls nach Holguín zurück.

Jetzt fuhr ich auf einem Lkw, zusammen mit mehreren Leuten, die eine Erlaubnis bis Aguas Claras hatten, einem Ort in der Nähe von Holguín. Die Batista-Soldaten kannten diese Leute, aber mich nicht; der Fahrer hatte mich gewarnt, es wäre sehr riskant, mich mitzunehmen; wenn sie rauskriegten, daß ich ein Aufständischer war oder nicht aus der Gegend stammte, würden sie alle umbringen. Letzten Endes kamen wir ohne irgendwelche Schwierigkeiten nach Aguas Claras; dort, etwa zehn Kilometer vor Holguín, verabschiedeten wir uns, ich versteckte mich, bis es Nacht wurde, und lief zu Fuß weiter.

Um Mitternacht kam ich zu Hause an, ich klopfte an die Tür, und meine Großmutter machte mir auf; sie schrie laut auf, wurde aber von meinem Großvater mit einer Ohrfeige augenblicklich zum Schweigen gebracht. »Wenn sie dich hier schnappen, bringen sie dich auf der Stelle um, und uns verhaften sie alle«, sagte mein Großvater.

Ich hatte die Unvorsichtigkeit begangen, auf dem Bett einen Zettel zurückzulassen, auf dem stand, ich sei zu den Rebellen gegangen, sie sollten es aber keinem weitersagen. Worauf die zehn Frauen, die im Haus wohnten, die Nachricht im ganzen Viertel herumposaunten. Nun suchte mich Batistas Polizei. Ich mußte zurück nach Velasco und dachte natürlich nicht im Traum daran, mit meinem Messer hinterrücks einen Polizisten zu erstechen. Allerdings näherte ich mich einem, als es wieder Abend wurde; ich sah ihn an, er sah mich an, und als einzige Reaktion packte er sich an die Eier, die sich unter seiner Uniform abzeichneten und fast so groß waren wie die von meinem Großvater. Ich machte mich davon, so schnell es ging, während er sich weiter seinen prachtvollen Sack kraulte.

Durch den Busch marschierte ich wieder nach Velasco und weiter bis zum Lager, und ihnen blieb nichts anderes übrig, als mich aufzunehmen; schließlich konnte ich nun nicht mehr nach Holguín zurück. So blieb ich und half, wo Not am Mann war. Ein paar Stunden Fußmarsch entfernt lebte meine Tante, die die Finca meines Großvaters gekauft hatte; quer durch die Wälder ging ich sie manchmal besuchen; sie gab mir etwas zu essen, und da ihr Mann nicht mit den Rebellen sympathisierte, war es ihnen ganz lieb, daß zumindest ein Rebell zu ihnen kam.

An einem Gefecht habe ich nie teilgenommen; in der ganzen Zeit, die ich bei den Rebellen war, habe ich nicht mal von weitem eins gesehen; die Gefechte waren mehr ein Mythos als Wirklichkeit. Es war eher ein Krieg der Worte. Für die Presse und fast das ganze Volk waren die ländlichen Gebiete in den Händen Tausender und Abertausender bis an die Zähne bewaffneter Rebellen. Das stimmte nicht; die wenigen Waffen, die sie besaßen, hatten sie den *casquitos* abgenommen, den Soldaten Batistas, oder es waren alte, mit Draht zusammengehaltene Büchsen aus dem vorigen Jahrhundert, mit denen die *mambises* gegen die spanische Kolonialherrschaft gekämpft hatten.

Während ich bei den Rebellen war, sah ich, daß auch sie einige Ungerechtigkeiten begingen, was mich bis zu einem gewissen Grad an der Aufrichtigkeit dieser Leute zweifeln ließ. Einmal ging eine Gruppe Rebellen los, um einen Bauern festzunehmen, der bei seiner Mutter wohnte; die Mutter fing herzzerreißend an zu schreien. Ihr Sohn war als Spitzel denunziert worden. Sie führten ihn ab und erschossen ihn; das heißt, schon bevor Fidel Castro die Macht ergriff, hatten die Erschießungen von Personen begonnen, die dem Regime feindlich gesonnen waren oder dagegen konspirierten; sie wurden »Verräter« genannt; das war und ist auch heute noch das Wort.

Eddy Suñol, der die Erschießungen in diesem Gebiet befahl, schoß sich fünfzehn Jahre später schließlich selber eine Kugel in den Kopf. Der Tod Suñols war nur ein Selbstmord mehr in unserer politischen Geschichte, der Geschichte eines permanenten Selbstmords.

Kaum einer von uns Aufständischen rechnete damit, daß die Diktatur Batistas so schnell gestürzt würde. Als sich die Nachricht verbreitete, Batista sei geflohen, glaubten es viele von uns nicht. Castro selbst gehörte zu denen, die am meisten überrascht waren; er hatte einen Krieg gewonnen, ohne daß überhaupt einer stattgefunden hatte. Castro hätte Batista eigentlich dankbar sein müssen; der Diktator war gegangen und hatte die Insel intakt gelassen, und Castro hatte keinen einzigen Kratzer abbekommen. Im übrigen hatte Castro auch nie ein Attentat gegen Batista versucht; es war eine Gruppe von praktisch unbewaffneten Studenten gewesen, die es versuchten und fast alle dabei umkamen; die Überlebenden kamen unter Castro nie an die Macht. Es sollte auch nicht vergessen werden, daß Fidel Castros Schwager ein prominenter Batista-Mann war; immerhin ein Minister. Obwohl Batista schon am 31. Dezember 1958 geflohen war, ließ sich Castro etliche Tage Zeit, bis er aus der Sierra Maestra herunterstieg und in Havanna einzog; danach kam die Legende. Er schwang sich auf ein paar riesige Kampfpanzer, die ihm nicht gehörten, und zog in Havanna ein, inmitten einer gewaltigen Truppe, die ihm zujubelte, und großer Volksmassen, die von Batista genug hatten.

Die Rebellen sahen außerdem gut aus, sie waren jung und männlich; zumindest dem Anschein nach. Die gesamte Weltpresse war fasziniert von diesen schönen, bärtigen Männern, viele trugen auch noch eine prachtvolle Mähne.

Wir stiegen von den Bergen hinab, und man empfing uns wie Helden; in meinem Viertel in Holguín drückten sie mir eine Fahne der Bewegung des 26. Juli in die Hand, und mit dieser riesigen Fahne lief ich durch unsere Straße. Ich kam mir ein bißchen albern vor, aber alle waren so fröhlich, die Hymnen erklangen, und die Menschen kamen auf die Straße gelaufen. Immer neue Rebellen trafen ein, mit Kruzifixen und Ketten aus Körnern um den Hals; sie waren die Helden. Zwar gehörten manche von ihnen erst seit vier oder fünf Monaten zu den Aufständischen, aber die meisten Frauen in der Stadt, und auch viele Männer, waren ganz verrückt nach diesen Langhaarigen; alle wollten sie einen Bärtigen mit nach Hause nehmen. Ich hatte noch keinen Bart, ich war erst fünfzehn.

Die Revolution

Die castristische Revolution begann erst 1959.

Und mit ihr kamen die große Begeisterung, der große Umschwung und ein neuer Terror. Es begann eine regelrechte Jagd auf die Soldaten Batistas, auf die mutmaßlichen Spitzel, auf die Militärs des in Ungnade gefallenen Regimes und auf die »Tiger« von Masferrer. Masferrer war ein kubanischer Politiker und Gangster; zwei Professionen, die sich keineswegs ausschlossen. In den letzten Jahren hatte er sich eine Privatarmee zugelegt; fast alle seine Soldaten wurden auf offener Straße, in den Häusern oder auf dem Kreuzberg hingerichtet, den sie verzweifelt erkletterten, um aus der Stadt rauszukommen. Das alles geschah, derweil Masferrer mit einem Boot in die Vereinigten Staaten flüchtete. In den ersten Tagen wurden viele Menschen ohne jedes Gerichtsverfahren einfach ermordet. Dann schuf man die sogenannten »Revolutionstribunale« und machte kurzen Prozeß: schon eine Denunziation bei dem Richter, den das neue Regime auf die Schnelle eingesetzt hatte, reichte aus. Die Prozesse waren Theatervorstellungen, bei denen sich das Publikum darüber amüsierte, wie ein armer Teufel zum Tode verurteilt wurde, der jemandem vielleicht nur eine Ohrfeige gegeben hatte, und der nutzte nun die Gelegenheit, sich zu rächen; es wurden Schuldige wie Unschuldige erschossen. Jetzt starben sehr viel mehr Menschen als in dem Krieg, der nie stattgefunden hatte.

Trotz der Euphorie gab es auch viele, die mit diesen Erschießungen nicht einverstanden waren. Ein Bild habe ich heute noch vor Augen: ein Mann wurde zum Erschießen abgeführt, weil er einen jungen Revolutionär getötet hatte; der Mann lief über die Straße, eskortiert von Rebellensoldaten, die verhinderten, daß ihn die Menge in Stücke riß, damit er wenigstens lebend zum Richtplatz kam.

Plötzlich tauchte eine schwarzgekleidete Frau auf, die sich dem Zug entgegenstellte. Sie fing an zu schreien, man solle ihn bestrafen, aber nicht umbringen; es war die Mutter des ermordeten Jungen. Man ignorierte die Frau; ihr Gnadengesuch zählte nicht, nur die neue Ordnung und das so lange unterdrückte Bedürfnis nach Rache; der Mann wurde vor die Stadt geführt und erschossen. Solche Hinrichtungen waren an der Tagesordnung.

In Holguín fanden die Prozesse im Theater von La Pantoja statt, einer riesigen, von Batista errichteten Militärschule, die sich nun in den Händen der Rebellen befand. Es waren gnadenlose standrechtliche Schauprozesse. Oft wurden sie auch im Fernsehen übertragen.

Seitdem sind mehr als dreißig Jahre vergangen, und noch immer inszeniert Fidel Castro Schauprozesse, und natürlich läßt er sie auch immer mal wieder vom Fernsehen übertragen. Nur füsiliert Castro jetzt nicht mehr die Schergen Batistas, sondern seine eigenen Soldaten und manchmal sogar seine eigenen Generäle.

Warum merkte einschließlich der Intellektuellen keiner, daß wieder eine neue Tyrannei begann, noch blutiger als die vorherige? Vielleicht merkten wir es, doch der begeisternde Gedanke, daß man eine Revolution erlebte, daß man eine Diktatur gestürzt hatte und daß der Moment der Rache gekommen war, wirkte stärker als Unrecht und Verbrechen. Und es geschah ja nicht nur Unrecht. Die Erschießungen erfolgten im Namen der Gerechtigkeit und der Freiheit, und vor allem im Namen des Volkes.

1960 war noch ein Jahr des kollektiven Jubels; man stellte weiterhin die sogenannten »Schergen« an die Wand, doch in der allgemeinen Euphorie wurden die Exekutionen, das muß man zugeben, von der überwiegenden Mehrheit der Bevölkerung gutgeheißen. Man kann nicht so tun, als hätte es diese fanatisierten Massen von mehr als einer Million Menschen nicht gegeben, die am Platz der

Revolution vorbeizogen – der natürlich nicht von der Revolution erbaut worden war, sondern von der gestürzten Tyrannei – und die riefen: »An die Wand!« Zu jener Zeit war auch ich ein Revolutionär; ich hatte nichts zu verlieren, und wie es aussah, gab es viel zu gewinnen; ich konnte studieren, von zu Hause und von Holguín fortgehen, ein neues Leben beginnen.

Ein Student

Ich erhielt ein Stipendium, um in La Pantoja zu studieren, der ehemaligen Batista-Kaserne, aus der man jetzt ein Polytechnikum gemacht hatte. Ich war sechzehn Jahre alt, als der Unterricht begann; es war eine Ausbildung, die wir mit dem Diplom eines Agrarbuchhalters abschließen würden. Dieses neue Studienfach brauchte die Regierung, weil es schon geheime Pläne gab, allen Grund und Boden zu enteignen. Ich glaube, es war eines der ersten Stipendien, die Castros Regierung vergab, denn in diesem Internat sollten junge Kommunisten ausgebildet werden. Zuerst merkten die meisten von uns nicht, was das eigentliche Ziel dieses Studiums war. Wir wurden auf der ganzen Insel »gewonnen«.

Ich war ein Jugendlicher, mit zweitausend anderen jungen Männern in einem Lager eingeschlossen, das wir nicht verlassen durften. Man könnte meinen – und ich selbst denke es heute –, dies wäre der geeignetste Zeitpunkt gewesen, um meine homosexuellen Neigungen zu entwikkeln und ausgiebige Liebesbeziehungen zu haben; ich hatte nicht eine. Ich war damals mit allen typischen, von der Revolution auf die Spitze getriebenen Vorurteilen einer machistischen Gesellschaft behaftet; in dieser von militanter Männlichkeit strotzenden Schule schien es keinen Platz zu geben für Homosexualität, die schon damals streng bestraft wurde, mit Ausschluß oder sogar Gefängnis. Trotzdem kam es unter diesen Jungen natürlich zu homosexuellen Handlungen, wenn auch nur klammheimlich. Wer dabei erwischt wurde, mußte mit seinem Bett und seinen Siebensachen zum Magazin marschieren und dort auf Befehl der Leitung alles zuruckgeben; alle anderen wurden aus ihren Unterkünften gescheucht, damit sie ihn mit Steinen bewarfen und auf ihn einschlugen. Dieser Ausschluß war um so verhängnisvoller, als er in einer Akte vermerkt wurde, die den Betreffenden das ganze Leben hindurch begleitete und ihn daran hindern sollte, an einer anderen staatlichen Schule zu studieren – der Staat fing bereits an, alles zu kontrollieren. Viele dieser Jungen mit ihrem Bett auf dem Rücken sahen sehr männlich aus. Beim Anblick dieses Schauspiels beschlichen mich Scham und Schrecken. »Ein Schwuler, genau das bist du«, hörte ich wieder die Stimme meines Mitschülers aus der Höheren Grundschule. Ich begriff: ein »Schwuler« zu sein war eines der schlimmsten Dinge, die einem Menschen in Kuba passieren konnten.

Die Säuberungen waren nicht nur moralischer, sondern auch bereits politischer Natur; alle Lehrer waren Kommunisten, und eins der wichtigsten Unterrichtsfächer war selbstverständlich Marxismus-Leninismus. Wir mußten das *Lehrbuch der Akademie der Wissenschaften der UDSSR*, das *Lehrbuch der politischen Ökonomie* von Nikitin und *Die Grundlagen des Sozialismus in Kuba* von Blas Roca wie am Schnürchen hersagen können. Ebenso selbstverständlich hatten wir auch Unterricht in Rechnungswesen, und als Bestandteil des Lehrgangs mußten wir regelmäßig den Pico Turquino in der Sierra Maestra besteigen; die Sierra Maestra war gewissermaßen das Heiligtum, zu dem wir in Abständen pilgern mußten; das war und ist immer noch so etwas wie die Fahrt nach Mekka oder zum Heiligen Grab. Die Sierra Maestra war der Ort, wo sich Fidel Castro bis zu Batistas Flucht versteckt hatte. Um den Abschluß als Agrarbuchhalter zu erlangen, mußte man sechsmal den Pico Turquino besteigen, und wer dazu körperlich oder aus irgendwelchen anderen Gründen nicht in der Lage war, galt als Schwächling und wurde nicht zum Examen zugelassen. Eigentlich waren wir noch gut dran, daß wir für den Abschluß als Agrarbuchhalter nur sechsmal auf den Pico Turquino steigen mußten; einmal traf ich beim Aufstieg einen Jungen, der fast hinaufkroch; er studierte Diplomatie und mußte für das Examen fünfundzwanzigmal auf den Pico Turquino klettern. Ich weiß nicht, ob er ein guter Diplomat geworden ist, zum Bergsteiger jedenfalls hatte er kein großes Talent.

Für einen Bauernburschen wie mich, der zwischen Büschen und Hängen aufgewachsen war, war es ein Abenteuer, mit all den Jungen diese Berge zu besteigen, unter freiem Himmel in Hängematten zu schlafen und in Flüssen zu baden. Als wir singend ins Gebirge zogen, ahnte noch niemand, daß hinter diesen Exkursionen finstere Absichten steckten, doch so war es. Nach wenigen Monaten wurde uns gesagt, wir seien keine einfachen Studenten, sondern die Avantgarde der Revolution, junge Kommunisten also und Soldaten der Armee. Bei den letzten Exkursionen sangen wir schon nicht mehr, was wir wollten, sondern wir mußten die *Internationale* und andere kommunistische Hymnen anstimmen. Der Direktor der Schule war Alfredo Sarabia, ein altes Mitglied der Kommunistischen Partei; so wurde schon im Jahre 1960, als Castro der Welt noch versicherte, er sei kein Kommunist und die kubanische Revolution »so grün wie die Palmen«, die Jugend kommunistisch indoktriniert, und außerdem wurden wir militärisch ausgebildet, das heißt, wir erhielten vormilitärischen Unterricht, und man brachte uns sogar bei, Waffen mit großer Reichweite zu bedienen.

Einer der Lehrer komponierte eine Hymne auf die

Agrarbuchhalter, die mit den Worten begann, wir seien die »Avantgarde der Revolution«. Tatsächlich waren wir und die freiwilligen Lehrer, die mit uns in der Sierra Maestra waren, die ersten »Revolutionskader«, wie es damals hieß. Wir würden die Verantwortung für die Buchführung und Verwaltung auf den Volksgütern tragen; das heißt: auf den Staatsgütern, denn dem Volk haben sie nie gehört. Viele meiner Kameraden wurden später hohe Funktionäre des Castro-Regimes, andere begingen Selbstmord. Ich erinnere mich noch an einen Freund aus Holguín, der sich mit seiner Maschinenpistole in den Kopf schoß. Die durchhielten, waren die neuen Menschen, die jungen Kommunisten, die später die Wirtschaft des Landes kontrollieren würden.

Es war nicht leicht, diese vielen moralischen, politischen, religiösen und sogar physischen Säuberungen zu überstehen und außerdem durch alle fachlichen Prüfungen zu kommen. Von den zweitausend Schülern blieben am Ende weniger als tausend übrig. Ich war natürlich nicht der einzige, der seine Homosexualität und seine Ablehnung des Kommunismus zu verbergen wußte; viele Schüler, die homosexuell waren, arrangierten sich, um zu überleben; andere verleugneten sich einfach. Die Antikommunisten wie ich konnten die Lehrbücher des Marxismus im Schlaf herunterbeten; wir mußten früh lernen, unsere Wünsche zu unterdrücken und uns jede Art von Protest zu verkneifen. Bei einer Versammlung im großen Theatersaal der Schule – demselben, wo auch die Konterrevolutionäre zum Tod durch Erschießen verurteilt wurden – sagte jemand zum Direktor, im Reis wären Käfer und Maden; der Direktor sprang auf, lief puterrot an und nannte den Jungen einen Schwächling und Konterrevolutionär, dem es an Opfergeist fehle. Sarabia beendete seine Rede damit, daß wir schleunigst zu lernen hätten, die Maden aufzuessen und den Reis zu vergessen. Der Junge, der sich beschwert hatte, war chinesischer Abstammung, er wurde von der Schule verwiesen. Diese Ausschlüsse hatten durchaus einen selektiven Charakter, manche Personen waren unberührbar.

Allerdings muß man zugeben, daß damals bei aller Ernüchterung die Begeisterung noch überwog.

Manche Lehrer, wenn nicht die meisten, hatten sexuelle Beziehungen mit den Schülern; einer von ihnen, Juan mit Namen, hatte mit bestimmt hundert Studenten etwas gehabt. Manchmal standen die Jungen vor seinem Zimmer Schlange, um ihn durchzuficken; das habe ich mit eigenen Augen gesehen. Außerdem erzählte mir einer meiner Kameraden, der in der ganzen Schule berühmt war für seinen großen Ständer, er gehörte zu den Lieblingen dieses Lehrers für Marxismus.

Viele der Jugendlichen, die dort im Internat lebten, waren »Rammler«, das heißt, sie waren aktiv. Einen anderen Jungen zu bumsen, war für sie kein Zeichen von Homosexualität; schwul war der Gebumste. Einmal gab es einen Riesenskandal, als herauskam, daß jede Nacht mehr als hundert Schüler über die Mauer kletterten, um einen Schwulen zu bumsen, der immer aus Holguín angelaufen kam und dort seine Verehrer empfing. Als Sarabia mit dem Heer seiner treuesten Lehrer auf der Bildfläche erschien, nahm der nackte Junge die Beine in die Hand und verschwand zwischen den Hügeln von Holguín; die Schüler schlüpften im Schutz der Dunkelheit in ihre Unterkünfte. An diesem Abend zitierte Sarabia alle Studenten in den Theatersaal und hielt eine ellenlange Rede voller Losungen und Drohungen. Danach wurde ein russischer Film gezeigt, und zwar *Das Leben Lenins*. Fast jeden Abend gingen wir in dieses Theater, um irgendeinen russischen Film zu sehen; wir aßen auch viel russisches Fleisch. Keine Frage, wir wurden geschult, aber wir bekamen auch zu essen, und wir konnten kostenlos studieren; die Regierung kleidete uns, erzog uns auf ihre Weise und bestimmte über unser Schicksal.

Havanna

1960 kam ich nach Havanna. Am 26. Juli hielt Fidel Castro eine seiner endlosen Reden und brauchte Publikum, um den Platz der Revolution vollzukriegen. Man steckte uns, mehr als tausend junge Männer, in Zuckerrohrwaggons, und nach mehr als drei Tagen Fahrt erreichten wir Havanna. Fast alle waren sexuell erregt in diesem Zug; die Körper schweißnaß und aneinandergepreßt. Auch in mir brodelte es, doch ich war noch in meinem absurden Machismo gefangen, den ich mit all seinen Vorurteilen nur schwer abstreifen konnte.

Ich hatte damals zwei Freundinnen: Irene, die ich kennengelernt hatte, bevor ich ins Internat kam, und Marlene, die schon beinahe meine klassische Braut war. Sie wechselten sich ab und kamen immer sonntags, da war Besuchstag. Ich war damals sehr machohaft; zumindest versuchte ich, es zu sein, obwohl ich manchmal platonische Beziehungen zu anderen Jungs hatte, aber das waren Männerfreundschaften, Beziehungen der Stärke; Scheinkämpfe und Balgereien.

Wir kamen in Havanna an. Die Stadt faszinierte mich; eine richtige Stadt, zum erstenmal in meinem Leben; eine Stadt, wo einen keiner kannte, wo man sich verlaufen konnte, wo es bis zu einem gewissen Grad niemanden interessierte, wer man war. Wir wurden im Hotel Habana Libre untergebracht, das heißt im Habana Hilton, aus dem plötzlich das Freie Havanna geworden war. Wir schliefen jeweils zu sechst oder siebt in einem Zimmer.

Für die Schwulen von Havanna waren die Internatsstudenten natürlich ein Leckerbissen: ein halbes Jahr lang hatten wir praktisch keinen Sex gehabt, und plötzlich standen wir mitten im Zentrum von Havanna. Ein Freund von mir, Monzón, erzählte mir, er habe in einer Nacht mindestens zwanzig Schwule gebumst, für zehn Pesos pro Kopf; während seines Aufenthalts für diese revolutionäre Parade machte er fast ein kleines Vermögen. Er war ein bildhübscher Kerl, wirklich traumhaft; später bekleidete er verschiedene Posten bei der Revolution. Vor über zehn Jahren traf ich ihn einmal auf der Straße, und er erzählte mir, daß er nun irgendeinen Betrieb leitete und fast ständig nach Bulgarien und in andere sozialistische Länder reiste.

Diese erste Reise nach Havanna war für mich der erste Kontakt mit einer anderen Welt, einer unermeßlichen, atemberaubenden, fast immer von Menschen wimmelnden Welt. Ich spürte, diese Stadt war meine Stadt, und irgendwie mußte ich es schaffen, wieder dorthin zurückzukehren. Während der kurzen Zeit in Havanna bestand unsere Aufgabe allerdings darin, zu demonstrieren, also marschierten wir, einen ganzen Tag lang, über den Platz der Revolution; wir applaudierten, skandierten die neuesten Losungen und waren ziemlich begeistert. Ich legte mir eine Freundin zu, ein Mädchen aus Havanna, das wie alle verrückt danach war, einen Studenten, einen Rebellen oder einen Bauern zu erobern. Später schrieb sie mir mehrere Briefe ins Internat, auf die ich nicht antwortete. In ihrem letzten Brief zeigte sie sich beleidigt und schrieb, sie würde mich im Internat besuchen kommen. Ich gab den Brief ein paar Freunden von mir, die darüber lachten; ich aber war entsetzt bei dem Gedanken, diese Frau würde plötzlich auftauchen und mir eine Szene machen. Sie schrieb, sie wäre schwanger und würde ein Kind von mir erwarten, ein Ding der Unmöglichkeit, schließlich hatten wir bloß mitten auf dem Platz ein bißchen herumgefummelt; das Kind konnte so gut von mir wie von Fidel Castro sein.

Apropos Fidel Castro: Am Abend nach der Versammlung oder am nächsten Abend kam er ins Hotel Habana Libre, um mit uns zu sprechen. Er erschien aus heiterem Himmel, wie es seine Angewohnheit ist. Wir waren gerade bei einer Art politischem Seminar in einem der größten Säle des Hotels und empfingen ihn mit donnerndem Applaus. Wir waren alle außer uns vor Begeisterung über seine Anwesenheit; es war eine Ehre, daß der *Comandante en Jefe* uns einfache Agrarbuchhalter besuchen kam. Er sagte uns, wir wären die Avantgarde der Revolution und trügen eine gewaltige Verantwortung, weil wir die ersten Staatsfarmen leiten würden; wir müßten Vorbilder sein, absolut politisch bewußt und revolutionär. Die Rede endete mit einem Riesenapplaus; natürlich habe auch ich geklatscht. Später erfuhr ich, daß er solche Reden fast jeden Tag hielt; Freunde von mir aus Holguín mußten ähnliche Reden Fidel Castros und anderer von ihm entsandter Führer über sich ergehen lassen. Einige dieser Reden hatten zum Ziel, Jugendliche nach Santo Domingo zu schicken, wo sie gegen die Diktatur Trujillos kämpfen sollten; viele starben bei diesen Kämpfen.

Bevor ich zum Studium kam, hatte ich mich, und zwar zusammen mit meiner Freundin Irene, zu einer dieser Expeditionen nach Santo Domingo gemeldet, um Trujillo zu töten. Trujillo aber tötete fast jeden, der mit der Absicht kam, ihn zu töten. Er erwartete sie gleich am Strand und machte fast die gesamte Expedition an Ort und Stelle nieder. Ich entkam diesem Tod, wie ich auch dem Schicksal entronnen war, selbst ermordet zu werden, als ich mich mit einem Messer bewaffnet einem Soldaten näherte und der nichts weiter tat, als sich den Sack zu kraulen. Ich entkam auch, als ich bei den Rebellen war und die Truppen Sosa Blancos durch die Gegend zogen. Eigentlich bin ich bis heute immer dem Tod entkommen, wenn auch nur um Haaresbreite; heute liegen die Dinge anders. Aber wie dem auch sei: Warum sollte ich damals an den Tod denken, mit meinen sechzehn Jahren und umgeben von tausend Jugendlichen, die so lebendig und attraktiv waren wie ich, oder noch viel attraktiver?

Hymnen

Wir kehrten nach Holguín zurück, die Hymnen noch auf den Lippen, die wir auf dem Platz der Revolution gesungen hatten. Manche brachten Briefe oder Fotos der Freundinnen mit nach Hause, die uns bei der Parade plötzlich im Arm gelegen hatten. Und wieder stiegen wir mit unseren Hängematten, Rucksäcken, Schokoladenriegeln und Hymnen hinauf in die Sierra Maestra. Wir badeten im Fluß nahe dem Pico Turquino, kletterten auf den Gipfel, genossen die Temperatur, für uns eine fast arktische Kälte, und sprangen wie die Bergziegen wieder herunter, ausgelassen und fröhlich. Kein Zweifel, wir hatten einen Sinn im Leben gefunden, wir hatten einen Plan, ein Projekt, eine Zukunft, schöne Freundschaften, große Verheißungen und eine gewaltige Aufgabe vor uns. Wir waren selbstlos, unschuldig und jung, und wir hatten ein reines Gewissen. Es war einfach wunderbar, die Gebirgsluft zu atmen, den Duft nach Pinien, kühler Erde und unter freiem Himmel gekochtem Essen. Fast jedesmal machten wir Rast in einem Lager, das Minas del Frío hieß und wo freiwillige Lehrer ausgebildet wurden. Ich glaube, es war eine der wenigen kommunistischen Kaderschmieden, die noch früher als das Lager La Pantoja eingerichtet worden waren. Wer dort studierte, wollte freiwilliger Lehrer werden, erhielt in Wirklichkeit aber eine kommunistische Schulung. Ich erinnere mich an einen Studenten, der allein dort im Gebirge saß und weinte; er trug einen langen Bart und zitterte vor Angst und Kälte. Er erzählte mir, sie erhielten kein bißchen pädagogische Ausbildung, statt dessen nur Schulungen, und er habe Angst zu kneifen. »Kneifen« bedeutete, die Behandlung und die Atmosphäre im Lager nicht ertragen zu können und deshalb ausgeschlossen zu werden. Er kniff nicht; ich traf ihn wieder, als sie aus der Sierra zurückkamen und in La Pantoja übernachteten. Ich weiß zwar nicht, was aus ihm geworden ist, aber von da an stellte ich bei einigen Menschen eine gewisse Enttäuschung fest, auch bei meiner Mutter.

Meine Mutter war aus Miami zurückgekehrt, sie war es leid, auf die heulenden Hosenscheißer fremder Leute aufzupassen. Als sie nach Holguín zurückkam, war meine Mutter noch jung und schön; sie lebte nach wie vor in absoluter Keuschheit. Sie besuchte mich im Internat und erzählte mir, mittlerweile seien praktisch alle Produkte vom Markt verschwunden: es gab keine Seife mehr, nichts zu essen und nichts zum Anziehen. Ich war im Internat und trug die Uniform, die mir die Revolutionsregierung geschenkt hatte; ich brauchte nichts anderes zum Anziehen, und die Klagen meiner Mutter kümmerten mich nicht sonderlich.

Zu dieser Zeit hatten wir schon ein bißchen Rechnungswesen gelernt, und Fidel Castros Regierung beschloß eine Währungsreform, das heißt, das gesamte Geld, das bis dahin im Umlauf war, wurde abgewertet, und dafür wurden neue Scheine gedruckt. Das war fraglos ein genialer politischer Schachzug, denn mit dem Einziehen des gesamten alten Geldes wurde faktisch alle Macht außer Kraft gesetzt, die das Geld in den Händen derer ausüben konnte, die mit der Revolution nichts im Sinn hatten; statt dessen wurden neue Geldscheine von beschränktem Wert ausgegeben, die man gegen andere Währungen nicht eintauschen konnte. Auch wer viel Geld besaß, bekam nur einen geringen Betrag. Als Ersatz für die Restsumme wurde ein Gutschein oder eine Quittung ausgestellt, für die es angeblich monatliche Rückzahlungen geben sollte.

Man kann es schon als Ironie des Schicksals bezeichnen, daß ich als einer der Angestellten, die das alte Geld gegen neue Scheine umtauschen sollten, ausgerechnet in einer Bank im Dorf Velasco landete. Natürlich fragte ich dort als erstes nach Cuco Sánchez und seiner Familie. Kein Mensch wollte mit der Sprache herausrücken, bis mir schließlich jemand erzählte, daß er im Gefängnis saß, der Laden der Familie war beschlagnahmt. Fast alle Söhne seien dem Regime »abgeneigt«, einige von ihnen bei den Aufständischen. Das war Anfang 1961, und es gab schon Leute, die sich erhoben hatten. Unter ihnen Männer wie Cuco Sánchez.

Ich war siebzehn Jahre alt, ich sang die Hymnen der Revolution und studierte den Marxismus-Leninismus, keine Frage; ich wurde sogar Leiter eines marxistischen Studienzirkels und war selbstverständlich Jungkommunist. Ich dachte, daß alle diese Männer, die sich gegen Fidel erhoben, entweder im Irrtum oder verrückt waren. Ich glaubte, oder ich wollte glauben, daß die Revolution etwas Edles und Schönes sei. Mir wäre nie der Gedanke gekommen, daß diese Revolution, die mir eine kostenlose Ausbildung schenkte, etwas Unheilvolles sein konnte. Ich dachte, daß es sicherlich bald Wahlen geben und Fidel Castro auf demokratischem Wege gewählt werden würde. Doch eines ist sicher, wir wurden indoktriniert, noch bevor die tatsächliche Aggression der Vereinigten Staaten begonnen hatte; das heißt, diese Revolution war von Anfang an kommunistisch. Ich muß das bekennen, denn ich gehörte zu denen, die kommunistische Schriften in die Hand bekamen, um sie zu lesen und zu propagieren. Ein großer Teil des Privateigentums war bereits beschlagnahmt, und so wurde der Kommunismus längst in die Praxis umgesetzt, auch wenn er sich offiziell noch nicht so nannte; aber alle unsere Lehrer waren Kommunisten, die Führungskader waren Kommunisten, die ganze Schule war nichts anderes als ein kommunistisches Zentrum, genauso wie das Zentrum für freiwillige Lehrer von Minas del Frío; selbst die Alphabetisierungsfibeln für die Bauern waren kommunistisch. Doch wir waren in einem solchen Begeisterungstaumel, daß wir uns nicht vorstellen konnten, es könnte etwas Schlimmes passieren; oder wir wollten es uns nicht vorstellen. Für einen Menschen ist soviel Unheil auf einen Schlag einfach unfaßlich; wir hatten permanente Diktatur hinter uns, permanente Amtsmißbräuche und Gewalttätigkeiten von seiten der Machthaber, und nun war unser Augenblick gekommen, der Augenblick des einfachen Volkes.

Ich hatte meine literarischen Ambitionen nicht aufgegeben, obwohl ich in einer so wenig literarischen und so hochgradig politisierten Atmosphäre lebte. Ich schrieb lange Gedichte, ich weiß nicht mehr auf wen, vielleicht auf das Wetter, den Regen oder den Nebel, wenn da welcher war oder ich mich daran erinnerte. Im Grunde war ich immer noch der einsame kleine Junge, der draußen herumspazierte, halb nackt, und dabei großartige, fast opernhafte Lieder sang. Nun schrieb ich sie in ein paar Hefte, die ich später verloren habe.

Am Ende legte ich die Prüfung als Agrarbuchhalter ab. Doch vorher war etwas geschehen, das mich mit einer großen Trauer erfüllte und mich an die Worte meines Großvaters erinnerte. Er hatte immer gesagt, der Kommunismus sei das Ende der Zivilisation, er sei etwas Monströses. Sein glücklichster Tag war, als Stalin starb. »Endlich ist dieser Scheißkerl tot«, sagte er voller Freude.

Als im April 1961 der Angriff in der Schweinebucht erfolgte, wurden wir sofort mobilisiert und auf Lkws gesetzt, um in die Schlacht zu ziehen, selbstverständlich für Fidel Castro. Wir kamen nicht bis dahin, denn während wir noch gemustert wurden und unsere Lkws noch unterwegs waren, waren die Invasoren schon geschlagen. Also kehrten wir in unser Internat zurück, und im großen Theatersaal, wo alle möglichen Veranstaltungen stattfanden und wo wir jeden Abend einen sowjetischen Film sahen, erschien auf dem Bildschirm eines Fernsehers Fidel Castro, und natürlich hörten wir uns seine Rede an. Dort erfuhr ich die Bestätigung dessen, was er bis dahin abgestritten hatte; ich hörte ihn sagen, daß wir eine sozialistische Revolution gemacht hätten und daß wir Sozialisten seien. Was zwei Jahre lang verheimlicht worden war, offenbarte sich nun mit einem Schlag: wir waren Sozialisten, wir waren schlicht und einfach Kommunisten.

Was mich am meisten beeindruckte, war die Reaktion der Anwesenden im Saal. Die tausend Jugendlichen, die Hunderte von Lehrern und Angestellten des Polytechnikums, alle strömten hinaus auf den Vorplatz und den Hauptweg zwischen den Schulgebäuden und fingen an, kommunistische Losungen zu rufen. Die beliebteste hieß: »Vorwärts, vorwärts! Sozialisten sind wir, und wem es nicht paßt, der kriegt ein Klistier!«

Keine Frage, das alles war praktisch vom Beginn der Revolution an nach Plan gelaufen: die kommunistischen Losungen, die kommunistischen Schriften, der geeignetste Moment, um den kommunistischen Charakter der Revolution öffentlich zu erklären. Und plötzlich war ich mittendrin in dieser Woge von skandierenden Jugendlichen, ließ mich mitreißen, marschierte und sang wie alle anderen. Zuerst zögerte ich zwar, aber ich protestierte nicht.

Ich glaube, einigen meiner Freunde aus Holguín stand dieselbe Angst und dieselbe Enttäuschung ins Gesicht geschrieben, die auch ich verspürte, aber natürlich sprachen wir nicht darüber. Nach wenigen Minuten machten wir schon mit bei der Demonstration, wiederholten die Losungen, die sich immer ordinärer und beleidigender gegen den »nordamerikanischen Imperialismus« und zigtausend plötzlich entdeckte Feinde richteten. Das alles verwandelte sich nach und nach in eine Art *conga*, einen grotesken Karneval, wo alle mit dem Hintern wackelten und die anzüglichsten und obszönsten Gebärden machten. Auf wundersame Weise war diese Menschenmenge in weniger als einer Minute vom Sozialismus zum Kommunismus übergegangen.

An der Spitze des Umzugs liefen die Lehrer, Umerzieher, ideologischen Leiter und Alfredo Sarabia. Ich begriff, daß wir in Wirklichkeit ein Jahr lang wie in einem Kloster eingesperrt gelebt hatten, wo neue religiöse und damit neue fanatische Ideen herrschten. Man hatte uns in einer neuen Religion unterwiesen, und nach abgelegter Prüfung sollten wir sie auf der ganzen Insel verkünden; wir waren die ideologischen Führer einer neuen Form der Unterdrükkung; wir würden die Mönche sein, die auf allen Staatsgütern der Insel die neue offizielle Ideologie verbreiteten. Die neue Kirche würde in uns ihre neuen Klosterbrüder und Priester haben, neben ihrer Geheimpolizei.

Der Geist der Revolution erlaubte keine abweichenden Meinungen; es herrschten Fanatismus und der Glaube an eine »leuchtende« Zukunft, die die Führer der Revolution unaufhörlich beschworen. Dieser Fanatismus erreichte seinen Höhepunkt mit dem Aufbau der sogenannten ORI, das heißt der Integrierten Revolutionären Organisationen. Die von der Revolution angeheizten Pöbeleien und Schlüpfrigkeiten gab es logischerweise auch bei diesen Organisationen. Eine Parole lautete: »Die ORI ist die Fakkel, da wird nicht lang gefackelt.« Und zum Klang dieser Lieder, zu diesem Gegröle wackelte alle Welt mit dem Arsch, wirbelte herum und sang.

In Wirklichkeit stand hinter den ORI die Kommunistische Partei, und natürlich merkte Fidel Castro, daß diese »integrierten Organisationen« es auf ihn abgesehen hatten und an die Macht drängten; das heißt, die alten Kommunisten wollten Castro abschieben und selbst die Führung übernehmen. Doch wenn Fidel Castro einem die Treue hielt, dann Fidel Castro. In der Folgezeit kam es zu Prozessen, und einige dieser Herrschaften wurden zu dreißig Jahren Gefängnis verurteilt. Castro erklärte sich zum Marxisten und sagte, er wäre schon immer Kommunist gewesen und hätte eine marxistisch-leninistische Bildung genossen, und so wurde er die »Fackel«, er wurde selbst die ORI, der Chef aller »integrierten Organisationen«.

Ich schloß meinen Lehrgang als Agrarbuchhalter ab, und bevor ich auf die Staatsfarm fuhr, die man mir zugewiesen hatte, die »William Soler« in der Nähe von Manzanillo im äußersten Süden der Provinz Oriente, verbrachte ich ein paar Tage im Haus meines Großvaters.

Das Theater und die Staatsfarm

Meinem Großvater hatten sie den kleinen Laden beschlagnahmt, mit dem er sich über Wasser gehalten hatte, und nun saß er den ganzen Tag lang auf einem Stuhl vor dem geschlossenen Geschäft und führte Selbstgespräche. Er las keine Zeitung mehr, nicht mal die *Bohemia*, die nicht mehr die liberale, beherzte und kritische Zeitschrift von damals war, als wir auf dem Land lebten und mein Großvater uns daraus vorlas. Jetzt war sie bloß ein weiteres Werkzeug in den Händen Castros und seines neuen Regimes. Die Presse wurde schon fast vollständig kontrolliert.

Freiheit war etwas, das alle im Munde führten, was es aber nicht gab; man hatte die Freiheit, zu sagen, daß es Freiheit gab, oder Lobeshymnen auf das Regime zu singen, aber niemals, es zu kritisieren.

Das vielleicht ungeheuerlichste Ereignis jener Zeit war der berüchtigte Prozeß gegen Marcos Rodríguez, einen jungen Mann, der sich unversehens mit der Anklage konfrontiert sah, unter Batista ein Denunziant gewesen zu sein. In diesen Prozeß waren etliche Revolutionsführer verwickelt, die Marcos Rodríguez heftig attackierten, um sich selbst reinzuwaschen. Man wird nie erfahren, ob Marcos Rodríguez tatsächlich einige Studenten der Universität von Havanna denunziert hatte, die von der Batista-Polizei ermordet wurden. Offenkundig aber wurde in diesem Prozeß die für Fidel Castro so typische bombastische Rhetorik und Theatralik. Die Prozesse, bei denen Menschen zum Tode verurteilt wurden, waren in Wirklichkeit reines Theater. Wir waren zurückgekehrt in die Zeit Neros, in eine Zeit, da sich die Menge daran ergötzte, wie ein Mensch zum Tode verurteilt oder vor ihren Augen ermordet wurde.

Fidel Castro war und ist nicht nur der *Maximo Líder*, der Oberste Führer, sondern auch der Oberste Richter. Als ein ehrliches Gericht einmal eine Gruppe von Piloten nicht verurteilen wollte, die angeklagt waren, Santiago de Cuba bombardiert zu haben, was sie tatsächlich nie getan hatten, schwang Fidel sich zum Richter auf und verurteilte sie zu zwanzig und dreißig Jahren. Der bärtige Richter, der sie freigesprochen hatte, nahm sich das Leben. All das zeigte uns bereits den Kurs, den dieses neue Regime steuerte. Trotzdem hielten wir an gewissen Hoffnungen fest; es gibt immer gewisse Hoffnungen, vor allem für Feiglinge. Ich war einer von ihnen, einer dieser feigen oder hoffnungsvollen Jugendlichen, die noch dachten, die Regierung hätte ihnen etwas zu bieten.

Gegen Ende 1961 fuhr ich auf meine erste Staatsfarm, um Hühner zu zählen, eine Bestandsaufnahme der neuen Besitztümer zu machen, die der Staat beschlagnahmt hatte, und die Bücher zu führen, wobei man nie wußte, was wieviel wert war oder woher das ganze Eigentum überhaupt stammte. Außerdem machte der unablässige Diebstahl durch die Funktionäre selbst es unmöglich, diese Bücher korrekt zu führen, deren Zahlen nie stimmten und die nur eines widerspiegelten: daß die Verluste weit höher waren als die Einnahmen.

Die Staatsfarm war ein weites und trostloses Gelände, wo zwischen all den Legehennen und den von früh bis spät krähenden Hähnen der Überdruß von Menschen um sich griff, die für einen Hungerlohn arbeiteten. Es konnte einem schon das Herz bluten, wenn man sah, wie die Bauern auf einem Land arbeiteten, das ihnen nicht mehr gehörte; sie waren keine Bauern mehr und noch viel weniger Eigentümer, sie waren Tagelöhner, denen der Ertrag ihrer Arbeit so gleichgültig war wie deren Qualität. Es kamen auch Arbeiter, die nach Feierabend auf Lkws in die Orte zurückfuhren, wo sie wohnten. Man kann aber unmöglich mit Menschen Landwirtschaft oder Viehzucht betreiben, denen das Mysterium der Fortpflanzung oder des Anbaus der Pflanzen fremd ist. Die Pflanze weiß, wer sie liebt oder wer sie nicht kennt; sie wächst nicht und trägt keine Früchte, wenn die Person, der sie anvertraut ist, keine Erfahrung hat. Nur Menschen, die auf dem Land gelebt haben und die Natur lieben und ihre Geheimnisse kennen, sind geeignet, den Boden zu bestellen. Den Boden zu bestellen ist ein Akt der Liebe, eine mythische Tätigkeit; die Pflanze und das Samenkorn verlangen nach einem verschwiegenen Komplizen, der sie hegt.

Auf der Staatsfarm verdiente ich neunundsiebzig Pesos und gab einen Teil davon meiner Mutter. Die finanzielle Situation zu Hause wurde immer schlimmer, erst recht durch die Beschlagnahme des Ladens von meinem Großvater, dem eine Entschädigung versprochen worden war. Ich glaube, die belief sich auf dreißig Pesos im Monat, doch dafür mußte man unendlich viele Papiere ausfüllen und wer weiß wie lange warten. Wieder war unser vertrautester Gefährte der Hunger. Die Leute kamen auf das Gut und flehten uns an, ihnen Eier und Hühner zu verkaufen; manche waren bereit, für ein Huhn jeden Preis zu bezahlen, doch es wurde ihnen verweigert, weil eine Farm »des Volkes« nicht an Privatpersonen verkaufen durfte. Einmal kam ein Mann in einem Auto, und als man ihm nichts verkaufte, riß er den Mund auf und sagte: »Hier, das ist Krebs.« Er hatte eine grauenvolle Zunge, dunkelviolett und riesig. Ich glaube, der Direktor des Volksguts verkaufte ihm zwei Hühner.

Raúl

An den Wochenenden fuhr ich nach Holguín. Es war ziemlich kompliziert, von der Farm nach Holguín zu kommen, die Farm lag in einem abgeschiedenen Winkel der Sierra Maestra. Zunächst mußte man zu Fuß laufen, bis man an eine Landstraße gelangte, wo man dann wartete, daß ein Auto vorbeikam und einen nach Bayamo mitnahm; von dort fuhr man mit einem Bus oder irgend etwas anderem nach Holguín. Ich hatte Glück und bekam in der Nähe des Stadtparks einen »Kahn«, wie die Privattaxis genannt wurden, die es damals noch gab (später verdammte Fidel Castro in einer langen Rede die »Kahnfahrer« und sagte, sie seien die Negation des Sozialismus, sie würden Tausende von Pesos am Tag verdienen und Millionäre und Konterrevolutionäre werden). Im Auto saß ein nicht übler junger Kerl, der anfing, sich mit mir zu unterhalten, während der Taxifahrer nach weiteren Kunden Ausschau hielt, um seinen »Kahn« vollzukriegen. Er sagte, er heiße Raúl und wohne in Holguín, arbeite aber in Bayamo. Als das Taxi voll war, preßte Raúl sich an mich. Es wurde schon dunkel. Raúl legte seine Hand auf mein Bein und schob sie bis zu meinem Hosenschlitz hinauf. Ich stieß die Hand heftig zurück, worauf er mich, vielleicht aus Angst, ich könnte ihm Ärger machen, während der ganzen Fahrt nicht mehr ansah und auch kein Wort mehr zu mir sagte. Kurz vor Holguín aber nahm ich selbst seine Hand und führte sie zu meinem Schwanz. Raúl war wohl ein bißchen überrascht; ich war unglaublich erregt, und mitten im vollbesetzten Wagen fing er an, meinen Schwanz zu reiben. Ich weiß nicht, ob die anderen etwas merkten und ihren Spaß an dem Schauspiel hatten, immerhin war es schon stockfinstere Nacht, eine dieser pechschwarzen Nächte auf dem kubanischen Land, wo es keine Straßenbeleuchtung gibt. Noch vor Holguín spritzte ich ab; es war, ich gestehe es, eine Befreiung. Endlich war der von mir so ersehnte wie gefürchtete Augenblick gekommen. Ich weiß noch, daß Raúl mich mit seinem Taschentuch abwischte; und das alles im dunklen Wagen.

Als wir am Calixto-García-Park anhielten, wo das Taxi seine Fahrt beendete, stieg ich aus, und Raúl auch. Er wollte mir etwas sagen, sich vielleicht mit mir verabreden oder mir seine Telefonnummer geben oder irgendsowas, aber ich kehrte ihm den Rücken, rannte los und hörte nicht auf zu rennen, bis ich bei unserem Haus ankam, das ziemlich weit weg lag, in Vista Alegre, einem Vorort von Holguín.

Im Haus waren meine Mutter, meine behinderte Cousine Marisela, meine Großeltern, meine Tanten. Ich hatte Angst, sie würden meinem Gesicht ansehen, was passiert war. Es strahlte ein Glück aus, eine Fröhlichkeit, die meine Mutter sofort bemerkte, denn eigentlich gab es gar keinen Grund zur Freude. Ich hatte in dem Moment sogar Sinn für Humor und einen Riesenappetit. In Wirklichkeit war ich befriedigt und erfüllt von einem Hochgefühl, wie ich es noch nicht erlebt hatte.

Am nächsten Tag ging ich in den Parque Central, wo sich Holguíns Jugend traf. Ich dachte, dort müßte auch Raúl sein, und tatsächlich, nachdem ich zwei oder drei Runden gedreht hatte, stieß ich auf ihn. Er begrüßte mich, als ob nichts gewesen wäre, und lud mich ein, mit ihm einen zu trinken, in einer Bar ganz in der Nähe, in der Calle Libertad. Diese Bar war für mich eine Entdeckung, denn in Wirklichkeit war es eine Homosexuellenbar. Dort waren unzählige Männer, manche sehr macho, andere extrem feminin, doch es herrschte eine Atmosphäre von Kameradschaft wie in einer verschworenen Gemeinschaft. Noch gab es in Holguín und überall auf der Insel solche Orte. Später verschwanden sie.

Meine Affäre mit Raúl spielte sich an den Wochenenden in den Hotels des Städtchens ab. Damals war es zwei Männern noch möglich, sich ein Hotelzimmer zu nehmen und die Nacht gemeinsam zu verbringen; die Hotels Patayo, Tauler und Expreso waren Schauplatz unserer jugendlichen Leidenschaft. Wir vergnügten uns in quietschenden Betten, manchmal auch auf schmutzigen Laken; doch unserer Leidenschaft tat das keinen Abbruch.

Meine Familie fand mein Wegbleiben langsam etwas mysteriös; wenn ich das eine Mal, das ich in der Woche nach Holguín kam, die Nacht außer Haus verbrachte, mußte irgend etwas Merkwürdiges vor sich gehen. Ich glaube, damals kam ihnen zum erstenmal der Verdacht, daß ich ein Verhältnis mit einem Mann hatte, aber natürlich gab es dafür keinerlei Beweise. Am meisten störte meine Mutter wohl, daß sie mich, wenn ich nach Hause kam, überaus fröhlich erlebte, und vermutlich hatte sich sogar mein Gesicht ein bißchen verändert; es war glatter geworden. Meine Fröhlichkeit hatte etwas geradezu Beleidigendes in diesem Haus, wo so viele verlassene Frauen und zwei schon verbitterte alte Leute wohnten. Ich aber genoß des Nachts das Leben in vollen Zügen, und ich konnte mein Glück nicht verbergen. Am Ende verliebte ich mich in Raúl, er sich aber nicht in mich; für ihn war ich eine Liebelei, ein Bauernbursche, den er praktisch in die Anfangsgründe des Sex eingeweiht hatte, wenn man bedenkt, daß meine Beziehung als Kind mit meinem Vetter Orlando nur Spielerei gewesen war, weit entfernt vom Orgasmus und von allen Geheimnissen der Erotik. Raúl hatte irgendwann genug von mir, und das sagte er mir auch, oder wenigstens gab er es mir zu verstehen. Für mich war es ein harter Schlag; er war mein erster Liebhaber, und es hatte nur drei oder vier Monate gewährt. Ich hatte damals eine andere Vorstellung von einer sexuellen Beziehung; ich liebte einen Menschen, ich wollte, daß dieser Mensch mich liebte, und warum sollte man rastlos in anderen Körpern das gleiche suchen, was man in einem einzigen schon gefunden hatte? Ich wollte eine bleibende Liebe, ich wollte vielleicht das, was meine Mutter immer gewollt hatte, das heißt einen Mann, einen Freund, jemanden, dem ich gehörte und der mir gehörte. So kam es aber nicht, und ich glaube auch nicht, daß das möglich ist, zumindest nicht in der Welt der Homosexuellen. Die Welt der Homosexuellen ist nicht monogam; fast ihrer Natur nach, aus Instinkt, strebt sie nach Streuung, nach mannigfaltiger Liebe, oft auch nach Promiskuität. Es war normal, daß ich das damals nicht so sah; ich hatte meinen Liebhaber verloren, und ich war abgrundtief enttäuscht. Nicht genug damit, daß meine Arbeit auf der Farm immer öder wurde, jetzt blieb mir nicht mal die Vorfreude auf Raúl und unsere Nächte. Ich glaubte nicht, daß ich einen anderen Liebhaber finden würde, und das war es auch gar nicht, was ich wollte.

Genau zu der Zeit richtete die revolutionäre Regierung über die Presse einen Aufruf an die Agrarbuchhalter, sich zu einem Lehrgang für Wirtschaftsplanung an der Universität von Havanna zu melden. Wer wollte, konnte sich bewerben, man brauchte nur einen Antrag zu schreiben, und wurde der angenommen, schickten sie ein Telegramm mit der Bestätigung. Ich bekam das Telegramm und mußte mich binnen einer Woche im Hotel Nacional einfinden. Ich zögerte keine Sekunde. Hinter mir ließ ich eine Farm voll gackernder Hühner, eine Welt verdrossener, übelriechender, zerlumpter und schlecht bezahlter Menschen, eine enttäuschte Liebschaft und eine Stadt wie Holguín, der jede geistige wie architektonische Schönheit abging.

Als ich im Hotel Nacional ankam, stellte ich fest, daß die Absolventen des Lehrgangs für Agrarbuchhalter fast vollständig versammelt waren; alle hatten sich entschlossen, Wirtschaftsplanung zu studieren, weil sie hofften, so von dem Staatsgut wegzukommen, wo sie als Buchhalter und einige schon als Verwalter arbeiteten. Sie hatten allen Grund dazu, diese Farmen waren nämlich grauenvoll. Wenn den Arbeitern ihr Lohn ausgezahlt wurde, gab es jedesmal einen Aufruhr; sie sagten, man hätte ihnen Stunden geklaut, der Brigadier hätte ihre Arbeit nicht aufgeschrieben. Natürlich gab es auf jedem dieser Volksgüter einen sowjetischen Experten; der auf meiner Farm hieß Vladimir und war ein waschechter russischer Bauer. Ich weiß nicht, ob er etwas von Hühnern verstand, jedenfalls war er der ideologische Leiter der Farm. Vladimir war, nehme ich an, absolut keusch; er wohnte mit anderen Russen zusammen in einem Bungalow. Das ganze Netz der Volksgüter wurde in Wirklichkeit von den Sowjets geleitet; wir waren Werkzeuge, die eine untergeordnete Arbeit verrichteten, und die Russen bestimmten, was zu tun war und was nicht. Obwohl die meisten von ihnen nicht einmal Spanisch konnten, waren diese Russen zu Kommandeuren der kubanischen Bauern geworden.

Im Hotel Nacional warteten wir alle auf die Eignungsprüfung; nur etwa fünfzig von uns sollten das Studium aufnehmen dürfen. Zum Glück war ich einer der fünfzig, die für den Lehrgang an der Universität von Havanna ausgewählt wurden, und von nun an wohnten wir im Hotel Habana Libre. Ich kam mit Pedro Morejón in ein Zimmer, einem ziemlichen Häßling und Hundertfünfzigprozentigen, und mit Monzón, dem Experten im Ausnehmen von Schwulen; hübsch, wie er war, lebte er weiter davon, und er erzählte mir von seinen Geschichten mit den Tänzern vom Nationalballett, die sage und schreibe dreißig Pesos zahlten, um ihm einen zu blasen; er fand das erstaunlich, denn er hatte nicht nur seinen Spaß, er bekam dafür auch noch gutes Geld.

Ich blieb meiner Erinnerung an Raúl treu, und außerdem war mir himmelangst, meine Homosexualität könnte herauskommen, obwohl es in Havanna zu diesem Zeitpunkt noch keine allzu schlimme Überwachung gab. Im übrigen nahm uns der Unterricht an der Universität den ganzen Tag in Anspruch; es war Unterricht in Politischer Ökonomie, Trigonometrie, Mathematik und Planung. Der Lehrgangsleiter war Pedro Marinello, wohl ein Cousin oder Bruder von Juan Marinello. Später verschwand er, und es hieß, er wäre ein CIA-Agent gewesen, das war das Etikett, das jedem angehängt wurde, der mit dem Regime Fidel Castros nicht konform ging.

Wir hatten einen wundervollen Professor für Wirtschaftsgeographie, der über alles sprach, nur nicht über Wirtschaftsgeographie. Er erzählte uns von seinen Reisen durch die Welt, durch Afrika, durch die Wüste, und wie er auf einem Kamel ritt, das keinen Schritt vor und keinen zurück machen wollte. Er berichtete von seinen Amouren in Paris, von den Frauen, die ihn geliebt hatten, er redete über Literatur und zitierte die großen Schriftsteller. Er war ein Humanist, ein Mann mit Kunstverstand. Er hieß Juan Pérez de la Riva. Später fiel er in Ungnade und versuchte mehrere Male sich umzubringen, ohne Erfolg. Er entstammte einer Millionärsfamilie und war Revolutionskader. Als einer von wenigen seiner Familie hatte er die gesellschaftliche Wende akzeptiert und war in Kuba geblieben. Er durfte nach Paris fahren und seine Familie besuchen, doch jedesmal, wenn er dort war, sprang er von einer Brücke, um sich das Leben zu nehmen, und nie wollte es ihm gelingen. Er war ein Mann, der sich immer wieder in seine Schülerinnen verliebte und nie Glück hatte bei ihnen. Seine Frau Sara war ebenfalls Dozentin, außerdem Universitätsbibliothekarin; ich glaube, sie liebte ihn und tolerierte seine Schwärmereien. Schließlich fand Pérez de la Riva ein Mädchen, das sich in ihn verliebte, und plötzlich bekam er Kehlkopfkrebs. Nun wollte er nicht mehr sterben, starb aber trotzdem. Er brauchte sich nicht umzubringen.

Die Regierung Fidel Castros fand heraus, daß es unrentabel war, uns im Habana Libre wohnen zu lassen, wo man doch viel vornehmere Gäste in diesen Zimmern unterbringen konnte. Zumal die meisten von uns Bauernburschen waren, die nicht einmal wußten, wie man einen Wasserhahn richtig zudreht oder wie man kaltes und heißes Wasser mischt; Teppiche wurden überschwemmt, und ganze Stockwerke des ehemaligen Habana Hilton verwandelten sich fast in Swimmingpools. Darauf wäre Mister Hilton wohl als letztes gekommen, daß sich in seinem Luxushotel eines Tages Bauernburschen tummeln würden, die nicht einmal wußten, wie eine Dusche funktioniert.

Man quartierte uns in Unterkünften in Rancho Boyeros ein, und von dort wurden wir mit dem Lkw zur Universität von Havanna gefahren. In Rancho Boyeros konnte ich feststellen, daß viele meiner Kameraden sexuelle Beziehungen miteinander hatten; einige von ihnen machten keinen Hehl daraus, und von seiten der anderen gab es so etwas wie eine stillschweigende Duldung. Dort wurde sogar über Sartre geredet. Und ich weiß noch, wie ich auf einer Pritsche lag und zum erstenmal *Kaltluft* von Virgilio Piñera las.

Einer meiner besten Freunde war Roberto Bolívar, Sohn von Natalia Bolívar, einer alten Sozialistin, die sich natürlich sehr in der castristischen Revolution engagierte. Bolívar sagte mir frank und frei, daß er homosexuell war, und erzählte mir von seinen Abenteuern mit den Jungs von Rancho Boyeros; er lud mich ein, dabei mitzumachen, was ich rundweg ablehnte; ich wollte kein offen homosexuelles Leben führen, ich glaubte nämlich noch, mich »regenerieren« zu können; das war das Wort, das ich gebrauchte, um mich selbst davon zu überzeugen, daß ich ein Mensch mit einem Defekt sei und diesen Defekt beheben müsse. Doch die Natur und mein wahres Ich waren stärker als meine Vorurteile.

Eines Tages ging ich mit Bolívar in die Nationalbibliothek. In der Musikabteilung stellte er mich seinen Freunden vor; sie waren alle homosexuell. Einige von ihnen machten mir Anträge, die ich beleidigt zurückwies; am nächsten Abend war ich aber wieder dort.

Die Revolutionsregierung wollte nicht nur, daß wir Planung studierten, sie ließ uns auch arbeiten, damit wir in irgendeiner Form für unseren Unterricht aufkamen; mich schickte man ins INRA, das Nationalinstitut für die Agrarreform. Das Gebäude war von Batista erbaut, genau wie der Platz der Revolution (wo Fidel Castro seine Reden hält) und alle Gebäude ringsum, sogar der Palast der Revolution. Anfangs leitete Carlos Rafael Rodríguez das INRA, dann Fidel Castro persönlich. Roberto Bolívar und ich nahmen uns ein Zimmer in einer Pension in der Nähe des Instituts. In jedem Zimmer schliefen drei oder vier Männer; das Haus hätte aus einem Schelmenroman von Quevedo oder Cervantes stammen können. Es war ein ständiges Kommen und Gehen von Zufallsbekanntschaften, die irgendwer auf der Straße »abgeschleppt« hatte und mitbrachte, um mit ihnen zu schlafen. Bei dem geräuschvollen Liebesleben Bolívars konnte ich manchmal die ganze Nacht kein Auge zutun; immer wieder fand er gleich vor der Haustür irgendeinen Kerl und verbrachte mit ihm unter wahnwitzigem Gezwitscher die Nacht.

Der Hunger war groß, mit unseren neunundsiebzig Pesos konnten wir uns nicht jeden Tag Mittag- und Abendessen leisten. Darum standen wir nachts auf, schlichen in die Küche und plünderten den Kühlschrank von Cusa, der Pensionswirtin. Schon bald bemerkte sie unsere Raubzüge und brachte ein Vorhängeschloß an; das bekamen wir aber auf und fraßen alles weg, was da war. Zu guter Letzt setzte Cusa den Kühlschrank auf Rollen und brachte ihn in ihrem eigenen Zimmer in Sicherheit. Cusa war eine korpulente weiße Matrone, der es nichts ausmachte, den riesigen Kühlschrank allabendlich in ihr Zimmer zu schieben.

Die finanzielle Situation führte dazu, daß wir uns ziemlich oft nach einer neuen Bleibe umsehen mußten; ich weiß noch, daß ich in einem Jahr elfmal umgezogen bin. Das war 1963, da wurden auch die sexuellen Verfolgungen immer schlimmer; viele Freunde von Roberto Bolívar waren mittlerweile in den Konzentrationslagern der UMAP*, ich aber war noch nicht offen homosexuell. Ich hatte keine wie auch immer gearteten sexuellen Beziehungen und unterdrückte meine Gefühle, lauschte dem

* *Unidad Militar de Ayuda a la Producción* – Militäreinheiten zur Unterstützung der Produktion

Stöhnen und Zucken Robertos und seines jeweiligen Partners, während ich mich einsam selbst befriedigte.

In Kuba war die Art »Anmache« üblich, wie sie vielleicht überall auf der Welt abläuft; man ging ein Stück die Straße entlang, und ein junger Mann kam hinter einem her; man blieb an einer Ecke stehen, und er blieb einen Moment lang stehen; dann ging man wieder ein paar Schritte, und der junge Mann lief weiter hinter einem her, und schließlich das Feuer, die Uhrzeit, das Wetter, die übliche Frage, ob man in der Nähe wohne. So lernte ich einen Jungen kennen und nahm ihn mit auf mein Zimmer. Er war ein hübscher Kerl, vielleicht achtzehn, vielleicht auch zwei, drei Jahre älter, mit mehr Erfahrung als ich. Bis zu diesem Zeitpunkt hatte ich in meinen wenigen Beziehungen die aktive Rolle übernommen. Dieser Junge aber wollte etwas anderes, er wollte mich bumsen, und tatsächlich tat er es so gekonnt, daß er Erfolg damit hatte, und ich genoß diesen Erfolg. Er hieß Miguel, und von diesem Tag an trafen wir uns ständig; er hatte sogar ein Auto, was schon eine Seltenheit war, und wir fuhren zu Freunden oder ein Stück vor die Stadt. Die Hotels in Havanna machten bei zwei Männern mittlerweile schon große Schwierigkeiten. Wenn wir uns stürmisch liebten, war es immer Miguel, der mich bumste, ich wurde vom Aktiven zum Passiven, und das befriedigte mich rundum.

Mit Miguel lernte ich die Welt des Varieté von Havanna kennen, die großen Huren, die im Tropicana tanzten oder im Nocturno, einem Cabaret, das an der Stelle des heutigen Coppelia lag. Diese Frauen, manche von ihnen sehr schön, hatten ein Verhältnis mit einem Comandante oder einem hohen Regierungsfunktionär und durften in der Nähe des Malecón wohnen oder in Miramar. Ich kann mich noch an ein Fest erinnern, an Sankt Lazarus, das wir bei einer von ihnen feierten. Es war ein rauschendes Fest, und alle Leute vom Varieté ließen sich blicken; sogar Alicia Alonso machte ihre Aufwartung und berührte eine riesige erleuchtete Lazarus-Figur. Auch die gefeiertsten Sängerinnen wie Elena Burque und all die anderen waren dort. Miguel war in dieser Welt zu Hause, jeder kannte ihn, und ich kam mir ein bißchen komisch vor als Geliebter eines so berühmten Mannes.

Nachts gingen wir ins Tropicana oder eins der Cabarets im Hotel Capri, Habana Libre oder Riviera. Martha Estrada war gerade der Star des Tages, und natürlich war Miguel mit ihr befreundet.

Den 31. Dezember 1963 verbrachten wir gemeinsam. Um Mitternacht umarmte mich Miguel, er weinte und sagte zu mir: »Es ist unglaublich, daß Fidel schon vier Jahre an der Macht ist.« Der Ärmste: für ihn war das schon zu lange. Er wurde später verhaftet und kam in eins der Konzentrationslager der UMAP. Ich habe ihn nie wieder gesehen, nicht einmal im Exil konnte ich etwas über ihn in Erfahrung bringen. Manchmal denke ich, sie haben ihn im Konzentrationslager umgebracht; er war aufbrausend und undiszipliniert und liebte das Leben.

Nachdem ich Miguel verloren hatte, lief ich wieder ziellos durch die Straßen Havannas. Eines Tages lernte ich einen Mann kennen, der schon ein bißchen älter war; er war sehr liebenswert und nahm mich mit in seine Wohnung. Er war Maler und hieß Raúl Martínez. Wir hatten eine Liebschaft, und ich übernahm im Bett wieder den aktiven Part, Raúl zuliebe, dem es so besser gefiel; und was mich betraf, ich fühlte mich sowieso immer gut, wenn ich einen Menschen nur mochte. Raúl war eine Art Vater für mich; er brachte mir alles mögliche bei über Kunst, Malerei und Literatur, Dinge, von denen ich bis dahin keine Ahnung hatte. Er lebte mit einem Mann zusammen, der früher sein Geliebter und jetzt sein Freund war, ein zweitklassiger Stückeschreiber, der damals einen gewissen Ruf genoß, weil er ein paar Schmonzetten geschrieben hatte, die das Regime mehr oder weniger deutlich in den Himmel hoben. Er hieß Abelardo Estorino.

Ich blieb bei Raúl und Estorino. Raúl hatte außerdem ein Studio in der Casa de las Américas, wo ich ihn ebenfalls besuchte, und dort, zwischen den Leinwänden, liebten wir uns, nur ein paar Schritte von Haydée Santamaría entfernt, die sich später schließlich eine Kugel in den Kopf jagte; damals regierte sie aber noch dieses Haus.

Die Bibliothek

Ich schrieb weiter Gedichte, profitierte von den Schreibmaschinen des INRA und der Zeit des Nichtstuns, die es bei jeder bürokratischen Tätigkeit gibt, und hämmerte die Seiten mit Versen voll, die wohl ziemlich schlecht waren. Ich zeigte sie Raúl, der sich in der Literatur auskannte, und er gestand mir unumwunden, daß sie grauenhaft waren; ich schrieb trotzdem weiter.

1963 veranstaltete die Nationalbibliothek einen Wettbewerb für Geschichtenerzähler. Während der einstündigen Mittagspause im INRA ging ich immer zum Schmökern in die nahegelegene Nationalbibliothek, und dabei hatte ich den Aufruf gelesen. Wer am Wettbewerb teilnehmen wollte, mußte irgendeine Geschichte eines bekannten Schriftstellers auswendig lernen und vortragen. Ein Auswahlkomitee befand zunächst darüber, ob man als Erzähler die notwendige Begabung besaß oder nicht. Ich suchte nach einer Geschichte, die fünf Minuten dauerte; länger durfte sie nicht sein. Ich fand keine und beschloß, selbst eine zu schreiben. Ich gab ihr den Titel *Die leeren Schuhe*. Sie war nur zwei Seiten lang und dauerte dreieinhalb Minuten. Ich trat vor fünf sehr ehrwürdig wirkende Männer und eine pausenlos blinzelnde kleine alte Frau und erzählte meine Geschichte. Das Komitee zeigte sich beeindruckt, weniger von meiner Vortragskunst als von der Geschichte selbst. Sie fragten mich, von wem sie sei, und ich sagte, von mir und daß ich sie am Tag zuvor geschrieben hatte. Darauf zog ich die Geschichte aus meiner Hosentasche und gab sie einem von ihnen.

Am nächsten Tag erhielt ich ein Telegramm, in dem stand, man sei sehr interessiert an einem Gespräch mit mir und ob ich nicht in der Nationalbibliothek vorbeikommen wolle. Unterschrieben hatte ein Herr Eliseo Diego. Ich fand mich dort ein und lernte Eliseo Diego kennen. Ich lernte auch die blinzelnde alte Dame kennen, María Teresa Freyre de Andrade, die Direktorin der Nationalbibliothek; und außerdem waren dort Cintio Vitier und seine Frau Fina García Marruz. Sie waren so etwas wie eine Kulturaristokratie. Damals galten sie alle (dazu kam noch Salvador Bueno) als eher regimekritisch, und María Teresa, die eine Frau mit einem großen Herzen war, hatte sie unter ihre Fittiche genommen. Sie hatte sie mit einer Stelle in der Bibliothek versorgt, und dort arbeiteten sie nun oder taten zumindest so, während sie ein Gehalt bezogen und ihre Gedichte schreiben konnten.

María Teresa beauftragte ihre Stellvertreterin, einen imposanten Dragoner namens Maruja Iglesias Tauler, mit dem Direktor meiner Arbeitsstelle beim INRA zu reden und meine Versetzung in die Nationalbibliothek zu erwirken. Einen Angestellten von einer Dienststelle in eine andere zu versetzen, bedeutete schon damals einen langwierigen Papierkrieg, doch Maruja Iglesias verstand sich zum Glück auf diesen Behördenkram; ich glaube, sie hat heute einen hohen Posten im Außenministerium. Übrigens war sie zufällig auch die Besitzerin jenes Hotels Tauler, in dem Raúl und ich uns in Holguín so ungestüm geliebt hatten.

Es klappte mit der Versetzung, und von einem Tag auf den andern kehrte ich Fidel Castros Ländereien den Rükken, all den Konten, Beträgen, Rechenmaschinen, der ganzen Litanei von Namen und Zahlen, die übertragen und korrigiert werden mußten, und ich tauchte ein in die Zauberwelt der Nationalbibliothek, von der damals, unter der unvergleichlichen Leitung von María Teresa Freyre de Andrade, noch ein Glanz ausging.

Diese Frau entstammte einer aristokratischen Familie mit revolutionärer Tradition. Sie war in Paris erzogen worden und hatte die Nationalbibliothek aufgebaut, die unter ihrer Regie großartig funktionierte. Die Versetzung auf die neue Arbeitsstelle war entscheidend für meine literarische Entwicklung. Meine Arbeit bestand darin, den Lesern die gewünschten Bücher zu bringen, es blieb aber immer genug Zeit zum Selberlesen. Und in den Nächten, wenn ich Wachdienst hatte, wozu schon damals alle Betriebe verpflichtet waren, gab ich mich der magischen Lust hin, auf gut Glück irgendein Buch herauszugreifen. Während ich zwischen den vielen Regalen umherlief, spürte ich, wie von jedem Buch das Versprechen eines einzigartigen Mysteriums ausging.

Eliseo Diego versuchte, meine jugendliche Lektüre zu lenken, und Cintio Vitier warnte eindringlich vor den Büchern Virgilio Piñeras und anderer Autoren seiner Sorte; sie übten eine höfliche und subtile Zensur auf mich aus. Zu dieser Zeit lehnten sie das Regime ab und erzählten mir Schreckliches von Fidel Castro und seiner Tyrannei; sie wollten das Land verlassen, hatten aber entweder viele Kinder oder schafften es aus anderen Gründen nicht. Eliseo Diego sagte: »An dem Tag, an dem ich eine Ode an Fidel Castro oder auf diese Revolution schreiben muß, höre ich auf, Schriftsteller zu sein.«

Später wurden jedoch sowohl Cintio als auch Eliseo zu Wortführern des Regimes. Und nicht eine, sondern Dutzende Oden hat Eliseo zu Ehren Fidel Castros und seiner Revolution verfaßt. Cintio hat dasselbe getan, wenn nicht

Schlimmeres. Vielleicht haben sie tatsächlich deshalb aufgehört zu schreiben; zu jener Zeit aber waren sie einfühlsame Persönlichkeiten, die einen unbestreitbaren Einfluß auf meine literarische Bildung ausübten. Eliseo schenkte mir sein Buch *Auf der Calzada Jesús del Monte*, das ich für eins der besten der kubanischen Lyrik halte. Cintio schrieb Kritiken, die immer einen leichten Hang zum Pfaffenhaften hatten, doch er war gebildet, und fraglos lohnte es, sich mit ihm zu unterhalten. Fina war als Dichterin ihrem Mann weit überlegen, stand aber stets in seinem Schatten, ganz in der spanisch-katholischen Tradition, der sie verhaftet war; sie war die ruhige, unterwürfige Frau, ergeben und keusch; wer glänzte, war Cintio, sie schien lediglich die gehorsame Gattin zu sein.

Ich machte reichlich von der Bibliothek Gebrauch. María Teresa war so klug gewesen, von uns nicht mehr als fünf Stunden Arbeit zu verlangen. Ich fing erst um eins an, doch ich kam schon um acht Uhr früh, um den leeren Lesesaal zu nutzen und zu schreiben; dort schrieb ich *Celestino vor dem Morgenrot*. Ich las fast alle Bücher, die in dieser riesigen Bibliothek die Regale füllten.

Dann änderten sich die Dinge; zum Schlechteren, logisch. Es hieß, die Nationalbibliothek sei ein Zentrum ideologischer Zersetzung, María Teresa lasse die Zügel schleifen und hätte in der Bibliothek lauter Lesbierinnen untergebracht; ich weiß nicht, ob es stimmte, aber angeblich war María Teresa selbst lesbisch. Manche der Frauen, die dort arbeiteten, wirkten tatsächlich ziemlich männlich, ich glaube aber, sie praktizierten eine Art platonisches Lesbentum. Wenn sie sich in der recht luxuriös ausgestatteten Wohnung von Maruja Iglesias trafen oder in der Villa von María Elena Ross, die mit einem Verwandten Fidel Castros verheiratet war, dann nur, um eine Erfrischung zu sich zu nehmen, im Swimmingpool zu baden oder über Alejo Carpentier zu reden, der mit seinem

Roman *Explosion in der Kathedrale* zum literarischen Idol geworden war.

Einmal kam es zu einem Skandal direkt in der Bibliothek. Zwei Bibliothekarinnen waren dabei ertappt worden, wie sie sich nackt auf der Toilette liebten. Die beiden Frauen wurden vor María Teresa geführt, die ihnen verzieh und sagte, das sei nicht ihre Sache, sondern die der Ehemänner, sie könne in der Angelegenheit nichts unternehmen. Gerade weil sie so selbstlos war, wimmelte es in María Teresas Umgebung bald nur so von Feinden: nachtragende Leute, die ihr nie verziehen, daß sie ihre Anstellung bloß ihr zu verdanken hatten. Eine von ihnen war María Luisa Gil, die María Teresa auf den Tod haßte, und das nur, weil sie es selbst auf den Direktorenposten abgesehen hatte; sie war eine spanische Stalinistin, die mit einem alten Mitglied der Kommunistischen Partei verheiratet war, eine Frau voller Rachsucht, die sie unter zuckersüßer Freundlichkeit verbarg. Nach und nach bereiteten diese Feinde ihre Offensive vor, indem sie verbreiteten, María Teresa sei lesbisch, eine Aristokratin und Konterrevolutionärin, und schließlich erreichten sie ihre Absetzung. Es war Lisandro Otero, der María Teresa den Bescheid über ihren Ausschluß überbrachte; als guter Polizist und Feind der Kultur war es ihm eine wahre Freude, die Person abzusetzen, die diese Einrichtung gegründet hatte. Neuer Direktor wurde ausgerechnet ein Offizier der Polizei Fidel Castros, Hauptmann Sidroc Ramos. María Teresa verließ die Bibliothek unter Tränen.

Wenige Tage später beschloß ich, daß auch ich nicht länger bleiben konnte. Die Bücher, die der »ideologischen Diversion« verdächtig waren, verschwanden sofort. Ebenso natürlich all jene, die auch nur im geringsten etwas mit sexuellen Abweichungen zu tun haben könnten. Darüber hinaus wurde eine Arbeitszeit von acht Stunden festgelegt, aus denen zehn wurden, weil zwei Stunden fürs

Mittagessen vorgesehen waren, ohne daß man irgendwo hätte hingehen können.

Glücklicherweise erhielt ich in dieser Zeit einen Literaturpreis für meinen Roman *Celestino vor dem Morgenrot*, den ich beim Wettbewerb der UNEAC* eingereicht hatte und der ein Jahr später auch veröffentlicht wurde. Ein Mitglied der UNEAC kam, um ein Interview mit mir zu machen; ihm hatte der Roman sehr gefallen, und er machte nicht nur das Interview, sondern lud mich auch in sein Bett ein. Das Angebot begeisterte mich nicht besonders, der Mann war nicht mein Typ, doch ich war längst nicht mehr monogam und auch nicht übertrieben wählerisch. Er hieß Miguel Barniz und wohnte im Vedado; ich quartierte mich für ein paar Monate bei ihm ein. Er besaß Sinn für Humor, war kein schlechter Schriftsteller und hatte damals einen rebellischen Geist. Das waren die Jahre zwischen 1964 und 1966, eine Zeit, als Jugendliche verfolgt wurden, weil sie lange Haare hatten oder enge Hosen trugen. Er hatte selbst eine ziemliche Mähne und schrieb eine Ode auf meine Locken, worin er dieses inquisitorische Gebaren den langhaarigen Jugendlichen gegenüber kritisierte.

1966 reichte ich beim Wettbewerb der UNEAC meinen zweiten Roman ein, *Wahnwitzige Welt*; wie zuvor *Celestino vor dem Morgenrot* bekam er eine lobende Erwähnung. Die Jury bestand aus Virgilio Piñera, Alejo Carpentier, José Antonio Portuondo und Félix Pita Rodríguez; es war fast dieselbe Zusammensetzung wie beim vorigen Mal, mit dem Unterschied, daß der ersten Jury noch Camila Henríquez Ureña angehört hatte, auch sie eine ganz außergewöhnliche Frau. Sie hatte sich für *Celestino* stark gemacht, während Carpentier und der Altkommunist Portuondo dafür sorgten, daß *In Candonga leben* von

* *Unión Nacional de Escritores y Artistas de Cuba* – Nationaler Schriftsteller- und Künstlerverband Kubas

Ezequiel Vieta ausgezeichnet wurde, eine Verherrlichung von Fidels Kampf in der Sierra Maestra und eine Kritik an den sogenannten eskapistischen Schriftstellern, die sich, dem Autor zufolge, die Zeit damit vertrieben, auf den Wiesen von Bayamo und an anderen romantischen Orten mit dem Hut auf Schmetterlingsjagd zu gehen.

Bei diesem zweiten Wettbewerb weigerten sich Carpentier und Portuondo wiederum, meinen Roman mit dem UNEAC-Preis auszuzeichnen. Anscheinend gab es aber auch keinen anderen, den man hätte nehmen können, und so entschloß man sich, den Preis nicht zu vergeben und für *Wahnwitzige Welt* wieder eine lobende Erwähnung zu vergeben.

Bei der Verleihung lernte ich Virgilio Piñera kennen, und er sagte mir wörtlich: »Sie haben dich um den Preis betrogen; das ist die Schuld von Portuondo und Alejo Carpentier. Ich habe dafür gestimmt, daß dein Buch prämiert wird. Hier hast du meine Telefonnummer, ruf mich an, wir müssen an dem Roman noch arbeiten; es kommt mir vor, als hättest du ihn in einer einzigen Nacht getippt.« Es war tatsächlich fast so gewesen: Der Abgabetermin rückte immer näher, und bei acht Stunden Arbeit in der Bibliothek blieb mir kaum Zeit; ich schloß mich in mein Zimmer ein und schrieb immer dreißig oder vierzig Seiten hintereinander weg.

Das Buchinstitut

Mit meinen beiden zwar noch unveröffentlichten, aber prämierten Büchern und dank dem Einfluß meines damaligen Liebhabers Miguel Barniz bekam ich eine Stelle im Kubanischen Buchinstitut, dessen Direktor Armando Rodríguez war. Einen schöneren Mann als den Freund von Armando Rodríguez habe ich wohl mein Lebtag nicht kennengelernt; er hieß Héctor. Er gehörte zu jenen umwerfenden Geschöpfen, die eine ehrfurchtgebietende Schönheit ausstrahlen, es war unmöglich weiterzuschreiben, wenn er durch den Flur gewandelt war. Ich weiß nicht, wie Armando sich als hoher Funktionär des Regimes einen so schönen Geliebten leisten konnte, ohne daß der Neid all derer, die an Héctor nicht herankamen, diesem Verhältnis schadete oder zur Ablösung von seinem Posten führte. Der Grund war wohl, daß Armando mit Fidel Castro befreundet war, genauso wie Alfredo Guevara, dessen skandalumwittertes homosexuelles Leben in ganz Kuba und vor allem in Havanna in aller Munde war, ohne daß er je die Konsequenzen für sein Verhalten hätte tragen müssen wie viele andere, die so teuer bezahlen mußten. Héctor starb in der Blüte seiner Jugend bei einem Unfall mit seinem eigenen Motorrad.

Die vier Tunten-Kategorien

In Anbetracht der doch bemerkenswerten Unterschiede, die es unter den Homosexuellen gibt, teilte ich die Tunten in vier Kategorien ein. Als erstes war da die *beringte Tunte*; das war die Sorte Skandalnudel, die immer wieder auf irgendeiner Toilette oder am Strand festgenommen wurde. Wie ich es sah, hatte das System sie mit einem Ring versehen, den sie ständig um den Hals trug; die Polizei nahm sie dann an den Haken und führte sie ab ins Arbeitslager. Der Prototyp dieser Tuntenkategorie war Tomasito die Goya'sche, ein Junge aus der Nationalbibliothek, den ich so getauft hatte, weil er wie eine Figur von Goya aussah; ein grotesker Zwerg, der sich wie eine Spinne fortbewegte und einen unstillbaren sexuellen Heißhunger hatte.

Nach der beringten Tunte kam die *gemeine Tunte*. Das ist der Typus Homosexueller, der in Kuba seine Verpflichtungen hat, der die Kinemathek besucht, dann und wann ein Gedicht schreibt, nie ein großes Risiko eingeht und am liebsten seine Freunde zum Tee besucht. Typisches Beispiel für die gemeine Tunte war Reinaldo Gómez Ramos, mit dem ich damals befreundet war. Die gemeinen Tunten haben im allgemeinen Verhältnisse mit anderen Tunten und lernen nie einen richtigen Mann kennen.

Nach der gemeinen Tunte kommt die *verkappte Tunte*. Die verkappte Tunte war zwar homosexuell, aber kaum jemand wußte es. Verkappte Tunten heirateten und hatten Kinder, und dann gingen sie heimlich in die Pissoirs, am Zeigefinger den Ehering, den ihnen ihre Frau geschenkt hatte. Manchmal war es schwierig, verkappte Tunten zu erkennen; häufig verurteilten sie selbst die Homosexuellen am lautesten. Beispiele für diese Sorte gibt es zu Tausenden, eins der typischsten aber war der Dramatiker Nicolás Díaz, der sich in einem Akt der Verzweiflung einmal eine Glühbirne in den Hintern schob; der aktive Jungkommunist hatte vor seinen Compañeros keine Erklärung dafür, wie es die Glühbirne in diesen Teil seines Körpers verschlagen hatte. Er wurde mit Schimpf und Schande aus der Kommunistischen Jugend ausgeschlossen.

Und dann war da noch die *Königstunte*; eine Abart, die nur in kommunistischen Ländern vorkommt. Die Königstunte ist eine, die aufgrund allerdirektester Beziehungen zum *Máximo Líder* oder wegen vorbildlicher Arbeit in den Organen der Staatssicherheit oder ähnlicher Verdienste das Privileg genießt, öffentlich eine Tunte sein zu dürfen; sie darf einen skandalösen Lebenswandel führen und zugleich einen hohen Posten bekleiden, ins Ausland reisen, sich mit Juwelen behängen und schicke Klamotten tragen und sogar einen Privatchauffeur haben. Das beste Beispiel für diese Sorte Tunte ist Alfredo Guevara.

Virgilio Piñera

Virgilio Piñera gehörte trotz seines außerordentlichen, damals schon veröffentlichten literarischen Werkes und trotz seiner Berühmtheit zur Kategorie der beringten Tunten; das heißt, er mußte für sein Schwulsein einen sehr hohen Preis bezahlen. Er wurde gleich zu Beginn der Revolution abgeholt und in die Festung El Morro gebracht, und nur dank der Intervention einflußreicher Persönlichkeiten, darunter auch Carlos Franqui, glaube ich, kam er wieder aus dem Gefängnis heraus. Danach wurde er stets schief angesehen und war ständiger Zensur und Verfolgung ausgesetzt. Als beringte Tunte war er eine äußerst konsequente Person, und den Preis für diese konsequente Haltung kannte und zahlte er.

Ich besuchte Virgilio Piñera früh um sieben. Er war ein rastlos arbeitender Mensch; er stand um sechs auf und kochte Kaffee, und zu dieser frühen Morgenstunde lud er mich ein, mit ihm an meinem Roman *Wahnwitzige Welt* zu arbeiten. Wir setzten uns gegenüber, und als allererstes sagte er zu mir: »Glaub nicht, daß ich das aus irgendeinem sexuellen Interesse tue; ich tue es allein aus intellektueller Redlichkeit. Du hast einen guten Roman geschrieben, an dem man aber noch ein paar Sachen in Ordnung bringen muß.« Virgilio las das Manuskript des Romans, und wo er meinte, daß man ein Komma einfügen oder ein Wort verändern müsse, sagte er es mir. Ich werde Virgilio für diese Lektion auf ewig dankbar sein; es war weniger eine literarische Lektion als eine im Redigieren. Sie war äußerst wichtig für jemanden, der so fiebrig schrieb wie ich und dem es einfach an einer soliden akademischen Bildung fehlte. Er war für mich nicht nur ein Freund, sondern auch ein Lehrer.

Virgilio schrieb unablässig, obwohl er die Literatur nicht sonderlich ernst zu nehmen schien. Er verabscheute jedes Lob für sein Werk, überhaupt verabscheute er große Worte; Alejo Carpentier verachtete er aus tiefstem Herzen. Er war schwul, Atheist und Antikommunist. Zur Zeit der Republik hatte er den Mut besessen, die gesammelte Lyrik von Emilio Ballagas zu verteidigen, eine höchst homoerotische Lyrik; er hatte den Mut besessen, dem Vorwort Cintio Vitiers zu widersprechen, der es schaffte, diese überaus sinnliche Dichtung religiös zu verbrämen. Virgilio sagte das alles klar und deutlich. Vitier hat ihm diese Unverschämtheit nie verziehen.

Um 1957 hatte Virgilio mit der Zeitschrift *Orígenes* gebrochen und zusammen mit José Rodríguez Feo eine andere, respektlosere, im Grunde schwule Literaturzeitschrift gegründet, und das unter einer reaktionären bürgerlichen Diktatur wie der von Batista. In dieser Zeitschrift, *Ciclón*, veröffentlichte er gleich als erstes de Sades *Hundertzwanzig Tage von Sodom*.

Als die Revolution kam, war Virgilio längst durch sein Schwulsein und durch seine antikommunistische Tradition geprägt. Ebenfalls in *Ciclón* hatte er eine antikommunistische Kurzgeschichte von wahrhaft prophetischer Klarsicht veröffentlicht, eine Geschichte mit dem Titel *Die Puppe,* die dann von der Castro-Regierung systematisch aus allen Anthologien und aus Piñeras Erzählbänden getilgt wurde.

Virgilio war außerdem auch noch häßlich, mager, unmanierlich und ein Romantikverächter. Und er machte nicht mit bei der für Vitier so typischen literarischen Heuchelei, wo die Wirklichkeit stets von einer schöngeistigen Nebelwolke umhüllt ist. Virgilio sah die Insel in ihrer schrecklichen, trostlosen Klarheit; sein Gedicht *Die schwebende Insel* gehört zu den Meisterwerken unserer Literatur.

Aufgrund der wirtschaftlichen und laut Virgilio auch kulturellen Krise in Kuba zur Zeit der Republik war er nach Argentinien emigriert, wo er sich zehn Jahre lang als kleiner Büroangestellter durchschlug, ein Kafka der unterentwickelten Welt. Dort lernte er aber auch den polnischen Schriftsteller Witold Gombrowicz kennen. Die beiden Emigranten wurden Freunde und gingen gemeinsam auf Männerfang und stürzten sich in Liebesabenteuer.

Ich glaube, diese Freundschaft hatte einen beachtlichen Einfluß auf Virgilio, auf seine Ungeniertheit, seine Respektlosigkeit. Mag sein, daß sie sich auch gegenseitig beeinflußten. Sie führten beide ein Leben in Angst und Entwurzelung, und sie glaubten beide nicht an eine institutionalisierte Kultur, auch nicht an eine allzu ernst genommene Kultur, wie Jorge Luis Borges dies tat, der damals schon die überragende Gestalt der argentinischen Literatur war. Sie machten sich über Borges lustig, auf eine etwas grausame Art vielleicht, aber sie hatten ihre Gründe. Als Gombrowicz Argentinien endgültig den Rücken kehrte und nach Europa zurückging, fragte ihn jemand, welchen Rat er den Argentiniern geben könne, und er antwortete: »Borges töten.« Natürlich war das purer Sarkasmus; mit Borges' Tod hat Argentinien aufgehört zu existieren, aber für Gombrowicz war diese Antwort gewissermaßen die Rache für alles, was er in diesem Land durchgemacht hatte.

Laut Guillermo Cabrera Infante war Virgilio ein Unglücksrabe in der Liebe. Ich glaube das so nicht. Virgilio stand auf Schwarze, und ich kann bezeugen, daß er mit prachtvollen Schwarzen seinen Spaß hatte. Einmal kam an seinem Haus einer mit einem Karren voller Zitronen vorbei, obwohl das öffentliche Ausrufen von Ware damals eigentlich schon verboten war. Virgilio bat ihn herauf, kaufte ihm alle Zitronen ab, und am Ende landeten sie im Bett. Ich glaube, der Schwarze kam danach regelmäßig wieder, immer unter dem Vorwand, ihm ein paar Zitronen zu bringen, und Virgilio nahm ihn gleich mit in sein Schlafzimmer.

Eine recht liebevolle sexuelle Beziehung hatte Virgilio auch mit einem schwarzen Koch. Wie er erzählte, hatte der einen riesigen Schwanz, den sich Virgilio genüßlich reinstecken ließ, während der Koch mit Töpfen und Löffeln hantierte und weiterkochte, den aufgespießten Virgilio auf seinem Schwanz; Virgilio war tatsächlich eine so zierliche Tunte, daß ihn der machtvolle schwarze Phallus tragen konnte.

Schon vor der Revolution führte Virgilio ein sexuell äußerst reges Leben; er besaß ein Haus in Guanabo und besuchte den Männerpuff, den José Rodríguez Feo dort unterhielt. Es war ein Bordell, in dem gut gebaute Kerle als Barkeeper arbeiteten und auf Wunsch der Kunden auch andere Leistungen erbrachten. Dort arbeitete auch Tomasito die Goya'sche.

Rodríguez Feo stammte aus einer vermögenden Familie, die nach dem Sieg der Revolution in die Vereinigten Staaten gegangen war. Er übertrug seinen Besitz der Revolution und blieb im Lande; vielleicht dachte er, man würde ihn als bedeutende Persönlichkeit ansehen. Tatsächlich aber wurde er zu einem Informanten der Staatssicherheit, einem Kulturpolizisten mit einer kleinen Wohnung gleich neben der von Virgilio. Als Virgilio in Ungnade fiel, sprach er nicht mehr mit ihm; mittelmäßig und würdelos, nahm er nicht einmal an Virgilios Beerdigung teil.

Rodríguez Feo und Virgilio teilten sich einen Balkon. Als Rodríguez Feo einmal Besuch hatte und Virgilio auf den Balkon kam, um etwas aufzuhängen, soll der Gast gefragt haben: »Ist das da Virgilio Piñera?«, und Rodríguez Feo antwortete: »Nein, das *war* Virgilio Piñera.« Darum ging er auch nicht auf die Beerdigung; Piñera war bei Castro in Ungnade gefallen, und so war er auch für ihn gestorben.

Solche Dinge passieren, weil in einem finsteren politischen System auch viele Menschen zu finsteren Gestalten werden, die unter ihm zu leiden haben; es sind nur wenige, denen es gelingt, dieser maßlosen, alles ergreifenden Schlechtigkeit zu entkommen; wer sich ihr entziehen will, geht zugrunde. Vor der Revolution war Rodríguez Feo eine Art Mäzen, der die Veröffentlichung der *Kalten Geschichten* Piñeras, die Zeitschriften *Orígenes* und später *Ciclón* finanzierte. Natürlich spielten Eigennutz und kleine Eitelkeiten durchaus eine Rolle, er war aber auch ein großzügiger Mensch; anderen kubanischen Millionären war es nie in den Sinn gekommen, Zeitschriften zu finanzieren oder Schriftsteller zu unterstützen.

Lezama Lima

Der andere kubanische Schriftsteller neben Virgilio, mit dem mich eine enge Freundschaft verband, war José Lezama Lima. Ich lernte ihn nach der Veröffentlichung meines Romans *Celestino vor dem Morgenrot* kennen. Ich hatte ihn vorher schon in der UNEAC gesehen, er war ein ungeheuer beleibter Mann und trug immer ein Kreuz an einer Kette, das ihm seitlich aus der Tasche heraushing. Dieses Kreuz in einem Zentrum kommunistischer Propaganda wie der UNEAC zur Schau zu stellen, war fraglos eine Provokation. Von Fina García Marruz erfuhr ich, daß Lezama daran interessiert war, mich kennenzulernen; ich hätte nie gewagt, ihn einfach anzusprechen, ein so schrecklich gebildeter Mann flößte mir Angst ein. Ich hatte bereits Alejo Carpentier kennengelernt, und es war ein niederschmetterndes Erlebnis gewesen, vor einem Menschen zu stehen, der mit Namen, Daten, Stilen und Ziffern jonglierte wie ein hochkomplizierter, aber eben auch seelenloser Computer. Meine Begegnung mit

Lezama war ganz anders; ich hatte einen Mann vor mir, der die Literatur zu seinem Lebensinhalt gemacht hatte; er war einer der gebildetsten Menschen, die ich in meinem Leben je kennengelernt habe, doch für ihn war Kultur kein Mittel zur Selbstdarstellung, sondern schlicht etwas, woran er sich klammerte, um nicht zugrunde zu gehen, etwas Lebensnotwendiges, das ihn erhellte und das zugleich jeden erhellte, der an seiner Seite war. Lezama war ein Mensch, der die außerordentliche Qualität besaß, eine schöpferische Lebenskraft auszustrahlen; nach einem Gespräch mit ihm ging man nach Hause und setzte sich an die Schreibmaschine, denn es war unmöglich, diesem Mann zuzuhören und nicht inspiriert zu werden. In ihm vereinigte sich Weisheit mit Unschuld. Er besaß die Gabe, dem Leben der anderen einen Sinn zu geben.

Lezamas größte Leidenschaft waren die Bücher. Er besaß aber auch die kreolische Gabe des Lachens und des Tratschens; Lezamas Lachen war einfach unvergeßlich, etwas Ansteckendes, das nicht zuließ, daß man sich unglücklich fühlte. Von den esoterischsten Themen wechselte er über zum aktuellen Tratsch; er konnte seine Ausführungen über die griechische Kultur unterbrechen, nur um zu fragen, ob es stimmte, daß José Triana jetzt der Sodomie abgeschworen hätte. Ebenso konnte er den einfachsten Dingen Würde verleihen und sie zu etwas Erhabenem machen.

Virgilio und Lezama waren in vielem verschieden, doch vereinte sie ihre intellektuelle Redlichkeit. Keiner der beiden brachte es fertig, ein Buch aus politischem Opportunismus oder Feigheit zu verdammen oder zu bejubeln, und sie weigerten sich immer, Propaganda für das Regime zu machen; sie waren ehrlich mit ihrem Werk und ehrlich mit sich selbst.

Die Veröffentlichung von *Paradiso* im Jahre 1966 war, literarisch gesehen, eine wahrlich heroische Tat. Ich glaube, nie zuvor ist in Kuba ein Roman geschrieben worden, der so überwältigend homosexuell war, so ungemein komplex und reich an Bildern, so kubanisch, lateinamerikanisch, kreolisch und zugleich so fremd.

Ein ebenso heroischer Akt war es, daß Virgilio Piñera 1968 beim Wettbewerb der Casa de las Américas sein Theaterstück *Zwei panische Alte* einreichte, das wie kein anderes Werk den Terror und die Angst unter dem Regime Fidel Castros widerspiegelt.

Beide wurden sie, wie zu erwarten, mit unerbittlicher Härte verfolgt, sie waren einer lückenlosen Zensur unterworfen und lebten in einer inneren Emigration, doch keiner von ihnen ließ sich die Freude am Leben nehmen, sie hörten nicht einen Moment lang auf zu schreiben; sie arbeiteten weiter bis zu ihrem Tod, auch wenn sie wußten, daß ihre Manuskripte bei der Staatssicherheit landen würden und daß sie vielleicht niemand anders lesen würde als der Polizist, der damit betraut war, sie im Archiv verschwinden zu lassen oder zu vernichten.

Lezama hatte seinen Lebensmittelpunkt im eigenen Haus; dort, in der Calle Trocadero Nummer 164, versah er sein Amt wie ein Magier, wie ein seltsamer Priester. Er sprach, und wer ihm zuhörte, war danach vollständig verwandelt, ob er wollte oder nicht. Virgilio zog es vor, seine Vitalität in ganz Havanna zu entfalten; er liebte die Literatenzirkel außerhalb seines Hauses, die Gespräche im Café an der Ecke und in den Autobussen. Seine sexuellen Neigungen waren volksnäher als die Lezamas. Virgilio mochte rauhe Kerle, Schwarze und Lkw-Fahrer, während Lezama hellenische Vorlieben hatte; er verehrte abgöttisch das griechische Schönheitsideal und natürlich die Jünglinge. Virgilio setzte seine sexuelle Energie mit Eifer in die Tat um, Lezama war bedeutend zurückhaltender, vielleicht weil er so viele Jahre bei seiner Mutter gelebt hatte. Einmal trafen Lezama und Virgilio in einem Männerpuff in Alt-Havanna zusammen, und Lezama sagte zu Virgilio: »Da bist du also auf der Jagd nach dem Keiler.« Und Virgilio antwortete ihm: »Nein, ich will bloß mit einem Neger ficken.«

Beide verfügten über eine europäische, vornehmlich französische Bildung. Beide verehrten die französische Literatur. Trotzdem gab es viele Unterschiede zwischen ihnen; Lezama praktizierte einen katholischen Humanismus, Virgilio war Atheist. Doch beide empfanden eine so grenzenlose Liebe zur Insel und vor allem zu Havanna, daß es ihnen fast unmöglich war fortzugehen. Als Lezama einmal eine Arbeit in Santa Clara bekam, wo er vorübergehend ein paar Vorlesungen halten sollte, kam er am nächsten Tag wieder zurück: außerhalb Havannas hielt er es unmöglich aus. Virgilio hätte am Anfang der Revolution im Ausland bleiben können; er wußte von der Hexenjagd auf Homosexuelle, war sogar schon im Gefängnis gewesen. Trotzdem kehrte er zurück. »Dieses verfluchte Dasein, Wasser um uns, überall«* übte eine Faszination aus, der sich diese Männer nicht entziehen konnten.

Ich hatte das Glück, mit beiden zugleich befreundet zu sein. Als Rodríguez Feo sich von der Zeitschrift *Orígenes* trennte und *Ciclón* gründete, gingen Lezama und Virgilio auf Distanz zueinander, doch ihre menschliche Größe brachte sie wieder zusammen; die intellektuelle Redlichkeit der beiden stand über jeder Charakterverschiedenheit. Als Lezama *Paradiso* veröffentlichte, was ihm das offizielle Mißfallen des Regimes und die Zensur aller seiner Werke eintrug – *Paradiso* kursierte in Kuba praktisch illegal und wurde nie wieder aufgelegt –, war Virgilio, damals nicht gerade der engste Freund Lezamas, der erste, der die literarischen Qualitäten des Buchs aner-

* Erste Zeile des Gedichts *Die schwebende Insel* von Virgilio Piñera

kannte und es öffentlich rühmte, noch vor dem vielzitierten Artikel von Julio Cortázar.

Lezama schätzte Virgilio auch als großen Dichter und Dramatiker; zu seinem Geburtstag schrieb Lezama eins seiner geistvollsten Gedichte: *Virgilio Piñera wird sechzig.*

Am Ende, vielleicht unter dem Druck der Verfolgung, Diskriminierung und Zensur, taten sich diese beiden Männer zusammen. Allwöchentlich besuchte Virgilio Lezama, der María Luisa Bautista geheiratet hatte, eine Freundin der Familie; Lezamas Mutter hatte ihn kurz vor ihrem Tod darum gebeten. María Luisa war eine außergewöhnliche Frau, unerschrocken, gebildet und mit Haaren auf den Zähnen; sie beschimpfte die Funktionäre, die von Lezama Berichte haben wollten, und sie tippte stets Lezamas handgeschriebene Manuskripte ab, der es nicht über sich brachte, auf der Maschine zu schreiben. Diese Frau liebte Lezama wirklich, auch wenn sie nie eine sexuelle Beziehung miteinander hatten.

Das Geheimnis der Freundschaft, der geteilten Einsamkeit, der gegenseitigen Treue, des Überlebens in furchtbaren Zeiten bewegte María Luisa dazu, mit ihrer alten weißen Plastikhandtasche loszuziehen und überall in Havanna Schlange zu stehen, um für Lezama etwas Eßbares aufzutreiben. Lezama sagte dann: »Da läuft sie, die struppige Hirschkuh.« Stets kam sie mit einem Weißkäse oder einem Joghurt nach Hause, mit irgend etwas, um den unbändigen Appetit dieses Mannes zu stillen. Abends um neun servierte María Luisa den Tee; wer weiß, wo sie ihn ergattert hatte. Ließ der Tee auch nur eine Minute auf sich warten, erinnerte Virgilio sie: »María Luisa, du hast den Tee vergessen.« Die Begegnung dieser drei Menschen in diesem schon etwas baufälligen Haus, das zuweilen unter Wasser stand, besaß symbolischen Charakter; es war das Ende einer Epoche, eines Lebensstils, einer Art, die Wirklichkeit zu sehen und sie zu überwinden im künstlerischen

Schaffen und durch eine allen Verhältnissen trotzende Treue zum Kunstwerk. Es kam schon einer heimlichen Verschwörung gleich, wenn diese beiden sich zusammentaten und den Halt gaben, der für sie unentbehrlich war.

Wenn María Luisa ihnen den Rücken kehrte, um in der Küche den Tee aufzusetzen, tauschten sich Virgilio und Lezama flugs über ihre mehr oder weniger erotischen Erlebnisse aus, die in Wirklichkeit eher platonischer Natur waren. So verriet Lezama zum Beispiel, daß ihn Manuel Pereira öfter mal besuchen kam, der Romanautor und Geliebte Alfredo Guevaras; er setzte sich dann auf Lezamas Schoß und verschaffte ihm zuweilen eine steinharte Erektion. Und Virgilio erzählte von einer Affäre mit einem schwarzen Schauspieler, der beim Chor seines Stücks *Electra Garrigó* mitgemacht hatte. Wenn María Luisa zurückkam, brachen sie das Gespräch ab.

Eines Tages erzählte ich Eliseo Diego von meiner Bewunderung für das Werk Virgilio Piñeras. Eliseo sah mich entgeistert an und sagte wortwörtlich: »Virgilio Piñera ist der Teufel.« Ich mußte ihn erst als Freund kennenlernen, um zu begreifen, daß es in Kuba wahrscheinlich nur einen Intellektuellen gab, der Virgilio Piñera an Unschuld übertreffen konnte, und dieser Mensch war Lezama Lima.

1969 hielt Lezama, und das in der Nationalbibliothek, einen der überragendsten Vorträge der kubanischen Literatur unter dem Titel *Zusammenflüsse*. Er war eine Bekräftigung der schöpferischen Arbeit, der Liebe zum Wort, des Ringens um das vollkommene Bild gegen alle, die sich dem widersetzten. Die Schönheit an sich ist gefährlich, konfliktträchtig für jede Diktatur, weil sie einen Raum schafft, der die Grenzen sprengt, in die diese Diktatur den Menschen zwingt; sie ist ein Terrain, das sich der Kontrolle durch die politische Polizei und somit ihrer Herrschaft entzieht. Darum reagieren Diktatoren so gereizt auf Schönheit und wollen sie um jeden Preis zerstören. Die Schönheit ist in einem diktatorischen System stets dissidentisch, weil jede Diktatur von Natur aus antiästhetisch ist, grotesk; sich der Schönheit zu verschreiben, gilt dem Diktator und seinen Helfern als eskapistisch oder reaktionär. Aus diesem Grund waren sowohl Lezama als auch Virgilio am Ende ihres Lebens geächtet, von ihren Freunden verlassen.

Lezama verbot schließlich Miguel Barniz und Pablo Armando Fernández, über seine Schwelle zu treten. Er hatte begriffen, daß sie keine Dichter waren, sondern gewöhnliche Polizisten, die ihm nur irgendeine Information entlocken wollten, um sich eine hübsche kleine Auslandsreise zu verdienen.

Meine Generation

Neben meiner Freundschaft mit Lezama und Virgilio hatte ich auch Kontakt zu einer ganzen Reihe Autoren meiner Generation, und wir organisierten mehr oder weniger illegale literarische Treffen, bei denen wir unsere gerade fertiggestellten Texte lasen. Wir schrieben unermüdlich und lasen daraus, wo immer es sich ergab: in leerstehenden Häusern, im Park oder am Strand, während wir über die Klippen liefen. Wir trugen nicht nur unsere eigenen Texte vor, sondern auch die der großen Schriftsteller. An diesen Lesungen nahmen teil: der talentierte, satanische Hiram Pratt, der körperlich und seelisch verkrüppelte Coco Salá, René Ariza, der leicht umnachtet war, wenn auch noch nicht so wie heute, José Hernández (Pepe der Wahnsinnige), dessen Talent so groß und maßlos war wie sein Wahn, José Mario, der gerade aus dem Konzentrationslager entlassen worden war, Luis Rogelio Nogueras, Guillermo Rosales und viele andere. Wir lasen laut, damit alle etwas davon hatten. Wir lasen die unter Fidel Castro verbotenen Gedichte von Jorge Luis Borges, und wir trugen auswendig Gedichte von Octavio Paz vor. Unsere Generation, geboren in den vierziger Jahren, war eine verlorene Generation, vom kommunistischen Regime zerstört.

Die meiste Zeit unserer Jugend verschwendeten wir bei Zuckerrohrernten, bei sinnlosem Wachestehen, als Zuhörer bei endlosen Reden, wo wir immer wieder dieselben Phrasen über uns ergehen lassen mußten, beim Versuch, die repressiven Gesetze zu umgehen, bei der ständigen Jagd nach Bluejeans oder einem Paar Schuhe, bei der Suche nach einem Haus am Strand, das wir für unsere Lesungen oder als Liebesnest mieten wollten, beim täglichen Kampf, der Verfolgung und Verhaftung durch die Polizei zu entgehen.

Ich weiß noch, wie wir einmal beim Liederfestival von Varadero, kaum daß wir am Strand ankamen, von der Polizei aufgegriffen und nach Havanna zurückgebracht wurden; man erwartete zahlreiche ausländische Gäste, und unser Anblick war den prominenten Gästen anscheinend nicht zuzumuten.

Was ist aus all den talentierten jungen Leuten meiner Generation geworden? Nelson Rodríguez zum Beispiel, Autor des Buches *Das Geschenk,* wurde erschossen; Hiram Pratt, einer der besten Poeten meiner Generation, endete im Alkohol, ein Schatten seiner selbst; Pepe der Wahnsinnige, der phantastisch erzählen konnte, nahm sich schließlich das Leben; Luis Rogelio Nogueras, der begabte Dichter, ist vor kurzem unter ziemlich undurchsichtigen Umständen gestorben, keiner weiß, ob an Aids oder durch die Hand der Polizei Castros. Norberto Fuentes, der Erzähler, wurde erst verfolgt und dann zum Agenten der Staatssicherheit, bevor er endgültig in Ungnade fiel; Guillermo Rosales, ein exzellenter Romancier, dämmert in einem Pflegeheim in Miami dahin. Und was ist aus mir geworden? Nach siebenunddreißig Jahren in Kuba lebe ich jetzt im Exil, im Elend der Verbannung und am Rande des Todes. Woher dieser Haß gegen uns? Woher dieser Haß gegen alle, die sich wie wir abwenden wollten von der Tradition des Stumpfsinns und der alltäglichen Armseligkeit, die unsere Insel regierte?

Ich glaube, die Herrschenden und auch ein großer Teil des Volkes haben traditionell noch nie Toleranz für menschliche Größe und abweichende Meinungen aufbringen können; sie wollten immer alles auf das platteste, trivialste Niveau herunterziehen. Wer sich nicht an diese Norm des Mittelmaßes hielt, wurde schief angesehen oder an den Pranger gestellt. José Martí mußte ins Exil gehen, und selbst dort wurde er von einem Großteil der Emigranten verfolgt und bedrängt; und als er nach Kuba zurückkehrte, geschah das nicht nur, um zu kämpfen, sondern um zu sterben. Felix Varela, eine der überragenden Gestalten des kubanischen neunzehnten Jahrhunderts, mußte den Rest seines Lebens in der Verbannung zubringen. Cirilo Villaverde wurde in Kuba zum Tode verurteilt und mußte aus dem Gefängnis fliehen, um das nackte Leben zu retten; im Exil versuchte er mit dem Roman *Cecilia Valdés* die Insel wiederzuerschaffen. Auch Heredia war ein Verbannter und starb, seelisch gebrochen, mit sechsunddreißig Jahren, nachdem er beim amtierenden Diktator offiziell um Erlaubnis nachgesucht hatte, die Insel noch einmal besuchen zu dürfen. Auch Lezama und Piñera starben unter zwielichtigen Umständen und strengster Zensur. Ja, wir waren immer Opfer des amtierenden Diktators, und vielleicht gehört das nicht nur zur kubanischen, sondern zur lateinamerikanischen Tradition überhaupt, das heißt zur spanischen Hinterlassenschaft, mit der wir geschlagen sind.

Unsere Geschichte ist eine Geschichte von Verrat,

Rebellion und Fahnenflucht, von Verschwörungen, Meutereien und Staatsstreichen, und das alles beherrscht von grenzenlosem Ehrgeiz, von Ungerechtigkeit, Verzweiflung, Hochmut und Neid. Schon Christoph Kolumbus kehrte von seiner dritten Reise, nachdem er ganz Amerika entdeckt hatte, in Ketten zurück. Zwei Haltungen, zwei Persönlichkeiten scheinen in unserer Geschichte unablässig im Streit miteinander zu liegen: die des unbeirrbaren Rebellen, der die Freiheit und damit alles Schöpferische, jedes Experiment liebt, und die des Opportunisten und Demagogen, der stets nur die Macht will und darum das Dogma, das Verbrechen und den schäbigsten Ehrgeiz hervorbringt. Diese Haltungen haben sich im Laufe der Geschichte immer wiederholt: General Tacón contra Heredia, Martínez Campos contra José Martí, Fidel Castro contra Lezama Lima und Virgilio Piñera; immer dieselbe Rhetorik, immer dieselben Reden, immer dasselbe Waffengeklirr, das den Rhythmus der Poesie und des Lebens erstickt.

Diktatoren und autoritäre Regime können Schriftsteller auf zweierlei Art zerstören: sie können sie verfolgen oder mit Staatspfründen überhäufen. In Kuba sind jene, die sich für diese Pfründe entschieden haben, genauso zugrunde gegangen, nur elender noch und unwürdiger; Leute von unbestreitbarem Talent haben, kaum lagen sie der neuen Diktatur in den Armen, nie wieder etwas Gültiges geschrieben. Was wurde aus dem Werk Alejo Carpentiers nach *Explosion in der Kathedrale*? Grauenvoller Schund, den man nicht zu Ende lesen kann. Was wurde aus der Lyrik eines Nicolás Guillén? Seit den sechziger Jahren ist alles, was er geschrieben hat, entbehrlich, schlimmer noch, es ist jämmerlich. Was wurde aus den glänzenden, wenn auch immer leicht reaktionären Essays des Cintio Vitier der fünfziger Jahre? Wo sind heute die großen Gedichte, wie Eliseo Diego sie in den Vierzigern schrieb?

Keiner von ihnen hat zu sich selbst zurückgefunden; sie sind gestorben, auch wenn sie, Pech für die UNEAC und für sie selbst, noch am Leben sind.

Heute sehe ich die politische Geschichte meines Landes wie den Fluß in meiner Kindheit, der mit ohrenbetäubendem Tosen alles mit sich riß; seine aufgewühlten Wasser haben uns nach und nach alle vernichtet.

Und doch wußten sich die Jugendlichen der sechziger Jahre zu helfen; sie verschworen sich nicht etwa gegen das Regime, wohl aber für ihr Leben. Wir trafen uns heimlich weiter am Strand oder zu Hause, oder wir genossen für eine Nacht die Liebe mit einem Soldaten, mit einer Studentin oder einem Jungen, der verzweifelt nach einer Möglichkeit suchte, der Repression zu entgehen. Es gab eine Zeit, da entfaltete sich, im verborgenen, eine große sexuelle Freiheit im Land; alle wollten wie besessen bumsen, und die Jugend ließ sich lange Mähnen wachsen, denen, wie sollte es anders sein, hysterische Weiber in den Wechseljahren mit großen Scheren hinterherjagten; wir trugen enge Klamotten und steckten uns westlich aussehende Abzeichen an, wir hörten die Beatles und redeten über die sexuelle Befreiung. Wir liefen scharenweise ins Coppelia, in die Cafeteria Capri oder auf den Malecón, wir genossen die Nacht und scherten uns einen Teufel um das Sirenengeheul der Streifenwagen.

Eine Reise

Hiram Pratt und ich machten uns auf eine ziemlich beschwerliche Reise quer über die Insel, bis nach Guantánamo. Wir fuhren in einem klapprigen Zug, der in jedem Dorf anhielt und manchmal rückwärts rollte und an den letzten Haltepunkt zurückkehrte. Unterwegs sahen wir an einer Stelle eine Unmasse Apfelsinen verstreut auf dem

Boden liegen, die wahrscheinlich von einem Lkw heruntergefallen waren; vollkommen ausgehungert, sprangen wir verzweifelt aus dem Fenster und grapschten nach den Früchten. Es war wie ein Krieg auf Leben und Tod, da sich alle Leute aus dem Zug mit derselben Verzweiflung auf die Apfelsinen stürzten.

Der Zug war voller Rekruten; alle waren aufgeheizt, und auf den Toiletten, unter den Sitzen, einfach überall wurde Sex gemacht. Mit dem Fuß befriedigte Hiram einen Soldaten, der auf dem Fußboden zu schlafen schien; ich hatte die Gelegenheit, es mit den Händen zu tun. Es war eine unglaubliche Reise; in Santiago de Cuba schliefen wir unter Brücken oder im Straßengraben.

Einmal legten wir uns im Busbahnhof zum Schlafen in einen Überlandbus; wir dachten, die Busse würden mindestens zwei oder drei Tage lang dort stehen, und machten es uns auf den hinteren Sitzen bequem. Als wir am nächsten Tag aufwachten, fanden wir uns in Caney wieder, viele Kilometer von Santiago entfernt, und wußten nicht, wie wir wieder zurückkommen sollten.

Unsere Jugend war so etwas wie eine erotische Rebellion. Ich sehe mich noch splitternackt unter einer Brücke in Santiago, zusammen mit einem ebenfalls vollkommen nackten jungen Rekruten, im Scheinwerferlicht der vorbeirasenden Autos. Hiram Pratt saß auf der Ladefläche eines Lkw, auf der noch ein Schwarzer mitfuhr, und kaum waren sie aus Santiago de Cuba raus und brausten über die Landstraße, hatte er schon seinen Schwanz im Mund. Ich stelle mir vor, was für Augen die Bauern am Straßenrand machten, als sie diese Erscheinung vorbeirauschen sahen.

Wenn man damals an den Strand kam, war es, als hätte man ein Plätzchen im Paradies entdeckt; alle Jugendlichen dort wollten Sex, es waren immer Dutzende, die mit einem in die Büsche gehen wollten. Wie oft nahm mich irgendein Junge in den Badekabinen von La Concha mit der Verzweiflung eines Menschen, der weiß, daß dieser Augenblick vielleicht unwiederbringlich ist und daß man ihn auskosten muß bis zum letzten, weil jederzeit die Polizei kommen und uns festnehmen konnte. Wer wie wir noch nicht im Konzentrationslager war, konnte sich glücklich schätzen; wir mußten von unserer Freiheit nach Kräften Gebrauch machen. Wo wir auch waren, suchten wir Männer, und wir fanden sie.

Auf unserer erotischen Reise kamen Hiram und ich bis zur Isla de Pinos, und dort konnten wir uns an ganzen Regimentern weiden; als die Rekruten, aufs Ficken versessen, von unserer Ankunft hörten, weckten sie das ganze Lager auf. Nackt oder in Laken gehüllt, liefen uns die jungen Kerle entgegen, wir krochen in ein paar ausgemusterte Panzer und veranstalteten einen Höllenlärm.

Irgendwann rechneten wir einmal zusammen, wieviel Männer wir wohl schon gehabt hatten; das war 1968. Ich stellte ein paar komplizierte Berechnungen an und kam zu dem Schluß, daß ich mit mindestens fünftausend Männern geschlafen hatte. Hiram kam in etwa auf die gleiche Zahl. Aber natürlich lebten nicht nur Hiram und ich in einem solchen sexuellen Rausch, allen ging es so; den Rekruten, die zu monatelanger Abstinenz verurteilt waren, und dem ganzen Volk.

Ich erinnere mich an eine Rede Fidel Castros, in der er sich das Recht herausnahm, den Männern vorzuschreiben, wie sie sich zu kleiden hätten. In derselben Form kritisierte er die Jungs, die lange Haare trugen und mit der Gitarre durch die Straßen zogen. Jede Diktatur ist lust- und lebensfeindlich; jeder, der ein bißchen Lebensfreude zeigt, gilt in einem dogmatischen Regime schon als Feind. Es war nur logisch, daß Fidel Castro uns verfolgte, daß er uns am Ficken hindern wollte und versuchte, jedes öffentlich zum Ausdruck gebrachte Leben zu ersticken.

Manchmal endeten unsere Abenteuer nicht mit der Befriedigung unserer Lust. Tomasito die Goya'sche ging einmal, mitten im Bus, einem sehr attraktiven jungen Mann stürmisch an die Hose. Der Bursche hatte ihm tatsächlich verschiedene Zeichen gemacht und sich an den Schwanz gefaßt, der ihm unübersehbar stand. Als Tomasito zupackte, reagierte der Mann gewalttätig, er schlug auf ihn ein, beschimpfte ihn als schwule Sau und uns gleich mit, die wir dabei waren. Der Busfahrer machte die Türen auf, und wir mußten aussteigen und über den ganzen Platz der Revolution rennen, während eine Horde »ehrbarer« Männer und Frauen hinter uns herjagte und uns beschimpfte. Wir flüchteten uns durch den Hintereingang in die Nationalbibliothek und versteckten uns im Büro von María Teresa Freyre de Andrade.

Tomasito hatte ein geschwollenes Gesicht, und erst im Büro merkte Hiram Pratt, daß er eine Aktentasche mitgenommen hatte, die ihm nicht gehörte. Er hatte sie sich im Getümmel gegriffen, weil er dachte, es wäre seine. War sie aber nicht; sie gehörte dem Mann, der Tomasito geschlagen hatte, ausgerechnet ein Offizier aus dem Innenministerium. Tomasito hatte seinen Ausweis verloren, und den hatte der Mann mit dem Ständer, der ihn geschlagen hatte. Wenig später kreuzte dieser Mann in der Bibliothek auf und suchte wutschnaubend nach Tomasito. Als der aus seinem Versteck nicht herauskommen wollte, sprachen Hiram und ich mit dem Offizier. Er bestellte uns für zwölf Uhr nachts zu sich nach Hause und sagte, wenn wir ihm dann nicht seine Tasche brächten, würde er uns alle verhaften.

Um Mitternacht standen wir drei zähneklappernd vor seiner Tür. Wir mußten eine lange Erklärung unterschreiben, in der festgehalten wurde, daß wir ihm sämtliche

Papiere wiedergegeben hatten und er uns unsere. Er hatte gerade geduscht und kam nackt an die Tür, trocknete sich mit einem Handtuch ab und wickelte es sich um die Hüften. Während er uns dieses merkwürdige Dokument lesen und unterschreiben ließ, faßte er sich an den Schwanz, der wieder anschwoll und sich aufrichtete, wobei er uns gleichzeitig als unmoralisch beschimpfte. Als er bei seinem Verhör erfuhr, daß Hiram in der Sowjetunion gewesen war, fragte er ihn, wie jemand schwul sein konnte, der in diesem Land gewesen war. Er sagte auch, daß er alles in seiner Macht Stehende tun würde, damit man uns aus der Nationalbibliothek hinauswarf, und als er erfuhr, daß ich Schriftsteller war, sah er mich empört an. Sein Schwanz wurde aber immer steifer, und ab und zu fuhr er mit der Hand drüber.

Schließlich forderte er uns auf, uns zu setzen und unser Leben zu erzählen. Das Handtuch verriet immer deutlicher, wie erregt der Mann war. Wortlos sahen wir drei uns an, begierig, diese vielversprechende Beule anzufassen. Als wir um vier Uhr morgens wieder aufbrachen und der Mann uns mit seinem Ständer unterm Handtuch verabschiedete, trauten wir uns immer noch nicht, die Hände in diese Richtung auszustrecken und nach dem appetitlichen Paket zu greifen. Wir dachten, es könnte eine Falle sein, und das ganze Haus wäre vielleicht voller Polizisten, die uns »auf frischer Tat« ertappen wollten, um uns zu verhaften, was aber bestimmt nicht zutraf; dieser Mann, der uns verfolgt hatte, weil wir schwul waren, hatte nichts anderes gewollt, als daß wir uns dort in der Wohnung auf seinen Schwanz stürzten, ihn rieben und leckten. Das sind wohl die Verirrungen eines jeden repressiven Systems.

Ich erinnere mich auch noch an ein anderes Erlebnis mit einem jungen Militär. Wir begegneten uns vor der UNEAC, ich gab ihm meine Adresse, und er kam zu mir nach Hause und setzte sich auf meinen einzigen Sessel. Wir brauchten nicht viel zu reden, wir wußten, was wir wollten, er hatte nämlich schon auf dem Klo vom Coppelia eine Geilheit signalisiert, die keinen Aufschub duldete. Wir lieferten uns eine bemerkenswerte Sexschlacht. Nachdem er mich leidenschaftlich genommen und abgespritzt hatte, zog er sich in Seelenruhe an, zückte einen Dienstausweis der Abteilung für öffentliche Ordnung und sagte zu mir: »Komm mit; du bist verhaftet; du bist schwul.« Wir gingen zum Polizeirevier. Da waren alles solche jungen Kerle wie der, der mich gefickt hatte. Er sagte dort, ich wäre schwul, ich wäre ihm an die Wäsche gegangen. Ich erklärte, wie es in Wirklichkeit gewesen war, und sagte ihnen, ich hätte seinen Samen noch in meinem Körper. Es kam zu einem wüsten Wortgefecht. Vielleicht dachte er, als Aktiver hätte er sich kein Vergehen zuschulden kommen lassen. Oder er sah sich als junges Mädchen, dem ein Unhold die Jungfernschaft geraubt hatte. Tatsache war, daß er gerammelt hatte wie ein richtiger Bock, und nun wollte er mich ins Gefängnis werfen. Den Offizieren verschlug diese Offenbarung die Sprache; der Skandal war zu offensichtlich. Am Ende sagten sie, es wäre eine Schande, daß ein Angehöriger der Polizei so etwas täte, ich wäre ja nun mal so, aber er wäre doch ein richtiger Mann; sich mit einem Schwulen einzulassen, unverzeihlich. Ich glaube, er bekam ein Verfahren angehängt und wurde von der Polizei gefeuert, oder zumindest haben sie ihn auf ein anderes Revier versetzt.

Probleme dieser Art hatte ich auch mit anderen Leuten von der Armee. Einmal ging ich mit einem Soldaten in den Park von Monte Barreto in Miramar. Wir sprachen von Anfang an Klartext; er hatte Lust, ich auch. Als wir ein geeignetes Plätzchen gefunden hatten, sagte er zu mir: »Knie dich hin und faß mich hier an.« Er zeigte auf seinen Bauch. Ich wollte gerade nach seinem Schwanz greifen, den er schon aus der Hose geholt hatte, aber er schob meine Hand weiter hoch, bis an den Gürtel, und was ich berührte, war eine Pistole. Er zog die Pistole und sagte: »Ich bring dich um, du schwule Sau.« Ich rannte los, hörte ein paar Schüsse; ich stieß einen Schrei aus und warf mich ins Gebüsch. Dort hockte ich einen ganzen Tag lang; ich hörte Polizeiwagen, die mich suchten. Bestimmt verfolgte mich der inzwischen abgekühlte Soldat noch, ich hatte aber Glück, und er fand mich nicht.

Im Morgengrauen kehrte ich in mein Zimmer in Miramar zurück. Vor der Haustür erwartete mich ein prächtiger Junge, einer meiner vielen wechselnden Liebhaber, der immer wiederkam. Er hatte die ganze Nacht auf mich gewartet; wir gingen hoch auf mein Zimmer, und ich verkroch mich zwischen seinen Beinen, wie ich es im Gebüsch getan hatte, als mich der Soldat verfolgte.

Auch meine Freunde erlebten ihre amourösen oder sexuellen Enttäuschungen. Bei einem der rauschendsten Karnevale Havannas verschwand Tomasito die Goya'sche in einem der Pissoirs, die auf dem Prado aufgestellt waren. Zum Pinkeln ging in diese Buden keiner, höchstens die Männer, die ihre vom Saufen prallen Blasen entleeren mußten, und dann wurden sie geil und machten sich an einen anderen Mann ran; es waren Dutzende, die da standen, die einen ließen sich einen blasen, die anderen gleich an Ort und Stelle ficken. Wenn man reinkam, sah man erstmal gar nichts, nach einer Weile konnte man dann die glänzenden Schwänze und die feuchten Lippen erkennen. Tomasito war kaum drin, da spürte er, wie jemand ihm den Hintern und die Beine streichelte; er spürte Hände, die ihn befummelten und jede Stelle seines Körpers befingerten. Schließlich hielt er es nicht länger aus, und bald trat er rundum befriedigt auf die Straße; erst da merkte er, daß jemand Scheiße aus dem Klo genommen und ihn damit eingeschmiert hatte; es war ein unvorstellbarer Anblick, den diese Tunte bot, vom Scheitel bis zur Sohle voller

Scheiße mitten auf dem Prado, umringt von Tausenden und Abertausenden Karneval feiernder Menschen. Es fiel ihm nicht schwer, sich einen Weg durch dieses Menschengewühl zu bahnen, er verbreitete einen solchen Gestank, daß er durch die Gasse rennen konnte, die sich vor ihm auftat. So lief er bis zum Malecón und stürzte sich in voller Montur ins Meer. Er schwamm bis hinter die Festung El Morro, und ich, immer hinter ihm her, verlor ihn schließlich aus den Augen und bekam es schon mit der Angst, die Haifische hätten ihn gefressen; er schwamm stundenlang draußen auf dem Meer und tauchte erst morgens wieder an Land auf, pudelnaß; aber nach Scheiße stank er nicht mehr.

Als wir auf den Prado zurückkehrten, schleppten wir zur Entschädigung zwei traumhafte Matrosen ab; wir nahmen sie mit zu Tomasito, der bei seiner Mutter wohnte, einer toleranten alten Dame, der es nichts ausmachte, wenn er Männer mit nach Hause brachte, Hauptsache, sie machten keinen Radau. Wir hatten mit diesen Jungs den gleichen Spaß wie sie mit uns.

Auch Coco Salá erlebte immer wieder Desaster, wenn er seine erotischen Gelüste ausleben wollte. Einmal verknallte er sich in einen Apotheker, ein Bild von einem Mann, der in der Apotheke Nachtdienst hatte. Coco machte sich einen Spaß daraus, den Kopf durch das Schiebefenster zu stecken, das in der Apotheke nachts immer offen war, für zehn Centavos Aspirin zu kaufen und dem schönen Apotheker dabei auf den Hosenlatz zu starren. Eines Nachts hatte der Mann es satt, wegen ein paar Aspirintabletten von dieser Schwuchtel geweckt zu werden, er schrie, er hätte keine, und knallte die Luke mit solchem Schwung auf Coco runter, daß er mit seinem Kopf stekkenblieb. So mußte er bis zum Morgen ausharren, wie unter einer Guillotine, die sich im entscheidenden Augenblick verklemmt hatte. Die Leute auf der Straße wunderten sich ein bißchen über den jungen Mann, der da in dem Fensterchen feststeckte, während drinnen der Apotheker schnarchte.

Bei einer anderen Gelegenheit kam ihn das Abenteuer etwas teurer zu stehen. Er nahm einen Ganoven mit auf sein Zimmer; es lag im fünften Stock eines alten Hauses in der Calle Monserrate, mit einem Balkon zur Straße hin. Der Ganove sagte Coco, er solle sich ausziehen. Coco legte alle Kleider ab. Der schwere Junge stieß ihn auf den Balkon, verriegelte von innen die Balkontür und ließ Coco nackt draußen stehen. Er packte sämtliche Sachen von dieser Schwuchtel in einen Koffer und machte sich aus dem Staub. Coco, hoch über der Calle Monserrate und splitternackt, wußte nicht, was er tun sollte. Die Polizei zu rufen, wäre lächerlich gewesen, er hätte nicht erklären können, wie es dieser reizende Gauner fertiggebracht hatte, ihn einfach auszuziehen und auszurauben.

Hiram Pratt bekam immer Ärger im Theater. Aus der Sowjetunion, wo er als Jungkommunist studierte, war er ausgewiesen worden, weil man ihn bei einer Vorstellung im Bolschoi-Theater dabei erwischt hatte, wie er einem jungen Russen den Schwanz lutschte. Als unsere literarischen und sexuellen Ausflüge uns auf die Isla de Pinos führten, bändelte Hiram mit einem Jungen an, dessen Brigade bei der Pampelmusenernte war. Einmal waren sie im Theater, und der Junge fickte ihn gerade in den Mund, als mitten im Liebesspiel plötzlich der Vorhang aufging und das Schauspiel sich auf offener Bühne darbot. Es war nicht gerade Applaus, womit das Publikum sie bedachte, sondern wüstes Geschrei. Der Junge, dem Hiram einen blies, war ungefähr sechzehn; Hiram wurde verhaftet, kahlgeschoren und ins Gefängnis gesteckt. Eine Woche lang bin ich über die ganze Insel geirrt, um herauszubekommen, in welchem Gefängnis er war; als ich die Fähre zurück nach Havanna nahm, sah ich Hiram, der im selben Augenblick, von mehreren Polizisten eskortiert, an Bord ging. Hinter ihm kam der bildhübsche Junge, ebenfalls verhaftet. Hiram erhielt Aufenthaltsverbot für Havanna und kam in ein landwirtschaftliches Arbeitslager in seiner Heimatprovinz Oriente. Lange Zeit schrieben wir uns.

Manche der Männer, die uns über den Weg liefen, hatten kriminelle Absichten oder Komplexe, die sich in maßlosen Gewaltausbrüchen entluden. Bezeichnend dafür war, was Amando López passierte. Er lernte einen schönen Jungen kennen, der Judo machte, und nahm ihn mit zu sich. Der Junge befahl Gluckgluck – das war Amandos Nom de guerre –, sich hinzulegen, und dann sah er ihn lange an. »Was für einen schönen Hals du hast«, sagte der Junge, »streck ihn noch ein bißchen.« Und schließlich verlangte das schöne Mannsbild: »Jetzt mach die Augen zu.« Wie ein verzückter Schwan, mit langgestrecktem Hals und geschlossenen Augen, erwartete Amando sehnsüchtig die Liebkosungen des Jungen, als der sich mit dem Schrei der Judokas auf Amandos Körper stürzte und mit der Handkante auf seinen Hals niederfuhr. Der Junge wollte ihm tatsächlich die Gurgel zerschmettern, ihn blitzschnell umbringen. Amando war aber eine ziemlich robuste Tunte, er schrie, und alle Nachbarn aus der Pension, wo er ein Zimmer hatte, eilten ihm zu Hilfe; das Blut lief ihm aus dem Mund, und sie brachten ihn sofort ins Krankenhaus. Der Junge schrie ihm noch Beschimpfungen nach und verschwand.

Gluckglucks sexuelle Unersättlichkeit brachte ihn des öfteren ins Krankenhaus. Ich weiß noch, wie ich ihm mal einen der Rekruten vorstellte, die mich besuchten. Ich hatte so etwas wie eine Privatarmee; ich lernte einen Soldaten kennen, und am nächsten Tag brachte er seinen Freund mit und der wieder einen anderen, und so wurden es manchmal fünfzehn oder zwanzig in meinem Zimmer; das war zuviel. Aber wir waren großzügig und teilten uns unsere Freunde; und die reizte es auch, neue Leute kennenzulernen. Ich brachte diesen Soldaten zu Amando; er war wirklich äußerst attraktiv, hatte aber einen kleinen Schwanz, und Amando war anspruchsvoll. Er fühlte sich von dem Rekruten nicht befriedigt und bat ihn, ihm einen Baseballschläger in den Arsch zu stecken, den er für solche Fälle bereithielt, aber der Soldat paßte nicht auf und schob Amando den ganzen Schläger rein, was zu einem Darmriß mit anschließender Bauchfellentzündung führte. Für lange Zeit mußte er einen künstlichen Darmausgang benutzen. Gluckgluck bekam einen neuen Namen: Doppelarsch.

Manchmal war man auch Opfer der Eifersucht dieser Rammler, wie wir sie nannten. Und manchmal waren die Rammler aufeinander eifersüchtig. Einmal, am Strand von La Concha, schlüpfte ich zu einem wirklich süßen Jungen in eine der Badekabinen, und ein anderer, der offensichtlich in ihn verliebt war, rief die Polizei und sagte, in einer Badekabine trieben es zwei Männer miteinander. Dafür konnten wir jahrelang hinter Gitter kommen. Doch dieser Kerl war so boshaft und führte die Polizei zu der Kabine, wo wir nackt und schweißgebadet fickten. Sie verlangten, wir sollten die Tür aufmachen, sie hatten durch den Spalt über der Tür nämlich schon gesehen, wie wir ineinandersteckten. Es sah ganz so aus, als wären wir geliefert: zwei splitternackte, erregte Männer in einer Badekabine, da gab es vor der Polizei keine Ausrede. Ich packte in Windeseile meine Sachen ins Hemd und machte daraus ein Bündel, schloß die Tür auf, stieß einen Schrei aus und rannte, noch ehe die Polizei mich schnappen konnte, mit einem Affenzahn die Treppe von La Concha hinunter, sprang ins Wasser und schwamm aufs Meer hinaus. In dem Moment eilte mir die Natur zu Hilfe; urplötzlich brach ein tropisches Gewitter los. Es war fast ein Wunder; ich sah, wie die Polizei mit einem Streifenwagen an der Küste entlangfuhr und mich suchte, doch der Wolkenbruch war so stark, daß sie mich aus den Augen verloren. Und so, völlig nackt, erreichte ich den Patrice-Lumumba-Strand, zwei oder drei Kilometer von La Concha entfernt. Es hatte aufgehört zu regnen, und drei Jungen sprangen gerade von einem Sprungbrett ins Wasser. Sie waren Prachtexemplare. Vor ihren Augen kletterte ich auf das Brett und zog mir die Badehose an. Wir kamen ins Gespräch, und ich weiß nicht, ob sie etwas ahnten, jedenfalls stellten sie keine Fragen. Wir schwammen ein bißchen, und ein paar Minuten später waren sie schon auf meinem Zimmer, zum Glück nur ein paar Schritte vom Patrice-Lumumba-Strand entfernt. Sie entschädigten mich ausgiebig für die ganze Angst, die ich ausgestanden hatte, aber monatelang konnte ich mich in La Concha nicht mehr blicken lassen. Nirgendwo hatte ich so viele Männer gesehen, die nur aufs Ficken aus waren. Das war schon so etwas wie ein historischer Ort; seit der Zeit der Republik ging alle Welt dorthin, um in den Badekabinen zu ficken, wo man die Tür verriegeln und machen konnte, was man wollte. Außerdem waren die Männer, ob in Badehose oder nackt, wirklich unwiderstehlich.

Sie kamen mit ihren Frauen und amüsierten sich am Strand, und zwischendurch gingen sie in die Kabinen, wo sie sich auszogen und mit einem anderen jungen Mann vergnügten, bevor sie sich wieder ihren Frauen widmeten. Ich erinnere mich noch an einen besonders schönen Mann, der mit seiner Frau und seinem Sohn im Sand spielte. Er streckte sich aus, hob die Beine hoch und zeigte mir ein Paar prachtvolle Eier. Ich beobachtete ihn eine ganze Weile, dann spielte er wieder mit dem Kind und hob erneut seine Beine hoch, und wieder konnte ich seine Eier bestaunen. Irgendwann ging er in das Gebäude, wo sich die Kabinen befanden, duschte und ging nach oben zum Umziehen. Ich stieg ihm nach, bat ihn um eine Zigarette oder um Streichhölzer, und er sagte, ich solle hereinkommen. Für fünf Minuten war er seiner Frau ganz unglaublich untreu. Danach sah ich ihn wieder Arm in Arm mit Frau und Sohn, eine glückliche Familie. Ich glaube, dort kam mir die Idee für meinen Roman *Noch einmal das Meer,* denn es war tatsächlich das Meer, das uns alle am meisten erregte, dieses tropische Meer mit seinen vielen außergewöhnlichen Jungs, mit all den Männern, die manchmal nackt oder in knappen Badehosen badeten. Ans Meer zu gehen, das Meer zu sehen, war ein großartiges Fest; wir wußten, daß uns zwischen den Wellen stets ein namenloser Liebhaber erwartete.

Manchmal liebten wir uns auch unter Wasser. Ich wurde ein richtiger Experte; mir war es gelungen, eine Taucherbrille und Schwimmflossen zu besorgen. Märchenhaft schön war die Welt unter der Meeresoberfläche, der Anblick der Körper unter Wasser. Ein paarmal trieb ich es unter Wasser mit jemandem, der ebenfalls eine Taucherbrille hatte. Es kam aber auch vor, daß derjenige in Begleitung war, und während er, bis zum Hals im Wasser, sich mit einem Freund unterhielt, saugte ich mit aller Kraft an seinem Schwanz, bis er kam; danach suchte ich mit meinen Schwimmflossen das Weite. Dem anderen war vielleicht nur ein tiefes Seufzen aufgefallen, im Augenblick des Orgasmus.

Fast immer mußten wir endlos Schlange stehen, um eine Kabine zu kriegen, und wenn es mal nicht klappte, stiegen wir eben in die Bäume, die rings um den Strand standen. Diese tropischen Mandelbäume trugen riesige, dichte Laubkronen, und wer jung war, für den war es ein Kinderspiel hinaufzuklettern; und dort in den Wipfeln, zwischen den lärmenden Vögeln, vollführten wir eine Sexakrobatik, die jedem Seiltänzer zur Ehre gereicht hätte.

Am schönsten war es damals, wenn man sich in Guanabo einen Bungalow mieten konnte, auch wenn das nie leicht war. In den sechziger Jahren gab es allerdings immer irgendeinen Freund, der an einen drankam. Natürlich mietete nicht er selbst den Bungalow, sondern eine Frau oder irgendwer, der verheiratet war; irgendwie kriegten wir es hin, für ein Wochenende und manchmal auch für eine ganze Woche so ein Haus zu bekommen. Das war ein Riesenfest. Wir alle brachten unsere Hefte mit und schrieben Gedichte und Romankapitel, und manchmal holten wir uns ganze Heerscharen junger Männer ins Haus; Sex und Literatur gingen Hand in Hand.

Ich konnte nie in völliger Abstinenz arbeiten, der Körper muß sich befriedigt fühlen, damit der Geist die Zügel schießen lassen kann. Abends schloß ich mich in meinem kleinen Zimmer in Miramar ein und schrieb, manchmal bis tief in die Nacht hinein. Den Tag über aber war ich barfuß alle Strände abgelaufen und hatte im Gebüsch die aufregendsten Sachen mit wunderschönen Jungs erlebt; an manchen Tagen mit zehn, elf, zwölf von ihnen, an anderen nur mit einem, aber der war dafür unvergleichlich, ein Dutzend wert.

Viele dieser Jungen kamen später wieder, was aber zum Problem wurde, weil die Wohnung nicht mir gehörte, sondern meiner Tante; ich wohnte in der Mädchenkammer meiner Tante Orfelina, die zu allem Überfluß auch noch Informantin der Staatssicherheit war. Es war schon problematisch, wenn diese Jungen zu Besuch kamen, erst recht aber, wenn ich nicht da war und sie gegen die Tür trommelten. Meine Tante hatte viele Katzen. Meine Freunde kamen, wie ich ihnen eingeschärft hatte, nicht durch den Vordereingang, sondern über den Hof; sie kletterten über eine Mauer auf der Seite zum Meer, und ich erwartete sie in meinem Zimmer. Dummerweise kam es aber vor, daß jemand beim Sprung von der Mauer auf einem der unzähligen Katzenviecher meiner Tante landete, worauf diese Tiere ganz herzzerreißend miauten und meine Tante ein Mordstheater machte. So kam es des öfteren vor, daß die verschreckten Jungs erst gar nicht bis in mein Zimmer gelangten, wo ich sie erwartete. Andere waren wagemutiger und kamen übers Dach geklettert, oder sie stiegen über den Balkon ein, der zur Straße ging. Manchmal waren vier oder fünf bei mir, und während ich mit dem einen zugange war, wichsten die anderen, bis sie an der Reihe waren.

Manchmal gaben sie sich dem kollektiven Rausch hin, und das war dann ein Fest, an dem ich auch Lezama teilhaben ließ, dem ich meine Erlebnisse erzählte. Kaum war María Luisa aus dem Zimmer, um Tee aufzusetzen, schon fragte er mich, wie es mir ergangen sei oder was die Liebe mache. Mit der stand es zum besten, auch wenn ich, wie alle anderen, gelegentlich unter der Gewalttätigkeit einiger Liebhaber zu leiden hatte.

Einmal zum Beispiel hatte ich beim Aussteigen aus dem Bus einen handfesten Burschen aufgegabelt. Es ging ohne viel Worte ab; das war ein Vorteil der Anmache in Kuba, daß man nicht viel reden mußte, es lief alles über Blicke, man bat um eine Zigarette, sagte, daß man gleich in der Nähe wohnte und ob er mitkommen wollte. Sagte der Angesprochene ja, verstand sich der Rest von selbst. Auch dieser Bursche sagte ja. Als wir bei mir waren, überraschte er mich damit, daß nicht er den Mann machen wollte, sondern daß er es von mir verlangte. Ich hatte ja auch in dieser Rolle meinen Spaß, und der Kerl fing gleich an, mir einen zu blasen; ich fickte ihn, und er kam wie ein Wilder. Danach, noch nackt, fragte er mich: »Und wenn sie uns hier erwischen, wer ist dann der Mann?« Er meinte, wer wen gebumst hatte. Ich sagte ihm, vielleicht ein wenig schadenfroh: »Ich natürlich, schließlich habe ich ihn dir reingesteckt.« Das brachte den Kerl zur Weißglut, und da er Judo machte, packte er mich und schleuderte mich an die Decke; zum Glück fing er mich wieder auf, wobei er mich allerdings mit fürchterlichen Schlägen traktierte.

»Wer ist der Mann? Wer ist der Mann? Wer ist der Mann?« fragte er immer wieder. Ich fürchtete schon um mein Leben und antwortete: »Du, weil du Judo kannst.«

Zum Glück führten sich nicht alle Sportler so auf. Nicht weit weg vom Haus meiner Tante war eine große Schule, das Nationalinstitut für Freizeit und Sport. In dieser Internatsschule trainierten Tausende von Schülern Radsport, Boxen, Stabhochsprung und andere Disziplinen, nur zwei Straßen vom Haus meiner Tante entfernt. Fast alle sind sie durch mein Zimmer marschiert. Mal kamen sie in Gruppen, mal allein. Einmal trafen ein Lehrer und ein Schüler zusammen; sie staunten nicht schlecht. Der Lehrer war von der Kommunistischen Jugend, und als er an die Tür klopfte und ich nicht aufmachte, weil ich gerade den Schüler im Zimmer hatte, kletterte er auf den Balkon, stieß das Fenster auf und stand plötzlich vor dem nackten Schüler. Wie sollte er dem Schüler erklären, weshalb er morgens um drei durchs Fenster eines Zimmers stieg, wo ein Schwuler wohnte? Ich weiß wirklich nicht, wie er es angestellt hat, in dieser Nacht jedenfalls ging er wieder. In der nächsten aber stand er aufs neue vor meiner Tür; zum Glück war der Schüler nicht da.

Meine sexuellen Aktivitäten beschränkten sich weder auf die Strände noch auf die Kasernen; ich ging auch in die Universitäten, in die Wohnheime, wo Hunderte von Studenten schliefen. Dort lernte ich einen Jungen namens Fortunato Córdoba kennen; er war Kolumbianer und hatte gehofft, in Kuba Arzt zu werden. Die Revolutionsregierung hatte damals viele Jugendliche aus ganz Lateinamerika eingeladen, an Kubas Universitäten zu studieren. Waren sie erst einmal dort, fing man an, sie politisch zu erziehen, und schließlich machte man ihnen klar, daß ihre Heimat befreit werden mußte, sie wären schließlich Opfer des US-Imperialismus und sollten als Guerilleros nach Hause zurückkehren.

Fortunato erzählte mir das alles, während wir uns auf einer Matratze im Keller seines Wohnheims liebten. Er wollte nicht als Guerillero in seine Heimat zurück, er wollte Arzt werden, deshalb war er nach Kuba gekommen. Und weil er sich weigerte, hatten sie ihm seinen Paß abgenommen und drohten jetzt, ihn von der Universität zu relegieren. Er fragte sich verzweifelt, was er dann in Kuba machen sollte, von der Universität verwiesen und ohne Ausweis.

Ein Jahr lang haben wir uns geliebt, dann mußte er zu den Guerilleros; ich weiß nicht, ob er getötet wurde, ich habe nie wieder etwas von ihm gehört. Als ich *Der Palast der blütenweißen Stinktiere* schrieb, wollte ich diesem wundervollen Geliebten ein kleines Denkmal setzen: der Held meines Romans heißt Fortunato.

Es gab andere Guerilleros, denen Fortuna offenbar wohlgesonnen war, sie kehrten nach Kuba zurück. Einmal kam einer zu mir, Alfonso mit Namen, der Fortunato bei der Guerilla kennengelernt hatte, von ihm hatte er auch meine Adresse. Er klopfte bei meiner Tante an die Tür, fragte nach mir und stellte sich als Freund von Fortunato vor. Mir war sofort klar, was er wollte; wir wurden gute Freunde und leidenschaftliche Liebhaber. Er hatte in der Guerilla gekämpft und arbeitete nun im kubanischen Innenministerium; bei diplomatischen Anlässen gehörte er zu Fidel Castros Personenschutz. Vielleicht verziehen sie ihm seine gelegentlichen Rammeleien, weil er Ausländer war, oder die Regierung wußte nichts davon; jedenfalls kam er mich jahrelang besuchen, natürlich nur sporadisch, und er war immer sehr männlich. Plötzlich verschwand er; vielleicht haben sie ihn in offizieller Mission ins Ausland geschickt, und wer weiß, wo er heute steckt.

Außer dem Aufreißen tagsüber, das sich im allgemeinen an den Stränden abspielte, bot Havanna noch ein zweites, äußerst reges homosexuelles Leben; unter der Oberfläche zwar, aber nicht zu übersehen. Das war die Anmache nachts auf der gesamten Länge der Rampa, des Prado und des Malecón, beim Coppelia und im Coney Island von Marianao. In diesen Gegenden wimmelte es nur so von jungen Wehrpflichtigen und Studenten; alles in Kasernen und Schulen eingesperrte Männer, die allein waren und nachts, begierig aufs Ficken, ausgingen und sich schnappten, was ihnen vor die Flinte kam. Ich versuchte immer, einer der ersten zu sein, den man an diesen Orten antraf. Ich »eroberte« Hunderte von ihnen und nahm sie mit in mein Zimmer; manchmal war ihnen der Weg zu weit, dann mußte man sein Glück in der Altstadt versuchen und irgendein Treppenhaus hochsteigen und im letzten Stockwerk die Hosen runterlassen. Ich glaube, nie wurde in Kuba mehr herumgevögelt als in den sechziger Jahren; ausgerechnet in dem Jahrzehnt, als all die Gesetze gegen die Homosexuellen erlassen wurden, als man unerbittlich Jagd auf sie machte und die Konzentrationslager einrichtete; ausgerechnet in der Zeit, als man den Geschlechtsakt zu einem Tabu machte, als man den Neuen Menschen verkündete und den Machismo auf die Spitze trieb. Fast alle diese Jugendlichen, die auf dem Platz der Revolution Fidel Castro zujubelten, fast alle diese Soldaten, die mit dem Gewehr in der Hand und martialischem Gesichtsausdruck an ihm vorbeidefilierten, hockten nach den Paraden in unseren Zimmern, und dort, nackt, zeigten sie ihr wahres Ich und manchmal eine Zärtlichkeit und eine Sinneslust, wie ich sie an anderen Orten der Welt kaum wiedergefunden habe.

Vielleicht spürten sie, daß sie etwas Verbotenes taten, daß sie nach dem Gesetz eine Gefahr für die Gesellschaft waren, die sie verfluchte, und vielleicht blühten sie deshalb so auf und genossen den Augenblick, weil sie wußten, es konnte immer der letzte sein, er konnte sie viele Jahre Gefängnis kosten. Und das war keine Prostitution, sondern pure Lust; es war das Verlangen eines Körpers nach einem anderen Körper, das Bedürfnis, sich zu befriedigen. Die von zwei Männern geteilte Lust kam einer Verschwörung gleich, immer heimlich, ob im Licht oder im Schatten; ein Blick, ein Wimpernschlag, eine Geste, ein Zeichen genügten, um die Erfüllung der Lust anzubahnen. Das Abenteuer an sich, selbst wenn es nicht in dem begehrten Körper seine Erfüllung fand, war schon eine Lust, ein Mysterium, eine Überraschung. Ins Kino zu gehen bedeutete, zu überlegen, neben wen man sich setzen sollte und ob der Junge, der dort saß, sein Bein zu einem herüberstrecken würde; sich langsam vorzutasten und seinen Schenkel zu berühren und sich dann ein bißchen mehr zu trauen und durch die Hose hindurch sein Glied zu befühlen, das aus diesem Stück Stoff herauswollte; ihm gleich dort, während ein alter amerikanischer Streifen lief, Befriedigung zu verschaffen und zu sehen, wie sein Samen herausspritzte und wie er dann ging, noch bevor der Film zu Ende war. Vielleicht würde man ihn nie wiedersehen, nachdem man sein Gesicht nur im Profil kennengelernt hatte; aber auf alle Fälle war er ein toller Kerl.

Sexuell am aufregendsten waren Überlandfahrten im Bus; wer in so einen Bus voller junger Männer stieg und neben einem von ihnen einen Platz bekam, der konnte sicher sein, daß es unterwegs zu Liebesspielchen kam. Der Fahrer machte das Licht aus, und der Bus holperte über die mit Schlaglöchern übersäte Landstraße, und bei jedem Ruck hatte man die Gelegenheit, die Hand auszustrecken und einen harten Schwanz, einen knackigen Schenkel, eine stramme Brust zu berühren; man konnte den Händen erlauben, über den Körper zu wandern, die Hüften abzutasten, den Gürtel aufzuschnallen, behutsam und begierig an das Prachtstück heranzukommen. Diese Erlebnisse und die Menschen, mit denen man sie teilte, waren einfach wunderbar. Die Männer gefielen sich in ihrer Rolle als aktive Machos, sie wollten sich blasen lassen und sogar gleich dort im Bus ficken.

Seit ich im Exil bin, erlebe ich, wie langweilig und unbefriedigend sexuelle Beziehungen sein können. Es gibt doch Kategorien und Unterschiede in der Welt der Homosexuellen; aber hier tut sich eine Tunte mit der anderen zusammen, und alle machen alles. Erst bläst der eine den anderen, dann der andere den einen. Wie soll das befriedigend sein? Man sucht doch immer sein Gegenstück. Das Schöne an unseren Beziehungen damals war, daß wir unserem Gegenstück begegneten; wir begegneten dem Mann, dem stattlichen Rekruten, der darauf versessen war, uns zu bumsen. Unter den Brücken, im Gebüsch, überall wurden wir von Männern gebumst; von Männern, die ihre Lust befriedigen wollten, indem sie uns ihren Schwanz reinsteckten. Hier ist das nicht so oder so gut wie aussichtslos; alles ist geregelt, es haben sich Gruppen und Gemeinschaften gebildet, wo es für einen Homosexuellen sehr schwierig ist, einen Mann zu finden, das heißt, das wahre Objekt seiner Begierde.

Ich weiß nicht, wie ich die kubanischen Jugendlichen von damals nennen soll, aktive Homosexuelle oder Bisexuelle. Zwar hatten sie ihre Freundinnen und ihre Frauen, aber mit uns machte es ihnen überaus viel Spaß; manchmal mehr als mit ihren Frauen, die sich häufig weigerten, ihnen den Schwanz zu lutschen; wegen der Vorurteile der Frauen hatten die Männer mit ihnen weniger Vergnügen.

Ich erinnere mich noch an einen prachtvollen Mulatten, verheiratet, mit mehreren Kindern, der einmal die Woche seiner Familie entfloh, um mich auf dem großen Eisenstuhl in meinem Zimmer durchzubumsen; ich kannte keinen, der so gut ficken konnte. Trotzdem war er ein ausgezeichneter Familienvater und tadelloser Ehegatte.

Ich glaube, wenn die sexuelle Unterdrückung in Kuba eines bewirkt hat, dann die sexuelle Befreiung. Als Protest gegen das Regime breitete sich die praktizierte Homosexualität immer ungenierter aus. Da man die Diktatur als das Übel schlechthin ansah, galt den Unzufriedenen, die schon in den Sechzigern fast in der Mehrheit waren, alles als positiv, was von ihr verurteilt wurde. Ich bin sicher, daß die Konzentrationslager für Homosexuelle und die als willige Jungs getarnten Polizisten, die die Homosexuellen aufspüren und verhaften sollten, nur dazu führten, daß es noch mehr Sex zwischen Männern gab.

Wenn man in Kuba ausging, in einen Klub oder an den Strand, dann gab es keine besondere Zone für Homosexuelle; es war ein einziges Miteinander, es gab keine Trennlinie, die den Homosexuellen in eine militante Position gedrängt hätte. In den zivilisierteren Gesellschaften ist das verlorengegangen, dort ist der Homosexuelle notgedrungen zu einer Art Ordensbruder des Sexuallebens geworden und hat sich von dem vermeintlich nichthomosexuellen Teil der Gesellschaft losgelöst, der ihn allerdings auch deutlich ausgrenzt. Da es solche Trennlinien in Kuba nicht gab, war das Interessante an der Homosexualität, daß man kein Homosexueller sein mußte, um sexuelle Beziehungen mit einem anderen Mann zu haben; wenn einer mit einem anderen Mann eine sexuelle Beziehung hatte, war das eine ganz normale Sache. Genauso konnte eine Tunte, die eine andere Tunte mochte, problemlos mit ihr zusammenleben; und wer auf richtige Kerle stand, kam auch an seinen Macho ran, der mit ihm leben oder sein Freund sein wollte, was nicht im geringsten die heterosexuellen Aktivitäten dieses Mannes beeinträchtigte. Es war aber nicht der Normalfall, daß eine Tunte mit einer anderen schlief, sondern daß sich die Tunte einen Mann suchte, der sie bumste und dabei genausoviel Spaß hatte wie die Tunte, die sich bumsen ließ.

Die Schwulenbewegung hat den Homosexuellen der freien Welt bemerkenswerte Rechte erkämpft, sie hat aber auch den wunderbaren Zauber verkümmern lassen, einem hetero- oder bisexuellen Mann zu begegnen, das heißt einem Mann, der einen anderen Mann bumsen möchte, ohne zwangsläufig selber gebumst zu werden.

Das Ideal jeder sexuellen Beziehung ist die Suche nach dem Gegensatz, und darum erscheint mir die gegenwärtige homosexuelle Welt trübselig und trostlos; weil man fast nie das Begehrte findet.

Natürlich war auch unsere Welt damals nicht ohne Gefahren. Wie alle anderen Homosexuellen wurde auch ich immer wieder beraubt und erpreßt.

Als ich einmal in der Nationalbibliothek gerade meinen Lohn bekommen hatte, beging ich die Unvorsichtigkeit, mit dem gesamten Geld an den Strand zu gehen, neunzig Pesos; nicht viel, aber alles, was ich besaß, um einen Monat lang zu leben. An dem Tag lernte ich einen sehr hübschen Jungen kennen, der einen großen Krebs gefangen und ihn an eine Schnur gebunden hatte; er führte ihn am Strand spazieren, als wäre es sein Hund. Ich bewunderte den Krebs und sah dabei auf die Beine des Jungen, der schnurstracks in meine Kabine mitkam. Er hatte nichts an als eine knappe Badehose. Ich weiß nicht, wie er es anstellte, aber während er ziemlich gekonnt mit mir zugange war, klaute er mein ganzes Geld aus der Hosentasche und verstaute es in seiner winzigen Badehose. Erst als er weg war, merkte ich, daß er mich restlos ausgeraubt hatte; ich hatte nicht mal mehr die fünf Centavos für den Bus nach Hause. Ich suchte ihn am ganzen Strand; in einer der Kabinen lag ein zertrümmerter Krebs. Der Junge war offenbar ein ziemlich gewalttätiger Mensch; vom Krebs waren nur noch Splitter übrig. Der schöne Jüngling war verschwunden und hatte nicht einmal den Krebs als Zeugen des Raubes zurückgelassen.

An dem Abend lief ich zu Fuß nach Hause, ich kam in meinem Zimmer an und schrieb an einem Gedicht weiter.

Es war ein langes Gedicht mit dem Titel *Sterben im Juni und mit hängender Zunge*. Ein paar Tage später mußte ich es unterbrechen, weil jemand durchs Fenster eingestiegen war und die Schreibmaschine geklaut hatte. Das war ein schwerer Verlust, denn die Schreibmaschine war nicht nur der einzige Wertgegenstand in diesem Zimmer, sie war das kostbarste Gut überhaupt, das ich besaß. Mich an die Schreibmaschine zu setzen, war für mich etwas ganz Besonderes, und das ist es heute noch; ich ließ mich wie ein Pianist vom Rhythmus der Tasten inspirieren und mitreißen. Die Absätze folgten aufeinander wie der Wellenschlag des Meeres, mal kräftiger, mal schwächer; andere Male waren es gigantische Wogen, die Seiten über Seiten bedeckten, ohne Absatz. Meine Schreibmaschine war eine alte, eiserne Underwood, doch für mich war sie ein Zauberwerkzeug.

Guillermo Rosas, damals noch ein junger und hübscher Schriftsteller, lieh mir seine Maschine, und ich schrieb das Gedicht zu Ende.

Irgendwann kam ein Polizist zu mir nach Hause, ein ziemlich attraktiver Mulatte. Er sagte mir, sie hätten meine Schreibmaschine auf dem Polizeirevier. Der Dieb war gefaßt worden, als er gerade anderswo einstieg, und bei einer Durchsuchung seiner Wohnung hatten sie ein ganzes Arsenal von Diebesgut gefunden, darunter auch meine Underwood. Anscheinend hatte der Dieb selbst angegeben, daß sie mir gehörte. Nach endlosen bürokratischen Formalitäten konnte ich die zentnerschwere Maschine zu guter Letzt mitnehmen und im brechend vollen Bus nach Hause schleppen, wo ich sie wieder in mein Zimmer stellte. Ich hatte Angst, man könnte sie mir noch einmal stehlen, und mein Freund Aurelio Cortés hatte die geniale Idee, sie auf dem Metalltisch, wo sie stand, festzuschrauben.

Mehrmals brachen Kriminelle bei mir ein, das heißt

Jungs, mit denen ich geschlafen hatte und die versuchten, mir die Schreibmaschine zu klauen; aber Fehlanzeige, es war unmöglich, sie zusammen mit dem Metalltisch wegzukriegen, an dem sie praktisch festgeschweißt war. Von da ab fühlte ich mich wieder ruhiger: ich konnte mein Liebesleben fortsetzen, ohne den Rhythmus meines literarischen Schaffens dadurch zu gefährden. Und dieser Rhythmus begleitete mich ständig, noch in den Augenblicken heftigster Liebe oder schlimmster polizeilicher Verfolgung. Er war wie der Höhepunkt oder die Ergänzung aller anderen Freuden und auch allen anderen Unheils.

Drei Dinge waren es, an denen ich mich in den sechziger Jahren berauschen konnte: meine Schreibmaschine, an die ich mich setzte wie ein Virtuose an sein Klavier; die unvergleichlichen jungen Männer dieser Zeit – alle wollten sich befreien, einen Weg gehen, der nicht vom Regime vorgezeichnet war, und ficken; und schließlich meine wirkliche Entdeckung des Meeres.

Als Kind war ich in Gibara gewesen und hatte dort einige Wochen bei meiner Tante Ozaida gewohnt, deren Mann als Maurer arbeitete; damals hatte ich zwar schon das Meer sehen dürfen, aber ich konnte dieses Abenteuer noch nicht so auskosten, wie ich es nun tat, etwas mehr als zwanzig Jahre alt. In den sechziger Jahren wurde ich zu einem ausgezeichneten Schwimmer; ich schwamm durch das klare Wasser aufs Meer hinaus, sah den Strand nur noch weit in der Ferne und ließ mich voller Genuß von den Wellen wiegen. Es war wunderschön, unterzutauchen und den Meeresgrund zu sehen; dieses Schauspiel ist durch nichts zu übertreffen, so viel ich auch gereist bin, so viele aufregende Orte ich auch gesehen habe; dieser felsige, weiße, goldene, einzigartige Korallengrund, der den Inselsockel Kubas säumt. Und schimmernd, glatt, voller Lebenskraft stieß ich wieder zur gleißenden Sonne hinauf, die sich riesenhaft im Wasser spiegelte.

Das Meer war für mich damals eine Entdeckung, eine Wonne ohnegleichen; wenn im Winter die Brandung toste, wenn ich mich an die Küste setzte, wenn ich von meinem Haus zum Strand ging und dort den Sonnenuntergang bewunderte. Der Sonnenuntergang in Kuba, am Meer, ist ein außergewöhnliches Schauspiel, besonders in Havanna, wo die Sonne wie eine riesige Kugel ins Meer sinkt, und alles verwandelt sich allmählich, in einem einzigartigen, nur kurz währenden Mysterium, einem Geruch nach Salz, nach Leben, nach Tropen. Die Wellen, die fast bis an meine Füße reichten, hinterließen auf dem Sand einen goldenen Widerschein.

Ich konnte nicht mehr ohne das Meer leben. Jeden Tag, wenn ich aufstand, streckte ich den Kopf auf meinen kleinen Balkon hinaus und sah diese blaue, glitzernde Weite, die sich im Unendlichen verlor, diese Wasserpracht mit ihrem unglaublichen Glanz. Ich konnte mich nicht unglücklich fühlen. Vor einem solchen Ausdruck von Schönheit und Lebendigkeit kann sich niemand unglücklich fühlen.

Manchmal stand ich auch nachts auf, nur um das Meer zu sehen. War die Nacht schwarz, so war mir schon sein Rauschen ein Trost und bestimmt der treueste Gefährte, den ich damals und auch später hatte. Für mich war das Meer voller erotischer Schwingungen.

Einmal saß ich am Patrice-Lumumba-Strand und sah einen Jungen zur Mauer gehen und dahinter verschwinden. Ich ging ihm nach. Der Junge hatte die Badehose runtergelassen, schaute aufs Meer und onanierte.

Ich kannte fast jeden Zipfel des Meeres entlang der Küste von Havanna; die Plätze, wo sich der Grund plötzlich absenkte und Fische in ungeahnten Farben schwammen, die mit roten Korallen bewachsenen Zonen, die Klippen, die Stellen, wo sich gewaltige Sandbänke erhoben und wo man stehen und ausruhen konnte. Nach meinen

Streifzügen kehrte ich nach Hause zurück und duschte mich. Im allgemeinen aß ich wenig und schlecht; die Rationierung war schrecklich, außerdem war ich auf das Zuteilungsheft meiner Tante eingetragen und bekam natürlich nie Essen von ihr, und wenn überhaupt, dann das schlechteste. Einmal hörte ich, wie sie zu ihrem Mann sagte: »Ich habe ihm gesagt, das Hähnchen ist verdorben, da haben wir mehr von der Ration.« Hähnchen gab es einmal im Monat, und logisch, meine Tante hatte drei Kinder und ihren Mann und dazu noch ein paar Liebhaber zu versorgen; deshalb litt ich unter der von Castro aufgezwungenen strengen Rationierung am meisten. Aber nachdem ich geduscht hatte, oder besser gesagt, nachdem ich mir einen Eimer Wasser über den Kopf geschüttet hatte, weil das Wasser mangels Druck nicht mehr bis zur Dusche hochkam, ging ich in die UNEAC. Ich spürte eine solche Lebenskraft in mir, daß ich die Stunden der Büroarbeit überstehen konnte, in denen ich die Druckfahnen so unsäglicher Zeitschriften wie *Unión* las, als deren Redakteur ich fungierte, obwohl ich nichts weiter war als ein simpler Korrektor, den man nicht nach seiner Meinung fragte und der auch nichts publizieren durfte. Doch nach dem Meer war für mich alles andere unwirklich, nur ein Alptraum; das wahre Leben fand ich an der Küste, in diesem funkelnden Meer, das mich am nächsten Tag wieder erwartete und in dem ich verschwinden konnte, und sei es für ein paar Stunden.

Taucherbrille und Schwimmflossen zu besitzen, war in Kuba ebenfalls etwas Besonderes, das ich Olga verdankte, der französischen Ehefrau eines Freundes. Um diese Schwimmflossen und die Taucherbrille beneideten mich alle Jungen am Strand. Jorge Oliva hat x-mal damit trainiert, bevor er eines Tages zum Marinestützpunkt von Guantánamo schwimmen und entkommen konnte. Auch Ñica, die Freundin von Jorge Oliva, trainierte mit meinen

Schwimmflossen und schaffte es, heimlich zum Stützpunkt zu schwimmen und Kuba zu verlassen.

Eines Tages bat mich ein Junge, natürlich war er bildschön, ihm die Schwimmflossen zu leihen. Ich dachte mir nichts dabei und gab sie ihm. Ich weiß nicht, wie er es schaffte, einfach so zu verschwinden; vielleicht ist er mehrere Kilometer weiter wieder aus dem Wasser gestiegen, jedenfalls habe ich meine geliebten Schwimmflossen nie wiedergesehen.

Hiram Pratt, der bei mir war, kannte den Jungen, und er sagte, wir könnten ja zu ihm nach Hause gehen. Ich zögerte nicht und wagte mich mit Hiram in eins der gefährlichsten Viertel Havannas; es lag in der Nähe von Marianao und war bekannt unter dem Namen Coco Solo. Wir klopften bei dem Jungen an, und der war so perplex, daß er uns sagte, wir sollten an der Ecke warten; dort tauchte er dann mit einer ganzen Bande auf, mehr als fünfundzwanzig, alle mit Stöcken und Steinen bewaffnet. Wir mußten zusehen, daß wir da schnellstens wegkamen.

Uns blieb nur, zu warten, bis Olga wieder nach Frankreich fuhr und uns neue Schwimmflossen mitbrachte. Olga war eine unglaubliche Frau; sie stand auf Schwule, und es war ihr unmöglich, eine sexuelle Beziehung mit einem Mann zu haben, der nicht schwul war. Ich nehme an, sie war ziemlich unbefriedigt, aber ich habe viele Frauen mit solchen Neigungen kennengelernt. Ihr Mann, Miguel, war ständig auf der Jagd nach Homosexuellen, obendrein mußten sie auch noch passiv sein und Olga bumsen wollen. Sie war traumhaft schön, und heterosexuelle Männer waren verrückt nach ihr, aber sie hatten keine Chance, weil sie eben nur mit passiven Homosexuellen ins Bett wollte, denen man das Schwulsein auch ansah. Miguel flehte uns an, mit seiner Frau zu schlafen, und ich glaube, wir erwiesen ihm fast alle den Freundschaftsdienst und bumsten mit ihr.

Trotzdem sagte Miguel von sich, er sei hetero; seine Freunde waren jedenfalls wahre Monumente der Männlichkeit. Einmal suchte er zusammen mit seinem Freund José Dávila und einem phantastischen Judoka, der, glaube ich, bei der Staatssicherheit war, in meinem Zimmer Zuflucht vor einem Unwetter; sie waren am Strand gewesen, und es war schon fast Abend. Es wurde Nacht, und sie blieben zum Schlafen. Um Mitternacht machte sich bei dem Judoka eine unglaubliche Erektion bemerkbar; einen Mann mit einem solchen Ständer hatte ich noch nicht gesehen. Miguel und José Dávila schliefen oder taten zumindest so, und der Judoka, laut Miguel und José einer der größten Frauenhelden, den sie kannten, vögelte mit mir wie ein junger Gott.

Ein paar Tage später kam Miguel mich besuchen, und er wollte nicht glauben, was ich ihm erzählte. Kurz darauf sagte er allerdings, er brauche es auch, und drängte mich, ihn zu bumsen; was blieb mir anderes übrig? Er kam noch des öfteren mit diesem Wunsch zu mir, den ich ihm jedesmal erfüllte. Danach zog er sich wieder an und sagte: »Ich mache das nicht etwa zum Vergnügen; ich brauche nur eine Prostatamassage, das ist für mich unglaublich wichtig, um die Gesundheit im Gleichgewicht zu halten.«

So etwas erlebte ich immer wieder. Ich erinnere mich noch an einen charmanten, braungebrannten und sehr männlichen Jungen, der immer, wenn er zu mir kam, der Passive sein wollte. Ich gebe zu, es macht mir Spaß, diesen Typ Jungs zu bumsen, die extrem männlich wirken. Der Reiz mochte sich mit der Zeit vielleicht ein bißchen abnutzen, aber am Anfang war es aufregend. Und für diesen Jungen war die Lust noch größer als für mich. Danach zog er sich an, drückte mir kraftvoll die Hand und sagte: »Ich geh jetzt, ich muß noch zu meiner Braut.« Ich glaube tatsächlich nicht, daß er mir etwas vormachte;

er war ein bildhübscher Kerl, und auch seine Freundinnen waren bezaubernd.

Wir verabredeten uns immer am Meer. Hiram Pratt erwartete mich manchmal in Guanabo oder in Santa María, unter den Pinien direkt am Wasser. Wenn es möglich war, zogen wir mit unserer Karawane weiter bis nach Varadero, nach Bahía de Matanzas, bis an die abgelegensten Strände von Pinar del Río; aber unser eigentliches Ziel war immer das Meer. Das Meer war ein Fest, wir konnten gar nicht anders als glücklich sein, auch wenn uns nicht danach war.

Vielleicht liebten wir das Meer unbewußt als eine Möglichkeit, diesem Land, wo wir unterdrückt wurden, zu entfliehen; vielleicht entflohen wir, wenn wir uns auf den Wellen treiben ließen, diesem verfluchten Inseldasein. Eine Seereise, in Kuba praktisch unmöglich, war das größte Vergnügen überhaupt. Schon eine Fahrt mit der kleinen Fähre von Regla durch die Bucht war wundervoll.

Wie ich schon sagte, waren es diese glücklichen Momente im Anblick der Wellen, die mich zu meinem Roman *Noch einmal das Meer* inspirierten.

Den Roman mußte ich dreimal neuschreiben, weil die Manuskripte, wie die Wellen, immer wieder untergingen und aus dem einen oder anderen Grund der Polizei in die Hände fielen. Ich nehme an, alle diese verlorenen Fassungen meines Romans füllen im kubanischen Ministerium für Staatssicherheit ein riesiges Regal. Die Bürokratie arbeitet sehr gewissenhaft, und darum hoffe ich, sie hat meine Texte nicht vernichtet.

Schon damals, 1969, war ich der ständigen Verfolgung durch die Staatssicherheit ausgesetzt und mußte immer um die Manuskripte bangen, die ich pausenlos produzierte. Ich steckte all meine Manuskripte und die früher geschriebenen Gedichte, das heißt alles, was ich noch nicht aus Kuba rausgeschmuggelt hatte, in einen riesigen

Zementsack und besuchte reihum meine Freunde, in der Hoffnung, einer von ihnen könnte den Sack zu Hause verstecken, ohne sich bei der Staatssicherheit verdächtig zu machen. Es war nicht leicht, jemanden zu finden, der die Verantwortung für diese Manuskripte auf sich nehmen wollte; bei wem sie entdeckt wurden, der konnte für Jahre hinter Gitter kommen.

Nelly Felipe nahm sie für mich in Verwahrung. Monatelang lagen meine Texte in ihrer Wohnung. Eines Tages fing sie an, darin zu lesen, und sie war ehrlich zu mir und sagte: »Der Roman gefällt mir ganz ausgezeichnet, aber mein Mann ist Leutnant der Staatssicherheit, er darf die Manuskripte hier nicht entdecken.« So stand ich wieder auf der Quinta Avenida neben meinem Zementsack mit dem vollgetippten Papier und wußte nicht, wohin damit.

Schließlich schleppte ich ihn wieder nach Hause. In meinem Zimmer war ein Wandschrank, den konnte ich tarnen; ich tapezierte ihn wie den Rest meines Zimmers mit ausländischen Zeitschriften, die ich mir illegal besorgt hatte, und plötzlich war er von den übrigen Wänden in meinem Zimmer nicht mehr zu unterscheiden; dahinter stapelten sich die Seiten, die sich im Laufe der Jahre angesammelt hatten.

Ich mußte mich tatsächlich in acht nehmen. Eines Tages war Oscar Rodríguez zu mir in die UNEAC gekommen und hatte mich in seine Wohnung im Vedado mitgenommen, Ecke H und 17. Nachdem er mir einen Tee gemacht hatte, eröffnete er mir: »Reinaldo, ich bin zwar dein Freund, ich bin aber auch Informant der Staatssicherheit.« Wie er mir sagte, wollte die Staatssicherheit genau wissen, wie ich es fertigbrachte, meine Manuskripte aus Kuba rauszuschmuggeln, wer mir dabei half, welche unveröffentlichten Manuskripte ich noch hatte, wo ich sie aufbewahrte und wer meine Kontaktpersonen im Ausland waren. Einen Roman hatte ich im Ausland bereits veröffentlicht, *Wahnwitzige Welt,* und der nächste, *Celestino vor dem Morgenrot,* war schon angekündigt.

Wahnwitzige Welt war in Kuba verboten worden, obwohl die UNEAC ihn ausgezeichnet hatte. Oscar Rodríguez arbeitete im Kubanischen Buchinstitut und war von den Organen der Staatssicherheit als Informant angeworben worden. Daraus erwuchsen ihm gewisse Privilegien: wenn man ihn bei homosexuellen Handlungen erwischt hätte, wäre er nicht in ein Konzentrationslager gekommen; außerdem hatte man ihm eine Reise in irgendein sozialistisches Land versprochen und eine Versetzung als Übersetzer in die Interessenvertretung der USA in Kuba in Aussicht gestellt, wo er später wohl auch arbeitete.

Es versteht sich, daß ich Oscar nicht sagte, wie ich meine Manuskripte außer Landes gebracht hatte, und auch nicht, woran ich gerade schrieb. Ich zeigte mich sehr überrascht über seine Fragen, aber auch sehr mißtrauisch. Ich hatte keinerlei Gewähr, daß dieser langjährige Freund nicht ein so raffinierter Polizist war, daß er auch so weit ging, mir vorzugaukeln, er würde seine Vorgesetzten hintergehen, nur um die gewünschten Informationen zu bekommen und seine Arbeit effizienter zu leisten. Vielleicht hoffte er, ich würde angesichts seines Geständnisses selber eins ablegen und ihm sagen, wo ich den Zementsack versteckt hatte. Das tat ich nicht; im Gegenteil, am nächsten Tag schleppte ich den Zementsack zu einem anderen, mir damals sehr nahen Freund, Dr. Aurelio Cortés, der in Santos Suárez wohnte, San Bernardino 57.

Jorge und Margarita

Heute kann ich die Wahrheit darüber, wie diese Manuskripte aus Kuba rauskamen, sagen. 1967 fand in Kuba ein legendäres und wirklich bedeutendes Ereignis statt:

der Mai-Salon. Die Revolution wollte sich einen Anstrich westlicher Liberalität geben; noch wurde sie von der großen Mehrheit der europäischen und vor allem natürlich der lateinamerikanischen Intellektuellen geachtet. Darum wurde diese riesige Gemäldeausstellung, die im allgemeinen in Paris stattfand, in jenem Jahr in Havanna veranstaltet, sogar mit Werken von Picasso.

Fidel Castro kam auf die Idee, neben den Bildern auch Kühe auszustellen. Die Kühe tummelten sich nur wenige Schritte von den Werken Picassos und Wifredo Lams entfernt. Ich hatte gerade meinen einzigen Roman veröffentlicht, der in Kuba erscheinen durfte, *Celestino vor dem Morgenrot*, und arbeitete noch in der Nationalbibliothek. Eines Tages rief mich dort jemand an und sagte, er heiße Jorge Camacho und sei Maler; ich kannte ihn nicht. Er hatte Kuba 1959 verlassen, darum war sein Werk in Kuba unbekannt; um so mehr mir, der ich kaum etwas über die Malerei der Jahre vor 1959 wußte. Camacho gehörte zu der Gruppe von Malern, die auf dem Mai-Salon ausstellten, und wohnte mit seiner Frau Margarita im Hotel Nacional, wohin er mich auf ein Glas einlud, um mich kennenzulernen; er hatte sich *Celestino vor dem Morgenrot* gekauft, und der Roman hatte ihm gefallen.

Ich ging ins Hotel Nacional, voller Furcht, ich könnte dadurch Schwierigkeiten kriegen; schon damals wohnten in den Hotels praktisch nur noch Ausländer, und auf jeden Ausländer kamen mindestens zehn Polizisten.

Meine Begegnung mit Jorge Camacho und Margarita leitete einen neuen Abschnitt in meinem Leben ein. Sie besaßen ein (bei offiziellen Gästen in einem sozialistischen Land sehr seltenes) Gespür für die Wahrheit hinter all den Jubelreden und den unablässigen Aufmerksamkeiten, mit denen man sie überhäufte. Nicht ganz klar war ihnen die tatsächliche Situation der Künstler in Kuba. Desiderio Navarro, Virgilio Piñera und ich übernahmen es, sie darüber aufzuklären: Konzentrationslager, Verfolgung, Zensur, überfüllte Gefängnisse.

Camacho und Margarita zeigten so viel Verständnis für unsere Lage, daß sie bei der Abreise noch Probleme bekamen. Natürlich besuchten sie José Lezama Lima, der buchstäblich verhungerte; sie führten ihn mehrmals ins Hotel Nacional zum Essen aus. Camacho war überrascht von den Unmengen, die Lezama verdrücken konnte; er machte es wie ein Kamel, er aß auf Vorrat, bis er wieder eine Einladung dieser Art bekam, was nicht oft geschah.

Es war eine der seltenen Freundschaften, die von Anfang an Freundschaften fürs Leben sind; wie die Begegnung mit einem geliebten Wesen, nach dem wir uns stets gesehnt haben und das plötzlich vor uns steht. Ich hatte nie Geschwister gehabt und kaum Nestwärme gekannt, und nun erlebte ich eine Geschwisterliebe, von der ich ahnte, daß sie dauerhaft sein würde. Seitdem sind mehr als zwanzig Jahre vergangen, und auf die eine oder andere Weise haben sich Jorge und Margarita Woche für Woche mit mir in Verbindung gesetzt; über einen Touristen, über eine verschlüsselte Botschaft in einem normalen Brief per Post, eine Ansichtskarte, die Ankündigung einer Ausstellung, ein Buch und Hunderte kleiner Dinge, die mir in den fünfzehn Jahren, die ich nach unserer ersten Begegnung noch in Kuba blieb, das Leben erträglicher machten.

Als sie abreisten, nahmen sie natürlich *Celestino vor dem Morgenrot* und das Manuskript von *Wahnwitzige Welt* mit. In Paris ging Camacho zum Verlag Editions du Seuil, übergab das Manuskript und das Buch Claude Durand, einem der Herausgeber der Lateinamerika-Reihe dieses Verlags, und drei Tage später erhielt ich ein Telegramm, in dem stand, daß sie *Wahnwitzige Welt* unverzüglich veröffentlichen wollten. Ich war völlig sprachlos, ein paar Monate zuvor hatte ich nämlich auf den Rat von Rodríguez Feo *Celestino vor dem Morgenrot* an Severo

Sarduy geschickt, der Mitherausgeber der Lateinamerika-Reihe bei Seuil war, und Severo hatte mir einen langen Brief geschrieben, voll des Lobes für den Roman, aber mit der abschließenden Bemerkung, das Programm sei absolut voll und eine Veröffentlichung meines Romans leider nicht möglich.

Kurz darauf wurde *Wahnwitzige Welt* von Didier Coste ins Französische übersetzt, der neben Liliane Hasson viele Jahre lang einer meiner besten Übersetzer war. Der Roman hatte großen Erfolg in Frankreich und erhielt zusammen mit *Hundert Jahre Einsamkeit* von García Márquez den Preis für den besten ausländischen Roman. In einem anderen Land als Kuba wäre mir das von Nutzen gewesen, es hätte meine Arbeit gefördert und mir erlaubt, ein, wenn man so will, geachteter Schriftsteller zu werden. In Kuba dagegen war ich wegen der begeisterten Aufnahme des Buches durch die französische Kritik in den Augen des Staates vollends untragbar. Die Staatssicherheit nahm mich nun erst recht ins Visier: jetzt war ich nicht nur ein Aufsässiger, der Romane wie *Wahnwitzige Welt* und *Celestino vor dem Morgenrot* schrieb, unbotmäßige Texte, die das Regime nicht verteidigten, sondern es vielmehr kritisierten, jetzt hatte ich auch die Dreistigkeit besessen, diese Texte illegal außer Landes zu schaffen und sie ohne Erlaubnis Nicolás Guilléns, des Präsidenten der UNEAC, zu veröffentlichen. Außerdem hatte ich in Uruguay noch einen Band mit Erzählungen publiziert: *Mit geschlossenen Augen*.

Es war logisch, daß die Staatssicherheit gerne wissen wollte, wie ich diese Manuskripte außer Landes geschafft hatte, welche Beziehungen ich im Ausland unterhielt und was ich sonst noch geschrieben hatte.

Nach dem Verhör saß Oscar Rodríguez noch auf verschiedenen offiziellen Posten. Jetzt ist er im Exil und pausenlos auf Reisen. Für wen arbeitet er? Wer weiß. Ich komme vom Lande und wàr daher immer sehr mißtrauisch, vielleicht habe ich deshalb meine Manuskripte immer wie meinen Augapfel gehütet und Oscar kein Wort über sie gesagt.

Santa Marica

Ich konnte mein Geheimnis jedoch nicht vor Aurelio Cortés verbergen, er war zu dieser Zeit einer meiner engsten Freunde, und ich stand mit ihm vor den Restaurants von Havanna endlos Schlange, um nicht Hungers zu sterben. Aurelio war ein guter Leser; er war Zahnarzt und hatte lange, riesige Zähne, aber sie waren echt; ich will nicht sagen, daß er mit den Zähnen las, aber er fraß die Bücher förmlich in sich hinein. Allerdings fehlte ihm, was ich als grundlegend für alles Kubanische ansehe: der Sinn für Humor. Als ich ihm von meinem Gespräch mit Oscar berichtete, geriet er in Panik, nahm die gut tausend Seiten meines Romanmanuskripts und schaffte sie nach Guanabo, wo ein paar alte Freundinnen von ihm lebten, die sehr religiös waren. Trotz all ihrer Frömmigkeit hatten die alten Frauen keine Skrupel, den Sack zu öffnen und das Manuskript von *Noch einmal das Meer* zu lesen, und je mehr sie davon lasen, desto größer wurde ihr Entsetzen; sie lasen trotzdem weiter, bis zu der Stelle, wo Cortés selbst vorkam, heiliggesprochen als Santa Marica, die Heilige Schwuchtel. Das war eine der zahlreichen Ehrungen, wie ich sie meinen Freunden in meinen Büchern zuteil werden lasse; ironische, witzige Ehrungen vielleicht, aber Lachen und Spötteleien gehören zur Freundschaft dazu. Cortés, damals siebzig Jahre alt, war noch unberührt; er war ein ziemlich dürres, häßliches Geschöpf und hatte bis zum Tod seiner Mutter, der kaum zehn Jahre zurücklag, bei ihr gewohnt; seiner Unschuld hatte sich bisher noch kein Mann angenommen. Ich wollte ihm diese Ehre erweisen und kanonisierte ihn als Santa Marica, wohltätige Jungfrau der Schwulen; Jungfrau und Märtyrerin.

Cortés war über diese Heiligsprechung so wütend, daß er den alten Frauen befahl, den Roman zu vernichten. Er sagte es mir selber, als ich ihn eines Tages nach dem Manuskript fragte. In Jibacoa hielt sich gerade ein Tourist auf, der mit Margarita und Camacho befreundet war, der konnte es vielleicht außer Landes bringen. Cortés wollte zunächst nicht mit der Sprache herausrücken; er sagte, er hätte das Manuskript da und da hingetan, ach nein, woanders, und schließlich erklärte er mir, daß es gar nicht mehr bei ihm war, sondern bei anderen Leuten, und die wollten es nicht zurückgeben, weil ich über ihn und die katholische Religion hergezogen wäre. Das kam mir so absurd vor, daß ich mich zunächst nicht davon beeindrucken ließ. Ich versuchte, die Manuskripte im guten zurückzukriegen, und ein paar Freunde gingen zu Cortés in die Bibliothek, um sie ihm irgendwie abzuluchsen, doch es half alles nichts. Als Cortés sah, wie sehr mich der Verlust der Manuskripte mittlerweile beunruhigte, war er glücklich; das war der Moment seiner Rache, und Rache ist um so süßer, je mehr das Opfer unter den Folgen leidet.

Was Cortés am meisten aufgebracht hat, war wohl, daß ich ihn in meinem Roman mit sehr langen Zähnen beschrieb. Dabei glaube ich wirklich nicht, daß ich in dieser ersten Fassung von *Noch einmal das Meer* sonderlich übertrieben habe.

Ismael Lorenzo, ein anderer meiner Schriftstellerfreunde, schmiedete alle möglichen Pläne, um wieder in den Besitz des Romans zu gelangen, er dachte sogar an eine Entführung; er wollte Aurelio Cortés in ein Zimmer sperren, ohne Kontakt zur Außenwelt, und ihn dort mit Gewalt zwingen, zu sagen, wo sich das Manuskript befand. Der Plan erschien mir albern; man hätte erst mal ein Auto gebraucht, Cortés dann zum Einsteigen zwingen und ihn an einen Ort bringen müssen, den wir auch nicht hatten; und das alles hinter dem Rücken der Polizei, die an diesen Manuskripten am allermeisten interessiert war.

Ich traf mich noch einmal mit Cortés, und diesmal sagte er mir, die Manuskripte könnte ich vergessen, er hätte sie längst vernichtet. Was sollte ich tun? Ihn umbringen? Darauf verzichten, diesen Roman zu schreiben?

Tagelang ging es mir hundeelend; ich hatte Jahre an diesem Werk gearbeitet, es war Teil meiner großen Rache und eins meiner poetischsten Bücher. Das Buch war ein Geschenk des Meeres, und es war das Ergebnis von zehn Jahren Enttäuschungen unter dem Regime Fidel Castros. Ich hatte meine ganze Wut hineingelegt.

An einem Tag, als ich mich fühlte, als hätte ich ein Kind verloren, mein liebstes Kind von allen, saß ich am Strand und dachte an das verlorene Buch, und plötzlich beschloß ich, daß ich nach Hause gehen, mich wieder an die Schreibmaschine setzen und von neuem beginnen mußte. Es gab keinen anderen Weg, dies war der Roman meines Lebens und Kernstück einer Pentagonie. Es war unmöglich, die Pentagonie ohne diesen Roman fortzusetzen. Also fing ich von vorn an.

Nach zwei Jahren beendete ich den Roman ein zweitesmal. Mein größter Triumph war es, mit dem fertigen Manuskript unter dem Arm mit Hiram Pratt nach Gibara zu fahren. Dort, auf den Kais dieses inzwischen völlig verwahrlosten Hafens, las ich ihm die furiosesten Gesänge aus dem Buch noch einmal vor. Ich wählte diesen Ort, weil ich dort zum erstenmal das Meer kennengelernt hatte. Zu der Zeit war Gibara eins der lebendigsten Städtchen unseres Landes gewesen, voller Fischer und Touristen, Hotels, Wohnhäuser und Kirchen mit leuchtenden Buntglasfenstern. Man tanzte in großen Sälen oben auf den Klippen, und von dort sprangen die Jungen ins Meer, um mit glänzenden Körpern wieder herauszukommen und sich aufs neue ins Tanzvergnügen zu stürzen. Was war aus diesem Ort geworden? Er war vollkommen zerstört und menschenleer; sogar der Hafen war versandet, weil er nicht mehr ausgebaggert wurde; es gab keine Schiffe mehr, an den Stränden war der Sand fortgespült, und statt dessen gab es nur noch Steine und Seeigel.

Während wir den Roman lasen, kamen ein paar Jungen auf uns zu; wenigstens sie hatten die Schönheit derer bewahrt, die ich als Kind überall auf den Molen herumlaufen sah. Nur sahen sie jetzt zerlumpter aus und badeten in alten Hosen, von denen sie einfach die Beine abgeschnitten hatten. Natürlich ließen wir es uns nicht nehmen, uns nach dem Lesen mit ihnen zu vergnügen.

Nachts schliefen wir im Park, und prompt wurden wir von der Polizei festgenommen. Meine einzige Sorge galt dem Manuskript, aber glücklicherweise überlebte es. In Kuba war es sehr schwierig, Kopien anzufertigen, Fotokopierer gab es nicht. Und Freunde, die das Buch verstecken konnten, hatte ich jetzt auch keine mehr, denn alle, die vertrauenswürdig waren, lebten in einer ebenso ungewissen und unsicheren Lage wie ich, und das Risiko wäre für sie viel zu groß gewesen.

Ich nahm den ganzen Stapel Papier und packte ihn in ein paar schwarze Plastiktüten, die ich geklaut hatte, als ich in der Nähe von Havanna Kaffeesträucher pflanzte, im Grünen Gürtel von Havanna, wie das damals hieß; das war auch so eine verrückte Idee von Castro, es ging darum, in der gesamten Umgebung von Havanna Kaffee anzubauen und die Hauptstadt in eine Art Kaffeeplantage zu verwandeln. Keine dieser Pflanzen hat auch nur eine Bohne gebracht, dafür wurden Millionen von Pesos vergeudet und dazu die Arbeit von Tausenden, die ihre Wochenenden opferten, um die Löcher zu buddeln und die Setzlinge einzupflanzen. Der einzige Nutzen, den mir der Grüne

Gürtel von Havanna brachte, waren die Plastiktüten, die ich mir unter den Nagel riß; sie dienten mir dazu, mein Manuskript darin zu verpacken und es unter dem Dach des Hauses von Orfelina Fuentes aufzubewahren, bei der ich damals wohnte. Irgendwann (dachte ich), sobald sich die Gelegenheit ergab, würde ich die Manuskripte aus Kuba rausschmuggeln. Ich hob die Dachziegel an und versteckte darunter meinen Roman.

Die Brüder Abreu

Während ich wie besessen an der zweiten Fassung von *Noch einmal das Meer* arbeitete, lernte ich die Brüder Abreu kennen (Juan, José und Nicolás). Sie bestärkten mich darin, den Roman neuzuschreiben, und ich versprach ihnen, jede Woche einen Gesang daraus vorzulesen. Wir verabredeten uns in den ungewöhnlichsten Ecken des Leninparks, wo wir unsere literarischen Treffen abhielten. Wir schrieben gegen das Regime an, das uns überwachte und verfolgte; wir schrieben vor allem Gedichte, die uns vor dem Schicksal anderer kubanischer Autoren bewahrten, in Wahnsinn oder Sterilität zu verfallen.

Die Fahrt zum Leninpark war eine Odyssee; man mußte zwei oder drei stets überfüllte Busse nehmen. Es war der einzige Park mit Wäldern und Seen, ein weitläufiges Landschaftsgebiet vor den Toren Havannas. Offenbar war der Park für die hohen Funktionäre des Regimes gedacht, für privilegierte Leute, die ein Auto besaßen und damit den weiten Weg machen und sich Weißkäse und Schokolade kaufen konnten. Es gab dort sogar ein luxuriöses Restaurant mit dem äußerst passenden Namen Las Ruinas, denn wer dort aß, war hinterher vollständig ruiniert; für unseren Geldbeutel war es unerschwinglich, aber Castros hohe

Funktionäre kamen in ihren Autos vorgefahren und tafelten dort. Wir dagegen lasen uns, ganz in der Nähe, Gedichte, Romane und Theaterstücke vor. An diesen Tertulias, die mehr als vier Jahre lang jeden Sonntag stattfanden, nahmen die Brüder José, Juan und Nicolás Abreu, Luis de la Paz und ich selbst teil. Das war fraglos eine Zeit, die für uns alle zu den schöpferischsten gehörte.

Bestimmt durchsuchte die Polizei ab und zu mein Zimmer, aber ich war unbesorgt; es gab keinen Grund für sie, die Dachziegel anzuheben, unter denen ich meine Manuskripte versteckt hatte.

Bei den Tertulias im Leninpark, die sich bis ins Jahr 1974 hinzogen, trug ich *Die Plantage, Sterben im Juni und mit hängender Zunge, Leprosorium* und die neugeschriebenen Gesänge aus *Noch einmal das Meer* vor. Eines Tages beschlossen wir, eine illegale Zeitschrift zu gründen. Wir schrieben sie auf der Schreibmaschine und machten sechs oder sieben Exemplare, die wir dann unter den fünf Mitgliedern unserer Gruppe und den wenigen Freunden, denen wir noch vertrauen konnten, herumgehen ließen. Sie hieß *Ach, diese Gezeiten,* und ihre erste Nummer enthielt ein paar Rimbaud-Übersetzungen von mir, Gedichte von uns allen und, wenn ich nicht irre, ein Romankapitel von Juan Abreu. Wir konnten nur zwei Nummern dieser Zeitschrift herstellen, doch auch wenn wir die einzigen waren, die sie lasen, für uns war sie ein seltener Trost.

Wir hatten kaum noch Hoffnung, daß dieses System sich einmal ändern könnte, daß unsere Texte veröffentlicht würden oder daß es zu einer politischen Öffnung käme. An diese Möglichkeit glaubten wir schon seit Jahren nicht mehr, und ich denke, wir hatten allen Grund dazu.

Für mich war es der August 1968, der mir endgültig klarmachte, daß ich im Castro-System absolut nichts mehr zu suchen hatte. Ich war in einem bullig heißen Bus unterwegs zu einem Vortrag im Kulturhaus von Pinar del Río. Der Organisator dieser Gespräche war mein Freund Beny (Evelio Cabiedes), der es wer weiß wie angestellt hatte, diese Stelle im Kulturministerium zu kriegen; vielleicht kannten sie in dieser Provinz seine sexuelle Vorgeschichte nicht und wußten nicht, was für ein Bohemien er gewesen war und daß er bei den Hippies mitgemacht hatte. Jedenfalls sorgte Beny dafür, daß ich eine Einladung bekam, dazu das Fahrgeld und einen dreitägigen kostenlosen Aufenthalt in Pinar del Río. Während der Busfahrt lasen wir die Zeitung *Granma*, die zu dem wenigen gehörte, was man in Kuba noch zu lesen bekam. Dort im Bus überraschte uns die Nachricht vom sowjetischen Einmarsch in der Tschechoslowakei, und genauso überraschte uns die Art, wie die *Granma* darüber berichtete; sie enthielt sich jeder Stellungnahme und beschränkte sich darauf, Meinungen verschiedener Zeitungen und sogar die des Papstes wiederzugeben. Einige Leute dachten, wenn sich die *Granma* so verhielt, dann wollte Fidel Castro bestimmt eine Rede halten, in der er mit der Sowjetunion brach, um vielleicht zu einer menschlicheren und demokratischeren Politik zurückzukehren.

Zwei oder drei Tage lang blieben wir im ungewissen; die *Granma* druckte weiterhin Nachrichten über den Einmarsch in die Tschechoslowakei, ergriff aber nicht Partei. Schließlich hörten wir in Pinar del Río die Rede Fidel Castros. Nicht nur, daß er die Invasion glühend verteidigte und der Sowjetunion und den »Helden« gratulierte, die mit ihren Panzern die tschechische Grenze überrollt hatten, er bat die Sowjetunion auch für den Fall, daß die Vereinigten

Staaten sein Regime bedrohten, in Kuba einzumarschieren. Es gab kein Entrinnen. Dieser Führer, der gegen Batista gekämpft hatte, war nun ein noch schlimmerer Diktator als Batista und eine bloße Marionette der stalinistischen Sowjetunion geworden.

Wenn die *Granma* alle Nachrichten kommentarlos abgedruckt hatte, dann sicher, weil Fidel noch auf die entsprechenden Instruktionen aus Moskau wartete, um seine Rede vorzubereiten. Kaum hatte der sowjetische Botschafter Castro instruiert, ging dieser als guter Schauspieler ans Mikrophon und hielt seine Rede über die »heldenhaften« russischen Invasoren.

Unser Aufenthalt in Pinar del Río war niederschmetternd. Wenn wir noch irgendeine Hoffnung auf eine mögliche Demokratisierung des Systems und einen Bruch mit der Sowjetunion gehabt hatten, dann war sie nun zunichte. Es blieb uns nur, unter einem despotischen Regime zu leben, in einer Kolonie, die ganz gewiß noch despotischer war als das Mutterland selbst, von dem sie ihre Befehle erhielt.

Trotz der offiziellen Unterstützung des sowjetischen Einmarsches durch die Regierung blieben wir nicht untätig. Wir veranstalteten einen Protestmarsch vor der tschechoslowakischen Botschaft, woran ein großer Teil der Jugend von Havanna teilnahm und bei dem der sowjetische Imperialismus offen verurteilt wurde. Ich glaube, es war einer der letzten Protestmärsche, die in Havanna organisiert werden konnten. Er endete mit dem Einschreiten der Polizei und der Festnahme zahlreicher Demonstranten. Hiram Pratt, Beny und ich flüchteten uns ins Gebüsch am Coppelia; wir entkamen dieser Massenverhaftung wie zuvor schon anderen.

Die Tschechoslowakei, das war offensichtlich, war schon unter der Knute der Sowjetunion, und man konnte kaum noch etwas dagegen tun.

Das Haus der Tschechoslowakischen Kultur war für uns ein Ort gewesen, wo wir Filme sehen konnten, die während des Prager Frühlings gedreht wurden, großartige Filme, denen das kommunistische Regime aber ideologische Diversion vorwarf. Dort konnten wir uns auch treffen und unsere Bücher vorlesen, zuletzt *Die Sprache der Stummen* von Delfín Prats. Der russische Einmarsch nahm uns auch diesen kleinen Trost: einen Ort zu haben, wo wir literarische Lesungen veranstalten konnten.

Für uns kubanische Schriftsteller brach nun eine Zeit des Hyperstalinismus an; immer häufiger mußten wir zu Arbeitseinsätzen, und es gab kaum noch ein freies Wochenende, an dem wir im Leninpark lesen oder an den Strand gehen konnten; man mußte ständig seinen Beitrag für die Landwirtschaft leisten. Damals bereitete sich das gesamte Land auf die Zehn-Millionen-Tonnen-Ernte vor; ab 1969 begann die Zwangsarbeit. In der UNEAC fanden dauernd Versammlungen statt, auf denen man uns überreden wollte, an dieser gigantischen *zafra* teilzunehmen, und letzten Endes »beschloß« die UNEAC, ihre Pforten zu schließen und alle Schriftsteller auf die Plantagen zu schikken, um Zuckerrohr zu schneiden. Die Insel verwandelte sich in eine riesige Zuckerrohrplantage, die wir abernten mußten.

Die UNEAC veranstaltete ihre Lesungen im allgemeinen mit offiziellen Schriftstellern, doch es kam auch vor, daß ein umstrittener Autor eingeladen wurde. Man wollte sich so einen Überblick über die aktuelle Kulturentwicklung verschaffen, um anschließend repressive Maßnahmen ergreifen zu können.

In diesem Jahr gehörte auch der Dichter Heberto Padilla zu den geladenen Gästen der UNEAC. Padilla kam in einem veilchenblauen Hemd zur Lesung und trug Gedichte aus seinem Buch *Provokationen* vor. Sogar der Kulturattaché der chinesischen Botschaft war anwesend, eine merkwürdige Gestalt, deren starke Seite bestimmt nicht die Lyrik war. Die Staatssicherheit, das heißt Otto Fernández, José Martínez Matos, Gustavo Eguren und andere, kümmerte sich rührend um ihn.

Padilla war damals so etwas wie der »Held« unserer ganzen Generation. 1968 hatte er den Gedichtband *Außerhalb des Spiels* geschrieben, ihn beim Wettbewerb der UNEAC eingereicht und nach einstimmigem Urteil der Jury den Preis gewonnen. Das Buch war mit einer Protestnote der UNEAC veröffentlicht worden, in der Padilla als konterrevolutionär und antisowjetisch bezeichnet wurde. Es war aber ein Triumph; das Buch war veröffentlicht, auch wenn fast niemand es erwerben konnte, weil die Exemplare seiner limitierten Auflage zum größten Teil aus dem Handel gezogen wurden.

Natürlich hatte niemand ein Tonbandgerät dabei, und die jungen Zuhörer stenographierten die Gedichte mit, vielleicht weil sie schon ahnten, daß dieses Buch niemals veröffentlicht werden sollte, zumindest nicht in Kuba.

Eine der empörendsten und erbärmlichsten Lesungen, die in der UNEAC stattfanden, hielt Cintio Vitier im Jahre 1969. Unter uns verbotenen Autoren hieß sie nur noch Vitiers Bekehrung. Dieser Mann, der all die Jahre die Revolution kritisiert und sich weitgehend geweigert hatte, unter dem Castro-Regime zu publizieren, gab sich plötzlich castristischer als Castro selbst und trug lange Poeme über das Ernten des Kaffees und das Schneiden des Zukkerrohrs vor. Die kubanischen Funktionäre waren anwesend und nahmen Cintio unter ihre Fittiche: Retamar, Guillén, Raúl Roa.

Keine Frage, Cintio wußte, aus welcher Ecke der politische Wind wehte, und er traf seine Vorkehrungen. Das war die typische Haltung des reaktionären Katholiken, die typische Haltung der katholischen Kirche – stets auf der Seite der Mächtigen stehen und das einfache Volk verraten.

Ironischerweise war es genau am Abend der Bekehrung Cintio Vitiers, als in Havanna eine der größten Massenverhaftungen von Jugendlichen stattfand; bei einer brutalen Razzia der Staatssicherheit verhaftete die Polizei unter Einsatz von Gummiknüppeln Hunderte von Jugendlichen und brachte sie in die Konzentrationslager, da man für die Zuckerrohrernte Arbeitskräfte brauchte. Die Ernte stand bevor, und diese lebenslustigen Jugendlichen mit ihren langen Haaren, die sich noch auf die Straße trauten, wurden wie einst die Indios und die schwarzen Sklaven auf die Zuckerrohrplantagen verschleppt.

Es war das Ende einer Epoche, die wir zwar im Untergrund und auf Abruf gelebt hatten, aber voller Kreativität, Erotik, Hellsichtigkeit und Schönheit. Nie wieder waren die Jugendlichen so wie damals; nach soviel Zwangsarbeit und allgemeiner Überwachung verwandelten sie sich in versklavte Gespenster; sie durften nicht einmal mehr an die Strände, von denen viele gesperrt oder in Gewerkschaftszentren verwandelt wurden und für Offiziere der Castro-Armee oder ausländische Touristen reserviert waren.

Die Plantage

Natürlich landete auch ich 1970 auf einer Zuckerrohrplantage. Die Offiziere der Staatssicherheit, die längst die UNEAC kontrollierten, darunter der berüchtigte Leutnant Luis Pavón, schickten mich zum Zuckerrohrschneiden auf die Plantage Manuel Sanguily in Pinar del Río, damit ich ein Buch zum Ruhme dieser Großtat und der Zehn-Millionen-Ernte schrieb. Die Plantage war in Wirklichkeit eine riesige Militäreinheit. Zum Schneiden des Zuckerrohrs wurden junge Wehrpflichtige eingesetzt, die verpflichtet waren, dort zu arbeiten. Ein Trick des Castrismus bestand darin, die allgemeine Wehrpflicht zu Friedenszeiten in Zwangsarbeit zu verwandeln und so die Landwirtschaft mit Arbeitskräften zu versorgen. Diese Plantagen zu verlassen, konnte für jeden der jungen Männer zwischen fünf und dreißig Jahren Gefängnis bedeuten.

Die Situation war wirklich zum Verzweifeln. Wer es nicht selbst erlebt hat, kann sich nicht vorstellen, was es bedeutet, um zwölf Uhr mittags auf einem kubanischen Zuckerrohrfeld zu stehen, wie ein Sklave in einer Baracke zu leben; um vier Uhr morgens aufzustehen, eine Machete und eine Feldflasche mit Wasser zu nehmen, auf einem Karren aufs Feld zu fahren und dort den ganzen Tag zu arbeiten, unter einer glühenden Sonne, zwischen den schneidenden Blättern des Rohrs, die ein unerträgliches Jucken verursachen. Auf eines dieser Felder zu gehen war wie der Eintritt in den letzten Kreis der Hölle. Von Kopf bis Fuß vollständig vermummt, mit langen Ärmeln, Handschuhen und Sonnenhut – nur so konnte man diese Feuerstätten betreten –, begriff ich, warum die Indios lieber Selbstmord begingen, als weiter als Sklaven zu arbeiten; ich begriff, warum so viele Schwarze sich selbst erstickten. Jetzt war ich der Indio, der schwarze Sklave; aber nicht nur ich allein, sondern genauso all diese Rekruten an meiner Seite. Ihr Anblick war vielleicht noch anrührender als meiner, denn ich hatte, wenn auch unterdrückt, bereits ein paar herrliche Jahre hinter mir; diese Jungen von sechzehn, siebzehn Jahren aber, die wie Arbeitsvieh behandelt wurden, hatten weder Aussicht auf eine Zukunft noch eine Vergangenheit, an die sie zurückdenken konnten. Viele von ihnen hieben sich mit der Machete ins Bein, schnitten sich einen Finger ab, taten sich irgendeine Grausamkeit an, nur damit sie nicht aufs Zuckerrohrfeld hinaus mußten. Der Anblick dieser versklavten Jugendlichen war es, der mich zu meinem Gedicht *Die Plantage* inspirierte. Ich schrieb es an Ort und Stelle; vor solchem Grauen konnte ich nicht schweigen.

Ich hatte Prozesse miterlebt, bei denen diese Jugendlichen zu zwanzig oder dreißig Jahren Gefängnis verurteilt wurden, nur weil sie für ein Wochenende ihre Familie, ihre Mutter oder ihre Freundin besucht hatten; sie wurden von einem Militärgericht wegen Fahnenflucht verurteilt. Als einziger Ausweg blieb ihnen nur, den Rehabilitierungsplan zu akzeptieren, das heißt, wieder aufs Zuckerrohrfeld zurückzukehren, nun auf unbestimmte Zeit, wie Sklaven.

Und all das geschah in dem Land, das sich zum Ersten Freien Territorium Amerikas proklamierte.

Diese Jungen hatten alle vierzehn Tage drei oder vier Stunden frei, um sich zu erholen und die Uniform zu waschen. Doch trotz dieser Knochenarbeit waren wir lebendig, und die Atmosphäre in diesen Lagern war erotisch aufgeladen. Diese Erotik regte sich unter einem Moskitonetz oder unter dem groben Stoff der Uniform, wo sich deutlich ein Schwanz abzeichnete. Ja, sie waren schön, diese jungen Sklaven, und es war schön, ihnen beim Duschen zuzuschauen, wie sie sich gegenseitig ansahen, ängstlich, aber ohne Zweifel erregt.

Ich erinnere mich an einen Leutnant, der, als er erfuhr, daß ich ein bißchen Französisch konnte, mich drängte, ihm in den Freistunden Unterricht zu geben. Die Stunden begannen, wenn der Leutnant sagte: »Jetzt lernen wir Französisch!« Dann packte er sich an den Sack und legte ihn auf den Tisch, an dem ich unterrichtete. Mit seinem steifen Schwanz und seinen Eiern nur ein paar Zentimeter von dem Schulheft entfernt, in das ich ihm ein paar französische Sätze schrieb, dehnte ich so manche Stunde den Unterricht aus.

Die ganze Atmosphäre hatte etwas Magisches, das kam von der Landschaft, die uns umgab; die Landschaft im

Norden von Pinar del Río war vulkanisch, hohe Berge aus blauem Gestein, die vom Boden weg steil aufragten. Es war eine luftige Landschaft mit einer leichten, zarten Brise, wie ich sie in Oriente nie erlebt hatte, wo die Erde dunkel und die Vegetation schwärzlich ist. Trotz all des Schreckens blieb uns der Trost, auf die luftigen, in blauen Nebel gehüllten Berge zu schauen.

Ich fing an, ein Tagebuch zu schreiben, das »Tagebuch von Occidente«, in dem ich die Ereignisse des Tages festhielt: Gespräche mit Rekruten, einem, der sich in den Fuß geschnitten hatte, um fünf Tage Ruhe zu haben, oder mit einem anderen, der zu zehn Jahren verurteilt worden war.

Unsere Sklavenbaracke war vollgestellt mit Etagenbetten, zusammengebaut aus Latten und Segeltuch, voller Schlamm, mit einem Rucksack, in dem die Rekruten ihre wenigen Habseligkeiten aufbewahrten; eine Büchse Kondensmilch war etwas Besonderes, Schreibheft und Bleistift waren Luxusgegenstände.

Obwohl wir auf einer hochproduktiven Zuckerplantage arbeiteten, war es nicht leicht, ein bißchen Zucker zu ergattern, und wenn es uns gelang, wurde die Nacht zum Fest; mit dem aus der Küche geklauten Kaffeesatz kochten wir Kaffee, oder wir brühten einen Tee aus Orangenblättern.

Tagsüber war die Baracke eine Art Lazarett, und nur die Kranken und der Barackenälteste, derjenige also, der die anderen überwachte, durften sich dort aufhalten. Die Kranken waren Leute, die nur einen Arm hatten, oder Schwerkranke, die in eine Klinik oder ein Hospital überführt werden mußten, worauf sie allerdings unter Umständen monatelang warteten, wenn nicht vergeblich. Außerdem durften dort tagsüber die Soldaten schlafen, die nachts das Zuckerrohr mit dem Lkw abtransportierten; die waren schon richtig privilegiert.

Einmal wurde ich zu einem Journalisten aus der Gegend

geschickt – jede Zuckerplantage hatte ihren Lokalberichterstatter, der über die Planerfüllung zu berichten hatte –, damit ich ihm beim Schreiben irgendeines Artikels half. Zum Glück waren wir schnell mit der Arbeit fertig, und ich konnte den Nachmittag in der Baracke bleiben, duschen und mich dann unter dem Moskitonetz auf der Pritsche langmachen. Neben mir schlief einer der Lkw-Fahrer. Ich betrachtete seinen herrlichen Körper, hob das Moskitonetz hoch, um ihn besser sehen zu können, und nach einer Weile bemerkte ich, wie sich seine Hose über dem Schwanz langsam anhob, aber der Soldat schnarchte gleichmäßig weiter. Ich stand von meinem Bett auf, nahm eine der herumliegenden Unterhosen und ließ sie vorsichtig auf die Beine des Soldaten fallen; so hatte ich zur Not die Ausrede, warum ich mich seinem Körper genähert hatte. Ich hob die Unterhose auf, und nichts passierte. Ich ließ sie noch einmal fallen, und als ich sie wieder nahm, streckte der immer noch schnarchende Bursche lustvoll seine Beine aus, und unter dem groben Stoff sah ich die Konturen seines Schwanzes in seiner ganzen Pracht.

An so einem Ort gab es nicht viele Möglichkeiten für ein richtiges sexuelles Erlebnis, also beugte ich mich kurzerhand über den Soldaten, und wir hatten eine kurze, aber heftige Begegnung.

In dieser Nacht gab es einen donnernden Wolkenbruch, worauf die Plage der Moskitos und Malariamücken noch zunahm und dieser Ort erst recht zur Hölle wurde. Und als hätte es nicht gereicht, daß wir die Zuckerrohrfelder tagsüber zu ertragen hatten, mußten wir jetzt auch noch nachts beim Abbrennen der Felder mitmachen. Die Vorgaben mußten übererfüllt werden, um die zehn Millionen Tonnen Zucker zu erreichen; das Enddatum rückte immer näher, und das Ziel rückte in immer größere Ferne. Darum war der offizielle Befehl gegeben worden, alle Felder abzubrennen, um das abgesengte Rohr zu ernten und mit dem

Schneiden der blätterlosen Stengel schneller voranzukommen.

Das nächtliche Abbrennen eines Zuckerrohrfeldes war ein grauenhaftes Schauspiel; Millionen von Vögeln, Insekten, Kriechtieren und alle möglichen anderen Wesen flüchteten in panischer Angst vor den Flammen. Und wir mit unseren schweißüberströmten, glühenden und erregten Körpern, wir versuchten, dieses Feuer unter Kontrolle zu halten.

Am nächsten Tag mußten wir wie mittelalterliche Gestalten in neuen Ritterrüstungen hinaus aufs Feld, mit Stiefeln, Koppel, Helm und einer Art Drahtnetz, das verhindern sollte, daß uns das abgesengte Zuckerrohr die Augen ausstach, und dann mußten wir auf dem noch qualmenden, mit schwelendem Rohr bedeckten Boden mit dem Schneiden anfangen.

Selbst wenn wir einen Schluck Wasser trinken wollten, mußten wir den Leutnant, der uns wie ein Aufseher bewachte, erst darum bitten.

An manchen Wochenenden kam illustrer Besuch; irgendein hoher Funktionär in seinem Alfa Romeo, der die Zahlen inspizierte, mit den Barackenältesten sprach und mit finsterer Miene wieder abfuhr. Offensichtlich waren wir von den zehn Millionen Tonnen weit entfernt. Unter den Soldaten und den Bauern war längst die Rede davon, daß dieses Ziel unmöglich zu erreichen war. Wer es allerdings wagte, das laut zu sagen, wurde als Verräter verurteilt; der Chef der Zuckerindustrie höchstpersönlich, ein gewisser Borrego, wurde von Fidel Castro seines Postens enthoben, weil er ihm schon Monate vor Ende der Zafra sagte, daß dieses Ziel technisch nicht erreichbar sei. Drei Monate später mußte Castro jedoch öffentlich zugeben, daß die zehn Millionen Tonnen Zucker nicht produziert worden waren; so hatte alle Aufopferung nicht ausgereicht.

Die Felder waren verwüstet, Tausende und Abertausende von Obstbäumen und Königspalmen waren gefällt worden, um diese zehn Millionen Tonnen Zucker zu erreichen; auch die Zuckerfabriken, deren Produktivität man verdoppeln wollte, waren zerstört; es würde ein Vermögen kosten, die Maschinen alle zu reparieren und die landwirtschaftliche Produktion wieder in Schwung zu bringen. Völlig ruiniert, war unser Land nun die ärmste Provinz der Sowjetunion geworden.

Wie gewöhnlich weigerte sich Castro, seinen Irrtum zuzugeben, und er versuchte, die Aufmerksamkeit vom Scheitern der Zafra auf andere Ereignisse abzulenken; dazu gehörte natürlich sein Haß auf die Vereinigten Staaten, die laut Castro daran schuld waren. Man erfand die Geschichte von ein paar Fischern, die von Agenten der CIA auf eine karibische Insel entführt worden seien, und von heute auf morgen mußten sich alle diese Menschen, die ein Jahr lang Zuckerrohr geschnitten hatten, auf dem Platz der Revolution oder vor der ehemaligen US-Botschaft in Havanna versammeln, um gegen die angebliche Entführung dieser Fischer zu demonstrieren. Es war grotesk, mit anzusehen, wie diese Jugendlichen vorbeimarschierten und Verwünschungen gegen die Vereinigten Staaten schrien, wo doch keiner wußte, was wirklich dahintersteckte. Ich weiß noch, wie Alicia Alonso den Präsidenten Nixon mit den unflätigsten Ausdrücken beschimpfte; das hörte sich ungefähr so an: »Nixon, Sie Arschloch, geben Sie uns unsere Fischer wieder!«

Das Ganze endete, wie fast alle kubanischen Tragödien, in einer Art Rumba; und zum Klang der Trommeln wurden Puppen mit dem Gesicht Präsident Nixons verbrannt. Es gab Essen und Bier, Dinge, die man in den Läden vergeblich suchte; die Leute kamen, um eine Frikadelle oder was immer zu essen. Andere waren von den Komitees zur Verteidigung der Revolution rekrutiert worden. Und so vergaß das Volk über Nacht das Scheitern der Zafra. Jetzt ging es nur noch darum, diese angeblich entführten Fischer zurückzuholen. Nach einer Woche tauchten sie wieder auf, und Fidel hielt eine »heroische« Rede, in der er erzählte, es wäre ihm gelungen, die Vereinigten Staaten einzuschüchtern, und sie hätten die Fischer wieder herausgerückt. Das alles war so pathetisch wie lächerlich; diese Fischer waren bloß in Schwierigkeiten geraten, weil sie in die Hoheitsgewässer einer Insel eingedrungen waren, die nicht einmal zu den USA, sondern zu Großbritannien gehörte, und nachdem die Sache untersucht worden war, hatte man die Fischer wieder nach Kuba zurückgeschickt. Doch Castro hat es schon immer verstanden, auf theatralische Effekte zu setzen. Und so kehrten diese Fischer als Helden zurück, die den Klauen des US-Imperialismus entronnen waren.

Im selben Jahr fand ein großer Karneval statt, in den die wenigen verbliebenen finanziellen Ressourcen gesteckt wurden. Auf riesigen Festwagen sah man alle Arten von Tieren; einige dieser Wagen waren gigantische Aquarien, in denen tropische Fische schwammen, und obendrauf tanzten zum Klang der Trommeln halbnackte Frauen. Der Karneval zog sich über einen ganzen Monat hin, überall gab es Bier, und an fast jeder Ecke wurde Essen verteilt. Es mußte um jeden Preis vergessen werden, daß man sich lächerlich gemacht hatte, daß all die Anstrengungen der letzten Jahre vergeblich waren und daß wir ein absolut unterentwickeltes, mit jedem Tag schlimmer versklavtes Land waren.

Natürlich genossen wir den Karneval in vollen Zügen, und auch wenn es nicht mehr erlaubt war, Masken oder Kostüme zu tragen, so konnten wir doch wenigstens lachen und uns betrinken; wir wußten, daß sich das nicht wiederholen würde und daß wir gut daran taten, soviel Spaß wie möglich mitzunehmen. Nach all der Unterdrükkung kam es zu schier grenzenlosen Ausschweifungen; in den Pissoirs wurde auf Teufel komm raus gefickt, und alle Welt lutschte und vögelte in dem ganzen Uringestank. Irgendwann kam die Polizei, nahm die großen Holzpissoirs und kippte sie um, wodurch Hunderte von nackten Männern enthüllt wurden, die es mitten im Karneval miteinander trieben, unter Tausenden und Abertausenden von Menschen, die voller Erstaunen plötzlich diese Unmenge aufgegeilter Männer erblickten.

Olga Andreu

Viele Intellektuelle stellten in dieser Zeit natürlich Ausreiseanträge, deren Genehmigung endlos auf sich warten ließ. Bis dahin mußten sie in der Landwirtschaft arbeiten, um zu überleben. Die heimlichen literarischen Zirkel wurden immer gefährlicher, und wir mußten uns in Privatwohnungen zurückziehen, wo wir Ausschnitte aus unseren Werken vorstellen konnten. Eine dieser Wohnungen gehörte Olga Andreu; sie nahm das Risiko auf sich, weil die Literatur für sie etwas Heiliges war. Ich glaube, Virgilio Piñera schrieb in den letzten Jahren seines Lebens nur deshalb weiter, weil Olga Andreu ihn ermutigte und weil er wußte, daß es noch einen Ort gab, wo er ein Publikum hatte, das ihn verehrte. Olga konnte zuhören, was bei den Kubanern eine seltene Gabe ist, und da sie selbst keine literarischen Ambitionen hatte, lagen ihr unerbittliche Kritik und Lobhudelei fern. Bei ihr konnten wir frei atmen und wir selbst sein. Ich habe kürzlich erfahren, daß sie sich, schon vor einiger Zeit, vom Balkon ihrer Wohnung in Havanna in den Tod gestürzt hat.

Wie vorauszusehen, war es mit diesen Tertulias bald vorbei; manche der Teilnehmer gingen ins Ausland, andere wurden zu Funktionären des Castro-Regimes.

Einige, wie Pepe der Wahnsinnige, brachten sich auf der Insel um, andere, wie Calvert Casey, im Exil.

In den letzten Jahren ihres Lebens war Olga Andreus Welt immer mehr von den Gespenstern der geliebten Menschen bevölkert, die sie auf tragische Weise verlassen hatten. Ihr Tod war vielleicht ein Akt der Lebendigkeit; es gibt Zeiten, da bedeutet Weiterleben, sich zu erniedrigen, sich aufzugeben, am puren Überdruß zugrunde zu gehen. In diesen Raum ohne Zeit, wo die Staatssicherheit sie nicht mehr »parametrieren« konnte, wollte Olga mit ihrer ganzen Heiterkeit und ihrer unverletzten Würde eingehen.

Damals waren viele Künstler noch nicht »parametriert«. Die Regierung wußte, daß man sich gegen sie verschwor, zumindest mit Worten. Ein weiterer Ort der literarischen Begegnung war das Haus Lezama Limas, wo dieser stets gelassene Mann einen weisen Rat gab oder ein Buch empfahl. Virgilio Piñera förderte die Tertulias bei Olga Andreu, oder er las bei Jorge Ibáñez, dem Enkel von Juan Gualberto Gómez.

Ibáñez wohnte in einem einsamen Haus außerhalb von Havanna; es war eines der wenigen noch unbeschädigten Häuser aus dem achtzehnten Jahrhundert, mit einer großen Parkanlage und üppig wucherndem Grün. Wenn man in dieses Haus trat, dann war einem, als hätte die Revolution Fidel Castros diesen Ort noch nicht eingeholt. Die Tertulias begannen um Mitternacht. Natürlich hatte die Staatssicherheit auch dort ihre Agenten eingeschleust, Schriftsteller, die zu Informanten geworden waren, wie Miguel Barniz, Pablo Armando Fernández und César López; das erfuhren wir aber erst später. Alles, was an einem dieser Orte vorgelesen wurde, war der Staatssicherheit am nächsten Tag bekannt.

Die Verfolgung verschärfte sich, und das Volk verlangte immer lautstärker nach den Werken dieser verbotenen Schriftsteller; Lezama wurde sehr beliebt, und es gab

Leute, die kannten die verbotenen Gedichte Padillas auswendig. Am gefährlichsten für das Regime waren die zahlreichen Jugendlichen, die diesen Dissidenten folgten, und deshalb mußte man sie brechen, damit sie nicht zu Leitfiguren wurden; man mußte sie erniedrigen und unterwerfen.

Der »Fall« Padilla

Die Staatssicherheit erkor Heberto Padilla zum Sündenbock. Padilla war der unehrerbietige Dichter, der sich erdreistet hatte, zu einem offiziellen Wettbewerb ein kritisches Buch wie *Außerhalb des Spiels* einzureichen.

Im Ausland galt er als Schriftsteller von internationalem Rang, also mußte er vernichtet werden, und mit ihm alle kubanischen Intellektuellen, die eine ähnliche Haltung einnahmen.

1971 wurde Padilla zusammen mit seiner Frau Belkis Cuza Malé verhaftet. Er wurde in eine Zelle gesperrt, eingeschüchtert und geschlagen; als er nach dreißig Tagen die Zelle verließ, war er ein menschliches Wrack. Über die UNEAC ließ die Staatssicherheit fast alle kubanischen Intellektuellen einladen, damit sie Padilla anhörten. Wir wußten, daß er im Gefängnis saß, und waren über seinen Auftritt überrascht. Ich weiß noch, daß die UNEAC von Polizisten in Zivil streng bewacht wurde; es durften nur die Personen hinein und Padilla hören, deren Name auf einer genauestens kontrollierten Liste stand. Der Abend, an dem Padilla sein Geständnis ablegte, war auf unheimliche Weise unvergeßlich. Dieser lebenslustige Mann, der schöne Gedichte geschrieben hatte, bereute alles, was er getan hatte, sein ganzes bisheriges Schaffen, er verleugnete sich selbst, klagte sich als Feigling, Schuft und Verräter an. Er sagte, während der Zeit im Gewahrsam der Staatssicherheit hätte er die Schönheit der Revolution begriffen und Gedichte an den Frühling geschrieben. Padilla sagte sich nicht nur von seinem bisherigen Werk los, sondern denunzierte öffentlich alle seine Freunde, die, wie er sagte, ebenfalls eine konterrevolutionäre Haltung eingenommen hatten, einschließlich seiner Frau. Padilla nannte jede Person einzeln beim Namen: José Yanes, Norberto Fuentes, Lezama Lima. Lezama hatte sich allerdings geweigert, diesem Widerruf beizuwohnen. Während Padilla fortfuhr, die »konterrevolutionären« Schriftsteller aufzuzählen, glitt Virgilio Piñera langsam von seinem Stuhl und setzte sich auf den Boden, um sich unsichtbar zu machen. All diejenigen, die Padilla unter Tränen und Schlägen an die Brust als Konterrevolutionäre bezeichnet hatte, mußten zu ihm ans Mikrofon eilen, ihre Schuld bekennen und gestehen, daß sie Schufte waren und das System verraten hatten. Selbstverständlich geschah das alles vor den laufenden Kameras der Staatssicherheit, und diese Bilder machten in sämtlichen Intellektuellenkreisen der Welt die Runde; insbesondere bekamen sie all jene Schriftsteller zu sehen, die einen Protestbrief gegen die widerrechtliche Verhaftung Padillas unterschrieben hatten, darunter Mario Vargas Llosa, Octavio Paz, Juan Rulfo und sogar García Márquez, heute ein Star unter den Anhängern Fidel Castros.

Einer nach dem anderen kamen diese Schriftsteller ans Mikrofon und legten ihr Geständnis ab. Das von Pablo Armando Fernández war ausführlich und erbärmlich; er klagte sich noch inbrünstiger an als Heberto Padilla. César López eilte ebenfalls nach vorn und gestand seine ideologischen Fehler. Norberto Fuentes genauso; bloß daß er am Ende, als schon alles nach dem Drehbuch der Staatssicherheit gelaufen zu sein schien, ums Wort bat und noch einmal ans Mikrofon trat. Er sagte, daß er nicht einverstanden sei mit dem, was da vor sich ging, dies sei ein äußerst schwieriger Moment für Padilla, und ihm sei kein anderer Ausweg geblieben, als dieses Geständnis abzulegen; er selbst aber sehe die Sache anders, er habe hart gearbeitet, und bloß weil er Schriftsteller sei, müsse er fast verhungern, außerdem betrachte er sich nicht als Konterrevolutionär, nur weil er verschiedene Bücher mit erfundenen Geschichten geschrieben habe, darunter auch ein paar kritische. Zum Schluß schlug er mit der Faust auf den Tisch, und die anwesenden Staatssicherheitsleute sprangen auf, und ich sah, wie einige nach dem Gürtel griffen, wo ihre Pistolen steckten. Norberto Fuentes wurde niedergeschrien.

Zur gleichen Zeit, als das beschämende Spektakel von Padillas Geständnis ablief, organisierte Castros Regierung etwas, das sich Erster Kongreß für Erziehung und Kultur nannte, wobei es aber um das absolute Gegenteil ging; es lag auf der Hand, daß man mit der gesamten kubanischen Kultur aufräumen wollte. Dort wurden Postulate im Hinblick auf die Mode verkündet, die als eine Form der ideologischen Diversion und der schleichenden Infiltration des US-Imperialismus galt.

Am erbittertsten stürzte sich der Kongreß auf die Homosexuellen. Es wurden Paragraphen verlesen, die Homosexualität zu einem pathologischen Fall erklärten und wo vor allem festgelegt wurde, daß jeder Homosexuelle, der ein Amt in einer kulturellen Einrichtung ausübe, sofort aus seiner Arbeitsstelle zu entfernen sei. Es begann die »Parametrierung«, das heißt, jeder homosexuelle Schriftsteller, Künstler, Dramatiker erhielt ein Telegramm, in dem stand, daß er nicht die politischen und moralischen Parameter aufweise, um sein Amt auszuüben, weshalb er entlassen sei; statt dessen bot man ihm die Beschäftigung in einem Arbeitslager an.

Zwangsarbeit in der Landwirtschaft oder eine Stelle als Totengräber, so lauteten die Angebote für parametrierte

Intellektuelle. Es war unübersehbar – für die kubanischen Intellektuellen brach die dunkelste Nacht herein. Längst war jeder Gedanke, außer Landes zu gehen, unmöglich, schließlich hatte Fidel schon 1970 verkündet, alle, die das Land verlassen wollten, hätten es bereits getan, womit er die Insel in ein abgeschottetes Gefängnis verwandelte, und nach seinen Worten waren alle glücklich, die darin leben durften.

Jeder Künstler, der sich eine homosexuelle Vergangenheit oder einen politischen Fehltritt geleistet hatte, lief Gefahr, seinen Posten zu verlieren. Ich erinnere mich noch an den Fall der Camejos, die eine der bedeutendsten künstlerischen Einrichtungen der Insel aufgebaut hatten, das Teatro Guiñol. Plötzlich wurden sie und fast alle Schauspieler, die zur Truppe gehörten, parametriert, und das Theater wurde zerstört.

Jetzt waren es Agenten der Staatssicherheit wie Héctor Quesada oder Leutnant Pavón, die die Hexenjagd betrieben. Wieder begannen die Massenverhaftungen, wieder fingen die strammen Kerle von der Sicherheit an, sich als begierige Rammler zu tarnen, um festzunehmen, wer immer ihnen einen Blick zuwarf.

Einer der aufsehenerregendsten Skandale in dieser Zeit war die Verhaftung Roberto Blancos und seine öffentliche Aburteilung. Seit den sechziger Jahren gehörte er zu den wichtigsten Theaterregisseuren Kubas, doch er hatte die Unvorsichtigkeit begangen, sich den Ständer eines dieser schönen Burschen anzuschauen; in Handschellen und mit geschorenem Kopf wurde er zum Schauprozeß geführt, den man in dem Theater inszenierte, das er leitete.

Die öffentliche Demütigung ist immer eine der beliebtesten Methoden Castros gewesen: die Erniedrigung eines Menschen vor einem Publikum, das bereit ist, sich über die kleinste Schwäche eines anderen oder über jede in Ungnade gefallene Person lustig zu machen. Und man wurde nicht nur angeklagt, sondern man mußte sich an die Brust schlagen und bereuen, vor einem Publikum, das lachte und Beifall klatschte. Und danach, kahlgeschoren und in Handschellen, wurden einem auf dem Zuckerrohrfeld oder bei irgendeiner anderen landwirtschaftlichen Arbeit die Schwächen ausgetrieben.

Ständig kam es zu neuen Festnahmen. Schriftsteller, die sogar einen Nationalpreis für Poesie erhalten hatten, wurden plötzlich wegen ideologischer Diversion zu acht Jahren Gefängnis verurteilt, wie es mit René Ariza passierte. Ein anderer Preisträger, der ebenfalls verurteilt wurde, allerdings zu dreißig Jahren, war José Lorenzo Fuentes. Auch Beny war verhaftet worden, wegen Verführung Minderjähriger oder etwas ähnlichem, und war jetzt in einem Arbeitslager. Einige versuchten natürlich, das Land auf jede nur erdenkliche Weise zu verlassen. Esteban Luis Cárdenas sprang von einem Gebäude, um in die argentinische Botschaft zu gelangen; er landete auf dem Hof der Botschaft, doch die kubanischen Sicherheitskräfte, die nicht daran dachten, sich an diplomatische Abkommen zu halten, drangen auf das Botschaftsgelände vor und brachten ihn ins Gefängnis.

Wie viele junge Menschen ertranken damals (und ertrinken noch) beim Versuch, die Meerenge von Florida zu überqueren, wenn sie nicht gleich von der Küstenwache der Staatssicherheit abgeknallt wurden! Zahlreiche andere entschieden sich für eine sicherere Form des Entkommens, das heißt den Selbstmord, wie die Dichterin Martha Vignier, die sich vom Dach ihres Hauses stürzte und auf der Straße zerschmetterte.

Den Schriftstellern und allen anderen im Land blieben tatsächlich kaum Alternativen. Kuba war ein Polizeistaat, und für viele war es am praktischsten, gleich selbst Polizist zu werden; so machten es Coco Salá, Hiram Pratt und Oscar Rodríguez, aus denen plötzlich Informanten des

Castro-Regimes wurden. Andere wollten allen Widrigkeiten zum Trotz weiterschreiben und taten sich zu kleinen Gruppen zusammen, wie die Brüder Abreu und ich im Leninpark.

Einmal war mein Bedürfnis, eine Geschichte vorzulesen, so groß, daß wir uns am Patrice-Lumumba-Strand ein Boot ausliehen, zu der Zeit war das noch möglich, und während wir immer am Strand entlangruderten, weil wir uns nicht weit entfernen durften, las ich Reinaldo Gómez Ramos, Jorge Oliva und den Brüdern Abreu meine Geschichte vor.

Jetzt ging es nicht mehr nur darum, die Manuskripte sicher aufzubewahren und sie bei der erstbesten Gelegenheit ins Ausland zu befördern, jetzt ging es darum, uns selbst auf die Reise zu bringen, egal wie, nur weg, zum Marinestützpunkt von Guantánamo zu schwimmen oder uns in ein Flugzeug zu schmuggeln, was schier unmöglich war

Es wurde erzählt, jemand hätte sich aus einem Stuhl des Cafés Coppelia und einem gigantischen Ventilator eine Art Hubschrauber gebastelt, mit dem er die Abzäunung des Stützpunkts von Caimanera überflogen hätte und auf nordamerikanischem Territorium niedergegangen wäre.

Manche hatten damals Glück, Jorge Oliva und Ñica zum Beispiel, denen es gelang, zum Stützpunkt von Guantánamo zu schwimmen; als wir davon erfuhren, waren sie schon in New York. Man sprach davon, Jorge Oliva hätte ein Telegramm an Guillén geschickt, des Inhalts: »Sagtest Du nicht, ich sei vom anderen Ufer? Da bin ich eben hingeschwommen.«

Zum Glück war während all dieser Jahre meine Freundschaft mit Jorge und Margarita Camacho durch nichts zu zerstören, und immer schafften sie es, mir einen tröstlichen Brief zukommen zu lassen, irgendeinem französischen Touristen oft auch ein Hemd für mich mitzugeben, ein Paar Schuhe, ein Tuch oder ein Parfüm; irgend etwas, das zu einem Symbol des Lebens wurde, es kam aus einem freien Land und hatte sogar einen anderen Geruch. Wenn man das zum erstenmal trug, lief man auch ganz anders; irgendwie machte es uns ein bißchen freier und brachte uns in Kontakt mit einer Welt, in der man noch atmen konnte. Doch das Aufregendste war, wenn einer dieser Touristen, dem wir unsere Schrecken berichtet hatten, in den Westen zurückflog. Dieser Mensch verwandelte sich vor unseren Augen in eine Art magisches Wesen allein durch die Tatsache, daß er ein Flugzeug besteigen und diese Insel verlassen konnte, daß er aus diesem Gefängnis wieder herauskam. Wie beneideten wir Olga, als wir sie durch die gläserne Sperre treten sahen, die nur diejenigen passieren durften, die ein Ausreisevisum hatten, oder die Ausländer, die zu Besuch nach Kuba kamen! Olga verschwand hinter den Glasscheiben, und wir alle liefen zur Terrasse, von wo aus wir sahen, wie sie die Gangway zum Flugzeug hinaufging. Allein schon die Vorstellung, wir könnten in das Flugzeug einsteigen und diese Hölle hinter uns lassen, machte uns überglücklich. Und als die Maschine abhob, sahen wir, wie sie in den Wolken verschwand, voller Menschen, die fortkonnten, die das alles verabscheuen konnten, die sagen konnten, was sie wollten, die sich ein Paar Schuhe kaufen konnten, wann immer sie Lust hatten. Wir aber blieben dort und standen endlos Schlange, ehe wir wieder mit dem Bus nach Havanna zurückfuhren, und wir sahen uns an in unserem billigen Flanell und mit unserer von der Sonne und dem Vitaminmangel rissigen Haut.

Ein Besuch in Holguín

Eine der seltenen kleinen Fluchten, die ich mir in dieser Zeit erlauben konnte, war eine Reise nach Oriente, wo ich meine Mutter besuchte. Es war eine unvorstellbare Odyssee bis dorthin; man mußte endlos Schlange stehen, ehe man schließlich in einem der ständig überfüllten Züge saß; die Fahrkarte mußte man schon Monate im voraus kaufen. Und dann, als ich endlich in Holguín war, der Anblick dieser Stadt: all die geschlossenen Geschäfte, vor denen sich die Leute vom Land drängten, die tagelang vor der Ladentür schliefen in der Hoffnung, vielleicht ein Paar Schuhe zu ergattern.

Bevor ich beim Haus meiner Mutter ankam, sah ich immer schon von weitem, wie sie den Eingang oder die Straße fegte. Sie fegte mit einer solchen Leichtigkeit, als ginge es ihr nicht darum, den Schmutz aufzukehren, sondern darum, den Besen zu schwingen. Ihre Art zu fegen hatte etwas Symbolisches, so ätherisch, so zerbrechlich handhabte sie diesen Besen, der nichts aufkehrte, mit dem sie aber nach uraltem Brauch immer weiter ihre Arbeit verrichten mußte. Vielleicht versuchte sie, mit diesem Besen das Leben fortzufegen, all die Einsamkeit, das Elend und mich, ihr einziges Kind, einen unglückseligen Homosexuellen und verfolgten Schriftsteller.

Noch heute sehe ich sie resigniert und traurig mit dem Besen in der Hand auf der Holzveranda, wie sie den Horizont absucht, als warte sie noch immer auf ihren Geliebten, ihren Verlobten, den Mann, der sie eines Tag entführt hatte und nie wieder aufgetaucht war, der nichts mehr von ihr wissen wollte.

Meine Mutter lebte in dem Schrecken, ich könnte ins Gefängnis kommen. Jedesmal, wenn ich sie in Oriente besuchte, drängte sie mich zu heiraten; ihre Bitte war so traurig und absurd. Irgendwann ging ich darauf ein.

Warum sollte ich dieser Frau, die sowenig Freude im Leben gehabt hatte, nicht einen letzten Gefallen tun? Sie bat mich, ein Kind zu zeugen und es ihr zu bringen, damit sie im Alter nicht so allein war. Ich kehrte noch trauriger nach Havanna zurück, als ich von dort aufgebrochen war.

Meine Tante wollte mich um jeden Preis aus ihrem Haus raushaben und sorgte dafür, daß ich alle möglichen Scherereien mit den Nachbarn bekam. Sie erzählte, ich würde Männer in meinem Zimmer einquartieren, ich wäre ein Konterrevolutionär, und wenn es in der Straße so viele Diebe gäbe, dann wegen der Leute, mit denen ich mich einließe. Im übrigen klaute mir meine Tante auch noch das wenige, was ich besaß, die Sachen zum Anziehen, die Margarita und Jorge mir aus dem Ausland schickten. Ihr Mann, ein grotesker Fettwanst, war Mitglied der Kommunistischen Partei; ich hatte immer den Eindruck, daß er eine Klemmtrine war und deshalb jedesmal wütend wurde, wenn er einen der schönen Rekruten oder Studenten sah, die zu mir kamen. Meine Tante betrog ihn mit jedem, der bereit war, mit ihr ins Bett zu gehen, das waren aber nicht viele: ein alter Krämer, dessen Eckladen verstaatlicht worden war, und der Mann von Gloria, einer ihrer besten Freundinnen, der ebenfalls für die Staatssicherheit arbeitete. Während sie sich mit diesen Männern in ihrem Zimmer vergnügte, spülte mein Onkel Chucho in der Küche das Geschirr.

Ihre beiden Söhne waren schon erwachsen; der ältere war verheiratet, und der andere, obwohl homosexuell, wollte auch heiraten, da ihm nichts anderes übrigblieb. Und ich sollte nun mein kleines Zimmer in diesem Haus räumen.

Meine Tante war nicht nur klatschsüchtig, lüstern und intrigant, sie war wirklich kaltschnäuzig. Sie hatte etwas von einer Gestalt aus einem Schelmenroman; als sie zum Beispiel in dieses Haus in Miramar zog, das ihr ein hoher

Funktionär der Castro-Regierung verschafft hatte, plünderte sie gleich als erstes alle Häuser in der Umgebung, die früher dem Großbürgertum gehörten, das dort gelebt hatte und ins Ausland gegangen war. Das ganze Wohngebiet wurde »eingefroren«, und nur die zuständige Leiterin, Noelia Silvia Fonseca, konnte die Häuser an andere vergeben; dafür waren aber derart viele Formalitäten nötig, daß die meisten von ihnen jahrelang leer standen. Meine Tante machte sich diesen Umstand zunutze, drang nachts mit ihren Söhnen in die Häuser ein und stahl, was nicht niet- und nagelfest war.

In Havanna gab es andauernd Stromausfälle; die Regierung schaltete nachts den Strom ab, um Energie zu sparen. Im Schutz der Dunkelheit brach meine Tante in die verlassenen Wohnungen ein und riß sich alles unter den Nagel, was es dort noch zu holen gab. Als sie einmal mit einem Schrank voller Geschirr und Kristallgläser gerade die Straße überquerte, ging das Licht wieder an; meine Tante rannte weg und ließ den Schrank auf der Straße stehen. Sogar die Polizei wunderte sich, als sie das Möbelstück mitten auf der Quinta Avenida entdeckte, sie erfuhr aber nie, daß hinter diesen Einbrüchen meine Tante steckte.

Die kaltschnäuzigste Tat verübte meine Tante nicht an mir, sondern an einer alten Frau, ihrer Nachbarin. Alle Kinder dieser Dame lebten im Ausland, und sie war allein mit einer schwachsinnigen Tochter im Haus zurückgeblieben. Meine Tante, Vorsitzende des Komitees zur Verteidigung der Revolution und, wie sie selbst betonte, hochrangige Informantin der kubanischen Staatssicherheit, versprach der Dame, ihre Ausreise in die Wege zu leiten, wenn sie ihr dafür ihre Möbel gab. Das Haus der alten Frau war im Nu wie leergefegt. Sie war die Mutter von Alfonso Artime, früher ein bekannter politischer Gefangener. Die Regierung rechnete damit, daß Artime eines Tages heimlich übers Meer zurückkommen wurde, um seine Mutter zu besuchen, und bei dieser Gelegenheit wollten sie ihn verhaften; sie hätten die arme Frau niemals außer Landes gehen lassen. Und während meine Tante der alten Dame versprach, für ihre Ausreise zu sorgen, schrieb sie unglaubliche Berichte an die Staatssicherheit, damit sie ihr die Ausreise nur ja verweigerten. Die Frau starb in Kuba, in einem völlig leeren Haus; alle ihre Möbel waren in die Wohnung meiner Tante gewandert.

Ich mußte nicht nur die Polizei fürchten, sondern auch die Wachsamkeit meiner Tante, die für mich noch viel gefährlicher war. Darum mußte ich alles, was ich während meiner Jahre in diesem Haus schrieb, noch am selben Tag eiligst unterm Dach verstecken.

In diesen Jahren, das heißt 1972 oder 1973, war ich im Ausland bereits mit meinen Romanen *Wahnwitzige Welt* und *Celestino vor dem Morgenrot* bekannt geworden, die in mehreren Sprachen erschienen waren, außerdem mit meinen Erzählungen. Immer wieder schickten mir die Verlage Briefe, die mich nie erreichten; meine Tante, die meine Post in Empfang nahm, fing sie ab. Andere Male ließ die Staatssicherheit ihr keine Gelegenheit zu dieser »Heldentat«, die Briefe gelangten erst gar nicht in ihre Hände.

Als Hiram Pratt in ein Konzentrationslager in Oriente kam, schrieb er mir unzählige Briefe, in denen er nicht nur von seinen, sondern auch von meinen früheren Liebesabenteuern sprach. Eines Tages stand ein Leutnant der Sicherheit vor meiner Tür, Vladimir Cid Arias, ein entfernter Vetter von mir und vertrauter Freund meiner Tante. Er sagte: »Reinaldo, sieh zu, daß du aus diesem Haus verschwindest, du bist ein verkommenes Subjekt; hier habe ich den Beweis.« Worauf er einen an mich gerichteten Brief zückte, von Hiram Pratt, einen Brief, den ich nicht kannte, weil ich ihn nicht bekommen hatte. Meine Tante hatte sich die Freiheit genommen, ihn zu öffnen und zu lesen und diesen Vetter anzurufen, damit er mich rauswarf. Das war wirklich der Gipfel; ich war empört und sagte ihm, das sei eine Verletzung des Briefgeheimnisses. Ich wußte natürlich, wie absurd das war, aber ich wollte die Polizei rufen und die beiden wegen Verletzung des Briefgeheimnisses anzeigen. Er händigte mir den Brief zwar nicht aus, sagte zum Schluß aber, er wollte sich in diese Geschichte nicht einmischen.

Meine Tante überwachte auch strengstens, welche jungen Männer mich besuchten. Wenn einer von ihnen über die Mauer sprang, um in mein Zimmer zu kommen, schoß sie mit einem Besen heraus und drohte mit lautem Gezeter, die Polizei zu rufen.

Unter den Dichtern, die mich hinter dem Rücken meiner Tante besuchten, war auch Guillermo Rosales, damals ein hübscher junger Bursche, der einen ausgezeichneten Roman geschrieben und fünfzig weitere im Kopf hatte, mit wirklich tollen Ideen für die Handlung. Guillermo setzte sich so lange auf den Balkon meines kleinen Zimmers, bis ich mit dem Kapitel des Romans fertig war, an dem ich gerade arbeitete. Als Guillermo wieder einmal auf dem Balkon saß und darauf wartete, daß ich mit dem Schreiben aufhörte, kamen Nelson Rodríguez und Jesús Castro Villalonga hinzu, beide ebenfalls Schriftsteller.

Als ich mit dem Kapitel fertig war, ich glaube, es war aus *Der Palast der blütenweißen Stinktiere*, kam ich von der Agonie, die ich dort beschrieb, auf die Agonie meiner Freunde, die alle verzweifelt waren. Guillermo wollte weg von der Insel, und sei es mit einem Ballon; er schmiedete immer die verrücktesten Pläne: mal wollte er mit einem Floß fliehen, das von schnellen Fischen gezogen wurde, mal wollte er sich als Nicolás Guillén verkleiden und ein Flugzeug nehmen, weil Guillén damals der einzige kubanische Schriftsteller war, der in alle Länder reisen konnte. Als Padilla im Gefängnis saß, hatten wir natürlich auch daran gedacht, Nicolás Guillén zu entführen und im Gegenzug die Freilassung Padillas und seine Ausreise in ein freies westliches Land zu fordern. Die Idee stammte von mir, war in einem kommunistischen Land jedoch aberwitzig. Wenn sie auf unsere Forderung nicht eingingen, wollten wir Guilléns Kopf an den Sekretär der UNEAC schicken, den allseits gefürchteten Bienvenido Suárez.

Abgesehen davon, daß der Plan ein einziger Wahnsinn war, ließ uns Padilla keine Zeit, ihn auszuführen. An dieser Stelle sei gesagt, daß Guillén, der bestimmt wußte, was sich in der UNEAC abspielen würde, zumindest den Anstand besaß, nicht derjenige sein zu wollen, der Padilla bei seinem Geständnis vorführte, was er als Präsident der UNEAC eigentlich hätte tun müssen. Einen Monat vorher »erkrankte« er plötzlich und lieferte sich selbst in eines der offiziellen Krankenhäuser ein, die die Regierung in Kuba für hohe Funktionäre reserviert hat. Dort tauchte Guillén ab und kam erst wieder heraus, nachdem Padilla sein glühendes Geständnis abgelegt hatte.

Der Verantwortliche für dieses schmutzige Schauspiel war dann José Antonio Portuondo, neben Roberto Fernández Retamar eine der finstersten Gestalten des gesamten kubanischen Kulturbetriebs.

Nelson Rodríguez

An diesem Nachmittag brannte Guillermo Rosales darauf, uns ein Kapitel aus einem Roman vorzulesen, zu dem ihn die Person Stalins inspiriert hatte. Wie ein Sturzbach brach es aus ihm hervor, dann ging er wieder. Nelson und Jesús schlugen vor, am Strand spazierenzugehen. Nelson war 1964 in einem Konzentrationslager gewesen, und die neue Verfolgungswelle versetzte ihn in Angst und Schrekken; er hatte nicht mehr die Kraft, dieses Grauen noch einmal durchzumachen. Er wollte das Land verlassen und brauchte meine Hilfe, er sagte mir aber nicht, wie er es anstellen wollte. Die Hilfe, um die er mich bat, war nicht materieller Natur, er wollte, daß ich einen Empfehlungsbrief für einen Erzählungsband von ihm schrieb; es war ein außerordentliches Buch aus zahllosen Vignetten, in denen er Dinge erzählte, die er im Konzentrationslager erlebt hatte.

Wir gingen zu mir nach Hause, ich setzte den Brief auf, und dann gingen wir zur UNEAC, wo ich mich in einem Buch eintragen mußte, damit ich mein Gehalt bekam. Ich durfte natürlich nicht mehr für die UNEAC schreiben, sie ließen mich nicht einmal die Texte redigieren, die in *La Gaceta de Cuba* erschienen; da man mich aber noch nicht entlassen hatte, war ich verpflichtet, mich in diesem Buch einzutragen. Hinterher luden mich Nelson und Jesús noch zu einem Eis im Carmelo in der Calle Calzada ein; wir mußten uns lange anstellen, bevor wir endlich Plätze bekamen. In einem kubanischen Restaurant konnte man sich kaum unterhalten, man wußte nie, wer neben einem saß und mithörte, ich merkte aber, daß Nelson so lange wie möglich dort sitzen bleiben wollte. Irgendwann sagte er zu mir: »Der einzige, der uns noch hätte retten können, war Sankt Heberto.« So hatte er Heberto Padilla genannt, als der im Gefängnis saß, aber Padilla war längst kein Heiliger mehr; er war vor all diesen Leuten zum Verräter geworden. »Jetzt kann man nur noch abhauen. Und genau das habe ich vor«, sagte er mir, als wir das Restaurant verließen.

Wir liefen durch die Straßen des Vedado, und nichts war uns recht, die Sonne, die Hitze; einfach alles ging uns auf die Nerven. Nelson war sehr dankbar für den Brief, den ich ihm geschrieben hatte; es war eine Empfehlung an meinen Verleger in Frankreich. Ich hatte den ganzen

Abend den Eindruck, daß er mir noch etwas sagen wollte, sich aber nicht traute. Schließlich, es war schon spät, nahmen wir mit einer Umarmung voneinander Abschied.

Zwei Tage später stand auf der Titelseite der Zeitung *Granma* folgende Meldung: »Zwei homosexuelle Konterrevolutionäre, Nelson Rodríguez und Angel López Rabí, haben versucht, ein Flugzeug der Cubana in die Vereinigten Staaten zu entführen.« In der Notiz hieß es, alle Passagiere an Bord seien gegen diese Asozialen eingeschritten und hätten sie rasch überwältigt. Weiter hieß es, einer der Konterrevolutionäre habe eine Handgranate geworfen, doch zum Glück sei den Piloten auf dem Flughafen José Martí eine Notlandung gelungen, und die Konterrevolutionäre kämen vor ein Militärgericht. Das war alles, was in der *Granma* stand; offenbar wollten sie jeden Hinweis darauf vermeiden, daß es sich um zwei Schriftsteller handelte.

Ich geriet in Panik. Nelson mußte meinen Empfehlungsbrief für sein Manuskript mit den Erzählungen über die UMAP bei sich gehabt haben. Später erfuhren wir, wie sich alles abgespielt hatte. Nelson, sein Freund Angel López Rabí, ein junger Dichter von fünfzehn Jahren, und Jesús Castro hatten Tickets für einen Inlandsflug nach Cienfuegos gekauft. Sie wollten mit all ihren Koffern und ihren alten Büchern losfliegen, gleich bis in die Vereinigten Staaten. Jesús und Nelson hatten während ihres Militärdienstes ein paar Handgranaten mitgehen lassen, die sie im Hof versteckt hatten, und ihr Plan war gewesen, den Piloten zu drohen, die Granaten zu werfen, wenn sie nicht die Flugroute änderten. Im letzten Moment allerdings bekam Jesús Castro es mit der Angst, er überlegte es sich anders und flog nicht mit. Als das Flugzeug abhob, zückte Nelson die Granate und sagte zu den Passagieren, er würde sie werfen, wenn das Flugzeug nicht seine Route änderte. Sofort stürzten sich mehrere Agenten der Sicherheit und der offizielle, schwer bewaffnete Bordschutz, der in jedem kubanischen Flugzeug mitfliegt, auf Nelson, um ihn zu töten. Jemand, der selbst in dem Flugzeug saß, dessen Namen ich aber besser nicht nenne, weil er noch in Kuba lebt, hat mir alles erzählt. Nelson rannte mit der Handgranate durch das ganze Flugzeug und bedrohte damit die entsetzten Passagiere, während seine Verfolger versuchten, ihn mit einem gezielten Schuß zu töten. Nelson schrie Angel zu, er solle seine Granate werfen, der traute sich aber nicht, und da warf Nelson seine. Einer der Sicherheitsverantwortlichen stürzte sich auf die Granate, um zu verhindern, daß sie explodierte, aber vergeblich; sie riß ein großes Loch in den Rumpf des Flugzeugs, das sich bereits in großer Höhe befand. Das Flugzeug schaffte die Landung, und in dem allgemeinen Durcheinander sprang Nelson durch das Loch im Rumpf hinaus; er wurde von den Propellern erfaßt und lag ein Jahr lang mit schweren Verletzungen im Krankenhaus. Als die Ärzte der Staatssicherheit ihn endlich geheilt hatten, wurde er zum Tode verurteilt und zusammen mit seinem gerade sechzehn Jahre alten Freund Angel López Rabí erschossen.

Jesús Castro Villalonga, der nicht mitgeflogen war, aber von dem Entführungsplan wußte, wurde zu dreißig Jahren Gefängnis verurteilt.

Die übrigen Passagiere, die auf ihren Plätzen sitzen geblieben waren und die Polizei Castros nicht unterstützt hatten, wurden als Verdächtige festgenommen und verhört. Ich glaube, sie hatten sich auch gewünscht, daß das Flugzeug entführt würde.

Was meinen Brief angeht, so nehme ich an, daß er bei der Explosion der Granate und dem anschließenden Brand verschwunden ist, vielleicht hat ihn aber auch die Staatssicherheit aufbewahrt, um weitere Beweise gegen mich zu sammeln. Sie wußten, daß sie mich in der Hand hatten.

Noch in Kuba schrieb ich eine Erzählung über Nelsons Erlebnisse in den Konzentrationslagern: *Arturo, der hellste Stern,* und natürlich habe ich sie ihm gewidmet: »Für Nelson, in der Luft«. Später im Exil schrieb ich ein Gedicht, in dem ich die Götter bat, Nelson möge für immer so bleiben, seine Granate in der Hand, auf der Flucht von der Insel. Ich weiß nicht, ob sie meine Bitte erhört haben.

Selbstverständlich erfuhr auch meine Tante von Nelsons Fluchtversuch. Jetzt war ich für sie nicht mehr nur ein konterrevolutionärer Schwuler, jetzt stand ich auch in Verbindung mit Terroristen, die mit Handgranaten Flugzeuge entführten. Ich mußte zusehen, daß ich irgendwie von dort wegkam, ich wußte nur nicht wohin.

In Kuba gehören alle Häuser dem Staat; schon eine einfache Wohnung ist ein Privileg, das nur hohen Funktionären zusteht. Um in den Genuß eines Fernsehapparats oder eines Kühlschranks zu kommen, mußte man viele Jahre lang Zuckerrohr schneiden, im Betrieb und bei der gesellschaftlichen Arbeit zahlreiche Verdienste erwerben und ein untadeliges Verhalten zeigen. Ich konnte keines dieser Verdienste vorweisen, und mein Verhalten war weit davon entfernt, untadelig zu sein.

Trotzdem gab es in diesem Wohngebiet genug leerstehende Villen. In vielen hatten sich allerdings Studentinnen einquartiert, die vom Lande kamen und glücklich waren, in diesen luxuriösen Häusern von Miramar zu wohnen, die sie nun gründlich demolierten. Einmal hörten meine Tante und ich einen Höllenlärm; ein paar dieser Mädchen vom Lande hatten sämtliche Holzfenster der Villa zertrümmert und im Hof ein großes Feuer angezündet, um die Wäsche zu kochen und sie richtig schön sauber zu kriegen. So verwandelten sich viele der schönsten Teile dieser Wohnhäuser, darunter die Möbel, in Brennmaterial.

In einer verlassenen Villa in der Nähe des Hauses meiner Tante stand ein Zimmer leer; seit sein Bewohner vor Jahren gestorben war, hatte sich niemand mehr dort einquartiert. Über die UNEAC beantragte ich, dort einziehen zu dürfen, doch das Zimmer konnte nur an verheiratete Personen vergeben werden, wie Bienvenido Suárez mir bedeutete, ein Halunke, der gelegentlich auch Sinn für Humor besaß; die Revolution würde kein Zimmer an einen Homosexuellen vergeben, der dort dann Männerbesuch empfing. Er wollte mir offenbar zu verstehen geben, daß ich mir eine Frau suchen, sie heiraten und das Zimmer offiziell bei Señora Noelia Fonseca beantragen sollte, der Leiterin des Wohngebiets.

Ingrávida González war eine talentierte Schauspielerin, die in *Die Nacht der Mörder* von José Triana, inszeniert von Vicente Revueltas, eine ausgezeichnete Leistung geboten hatte. Sie wirkte auch in einem der bekanntesten kubanischen Filme jener Zeit mit, in *Lucía* von Humberto Solás. Sie stand auf Männer, sie war nicht lesbisch; sie war eine geschiedene Frau, und ihr Privatleben konnte kaum als unmoralisch gelten, bloß weil sie hin und wieder einen Liebhaber hatte. Trotzdem sah der castristische Puritanismus auch alleinstehende Frauen scheel an, die ein etwas freizügigeres Sexualleben führten. Ingrávida war aus diesen Gründen parametriert worden und hatte trotz ihres großen schauspielerischen Talents ihre Arbeit verloren. Der Parametrierung fiel sogar die Sängerin Alba Marina zum Opfer, weil sie einen Geliebten hatte, der zwanzig oder dreißig Jahre jünger war als sie.

In diesen Jahren kam es zu den berüchtigten Massenverhaftungen von Frauen in den *posadas*. Das waren Stundenhotels, die die Revolution für heterosexuelle Paare eingerichtet hatte, damit sie dort Liebe machen konnten. Die

Polizei drang jedoch in diese Hotels ein, um zu sehen, welche Frauen Ehebruch begingen und ob es sich dabei vielleicht um Frauen von Mitgliedern der Kommunistischen Partei handelte. Die Frauen wurden bestraft und verloren sogar ihre Arbeit, und ihre Männer wurden unverzüglich in einer öffentlichen Versammlung informiert.

So wird die Frau, genau wie der Homosexuelle, in Castros System als minderwertiges Wesen behandelt. Ein Macho konnte mehrere Frauen haben, das galt als Zeichen von Männlichkeit. Die Frauen und die Homosexuellen mußten sich zusammentun, wenn auch nur, um sich gegenseitig zu schützen. Das galt vor allem für eine Frau wie Ingrávida González, die für die gleiche Schwäche verfolgt wurde wie ich: weil ihr die Männer gefielen. Als ich Ingrávida erzählte, in welcher Klemme ich steckte, war sie sofort einverstanden, mich zu heiraten, damit wir das Zimmer beantragen konnten. Außerdem hatte sie zwei Kinder, und jetzt wußte sie nicht mehr, wie sie sie ernähren sollte, und mit meinem Gehalt von der UNEAC konnte ich ihr finanziell unter die Arme greifen. Auch Virgilio Piñera sammelte Geld, damit sie und ihre Kinder nicht verhungerten. Mit dem Berechtigungsschein, den es in Kuba für Heiratskandidaten gibt, erstanden wir ein paar Sachen zum Anziehen und heirateten.

Unser Trauzeuge war Miguel Figueroa, der noch in derselben Nacht mit Ingrávida schlafen wollte, dafür sollte ich mit Olga schlafen; der arme Miguel: immer auf der Suche nach einem Homosexuellen für seine Frau. Ich machte da aber nicht mit, ich wollte mich am Strand ausruhen; ein weiteres seltenes Privileg für diejenigen, die heiraten, ist die Möglichkeit, für vier oder fünf Tage ein Haus am Strand zu mieten.

Ingrávida willigte zu guter Letzt ein, mit Miguel ins Hotel zu gehen, vielleicht schlief er auch mit ihr unter demselben Dach, wo er mit Olga wohnte. Sie sagte, sie käme am nächsten Tag zu mir an den Strand. In der Nähe des Bungalows war eine Gruppe von Jugendlichen, und während ich auf meine Gattin wartete, bändelte ich mit einem der Jungen an. Ich erzählte ihm, daß ich auf meine Frau wartete und daß wir gerade geheiratet hätten, und das erregte ihn offensichtlich noch mehr. Es war ein denkwürdiges Erlebnis, obwohl er, vielleicht weil ich der frisch Verheiratete war, beschloß, den passiven Part zu spielen. Er war ein so männlicher Junge, daß ich nie damit gerechnet hätte.

Als Ingrávida ankam, hatte ich also schon einen Liebhaber, der zudem ein bißchen eifersüchtig auf die Schönheit meiner Ehefrau war; Ingrávida war damals eine wunderschöne Frau. Sie kam mit ihren Kindern, die in ihrem Leben noch nie am Strand gespielt hatten. Es gab dort einen Spielplatz, und wir verbrachten den Tag mit den Kindern bei den Schaukeln, unter den eifersüchtigen Blikken meines jungen Liebhabers.

Am Strand verfaßten wir den Brief an Noelia Silva Fonseca und beantragten das Zimmer. Wie es hieß, war sie die Geliebte von Celia Sánchez. Der Text des Briefes war ziemlich pathetisch und appellierte an Noelia als Frau und Revolutionärin. Wie dem auch sei, unsere Pläne mit diesem Zimmer blieben, was sie waren: Pläne.

Die Frau machte sich nicht einmal die Mühe, uns zu antworten. Ich lebte weiter in der Mädchenkammer meiner Tante, die mir ständig drohte, mich auf die Straße oder ins Gefängnis zu werfen. Irgendwann war Ingrávida auch noch schwanger, und sie wußte selbst nicht, von wem; es war nicht klar, ob es ein kleiner Mulatte, ein Schwarzer oder vielleicht ein Chinese würde. Ihre finanzielle Situation war zum Verzweifeln, und da ich mit ihr verheiratet war, mußte ich, nach dem Buchstaben des Gesetzes, für das Kind sorgen.

Ich fühlte mich verfolgt, und ich hatte allen Grund dazu.

Manchmal, wenn ich schrieb, parkte die Polizei ihr Auto unter meinem Zimmer und blieb stundenlang dort; es war wie eine Warnung oder eine Methode, einen noch mehr einzuschüchtern. Jetzt traf ich mich mit Miguel Figueroa und Jorge Dávila nur noch in der Nähe der Strände, dort, wo es keinen Polizisten gab, der uns zuhörte. Olga war wieder in Paris, und Miguel hatte ihr aufgetragen, Schwimmflossen und eine Taucherausrüstung mitzubringen, um damit zu fliehen, und sei es schwimmend, vielleicht würde ihn auf offener See irgendein Boot aus dem Wasser fischen und mitnehmen, egal wohin.

Bei Lezama zu Hause hörte ich einmal, daß eine Frau vom Malecón ins Meer gesprungen war, um ein gerade auslaufendes griechisches Schiff zu erreichen. Die Griechen halfen ihr an Bord, und dann riefen sie die kubanische Polizei und lieferten sie aus. Diese Griechen hatten ganz entschieden nichts mit den edlen Griechen zu tun, die die Schlacht um Troja schlugen.

Es kam vor, daß Leute verhaftet wurden, ohne daß es konkrete Beweise dafür gab, daß sie das Land verlassen wollten. Bloß weil sie eine Bemerkung fallenließen oder Pläne hegten, wurden sie festgenommen. Das war zum Beispiel bei Julián Portales der Fall, der Freunden anvertraut hatte, daß er in einer lateinamerikanischen Botschaft um Asyl bitten wollte, und diese Freunde waren Informanten der Staatssicherheit und stachelten ihn noch an, zur argentinischen Botschaft zu gehen, doch er kam nicht einmal bis zum Bürgersteig vor der Botschaft; er wurde schon vorher verhaftet.

Das war das Fürchterlichste, was der Castrismus erreicht hatte: daß Freundschaften zerbrachen; wir wurden dazu gebracht, den besten Freunden zu mißtrauen, und unsere besten Freunde wurden zu Informanten, zu Polizisten. Ich mißtraute bereits vielen von ihnen.

Am tragischsten war, daß diese Leute erpreßt wurden

und selbst Opfer des Systems waren, ja, sie verloren mit der Zeit alles Menschliche.

Schließlich brachte Ingrávida ein weißes Baby mit bläulichen Augen zur Welt. Von wem das Kind wohl war? Ingrávida sagte, es sei von René de la Nuez, worauf der sie wütend zwang, einen Brief zu schreiben, in dem sie öffentlich erklärte, ihr Kind sei nicht von ihm. Der Mann war in der Kommunistischen Partei, arbeitete als Karikaturist bei der *Granma* und wollte nicht von einer Frau kompromittiert werden, die einen schlechten Ruf hatte.

Die Verhaftung

Schlimmer, so glaubte ich, konnte meine Lage nicht werden, doch wenn man eins in einem totalitären Regime lernt, dann daß die Katastrophen kein Ende nehmen. Im Sommer 1973 badeten Coco Salá und ich am Strand von Guanabo. Dort in den Mangroven hatten wir Sex mit ein paar Jungs. Wir hatten wirklich viel Spaß mit ihnen.

Hinterher ließen wir unsere Beutel im Sand liegen und gingen wieder baden. Etwa eine halbe Stunde später hatten die Jungs, die eben noch unsere Liebhaber gewesen waren, unsere Sachen geklaut und waren weg. Coco rief die Polizei, was man in einem derartigen Fall nie tun sollte; wir stiegen in den Streifenwagen und fuhren den Strand ab, um zu sehen, ob wir die Diebe fanden. Tatsächlich, in einem Pinienwäldchen entdeckten wir die Jungs mit unseren Beuteln.

Die Polizei nahm sie fest, die Situation war eindeutig: sie hatten unser Eigentum. Wir fuhren zur Polizeiwache, was ich sonst nie getan hätte, denn wenn man in so einem Land lebt, ist es am besten, man vermeidet jeden Kontakt mit der Polizei. Die Jungs kamen dort kreuzfidel mit unseren Sachen an und erklärten: »Das sind Schwule, die haben versucht, uns zu befummeln, sie haben uns an den Schwanz gefaßt, und die Beutel haben wir nur, weil die beiden von uns Prügel bezogen haben und abgehauen sind. In Wirklichkeit wollten wir die Sachen gerade zur Polizei bringen.« Die Geschichte war alles andere als glaubwürdig, aber wir waren homosexuell, keine Frage, und außerdem hatten die Jungen einen Onkel, der bei der Polizei war und auf dem Revier von Guanabo arbeitete. So wurden wir von Anklägern zu Angeklagten, sie verhafteten uns gleich, und wir verbrachten die Nacht auf dem Revier.

Ich dachte naiv, daß es ja keine Zeugen gab, und wenn sich etwas beweisen ließ, dann daß sie gestohlen hatten. Ich hatte aber einen Paragraphen des Castro-Gesetzes vergessen, wonach im Falle eines Sittlichkeitsdelikts durch einen Homosexuellen schon die Anzeige einer Person genügte, um ein Verfahren einzuleiten. Es wurde nicht nur ein Ermittlungsverfahren gegen uns eingeleitet, sondern wir wurden gleich ins Gefängnis von Guanabacoa überführt.

Vor dort riefen sie die UNEAC an, wo man die schlimmsten Berichte über mich aus der Schublade zog. Plötzlich verschwand alles Positive aus meiner Akte, und ich war nur noch ein homosexueller Konterrevolutionär, der Bücher im Ausland veröffentlicht hatte.

Wir kamen gegen Kaution frei. Ich weiß noch, daß Tomasito die Goya'sche sich darum kümmerte, das Geld aufzutreiben, was wir alleine nie geschafft hätten, denn wir mußten vierhundert Pesos bezahlen, und die hatten wir beide nicht. Als wir rauskamen, hofften wir noch, freigesprochen zu werden; das alles war absurd, und es gab keinerlei Beweise gegen uns.

Natürlich mußte ich weiter in die UNEAC gehen, um mich in der Anwesenheitsliste einzutragen und mein Gehalt abzuholen, doch von Tag zu Tag wurde ich mehr zu einem Aussätzigen, und jetzt auch noch mit einem Verfahren am Hals, das war der Gipfel. Ich war auf einmal Luft; nicht mal die Pförtner grüßten mich, obwohl einige von ihnen ebenfalls schwul waren.

Ich hatte einen Rechtsanwalt damit beauftragt, meinen Fall zu übernehmen. Er sagte mir, ich solle mir keine Sorgen machen, es gebe tatsächlich keine Beweise, und sie könnten mir kein Verbrechen vorwerfen. Eines Nachmittags aber rief er mich ziemlich nervös an und bat mich zu sich. Dort holte er ein dickes Dossier hervor, in dem zum Beweis die Titel und Inhaltsangaben aller meiner im Ausland veröffentlichten Romane aufgeführt waren. Dieser ellenlange Bericht, in dem man mich beschuldigte, ein Konterrevolutionär zu sein und meine Bücher ohne Erlaubnis der UNEAC ins Ausland gebracht zu haben, war von Leuten unterschrieben, die bis zu diesem Zeitpunkt dem Anschein nach die besten Freunde gewesen waren, die mir auf die Schulter klopften und sagten, ich solle mir keine Sorgen machen, mir würde schon nichts passieren. Zu den Unterzeichnern, die mich jetzt konterrevolutionärer Umtriebe beschuldigten, gehörten Nicolás Guillén, Otto Fernández, José Martínez Matos und Bienvenido Suárez.

Zweifellos handelte es sich nicht mehr nur um eine gewöhnliche Straftat, um Erregung öffentlichen Ärgernisses, wie die Beschuldigung ursprünglich lautete. Jetzt ging es um einen Konterrevolutionär, der unablässig Propaganda gegen das Regime machte und diese außerhalb Kubas veröffentlichte; man hatte alles in die Wege geleitet, um mich ins Gefängnis zu stecken. In seinem Antrag kam der Staatsanwalt zu dem Schluß, die angemessene Strafe sei acht Jahre Gefängnis.

Seltsamerweise wurde das Verfahren gegen Coco Salá abgetrennt, man klagte ihn nur wegen Erregung öffentlichen Ärgernisses an, und auch das nur am Rande. Sein Name tauchte in dem ganzen Fall kaum noch auf.

Meine Tante war natürlich über alles auf dem laufenden. Auch sie hatte einen langen Bericht ans Gericht geschrieben, in dem sie mein lasterhaftes Leben und mein konterrevolutionäres Treiben beschrieb. Es gab kein Entrinnen.

Olga, Miguels Frau, kehrte in diesen Tagen aus Paris zurück. Zum letztenmal, denn auch sie hatte Angst, man würde sie irgendwann nicht mehr aus Kuba rauslassen; ich erzählte ihr alles, was passiert war. Sie wollte sich in Paris mit meinen Freunden Jorge und Margarita Camacho sowie mit meinem Verleger besprechen. Irgend etwas würden sie unternehmen, um mich heimlich außer Landes zu bringen. Ich erzählte ihr von der drohenden Gefahr, noch vor dem Gerichtsverfahren verhaftet zu werden. Das beste war, gar nicht erst vor Gericht zu erscheinen und zu fliehen. Dann würde ich mich irgendwo verstecken und Olga ein Telegramm schicken, das lauten sollte: »Schickt Buch über Blumen«. Sie würden ein Schlauchboot schicken, einen falschen Paß mit meinem Foto oder eine Taucherausrüstung; irgend etwas, womit ich das Land verlassen konnte.

Das waren natürlich nur schwache Hoffnungen, die Hoffnungen eines Verzweifelten, doch es sind stets die Verzweifelten, die noch hoffen. Ich wollte mich nicht mit dem Gefängnis abfinden; bevor Olga abflog, tippte ich schnell mein Gedicht *Sterben im Juni und mit hängender Zunge* ab, dessen Manuskript ich bei Freunden aufbewahrte, die noch in Kuba leben, sowie *Leprosorium*, das ich nach meinem Erlebnis im Gefängnis von Guanabacoa geschrieben hatte. Olga nahm diese Gedichte mit.

Ich hatte einen wunderschönen schwarzen Geliebten, mit dem ich häufig in die Büsche vom Monte Barreto ging. Im Haus meiner Tante konnte ich mich nicht mehr mit ihm lieben, weil sie drohte, die Polizei zu rufen. Dort in der freien Natur von diesem Mann gevögelt zu werden, nackt, mit dem Geruch von Gras in der Nase, das allein war schon viel erregender, als hätte er es im Bett gemacht. Ich erzählte ihm, was los war, und er sagte, er würde am nächsten Tag zu mir an den Strand kommen; von dort würden wir nach Guantánamo fahren, und er würde mir helfen, den Marinestützpunkt zu erreichen.

An dem Abend traf ich mich mit Hiram Pratt und Coco Salá. Ich teilte Hiram Pratt meinen Beschluß mit, in einem Boot zum Marinestützpunkt von Guantánamo zu flüchten. Das war ein Akt grenzenloser Naivität; in Kuba darf man kein Geheimnis weitererzählen. Am nächsten Morgen stand ich in aller Frühe auf. Meine Schreibmaschine hatte ich schon den Brüdern Abreu gegeben, und sie hatten mir ein bißchen Geld besorgt, damit ich nach Guantánamo fahren konnte. Die Polizei war allerdings vor mir auf den Beinen.

Ich hörte es an der Tür klopfen und sah zum Balkon hinaus. Mehrere Polizisten hatten das Haus umstellt; sie kamen herein und nahmen mich sofort fest. Sie wandten Gewalt gegen mich an, was gar nicht nötig war, sie schlugen mich, zogen mich aus, um zu sehen, ob ich eine Waffe bei mir hatte, dann mußte ich mich wieder anziehen und wurde zum Streifenwagen gebracht. In dem Moment, als ich einstieg, öffnete meine Tante die Tür; ich sah ihr strahlendes Gesicht und den komplizenhaften Blick, den sie den Polizisten zuwarf, die mich verhafteten.

Sie brachten mich in eine Zelle auf der Polizeiwache von Miramar. Dort saßen mehr als zwanzig Verhaftete. Bevor ich hinter Gitter kam, wurde ich kurz verhört; die Hauptverhöre kamen später. Der Offizier fragte mich nach dem Grund meiner Verhaftung. Ich antwortete ihm, den wisse ich selber nicht, ich befände mich gegen Kaution auf freiem Fuß, und darum sei meine Verhaftung rechtswidrig. Das genügte, damit der Offizier auf mich einschlug.

In der Zelle gab es kein Klo, und die Gefangenen baten ständig um Erlaubnis, auf die Toilette gehen zu dürfen, die draußen war. Der Polizist blieb in der Tür stehen und bewachte die anderen, mit dem Vorhängeschloß in der Hand. Irgendwann, als der Polizist gerade so dastand, kam ein anderer Polizist und verkündete, er hätte Kaffee mitgebracht, etwas Besonderes in Kuba, wo der Kaffee rationiert ist und jeder nur hundert Gramm pro Monat erhält. Diese Nachricht löste ein Riesendurcheinander auf der Wache aus; alle Polizisten stürzten sich auf die Thermoskanne. Auch der Polizist, der uns bewachte, rannte hin und ließ das Schloß am Gitter hängen, aber offen. Ich nahm das Schloß schnell ab und huschte gebückt aus dem Gefängnis.

Ich rannte durch die Hintertür, die zum Meer hinausging, zog meine Sachen aus und sprang ins Wasser; ich war damals ein guter Schwimmer. Ich schwamm weit hinaus und dann bis zum Patrice-Lumumba-Strand, nicht weit vom Haus meiner Tante. Dort sah ich einen Freund, mit dem ich mich ein paarmal vergnügt hatte, erzählte ihm, was geschehen war, und in der Kabine der Rettungsschwimmer trieb er ein Paar Shorts für mich auf. In diesem Aufzug ging ich sofort zum Haus meiner Tante. Sie war völlig perplex, als sie mich in ihrem Haus sah, wo man mich doch gerade erst in einem Streifenwagen abgeholt hatte. Ich sagte ihr, es wäre alles nur ein Irrtum gewesen, der sich schnell aufgeklärt hätte, ich müßte nur eine Strafe zahlen und wäre gekommen, um das Geld zu holen. Mein Geld war nicht mehr da; meine Tante hatte es sich schon genommen, und ich verlangte es von ihr zurück. Als ich handgreiflich wurde, bekam sie es mit der Angst und gab es mir, allerdings nur die Hälfte.

Ich rannte zum Strand, um meinen schwarzen Freund

zu suchen, doch am Strand wimmelte es von Polizisten. Offenbar suchten sie mich. Zum Glück waren sie nicht auf die Idee gekommen, mich bei mir zu Hause zu suchen, ich konnte das Geld holen und alles vernichten, was mich belastete. Der Freund, der mir die Shorts besorgt hatte, versteckte mich in einer der Kabinen am Strand und ging zu meinem Haus, das jetzt von Polizisten mit Hunden bewacht wurde. Er sagte, ich sollte schnell ins Meer springen und mich hinter einer Boje verstecken, da würden mich die Hunde nicht aufspüren. Dort blieb ich den ganzen Tag, und in der Nacht gab mir mein Freund ein Zeichen, daß ich aus dem Wasser rauskommen konnte, dann kaufte er mir von seinem Geld eine Pizza; meins war völlig aufgeweicht. Ich versteckte mich wieder in der Kabine der Rettungsschwimmer. Am nächsten Tag war der Strand wieder voller Polizisten, die mich suchten; es war schwierig für mich, mein Versteck zu verlassen. Mein Freund besorgte einen Schlauch von einem Autoreifen, eine Büchse Bohnen und eine Flasche Rum. Als es dunkel war, liefen wir durch den Pinienwald zum Strand von La Concha. Er hatte auch Schwimmflossen aufgetrieben; mir blieb keine andere Wahl, als das Land mit dem Reifenschlauch zu verlassen. Bevor ich ins Meer sprang, nahm ich mein Geld und versteckte es in der Nähe der Küste unter einem Steinhaufen. Mein Freund und ich nahmen Abschied voneinander. »Ich wünsche dir Glück, mein Bruder«, sagte er zu mir. Er weinte.

Ich band mir den Schlauch mit einem Seil am Hals fest; mein Freund hatte ihn mit einem Stück Jute so präpariert, daß ich darauf sitzen konnte. In einen Beutel, gleichfalls aus Jute, hatte er die Flasche Schnaps und die Büchse schwarze Bohnen gesteckt. Ich verstaute das alles auf dem Boden des Schlauchs und ließ mich ins Wasser gleiten. Ich mußte von demselben Strand fliehen, an dem ich die schönsten Jahre meiner Jugend verbracht hatte.

Je weiter ich mich von der Küste entfernte, desto heftiger wurde die See; es war der stürmische Wellengang, der im November den nahen Winter ankündigt. Ich schwamm die ganze Nacht aufs Meer hinaus, kam wegen der Wellen aber nur langsam voran. Nach fünf oder sechs Kilometern wurde mir klar, daß es schwierig sein würde, je irgendwo anzukommen. Auf hoher See merkte ich, daß ich nichts hatte, womit ich die Flasche öffnen konnte, und meine Beine und Gelenke waren schon fast steifgefroren.

Plötzlich tauchte in der Dunkelheit ein Schiff auf und kam direkt auf mich zu. Ich sprang ins Wasser und versteckte mich unter dem Schlauch. Etwa zwanzig Meter vor mir machte das Schiff halt und fuhr einen riesigen Greifarm aus, der wie eine gigantische Krebsschere aussah und im Wasser versank. Offenbar war es ein Baggerschiff, das versuchte, dort Sand zu baggern; ich hörte Stimmen und Lachen; man sah mich aber nicht.

Ich begriff, daß ich nicht weiterkonnte; in der Ferne sah ich eine Kette von Lichtern; das waren die Boote der Küstenwache, Fischerkähne oder weitere Schwimmbagger, die am Horizont fast eine Mauer bildeten. Der Wellengang wurde immer stärker. Ich mußte versuchen, umzukehren.

Ich weiß noch, wie unter mir etwas glänzte und ich Angst bekam, ein Hai könnte meine Beine fressen, die ich natürlich sofort aus dem Wasser zog. Kurz vor Sonnenaufgang wurde mir klar, daß mein Plan absurd war, daß der Schlauch nur eine Behinderung war, daß ich eher allein in die Vereinigten Staaten schwimmen konnte als mit diesem Ding, ohne Paddel und ohne Kompaß. Ich band mir den Beutel mit der Flasche Rum und der Büchse Bohnen um die Hüften, ließ den Schlauch auf dem Meer zurück und schwamm mehr als drei Stunden in Richtung Küste. Ich war fast gelähmt, und meine größte Befürchtung war, einen Muskelkrampf zu bekommen und zu ertrinken.

Ich erreichte die Küste von Jaimanitas und entdeckte ein paar leerstehende Gebäude; in eins ging ich hinein. Noch nie war mir so bitter kalt gewesen, noch nie hatte ich mich so einsam gefühlt. Ich war gescheitert, und jeden Moment konnte ich festgenommen werden. Es blieb mir nur eine Möglichkeit der Flucht: der Selbstmord; ich zerschlug die Rumflasche, und mit den Scherben schnitt ich mir die Pulsadern auf. Natürlich glaubte ich, das wäre das Ende, ich kauerte mich in eine Ecke des Hauses und verlor langsam das Bewußtsein. Ich dachte, das ist der Tod.

Am nächsten Morgen gegen zehn Uhr erwachte ich; ich glaubte, ich wäre in einer anderen Welt. Doch es war immer noch der Ort, an dem ich vergeblich versucht hatte, mir das Leben zu nehmen. Offenbar hatte ich ziemlich viel Blut verloren, aber irgendwann hatte das Bluten aufgehört. Mit den Scherben machte ich die Büchse Bohnen auf und kam wieder ein bißchen zu Kräften. Dann wusch ich im Meer die Wunden aus. Ganz in der Nähe war der Schlauch angespült worden.

Ich lief ziellos am Strand herum und stieß bald auf eine Gruppe kahlgeschorener Männer, die ausgestreckt auf der Erde lagen. Sie sahen mich etwas erstaunt an, sagten aber nichts. Mir wurde klar, daß es sich um Gefangene handelte, die in einem Lager in Flores zur Zwangsarbeit verurteilt waren. Barfuß und mit zerschnittenen Armen ging ich an ihnen vorbei; sie ahnten bestimmt, daß ich nicht zum Baden dort war. Ich lief weiter bis La Concha, um mir das Geld zu holen, das ich unter den Steinen versteckt hatte.

Als ich auf die Stelle zuging, wo es liegen mußte, rief jemand meinen Namen; es war mein schwarzer Freund, der mich zu sich winkte. Ich erzählte ihm schnell, was alles passiert war, und er sagte mir, wir könnten immer noch sofort nach Guantánamo fahren; er stammte aus Guantánamo und kannte sich dort aus. Wir lagen unter ein paar Pinien, und er zeichnete mir das ganze Gebiet von Caimanera in den Sand und erklärte mir, wie ich es anstellen könnte, zum US-Marinestützpunkt zu kommen.

Das Wichtigste war jetzt, etwas zum Anziehen aufzutreiben. Ich traf einen Vetter von mir und sagte ihm, ich bräuchte Kleidung. Er erzählte mir, daß die Polizei mich überall suchte. Es war unglaublich, wie dämlich die sich anstellten: sie suchten mich überall dort, wo ich gewesen war. Mein Vetter sagte, er würde versuchen, mir Sachen zu bringen. Er ließ das Mädchen, mit dem er zusammen war, bei mir und kam kurz darauf mit einer kompletten Garnitur zurück. Das war eine großzügige Geste, für die er mir gegenüber eigentlich keinen Grund hatte und die mich überraschte.

Ich zog mich schnell an und ging mit meinem schwarzen Freund zu ihm nach Hause, das war in Santos Suárez. Es war ein riesiges Haus voller Schränke. Der Schwarze schnitt mir die Haare und verwandelte mich so in einen anderen Menschen. Als ich in den Spiegel sah, bekam ich wirklich einen Schreck. Meine langen Haare waren ab, ich hatte jetzt stoppelkurze Haare mit einem Mittelscheitel. Auch das Hemd, das mir mein Vetter gegeben hatte, verschwand, und er gab mir ein einfacheres. Nur so könnte ich es, wie er sagte, bis nach Guantánamo schaffen, ohne festgenommen zu werden.

Mit dem Geld, das ich noch hatte, und ein paar Scheinen, die ihm seine Großmutter gab, gingen wir zum Bahnhof. Es war nicht leicht, eine Fahrkarte nach Santiago de Cuba oder Guantánamo zu bekommen, weil man immer lange Zeit im voraus reservieren mußte. Doch er überredete den Mann am Schalter mit einem Trinkgeld.

Da saß ich plötzlich wieder in einem dieser langsamen und stickigen Züge nach Santiago de Cuba. Der Schwarze freundete sich gleich mit allen Leuten auf der Bank an, wo wir saßen; er hatte eine Flasche Rum gekauft und fing an zu trinken. Bei einer Gelegenheit sagte er mir, man käme am besten unbemerkt durch, wenn man sich mit aller Welt anfreundete.

Während der ganzen Fahrt, die drei Tage dauerte, trank er Rum, lud die anderen ein, lachte und machte Witze. Sofort schloß er Freundschaft mit anderen Schwarzen, von denen einige wirklich sehr schön waren. Ich wäre am liebsten in einem Hotel abgestiegen, um mit dem Schwarzen ins Bett zu gehen, so wie im Monte Barreto; in Momenten der Gefahr habe ich immer das Bedürfnis gehabt, jemanden an meiner Seite zu haben. Der Schwarze sagte mir, es sei sehr schwer, in Santiago ein Hotel zu bekommen, aber in Guantánamo ließe sich vielleicht etwas machen.

In Santiago mußten wir den Bus nach Guantánamo nehmen. Vorher aßen wir noch ein paar Himmelskroketten, wie in Kuba diese Kroketten genannt wurden, die es in den Cafés gab, weil sie die Eigenart hatten, oben am Gaumen festzukleben, und da kriegte man sie nicht wieder ab.

Wir kamen in Guantánamo an, einem Kaff, das einen noch entsetzlicheren, noch langweiligeren und provinzielleren Eindruck machte als Holguín. Der Schwarze führte mich zu einem Mietshaus, wo eine ziemlich kriminelle Atmosphäre herrschte. Dort sagte er mir, ich solle alle meine Sachen ausziehen; er hatte mir andere, noch unauffälligere besorgt, und er bat mich, ihm mein ganzes Geld dazulassen; wenn ich das Territorium der Vereinigten Staaten erreichte, wäre es sinnlos, kubanisches Geld dabeizuhaben. Das gefiel mir ganz und gar nicht, aber was blieb mir anderes übrig. Er brachte mich zum Bahnhof, wo der Bus nach Caimanera abfuhr, wollte selber aber nicht mitkommen; er hatte mir bereits alle erforderlichen Instruktionen gegeben: am ersten Kontrollpunkt aussteigen, nach rechts zum Fluß abbiegen, immer am Ufer entlanglaufen, bis die Lichter zu sehen waren, dann im Gebüsch die Nacht abwarten, durch den Fluß schwimmen und am anderen Ufer weitergehen bis zur Küste, mich den Tag über dort verstecken und in der Nacht darauf ins Wasser springen und zum Marinestützpunkt hinüberschwimmen.

Es fiel mir nicht schwer, im Bus nicht aufzufallen; der Schwarze hatte gut daran getan, mich derart zu verkleiden. Nachdem ich ausgestiegen war, kroch ich stundenlang am Boden, damit man mich nicht sah. Als ich mich um Mitternacht durch das Dickicht kämpfte, scheuchte ich Wachteln und andere Vögel auf. Ich kroch weiter. Plötzlich hörte ich ein Rauschen; es war der Fluß. Beim Anblick seines Wassers verspürte ich eine unendliche Freude; mein Freund hatte mich nicht belogen, dort war der Fluß. Ich lief das ganze Ufer entlang; die Gegend war ein einziger Sumpf; in der Hand hatte ich ein Stück Brot, das ich, wie mir der Schwarze geraten hatte, aufheben wollte, bis ich mich ins Wasser stürzte. Bei Tagesanbruch sah ich endlich die Lichter des Flugplatzes; es war wie ein Fest. Die Lichter gingen an und aus, als riefen sie mich. Es war der Moment, ins Wasser zu springen.

Auf der ganzen Strecke am Flußufer entlang begleitete mich ein Geräusch, das sich wie ein Schnalzen anhörte. Ich weiß nicht warum, aber es kam mir vor, als sagte mir der Mond, ich sollte nicht in dieses Wasser steigen. Ich lief weiter bis an eine Stelle, wo ich dieses Schnalzen nicht mehr hörte, und wollte dort in den Fluß springen. In diesem Moment leuchteten im Dickicht merkwürdige grüne Lichter auf; sie waren wie Blitze, kamen aber nicht vom Himmel, sondern blinkten an der Erde, zwischen den Baumstämmen. Ich kämpfte mich weiter vorwärts, und die grünen Lichter blinkten weiter. Kurz darauf ratterte ein Maschinengewehr los, die Kugeln pfiffen haarscharf an mir vorbei. Später erfuhr ich, daß die grünen Lichter ein Signal waren; hatten sie Infrarotstrahlen? Man hatte bemerkt, daß jemand über die Grenze wollte, und versuchte, ihn zu lokalisieren und, keine Frage, zu vernichten. Ich rannte los und kletterte auf einen dichtbelaubten Baum, immer an den Stamm geklammert, so hoch es ging. Autos voller Soldaten und Hunde brausten los und machten sich auf die Suche nach mir; die ganze Nacht suchten sie mich in der Nähe der Stelle, wo ich mich befand. Schließlich zogen sie wieder ab.

Ich blieb die ganze Nacht auf dem Baum und auch den folgenden Tag noch. Es war schwierig, dort runterzusteigen, ohne gesehen zu werden, zumal in diesem Abschnitt Alarm gegeben worden war. Als es wieder dunkel wurde, kletterte ich vom Baum; ich war erschöpft und mußte alle meine Kräfte zusammennehmen, um nach Guantánamo zurückzukehren und mir zu überlegen, wie ich auf einer anderen, vielleicht weniger gefährlichen Route zum Marinestützpunkt durchkommen konnte. Ich schleppte mich durch den Morast, und kurz vor der Landstraße schlief ich im Laub ein.

Am nächsten Morgen säuberte ich, so gut es ging, meine Sachen und mein Gesicht, lief zum Kontrollpunkt Nummer eins zurück und nahm den Bus nach Guantánamo. Als ich dort ankam, wußte ich nicht, wo ich meinen schwarzen Freund suchen sollte, und ich irrte durch die Straßen, was in meiner Lage äußerst gefährlich war. Ich hatte kein Geld. Auf dem Bahnhof von Guantánamo traf ich den Schwarzen. Er sah mich erschrocken an; offenbar hatte er gedacht, ich wäre längst tot oder auf der Marinebasis. Er sagte mir, ein neuer Versuch sei jetzt unmöglich, diese Stelle sei die beste gewesen, seine Freunde hätten ihm gesagt, jetzt würde alles noch viel stärker überwacht. Alles in allem hätte ich großes Glück gehabt, denn die Kästen am Boden, von denen ich ihm erzählte, waren Minen; wenn ich draufgetreten wäre, hätten sie mich zerrissen.

Doch ich gab mich nicht geschlagen; umkehren hätte bedeutet, daß ich gescheitert war. Ich wagte einen neuen

Versuch; jetzt war die Überwachung noch perfekter, aber ich hatte nichts zu verlieren. Es war absurd gewesen, auf den Mond zu hören. Bei diesem zweiten Mal stieg ich ins Wasser, und im Mondlicht konnte ich erkennen, woher dieses Schnalzen kam: im Fluß wimmelte es von Alligatoren; noch nie hatte ich so viele unheimliche Tiere auf so engem Raum gesehen. Sie warteten dort, um mich zu fressen. Ich konnte unmöglich durch den Fluß. Wieder kehrte ich nach Guantánamo zurück, von oben bis unten voll Schlamm. Bestimmt dachte der Busfahrer, ich wäre neu bei der Küstenwache, und die Staatssicherheit hätte mich dorthin versetzt.

Ich irrte drei Tage, ohne etwas zu essen, durch Guantánamo. Ich hatte nicht einen Centavo in der Tasche und übernachtete auf dem Bahnhof. Den Schwarzen habe ich nie wiedergesehen. Auf dem Bahnhof bändelte ich mit ein paar Jungs an, die als blinde Passagiere nach Havanna fahren wollten. Sie erklärten mir, man bräuchte sich nur jedesmal, wenn der Schaffner durchkam, auf dem Klo einzuschließen; ich hatte gar keine andere Wahl und entschied mich, genau so zu reisen.

Wir stiegen in den Zug, und zu dritt schlossen wir uns auf der Toilette ein, sobald der Schaffner kam. Es dauerte nicht lange, und sie kriegten Lust, und so hatte ich mein Vergnügen mit diesen hitzigen Jungs, während sich der Zug durch die Berge von Oriente schlängelte. Der Zug hielt an jedem Ort, und ich stieg jedesmal aus. Dann setzten wir die Reise fort, und bei jeder Kontrolle, alle vier Stunden etwa, schlossen wir uns auf dem Klo ein, und jedesmal wurden sie heiß, und ich machte mich zwischen ihren herrlichen Beinen zu schaffen. Ich erzählte ihnen, ich wäre von der Armee abgehauen und würde versuchen, wieder nach Hause zu kommen. Sie waren tatsächlich vor dem Militärdienst geflohen und wollten nach Havanna, weil sie glaubten, dort weniger aufzufallen als in Guantánamo, ihrem Heimatort. Als wir einmal ausstiegen, gab mir einer von ihnen, Adrián, einen Ausweis; er sagte, er hätte noch einen anderen, und der Ausweis könnte mir eventuell nützlich sein. Zwar war in dem Ausweis ein Paßbild von ihm, aber diese Fotos sind so unscharf und so unpersönlich, daß jeder diesen Bildern irgendwie ähnlich sieht. Von nun an hieß ich Adrián Faustino Sotolongo.

In Cacocún stieg ich aus und machte mich zu Fuß auf nach Holguín; es war ein langer Weg. Schließlich nahm mich ein Lkw voller Arbeiter mit, die mir keine Fragen stellten. Am frühen Morgen kam ich zu Hause an. Ich kehrte allein zurück, verfolgt und niedergeschlagen. Meine Mutter kam an die Tür und machte auf, sie stieß einen Schrei aus, als sie mich sah, und ich bat sie, still zu sein. Sie fing leise an zu weinen, und meine Großmutter sank auf die Knie und betete zu Gott, er möge mich retten. Meine Tanten meinten, das beste wäre, wenn ich mich unter dem Bett versteckte. Meine Mutter brachte mir ein Stückchen Huhn und sagte mir, daß es sie unendlich traurig mache, mich so essen zu sehen, unter dem Bett verkrochen wie ein Hund. Da fühlte ich mich selber so verzweifelt, daß ich keinen Bissen herunterbekam, obwohl ich seit Tagen nichts gegessen hatte.

Meine Großmutter lag weiter auf den Knien und flehte zu Gott, er möge mir helfen. Noch nie hatte ich mich mit meiner Großmutter so eins gefühlt; sie wußte, nur ein Wunder konnte mich retten. Einmal ergab sich die Gelegenheit, mit ihr zu reden; doch ich wußte nicht, was ich ihr sagen sollte. Seit kurz vor dem Tod meines Großvaters hatte ich sie nicht mehr gesehen; sie hatte ihn sehr geliebt, obwohl er sie ständig schlug. Als sie für einen Augenblick ins Zimmer kam, kroch ich unter dem Bett hervor und umarmte sie. Sie sagte mir, sie könne ohne meinen Großvater Antonio nicht leben, er sei ein so guter Mensch gewesen. Ich weinte mit ihr; er hatte sie fast jede Woche verprügelt, und trotzdem hatten sie fünfzig Jahre lang zusammengelebt. Offensichtlich war es eine große Liebe zwischen ihnen gewesen. Meine Großmutter war mit einem Schlag alt geworden.

Am Tag darauf fuhren meine Mutter und ich nach Havanna. Ein Onkel von mir, Vidal, brachte uns zum Bahnhof und lieh uns ein bißchen Geld. Ich hoffte, daß Olga, der ich die Adresse der Brüder Abreu gegeben hatte, vielleicht mit jemandem im Ausland Kontakt aufgenommen hatte. Ich hatte ihr bereits das verzweifelte Telegramm geschickt, das wir vereinbart hatten: »Schick mir Buch über Blumen«. Sie wußte, das war das Zeichen, daß sie mich hier rausholen sollten, um jeden Preis.

Im Zug konnte ich schlafen. Noch nie war ich mit meiner Mutter gereist, noch dazu im Liegewagen. Sie sagte zu mir: »Wie schade, daß ich eine so schöne Reise unter solchen Umständen machen muß!« Meine Mutter klagte immer über alles, aber in dem Augenblick hatte sie recht. Auch ich dachte daran, wie sehr ich diese Landschaft genießen würde, wenn ich nicht auf der Flucht wäre, wie angenehm die Reise an der Seite meiner Mutter sein könnte, wenn die Situation eine andere wäre. Die einfachsten Dinge gewannen für mich eine besondere Bedeutung. Während der ganzen Fahrt bat mich meine Mutter, mich zu stellen; sie sagte, das wäre die beste Lösung für mich. Sie erzählte mir, ein Nachbar von ihr, der zu dreißig Jahren verurteilt worden war, hätte nur zehn Jahre absitzen müssen. Jetzt war er frei und sang den ganzen Tag vor seinem Haus. Ich konnte mir nicht vorstellen, nach zehn Jahren Gefängnis vor dem Haus meiner Mutter zu sitzen und zu singen; das war wirklich kein sehr verlockendes Schicksal. Ich wollte dieser Hölle entkommen, egal wie.

Als wir auf dem Bahnhof von Havanna ankamen, wurde ich von zwei Polizisten in Zivil festgenommen. Meine Mutter war zu Tode erschrocken; ihr schmächtiger

Körper zitterte fürchterlich, und ich nahm ihre schmalen Hände in meine Hände und sagte ihr, sie solle auf mich warten, es würde schon nichts passieren. Die Polizisten führten mich in ein kleines Zimmer und stellten mir ein paar Fragen. Ich sagte, ich käme aus Oriente, ich zeigte ihnen meine Fahrkarte und erklärte, ich hieße Adrián Faustino Sotolongo, sie könnten auch meinen Ausweis sehen. Sie sagten, ich sähe einer gesuchten Person sehr ähnlich, die aus einer Polizeiwache in Havanna geflohen wäre, und ich sagte, das ergäbe doch keinen Sinn, wenn ich diese Person wäre, ich käme ja gerade nach Havanna, und viel logischer wäre es, wenn diese Person versuchte, aus der Stadt raus- und nicht in sie reinzukommen. Die Antwort überzeugte sie, und ich hatte mich ausweisen können, so daß sie mich wieder laufenließen, nachdem sie irgendwas an meinem Hals gemessen hatten. Meine Mutter stand da und zitterte immer erbarmungswürdiger. Ich sagte ihr, wir könnten nicht weiter zusammenbleiben, es sei besser für sie, zu meiner Tante Mercedita zu gehen, die in Ost-Havanna wohnte; ich würde sie anrufen, einmal klingeln lassen und gleich wieder auflegen. Das bedeutete, daß sie zum Bahnhof kommen sollte, dort würden wir uns dann treffen und irgend etwas überlegen.

Ich wollte versuchen, mich bei einem Freund zu verstecken. Ich baute meine ganze Hoffnung darauf, daß jemand mit dem französischen Botschafter sprach, der mir vielleicht in der französischen Botschaft Asyl gewähren würde; vielleicht konnte der Botschafter mich auch in seinem Haus verstecken und mir ein Visum besorgen. Immerhin waren alle meine Bücher in Frankreich erschienen. Ich hoffte, meine Mutter würde zu einem Franzosen gehen, der mein Lehrer gewesen war und mit dem ich mich ein bißchen angefreundet hatte; für ihn war es leicht, mit dem Botschafter zu reden. Schon in Holguín hatte ich einen Brief an den Botschafter vorbereitet; es war eine kopflose Idee, aber vielleicht klappte es.

Ich klopfte bei Ismael Lorenzo an, der mit seiner Frau zusammenlebte. Er war sehr großherzig zu mir und sagte, ich könnte bei ihnen bleiben. So oft hatten wir gemeinsam unsere Flucht zum Marinestützpunkt von Guantánamo geplant. Nach seinen Worten war ich nur durch ein Wunder davongekommen, denn wenn die Infrarotstrahlen erst einmal reagierten, ruhte die Armee nicht eher, als bis sie die Person gefaßt hatte; der einzige Vorteil dieser Infrarotstrahlen war offenbar, daß sie auf Wärme reagierten und daß diese Wärme auch von einem anderen Lebewesen ausgehen konnte, das in die Nähe der Detektoren gekommen war. Vielleicht dachten sie, es wäre ein Tier gewesen, und hatten deshalb die Suche eingestellt.

Seine Wohnung wurde überwacht, weil er einen Ausreiseantrag gestellt hatte, und das Komitee zur Verteidigung der Revolution stattete ihm »freundschaftliche Besuche« ab. Ich wollte ihn nicht in Gefahr bringen. Nachdem ich eine Nacht bei ihm geschlafen hatte, stand ich bei Reinaldo Gómez Ramos vor der Tür, der mich entsetzt ansah. Natürlich wußte er von meiner Flucht, und er sagte, er könnte mich auf keinen Fall bei sich unterbringen, ich müßte sofort wieder gehen.

Ich kehrte zum Busbahnhof zurück und rief meine Mutter an. Wir verabredeten uns in einem Park in der Nähe. Mein Onkel Carlos war aus Oriente gekommen und war bereits über alles im Bilde. Carlos war Mitglied der Kommunistischen Partei, doch die Familie ging ihm über alles, und er verhielt sich sehr anständig mir gegenüber. Er bot sich an, mit meiner Mutter den Französischlehrer aufzusuchen und ihm den Brief zu bringen.

Nach ein paar Stunden waren sie wieder zurück. Sie hatten den Lehrer angetroffen, er war sehr freundlich gewesen und hatte meine Mutter und Carlos sofort zum Botschafter begleitet. Der Botschafter sagte ohne Umschweife, er könne nichts für mich tun, nahm den Brief aber entgegen. Mehr konnten sie mir nicht sagen.

Ich gab meiner Mutter und Carlos die Adresse der Brüder Abreu. Ich konnte nicht länger auf dem Bahnhof bleiben, es war absurd. Nirgendwo war die Polizei so aktiv wie dort, wo sie von aller Welt den Ausweis verlangte. Nachts, wenn ich die Streifenwagen sah, dachte ich, sie wären alle hinter mir her. Also beschloß ich, mich im Leninpark zu verstecken; das war ein öffentlicher Park und vielleicht der letzte Ort, wo die Polizei einen politischen Häftling auf der Flucht suchen würde. Ich schrieb eine kurze Nachricht an Juan Abreu. Ich nannte ihm Datum und Uhrzeit für einen Treff auf der linken Seite des Freilichttheaters im Park. Das Freilichttheater war von Gebüsch umgeben, wo einen keiner sah.

Bei Juan brauchte ich kein Blatt vor den Mund zu nehmen, was die Fluchtpläne mit Olga anging. Ich sagte ihm, Olga hätte vielleicht jemanden aus Frankreich geschickt, der mich aus dem Land bringen sollte. Abreu sah mich an und sagte: »Dieser Jemand ist längst da; er ist vor drei Tagen angekommen. Wir haben dich verzweifelt gesucht. Ich war bei deiner Tante, und um ein Haar hätte sie mich ins Gefängnis gebracht.« Er war für den nächsten Tag mit dieser Person verabredet, ein Franzose offenbar und sehr intelligent, der perfekt Spanisch sprach.

Die Wohnung der Abreus wurde massiv überwacht; alle wußten, daß sie zu meinen besten Freunden gehörten. Der Franzose war mit einem Parfümflakon bei den Abreus aufgetaucht und hatte gesagt, er brächte eine Nachricht von Olga zu dem »Buch über die Blumen«. Er hatte die Polizisten ausgetrickst, die das Hotel überwachten, und obwohl er sich in Havanna nicht auskannte, hatte er drei oder vier verschiedene Busse genommen, um die Polizei abzuhängen und zu Juan Abreu zu kommen. Der sagte ihm die

Wahrheit, nämlich daß ich auf der Flucht war und daß er nicht wußte, wo ich mich befand. Der Franzose hatte eine Aufenthaltserlaubnis für Havanna, die noch ein paar Tage gültig war. Er war gerade im richtigen Augenblick gekommen.

Als meine Freunde Jorge und Margarita in Paris von Olga erfuhren, in welcher Situation ich mich befand, beschlossen sie, unverzüglich jemanden ausfindig zu machen, der für das Regime unverdächtig war; er sollte nach Kuba reisen und mich dort rausholen. Also nahmen sie Kontakt mit dem jungen Joris Lagarde auf, dem Sohn von Freunden, der ein Abenteurer war und perfekt Spanisch sprach; auf der Suche nach Schätzen, die die Spanier angeblich vergraben hatten oder die im Meer versunken waren, hatte er ganz Süd- und Mittelamerika bereist. Nach seiner Theorie waren ein paar Galeonen vor der Küste von Maracaibo gesunken, und das ganze Gold lag jetzt auf dem Meeresboden und wartete nur darauf, daß ein erfahrener Schwimmer es entdeckte; er selbst war ein ausgezeichneter Schwimmer und außerdem Segler. Lagarde war genau der richtige, um mich zu retten. Jorge und Margarita kauften ein kleines Segelboot und einen Kompaß, und Olga gab ihm ein paar halluzinogene Pillen mit, die dafür sorgen sollten, daß ich in guter Stimmung blieb; sie kauften ihm ein Flugticket nach Mexiko mit Zwischenstopp in Kuba, um seine Absichten zu verschleiern. Er sollte den kubanischen Behörden erklären, er würde an einer Regatta in Mexiko teilnehmen und wollte vorher gern vor der Küste Kubas trainieren; daher das Boot. Als er in Havanna ankam, versuchte ich gerade, über die Marinebasis von Guantánamo zu fliehen.

Um Mitternacht kam Lagarde zusammen mit Juan in den Leninpark. Er war wirklich ein verwegener Bursche, und er hatte alles versucht, um mit dem Segelboot einzureisen, doch die Behörden auf dem Flugplatz sagten ihm, er selbst dürfe wohl einreisen, das Boot aber würde bis zu seiner Weiterreise nach Mexiko aufbewahrt. Ein Boot galt in Kuba logischerweise als verbotenes Transportmittel. Nur wenige hohe Offiziere durften ein Boot benutzen, und einige von ihnen waren damit in die Vereinigten Staaten geflüchtet.

Wieder schwanden alle meine Hoffnungen, Kuba verlassen zu können. Joris Lagarde schenkte mir ein Feuerzeug und alle ausländischen Zigaretten, die er hatte, und gab mir den Kompaß und das Segel von dem Boot; er versprach mir, auf irgendeine Weise wieder nach Kuba zurückzukommen, um mich zu holen. Wir sprachen die ganze Nacht miteinander; es war schmerzlich für ihn, mich in dieser Situation alleinlassen zu müssen, und er wollte mich kurz vor seinem Abflug in vier Tagen noch einmal sehen.

Am nächsten Tag brachte mir Juan Rasierzeug, einen kleinen Spiegel, Homers *Ilias* und ein Heft zum Schreiben. Ich verfaßte unverzüglich einen Aufruf, datiert Havanna, Leninpark, 15. November 1974. Es war eine verzweifelte Botschaft an das Internationale Rote Kreuz, die UNO, die UNESCO und alle Völker, denen es noch vergönnt war, die Wahrheit zu erfahren. Ich berichtete darin von der Verfolgung, der ich ausgesetzt war; der erste Satz lautete: »Seit langem bin ich Opfer schwerster Verfolgung durch das kubanische System.« Ich legte das ganze Ausmaß der Zensur und Unterdrückung dar, unter der wir litten, führte die Schriftsteller auf, die erschossen worden waren, den Fall Nelson Rodríguez, den im Gefängnis sitzenden René Ariza, den Dichter Manuel Ballagas, der in Einzelhaft saß. Im weiteren wies ich daraufhin, wie hoffnungslos meine Lage war und unter welchen Umständen ich, während sich die Verfolgung immer weiter verschärfte, heimlich diese Zeilen schrieb, und daß ich jeden Augenblick damit rechnen mußte, in die Hände des schäbigsten und verbrecherischsten Unterdrückungsapparats zu fallen. Und ich stellte klar: »Ich möchte noch hinzufügen, daß das, was ich hier schreibe, die Wahrheit ist, auch wenn ich unter der Folter gezwungen werden sollte, das Gegenteil zu behaupten.«

Lagarde kam am vereinbarten Tag und zur vereinbarten Zeit noch einmal in den Park, und ich gab ihm den Aufruf mit dem Auftrag, ihn in so vielen Presseorganen wie möglich zu veröffentlichen. Ich hatte auch einen Brief an Margarita und Jorge geschrieben; darin bat ich sie, alle Manuskripte, die ich ihnen bereits geschickt hatte und in denen ich das kubanische Regime anprangerte, zu veröffentlichen. Auch die Brüder Abreu nutzten die Gelegenheit, soviel wie möglich ins Ausland zu bringen. Wir verblieben so, daß ich, solange es ging, im Park aushalten wollte, er würde wieder nach Kuba kommen und mich irgendwie rausholen.

Als er in Frankreich berichtete, in welcher Lage ich mich befand, starteten alle meine Freunde eine Kampagne für mich. Der Aufruf wurde in Paris in der Zeitung *Le Figaro* abgedruckt und auch in Mexiko veröffentlicht. Ich hatte die Idee gehabt, daß Margarita und Olga unter meinem Namen verschiedenen Funktionären in Kuba Telegramme schickten, um ihnen zu sagen, ich wäre gut angekommen. So erhielt Nicolás Guillén, während ich in den Gräben des Leninparks schlief, ein Telegramm, in dem stand: »Bin gut angekommen. Danke für Deine Hilfe. Reinaldo.« Das Telegramm war in Wien aufgegeben worden.

Das führte sie für eine Woche in die Irre, dann wurde ihnen klar, daß ich doch nicht geflüchtet war, und sie überwachten meine Freunde noch schärfer. Das Haus der Brüder Abreu wurde umstellt, und vor lauter Panik gruben die drei die Manuskripte meiner Romane aus und verbrannten sie zusammen mit allen unveröffentlichten Werken, die sie selbst geschrieben hatten, etwa zwölf Bücher.

Nicolás und José fühlten sich zu stark überwacht und kamen deshalb nicht zu mir in den Park.

Mehrere Freunde von mir, die jetzt Spitzel waren, besuchten Nicolás in dem Kino, wo er als Filmvorführer arbeitete, und fragten nach mir; einer von ihnen war Hiram Pratt. José wurde von der Polizei nicht nur überwacht, sie drohten auch, ihn zu verhaften, wenn er nicht sagte, wo ich mich versteckt hielt. Der Chef der Gruppe, die mit meiner Ergreifung beauftragt war, hieß Víctor und war Leutnant.

Einmal setzte sich ein Polizist in Zivil im Bus neben José Abreu. Er schwärmte ihm von den Vereinigten Staaten vor und sagte, sein Lieblingsschriftsteller wäre Reinaldo Arenas. José beschränkte sich darauf, den Platz zu wechseln, ohne ein Wort. Als die Überwachung sich weiter verschärfte, ließ Juan an der Stelle, wo wir uns verabredet hatten, nur etwas zu essen da und wartete nicht auf mich.

Dort im Leninpark fing ich an, in die Hefte, die Juan mir brachte, meine Memoiren zu schreiben. Unter dem passenden Titel *Bevor es Nacht wird* schrieb ich, bis die Nacht hereinbrach, in Erwartung auch der anderen Nacht, die mir bevorstand, sobald die Polizei mich fand. Ich mußte mich beeilen, bevor es endgültig dunkel wurde für mich; bevor ich in einer Zelle verschwand. Natürlich ging dieses Manuskript verloren, wie fast alle, die ich bis dahin in Kuba geschrieben hatte und nicht außer Landes schaffen konnte, aber in diesem Moment war es ein Trost, alles aufzuschreiben; es war eine Möglichkeit, meinen Freunden nahe zu sein, auch wenn ich nicht mehr bei ihnen war.

Ich wußte, was Gefängnis bedeutete: René Ariza war dort wahnsinnig geworden; Nelson Rodríguez hatte alles gestehen müssen, was sie ihm befohlen hatten, und dann hatten sie ihn erschossen; Jesús Castro saß in einer schauerlichen Zelle in La Cabana. Ich wußte, wenn ich erstmal dort wäre, würde ich nicht mehr schreiben können. Ich behielt meinen Kompaß, ich wollte mich nicht von ihm trennen, obwohl mir klar war, welche Gefahr sein Besitz bedeutete, aber für mich war er eine Art Talisman. Der Kompaß, der immer nach Norden zeigte, war ein Symbol; dorthin mußte ich gehen, nach Norden; ganz gleich wie weit, aber immer nach Norden, nur weg von dieser Insel.

Ich hatte noch die halluzinogenen Tabletten, die Olga mir geschickt hatte. Sie waren wundervoll; egal, wie deprimiert ich war, ich schluckte eine, und schon bekam ich eine unglaubliche Lust, zu tanzen und zu singen. Manchmal, nachts, wenn die Pillen ihre Wirkung taten, lief ich zwischen den Bäumen des Parks umher, tanzte, sang und kletterte die Bäume hoch.

Eines Abends, in der Euphorie, in die mich diese Pillen versetzten, wagte ich mich bis zum Freilichttheater des Leninparks vor, wo niemand Geringeres als Alicia Alonso tanzte. Ich band mir ein paar Büsche um den Leib und sah Alicia, wie sie ihren berühmten zweiten Akt aus *Giselle* tanzte. Als ich dann an die Straße kam, bremste plötzlich ein Auto vor mir, und ich begriff, daß man mich entdeckt hatte. Ich rannte an der Bühne vorbei, die man eigens am See errichtet hatte, sprang ins Wasser und kam auf der anderen Seite des Parks wieder heraus. Ein Mann war mir dicht auf den Fersen, mit einer Pistole, ich rannte weiter und stieg auf einen Baum, wo ich mehrere Tage ausharrte, ohne mich runterzutrauen. Bald wimmelte es im Park von Polizisten, und es hieß, ein CIA-Agent hielte sich im Park versteckt. Auch von einem Mörder war die Rede, der angeblich eine alte Frau vergewaltigt hatte.

Ich weiß noch, wie mich die Polizisten erfolglos mit Hunden suchten und ein kleiner Köter unter meinem Baum stehenblieb, zu mir hochschaute und nicht bellte, so als freute er sich; als wollte er mich nicht verraten. Nach drei Tagen kam ich wieder herunter. Ich hatte einen

Mordshunger; es war jetzt schwierig, mit Juan Kontakt aufzunehmen. Verrückterweise hing ausgerechnet an dem Baum, auf dem ich gesessen hatte, ein Plakat mit meinem Namen, meinen besonderen Kennzeichen, einem Foto von mir und einer Überschrift in riesigen Lettern: GESUCHT WIRD. Durch diesen Steckbrief erfuhr ich, daß ich unter dem linken Ohr ein Muttermal habe.

Nach weiteren drei Tagen sah ich Juan zwischen den Bäumen umherlaufen. Er hatte sich wieder hergewagt. Er sagte, es sehe wirklich düster aus für mich; um die Verfolger abzuschütteln, war er den ganzen Tag kreuz und quer mit dem Bus gefahren, bis er den Park erreicht hatte, und wie es aussah, gab es kein Entrinnen. Außerdem hatte er noch keine Nachricht aus Frankreich erhalten; meine Flucht hatte international für Schlagzeilen gesorgt, und die Staatssicherheit war in Aufruhr. Fidel Castro hatte Befehl gegeben, mich schleunigst zu finden, es ging schließlich nicht an, daß ich in einem Land, wo die Überwachung so perfekt funktionierte, schon zwei Monate lang der Polizei entwischte und Aufrufe schrieb und ins Ausland schickte.

Bis zu den Schultern im Wasser, angelte ich mit einem Haken, den Juan mir gebracht hatte. Ich briet die Fische auf einem kleinen Feuer in der Nähe des Stausees und versuchte, die meiste Zeit im Wasser zu bleiben. So war ich viel schwerer aufzuspüren. Selbst in dieser Situation ständiger Gefahr hatte ich meine Abenteuer mit Fischerjungen, die stets darauf aus waren, sich mit jemandem ein paar schöne Augenblicke zu gönnen, der einen vielversprechenden Blick auf ihren Hosenschlitz warf. Einer von ihnen bestand darauf, mich zu sich nach Hause mitzunehmen, ganz in der Nähe, damit ich seine Eltern kennenlernte. Zuerst dachte ich, er hätte es auf meine Uhr abgesehen, die mir auch Lagarde geschenkt hatte, aber das war es nicht; er wollte mich wirklich nur seiner Familie vorstellen. Wir aßen etwas und hatten unseren Spaß miteinander, und danach gingen wir zurück in den Park.

Das schlimmste war die Nacht; es war schon Dezember, es war kalt, und ich mußte unter freiem Himmel schlafen; manchmal wachte ich auf und war naß bis auf die Haut. Ich schlief nie an derselben Stelle. Ich verkroch mich in Gräben, wo es von Grillen, Kakerlaken und Mäusen nur so wimmelte. Juan und ich hatten verschiedene Treffpunkte ausgemacht, eine einzige Stelle war zu gefährlich. Manchmal, nachts, las ich beim Schein meines Feuerzeugs in der *Ilias* weiter.

Im Dezember trocknete der Stausee völlig aus, und ich verkroch mich am Fuß dieser hohen Mauer. Ich hatte dort eine kleine Handbibliothek; Juan hatte mir noch ein paar Bücher mitgebracht: *Vom Orinoco zum Amazonas, Der Zauberberg* und *Das Schloß*. Ich hütete diese Bücher wie einen Schatz; am Ende des Stausees hob ich ein Loch aus und vergrub sie dort. Außerdem verpackte ich sie in diesen Tüten aus Polyäthylen, die es im ganzen Land massenhaft gab; ich glaube, das ist das einzige, was dieses System im Überfluß hervorgebracht hat.

Ich blieb weiter im Park und traf mich manchmal mit dem Jungen, den ich dort kennengelernt hatte. Er war beunruhigt wegen der ungewöhnlich starken Überwachung. Er erzählte mir, laut Polizei hielte sich ein CIA-Agent in der Gegend versteckt. Er erzählte mir auch, wie andere Fischer und die Staatssicherheit die verschiedensten Versionen verbreiteten, um die Bevölkerung zu warnen; wer eine verdächtige Person sah, sollte das sofort melden. Angeblich war es jemand, der eine alte Frau ermordet hatte, der ein junges Mädchen vergewaltigt hatte; jedes nur denkbare abscheuliche Verbrechen eben, das auch den letzten dazu gebracht hätte, einen Verdächtigen anzuzeigen. Es war kaum zu glauben, daß ich immer noch nicht gefaßt war.

Ich hatte seit fast zehn Tagen kaum etwas gegessen, und mit meiner *Ilias* unterm Arm wagte ich mich bis zu einem kleinen Laden in dem Dorf Calabazar vor. Ich glaube, zu diesem Zeitpunkt war ich schon lebensmüde. Das hatte mir auch jemand gesagt, den ich im Park getroffen hatte, ein damaliger Freund von mir. Er hieß Justo Luis und war Maler. Er wohnte in der Nähe und wußte genau, was mit mir los war; an dem Abend brachte er mir etwas zu essen. Er gab mir Zigaretten und ein bißchen Geld und sagte: »Hier sitzt du doch auf dem Präsentierteller; du mußt woandershin.«

In Calabazar kaufte ich mir ein Eis und kehrte rasch in den Park zurück. Ich hatte die *Ilias* fast ausgelesen; ich war gerade an der Stelle, wo Achill, von Gefühlen überwältigt, Hektors Leichnam Priamus übergibt, ein einzigartiger Augenblick in der Weltliteratur, der mich derart in seinen Bann schlug, daß ich den Mann gar nicht bemerkte, der plötzlich neben mir stand und mir eine Pistole an die Schläfe hielt. »Wie heißt du?« fragte er mich. Ich sagte, ich hieße Adrián Faustino Sotolongo und hielt ihm meinen Ausweis hin. »Mir machst du nichts vor; du bist Reinaldo Arenas, wir suchen dich schon die ganze Zeit hier im Park. Keine Bewegung, oder ich jag dir eine Kugel in den Kopf«, sagte er darauf und hüpfte vor Freude herum. »Ich werde befördert, ich werde befördert; ich habe dich geschnappt«, rief er, und ich war fast geneigt, die Freude dieses armen Soldaten zu teilen. Er winkte sofort weitere Soldaten herbei, die in der Nähe waren, und sie umzingelten mich, packten mich an den Armen und führten mich durchs Gebüsch auf die Polizeiwache von Calabazar.

Der Soldat, der mich gefaßt hatte, war so dankbar, daß er mir eine bequeme Zelle aussuchte. Obwohl mir vom Kopf her völlig klar war, daß ich gefangen war, wehrte sich mein Körper noch dagegen und wollte weiterlaufen und durch die Büsche springen.

Da saß ich nun in dieser Gefängniszelle, den Kompaß noch in der Hosentasche. Die *Ilias* und meine Autobiographie hatte mir der Polizist abgenommen. Nach ein paar Stunden hatte sich der ganze Ort vor der Polizeiwache versammelt; man hatte verkündet, der CIA-Agent, der Vergewaltiger und Mörder der alten Frau wäre von der revolutionären Polizei gefaßt worden. Draußen stand das Volk und verlangte, mich an die Wand zu stellen, so wie es auch zu Beginn der Revolution für viele nach der Kugel geschrien hatte.

Die Leute wollten sogar in die Polizeiwache eindringen, und einige von ihnen waren aufs Dach gestiegen. Die Frauen waren besonders aufgebracht, vielleicht wegen der Vergewaltigung der alten Frau; sie warfen mit Steinen nach mir, mit allem, was ihnen in die Finger kam. Der Polizist, der mich verhaftet hatte, rief, die revolutionäre Justiz würde sich meiner annehmen, und er schaffte es, sie ein bißchen zu beschwichtigen, sie blieben aber weiter vor der Wache versammelt. Es wäre gefährlich gewesen, mich auf die Straße zu führen, und schließlich holte man mich mit einer starken Eskorte hoher Offiziere ab. Dabei lernte ich Víctor kennen, der alle meine Freunde verhört hatte.

Víctor hatte gerade erst den Befehl von ganz oben erhalten, mich unverzüglich ins Gefängnis der Festung El Morro zu bringen. Auf unserem Weg durch die Straßen Havannas sah ich all die Leute, die normal herumliefen und die Freiheit hatten, ein Eis zu essen oder ins Kino zu gehen und einen russischen Film zu sehen, und ich beneidete sie grenzenlos. Ich, der Flüchtige, war jetzt verhaftet; ich war der Gefangene, der seine Strafe verbüßen würde.

Das Gefängnis

Das Kastell El Morro ist eine Festungsanlage aus der Kolonialzeit, die die Spanier errichtet hatten, um die Angriffe der Korsaren und Piraten auf den Hafen von Havanna abzuwehren. Die Festung ist in einen Felsen am Meer gehauen, ein sehr feuchter Ort also, und dient heute als Gefängnis. Sie ist im mittelalterlichen Stil erbaut, mit einer Zugbrücke, über die wir sie betraten. Danach liefen wir durch einen langen, dunklen Tunnel, passierten das Fallgatter und kamen dann ins Gefängnis.

Ich wurde in die »Aufnahme« geführt, eine große Zelle, in die alle Festgenommenen hineinkommen und wo sie je nach Delikt, Alter und sexuellen Neigungen sortiert werden, ehe man sie in das Innere dieser mittelalterlichen Burg bringt, wo sie dann ihre Strafe absitzen müssen.

Merkwürdigerweise durften der Staatssicherheitsoffizier, der mich gefaßt hatte und sich eine Beförderung davon versprach, und der hohe Offizier namens Víctor das Gatter nicht passieren; vielleicht waren sie auch genauso nervös wie ich und brachten es nicht fertig, sich aufgrund ihres Dienstgrads Geltung zu verschaffen. Außerdem waren sie in Zivil. Wie dem auch sei, in dem ganzen Durcheinander kam ich jedenfalls mit meinem Ausweis auf den Namen Adrián Faustino Sotolongo, mit dem Kompaß, mit der Uhr und mit allen meinen halluzinogenen Tabletten hinein.

In der Aufnahmezelle waren etwa fünfzig Gefangene; einige wegen gewöhnlicher Straftaten, andere wegen eines Autounfalls und wieder andere aus politischen Gründen. Was mir am meisten auffiel, als ich dort ankam, war der Lärm; Hunderte von Gefangenen marschierten zur Essenausgabe; sie schienen seltsame Ungeheuer zu sein; sie riefen einander und grüßten sich, es war ein einziges Gebrüll. Mein ganzes Leben war stets beherrscht von Lärm, und mein Leben lang habe ich gegen den Lärm der anderen angeschrieben. Ich glaube, es gehört zum Wesen der Kubaner, Krach zu machen; das scheint ihnen angeboren zu sein und gehört auch zu ihrer exhibitionistischen Veranlagung; sie können nicht still genießen oder leiden, immer müssen sie die anderen stören.

Dieses Gefängnis war wohl das schlimmste von ganz Havanna. Dorthin kamen die schlimmsten Verbrecher; das Gefängnis war für gewöhnliche Kriminelle bestimmt, mit Ausnahme einer kleineren Zelle, die für politische Häftlinge reserviert war, die auf ihr Verfahren oder ihr Urteil warteten.

Ich wollte um jeden Preis die Uhr behalten, um sie meiner Mutter zu schenken, und versteckte sie in meiner Unterhose. Ein älterer Häftling, mit dem ich mich rasch anfreundete und der schon in verschiedenen Gefängnissen gesessen hatte, riet mir, diese Uhr bloß schnell zu verstekken. Als ich ihm den Kompaß zeigte, meinte er, es sei wirklich nicht zu glauben, daß sie mich mit diesem Gerät reingelassen hatten. Eduardo, so hieß dieser Mann, erzählte mir, es hätte schon Fälle gegeben, da wären die Leute zu acht Jahren Gefängnis verurteilt worden, nur weil sie einen Kompaß bei sich hatten; ich sollte das Ding so schnell wie möglich ins Klo werfen, damit man mir seinen Besitz nicht nachweisen konnte.

Die halluzinogenen Tabletten, die ich auch noch hatte, konnten bei einer Überdosis zum Tod fuhren. Ich hatte Angst, gefoltert zu werden und meine Freunde zu belasten, von denen einige viel für mich riskiert hatten. Also schluckte ich eine Handvoll davon und spülte sie mit Wasser hinunter. Die anderen Gefangenen wollten auch welche haben, im Gefängnis sind diese Tabletten eine Möglichkeit, der Wirklichkeit zu entfliehen.

Nachdem ich die Tabletten geschluckt hatte, streckte ich mich neben einem handfesten, gutaussehenden Lkw-

Fahrer aus, der gegen die Straßenverkehrsordnung verstoßen hatte. Ich glaubte nicht, daß ich noch mal aufwachen würde, kam aber nach drei Tagen im Gefängniskrankenhaus wieder zur Besinnung: in einer Zelle voller Häftlinge mit ansteckenden Krankheiten. Der Arzt sagte, es sei ein Wunder, daß ich noch am Leben war, alle hätten fest damit gerechnet, daß ich das Bewußtsein nicht wiedererlangen und an einem Infarkt sterben würde.

Ab jetzt sollte also meine ganze Energie, mit der ich mich früher mit Hunderten junger Burschen vergnügt hatte, in einer Zelle zusammen mit zweihundertfünfzig Kriminellen eingesperrt sein.

Vom Gefängnis aus war das Meer etwas sehr Fernes, durch ein doppeltes Gitter abgetrennt. Ich war ein gewöhnlicher Gefangener, ohne jeden Einfluß, um an dieses Gitter ranzukommen und das Meer wenigstens von weitem zu sehen. Ich wollte es aber auch gar nicht sehen. Genausowenig ging ich auf die Sexangebote der Häftlinge ein. Es ist nicht dasselbe, ob man sich mit einem freien Menschen liebt oder mit einem versklavten Körper hinter Gittern, der einen vielleicht nur deshalb als Objekt der Begierde erwählt, weil sich nichts Besseres bietet oder weil er schlicht vor Langeweile umkommt.

Ich verweigerte mich den Häftlingen, obwohl einige unter ihnen trotz Hunger und Mißhandlung recht begehrenswert waren. Dort war ein solcher Akt ohne Würde; es wäre eine Selbsterniedrigung gewesen. Außerdem war es gefährlich; diese Kriminellen dachten, wenn sie einen anderen Gefangenen gebumst hatten, könnten sie über ihn und seine wenigen Habseligkeiten verfügen. In einem Gefängnis werden die sexuellen Beziehungen zu etwas Schäbigem, das im Zeichen der Unterwerfung geschieht, der Erpressung und der Gewalt, oft auch des Verbrechens.

Das Schöne an einer sexuellen Beziehung liegt darin, daß die Eroberung spontan geschieht und ein Geheimnis bleibt. Im Gefängnis ist alles unverhüllt und erbärmlich; das Haftsystem bewirkt, daß sich der Gefangene wie ein Tier fühlt und daß jede Form von Sex etwas Demütigendes hat.

Als ich in den Morro kam, hatte ich noch Homers *Ilias* dabei; mir fehlte nur noch der letzte Gesang. Ich wollte ihn lesen und alles um mich herum vergessen, doch das war schwierig; mein Körper wollte sich nicht damit abfinden, daß ich eingesperrt war, daß ich nicht mehr draußen herumlaufen konnte, und obwohl mein Verstand versuchte, es ihm zu erklären, begriff er nicht, daß er nun Monate oder Jahre in dieser grauenvollen Hitze auf einer verwanzten Pritsche liegen mußte. Der Körper leidet mehr als die Seele; die Seele findet immer etwas, woran sie sich klammern kann: eine Erinnerung oder eine Hoffnung.

Der Gestank und die Hitze waren unerträglich. Aufs Klo zu gehen, war die reinste Odyssee; das Klo war nichts als ein Loch, in das jedermann seinen Darm entleerte; es war unmöglich, dorthin zu gelangen, ohne sich die Füße bis zu den Knöcheln mit Scheiße zu beschmieren, und dann gab es kein Wasser, um sich zu säubern. Armer Körper; die Seele konnte unter diesen Umständen nichts für ihn tun.

Das Gefängnis war außerdem das Reich des Lärms; es schien, als hätten sich alle Geräusche, die mich mein Leben lang verfolgt hatten, an diesem Ort zu einem einzigen vereint, das ich ertragen mußte, weil ich ein Gefangener war: weil ich nicht flüchten konnte.

Bei meiner Einlieferung in den Morro eilte mir ein unheimlicher Ruf voraus, der es mir jedoch erlaubte, inmitten all der Mörder zu überleben. Um mich zu ergreifen, hatte die Polizei eine richtige Kampagne gegen mich geführt, bei der nicht von mir als politischem Gefangenen oder Schriftsteller die Rede war, sondern von einem Mörder, der mehrere Frauen vergewaltigt und eine alte Frau ermordet hatte. Ein Steckbrief mit meinem Foto und all diesen Anschuldigungen hing auf Polizeiwachen und an öffentlichen Plätzen, so daß mich viele Häftlinge im Morro als den Vergewaltiger, Mörder und CIA-Agenten wiedererkannten; das verlieh mir einen Nimbus und eine gewisse Achtung, sogar bei den echten Mördern.

Dadurch schlief ich in der Zelle Nummer sieben, in die sie mich gesteckt hatten, nur in der ersten Nacht auf dem Fußboden; sie war natürlich nicht für Homosexuelle bestimmt, sondern für Häftlinge, die die verschiedensten Straftaten begangen hatten. Die Homosexuellen kamen im Morro in die beiden schlimmsten Zellen, unter der Erde, und bei Flut drang das Wasser ein, sie waren stickig und ohne Toilette. Die Homosexuellen wurden dort nicht wie Menschen, sondern wie Tiere behandelt. Sie waren die letzten, die zum Essen rausdurften, und deshalb sahen wir sie immer an uns vorbeikommen; für die geringste Kleinigkeit wurden sie grausam verprügelt. Die Soldaten, die uns bewachten und die sich »Kämpfer« nennen ließen, waren strafversetzte Wehrpflichtige, die an irgend jemandem ihre Wut auslassen mußten, und das taten sie bei den Homosexuellen. Natürlich nannte sie niemand homosexuell, sondern Schwuchtel oder bestenfalls Tunte. Die Verliese der Homosexuellen waren in der Tat der letzte Kreis der Hölle; man darf auch nicht vergessen, daß viele von ihnen schreckliche Menschen waren, die aufgrund der Diskriminierung und des Elends gewöhnliche Straftaten begangen hatten. Ihren Sinn für Humor hatten sie jedoch nicht verloren, aus ihren Bettlaken machten sie sich Röcke, sie ließen sich von ihren Angehörigen Schuhcreme mitbringen und schminkten sich damit große Ringe um die Augen; sogar aus dem Kalk der Wände machten sie sich Schminke. Manchmal, wenn sie auf der Terrasse des Morro an die Sonne durften, gab es ein richtiges Spektakel. Die Sonne war eine Vergünstigung, die den Gefangenen knapp zugemessen wurde; man holte uns einmal im Monat oder alle vierzehn Tage für eine Stunde an die frische Luft. Die Tunten kamen nach draußen, als wäre es das großartigste Ereignis ihres Lebens, und das war es tatsächlich fast; von der Terrasse aus sah man nicht nur die Sonne, sondern auch das Meer, und wir konnten Havanna sehen, die Stadt, in der wir soviel gelitten hatten, die uns aber von dort wie das Paradies vorkam. Für diesen Ausgang warfen sich die Tunten in Schale, zogen sich die unglaublichsten Fetzen an und bastelten sich Perücken aus Stricken, die sie wer weiß woher hatten, sie schminkten sich und trugen Stöckelschuhe, die sie aus irgendwelchen Holzkloben geschnitzt hatten und die sie schlicht Pantinen nannten. Sie hatten nichts zu verlieren, vielleicht hatten sie nie etwas zu verlieren gehabt und konnten sich daher den Luxus leisten, unverstellt zu sein, »herumzutucken«, zu scherzen und sogar zu einem Kämpfer Bemerkungen zu machen. Das konnte sie drei Monate lang die Sonne kosten, und das war das Schlimmste, was einem Gefangenen passieren konnte, denn in der Sonne konnte man die Wanzen zerquetschen und sich lausen und nach *caránganos* absuchen, Insekten, die unter der Haut nisten und dort herumkriechen, bis man nicht mehr schlafen kann und einem das Leben zur Hölle wird.

Meine Pritsche war die letzte in der Reihe, neben einer kleinen Fensteröffnung. Ich fror dort ziemlich, und wenn es regnete, kam das Wasser herein; das Licht des Leuchtturms vom Morro strahlte alle zwei bis drei Minuten durch dieses Loch, mir direkt ins Gesicht; ich konnte kaum schlafen bei diesem Licht, das über meinem Gesicht kreiste, abgesehen vom Lärm der Gefangenen und von der Beleuchtung im Gefängnis, die nie ausgeschaltet wurde.

Ich schlief mit der *Ilias* in den Armen und atmete den Geruch ihrer Seiten ein. Um etwas zu tun, organisierte ich Französischstunden; im Gefängnis gibt es immer Leute, die etwas lernen wollen, und sogar Mörder können Gefallen an der französischen Sprache finden; außerdem waren nicht nur Mörder dort. Da saß zum Beispiel ein armer Familienvater samt allen seinen Söhnen, die zu fünf Jahren Gefängnis verurteilt worden waren, weil sie eine ihrer Kühe geschlachtet hatten, um sie selbst zu essen, was Castros Gesetze verboten. Andere dagegen waren eingesperrt, weil sie fremder Leute Kühe geschlachtet hatten, um das Fleisch auf dem Schwarzmarkt zu verkaufen; der Hunger in Kuba ist so groß, daß sich die Leute verzweifelt um diese Fleischstücke stritten, die auf dem Schwarzmarkt zu horrenden Preisen verkauft wurden.

Viele der Gefangenen in meiner Zelle sagten, sie säßen wegen »Verkehrsdelikten«, damit war Vergewaltigung von Frauen oder Minderjährigen gemeint. Doch »Verkehrsdelikte« konnten alles mögliche sein; ein Mithäftling zum Beispiel war von ein paar alten Frauen beim Waschen beobachtet worden, und sie hatten ihn angezeigt; dieser Mann saß wirklich im Gefängnis, weil er sich nackt im Hof seines Hauses gewaschen hatte. Es gab auch welche, die hatten tatsächlich Frauen vergewaltigt und sogar deren Gesichter verunstaltet; für sie hatte der Staatsanwalt die Todesstrafe beantragt, und am Ende bekamen sie dreißig Jahre Gefängnis. Viele der Häftlinge wußten noch gar nicht, mit wieviel Jahren sie zu rechnen hatten; mich erwarteten acht bis fünfzehn Jahre, andere dreißig oder die Todesstrafe, je nach Antrag des Staatsanwalts.

Die Gefangenen kamen immer dahinter, welche Straftaten die anderen begangen hatten; die Wächter waren Klatschmäuler und erzählten den einen, was die anderen gemacht hatten. Ein Jugendlicher zum Beispiel war in einer Armeeuniform in ein Haus eingedrungen und hatte alle ausgeraubt; dabei wog besonders schwer, daß er für sein Verbrechen die Uniform der Armee Fidel Castros benutzt hatte.

Einmal im Monat hatten wir eine Stunde Besuchszeit. Ich bekam keinen Besuch, weil meine Mutter in Holguín war und weil ich nicht wollte, daß mich jemand besuchte; ich schaute währenddessen zu, wie die anderen ihre Angehörigen empfingen. Die Familie des erwähnten Jungen hoffte, er käme mit einer kurzen Freiheitsstrafe davon; dreißig Jahre waren es, zu denen sie ihn verurteilten. Ich kann nicht vergessen, wie seine Mutter, die Schwestern und seine Freundin schrien; er versuchte sie zu trösten, aber die Schreie der Mutter waren schrecklich. Dreißig Jahre.

Für die Französischstunden hatten wir natürlich keine Bücher; doch nach und nach besorgten wir uns ein paar Blätter Papier, Bleistifte und andere Dinge. Ich unterrichtete von meiner Pritsche aus; einige Jugendliche und auch ein paar ältere Leute nahmen daran teil. Es war wirklich nicht leicht, mir bei dem allgemeinen Radau Gehör zu verschaffen und mich auf französisch verständlich zu machen, aber immerhin lernten meine Schüler zumindest ein paar Sätze; manchmal konnten wir sogar einen kleinen Dialog auf französisch führen. Für den Unterricht gab es einen mehr oder weniger festen Stundenplan, immer nach dem Essen, und manchmal dauerte er bis zu zwei Stunden.

Ein Gefangener, der mehrmals aus politischen Gründen im Gefängnis gewesen war und diesmal wegen einer gewöhnlichen Sache saß, half mir ein bißchen, unter diesen Umständen zu überleben; er hieß Antonio Cordero. Der Mann wußte, wie der Hase lief; als erstes mußte man lernen, nicht zu verhungern. Er riet mir, das Brot nicht während der Mahlzeiten zu essen, sondern es aufzuheben. Die meisten schlangen das wenige, was sie zu essen bekamen, gierig in sich hinein; das war ein bißchen Reis, ein paar Spaghetti ohne Salz und ein Stück Brot. Die erste Mahlzeit gab es um sechs Uhr morgens und die zweite um sechs oder sieben Uhr abends; wenn man das Brot nicht aufhob, kam man bei dem elenden bißchen Essen, das sie uns gaben, vor Hunger fast um. Manchmal gab es aus irgendwelchen unerfindlichen Gründen überhaupt nichts zu essen, und das war einfach nicht zum Aushalten; dann war der Kanten altes Brot ein Schatz, den man nicht auf einmal essen durfte, sondern in kleinen Bissen alle drei Stunden, und danach ein bißchen Wasser. Sich Zucker zu besorgen, war eine echte Leistung; manchmal ließen sie ein oder zwei Pfund Zucker durchgehen, wenn der Besuch kam; es gab im Morro nichts Köstlicheres, als einen Schluck Zuckerwasser zu schlürfen. Meine Freunde, die Französischschüler, bildeten eine »Kooperative«, zu der ich nichts beizusteuern brauchte und in die sie mich trotzdem aufnahmen; es ging darum, alles, was ihnen die Angehörigen mitbrachten, zusammenzutun und dann ein kollektives Picknick zu veranstalten.

Es war natürlich nicht leicht, das Wasser oder den Zukker für sich zu behalten, nicht einmal das Kopfkissen oder die Decke zum Schlafen. Die gefährlichsten Gefangenen und der Kalfaktor der Zelle rissen sich alles unter den Nagel. Manchmal mußte man die wenigen Habseligkeiten, die man besaß, zum Essen mitnehmen: ein Stück Brot, ein bißchen Zucker, sogar das Kopfkissen. Ich ließ meine *Ilias* nicht aus den Augen; ich wußte, daß sie bei den Häftlingen sehr begehrt war, nicht etwa wegen ihres literarischen Werts, sondern weil man sich aus ihren Seiten und der Füllung mancher Matratzen und Kopfkissen eine Art Zigarette drehen konnte.

Bücher waren bei den Gefangenen auch als Toilettenpapier sehr beliebt, auf diesen Klos voller Scheiße und Fliegen, die sich von unserer gesammelten Scheiße ernährten und das ganze Jahr um uns herumsirrten. Mein Schlafplatz war gleich daneben, und ich mußte nicht nur den Gestank ertragen, sondern auch die Geräusche der sich entleerenden Därme. Manchmal taten sie, und zwar mit

Absicht, irgendein Gewürz ins Essen, von dem die Leute Durchfall bekamen; es war grauenvoll, von meinem Bett aus diese grollenden, laichenden Bäuche anhören zu müssen, die unaufhörlichen Fürze, diesen Kot, der auf anderen Kot platschte, direkt neben meiner Pritsche voller Fliegen. Der Gestank hatte sich schon in unsere Körper eingefressen und war ein Teil von uns, zumal auch das Duschen eine eher theoretische Angelegenheit war; einmal alle vierzehn Tage, wenn Besuchstag war, füllten die Kalfaktoren ein paar Tanks mit Wasser und ließen uns alle nackt in einer langen Reihe am Tank antreten; sie nahmen einen Krug Wasser und schütteten ihn über uns aus, dann stellten wir uns wieder an und seiften uns ein, bis wir wieder an den Kalfaktoren vorbeikamen, die wieder einen Krug Wasser über uns ausschütteten, und das war unsere ganze Dusche. Natürlich konnte man sich unmöglich mit zwei Krügen Wasser richtig waschen, aber diese Dusche war eine unglaubliche Wohltat für uns. Die Kalfaktoren standen mit einem Knüppel oben auf dem Tank, und wer versuchte, sich noch einmal anzustellen, wurde verprügelt. Natürlich gab es unter den Kalfaktoren auch Rammler, die es auf die Jungen mit einem schönen Körper abgesehen hatten und sich hinterher an sie ranmachten, oder Tunten, die es geschafft hatten, dort mit ihren Liebhabern zusammenzusein. Einmal sah ich, wie auf dem Klo alle Kalfaktoren einen Jungen bumsten, der gar nicht homosexuell war. Bei der ersten Gelegenheit bat der Junge, verlegt zu werden, er sprach mit einem Kämpfer und erklärte ihm, was dort los war, aber der Kämpfer ignorierte ihn; also mußte der Junge weiterhin gegen seinen Willen all diesen Leuten seinen Arsch hinhalten. Außerdem mußte er ihnen auch die Wäsche waschen, auf ihre Sachen aufpassen und einen Teil von dem Essen abgeben, das ihm zustand. Die armen Tunten oder die vergewaltigten Jungen mußten sie fächeln oder die Fliegen verscheuchen, als wären sie die Sklavinnen dieser Verbrecher.

Jedesmal, wenn junge Kerle ankamen, »Frischfleisch«, wie sie genannt wurden, vergewaltigten diese Kriminellen sie. Die Kalfaktoren hatten Knüppel mit einem Dorn, und wer sich weigerte, dem schlugen sie diesen Nagel in die Beine; man konnte sich kaum weigern. Zuerst mußten die Jungen ihnen den Schwanz lutschen und sich dann bumsen lassen, andernfalls bekamen sie die Beine zerlöchert. Einige Jungen, die das nicht aushielten, nahmen sich das Leben. Selbstmord war da drinnen gar nicht so leicht, manche nutzten die Gelegenheit, wenn wir an die Sonne durften; dort auf der Terrasse der Festung waren wir in großer Höhe, und wer sich von da oben hinunterstürzte, zerschmetterte auf den Steinen des Morro; viele stürzten sich hinunter. Ein Junge, den ich kannte, sprang auch, doch wie durch ein Wunder war er nicht tot; er brach sich beide Beine und blieb querschnittsgelähmt. Einen Monat später kam er in einem Rollstuhl in die Zelle zurück.

Die Jungen beschwerten sich bei der Gefängnisleitung oder bei den Kämpfern wegen der Übergriffe, man schenkte ihnen aber kaum Gehör. Es gab eine Zelle, in der nur Halbwüchsige waren, das war aber die höllischste von allen; diese Gefangenen waren noch grausamer und unmenschlicher als alle anderen.

Diese Jungen, die unablässig vergewaltigt wurden, aber nicht homosexuell waren, erklärten schließlich, sie seien andersrum, um in die Schwulenzelle zu kommen, wo man sie wenigstens nicht vergewaltigte. Aber auch dort hatten sie keine Ruhe; aus irgendeinem Grund haßten die Tunten die Jungen, die mit den Kerlen gebumst hatten, sie waren neidisch und schafften es immer irgendwie, ihnen das Gesicht zu verunstalten. Die Zwistigkeiten unter den Tunten selbst waren auch ein finsteres Kapitel;

immer lag Gewalt in der Luft, die an dem Schwächsten ausgelassen wurde.

Die Tunten machten sich Waffen, die sie Queues nannten, das waren mit Rasierklingen gespickte Stöcke, die jeden verletzten, egal, wo sie ihn trafen.

Die kriminellen Häftlinge, die nicht schwul waren, benutzten den Dorn, das heißt einen Knüppel mit einem Nagel am Ende, ein Messer, einen Dolch oder ein geschliffenes Stück Eisen. Die Tunten dagegen benutzten den Queue, weil man damit niemanden so leicht umbringen, wohl aber verunstalten konnte. Wer mit dem Queue angegriffen wurde, hatte hinterher zahllose Wunden, die zwar nicht tief waren, aber für alle Zeit Narben hinterließen. Wenn sich zwei Tunten mit dem Queue schlugen, ging es darum, an das Gesicht der anderen heranzukommen und mit den Rasierklingen ein paarmal reinzuhacken. Am Ende waren sie ein einziges blutiges Knäuel.

Die Kämpfer griffen in diese Schlachten nicht ein; im Gegenteil, sie sahen amüsiert zu, wie sich die Tunten gegenseitig zerfleischten. Meistens kam es zu solchen Szenen vor dem Essen, im Hof, vielleicht weil da mehr Platz war. In diesen Zellen ist alles sehr eng, und manchmal war es lebensgefährlich, wenn man von seiner Pritsche aufstand und einem darunter Schlafenden versehentlich auf die Hand oder ins Gesicht trat; derjenige konnte es als Kränkung auffassen und einen umbringen. Um aus dem Bett zu kommen, sprang ich auf den Boden oder glitt am Kopfende am Bettgestell herunter, ohne den anderen zu stören; man mußte aber auch aufpassen, wo man unten landete, da konnte jemand schlafen, der keine Pritsche hatte. Ich stellte fest, daß die allermeisten dieser Leute, einschließlich der Mörder, geistig zurückgeblieben waren; darum nahmen sie sich die geringste Kleinigkeit zu Herzen und reagierten immer gleich mit Gewalt. Doch die Regierung hatte kein Interesse daran, sie in eine Heilanstalt einzuweisen.

Es gab auch Tunten, die es trotz allem mit jedem aus der Zelle trieben. Sie gingen damit jedoch ein hohes Risiko ein, denn am Ende verlieben sich die Gefangenen oft in die Tunte, die sie bumsen, und werden eifersüchtig, und um ihre »Männlichkeit« zu beweisen, jagen sie ihr ein Messer zwischen die Rippen oder zerschlagen ihr das Gesicht, bloß weil die Tunte nach einem anderen Hosenlatz geschielt hat, weil ihr jemand einen Schluck Kaffee angeboten oder sie selbst einen anderen Zellenhengst gegrüßt hat. Außerdem wurde man erpreßt, wenn man mit einem Mann erwischt wurde, und dann mußte man für das ganze Gefängnis herhalten. Es konnte auch passieren, daß die neidische Tunte, die einen mit einem guten Hengst versorgt sah, zahllose Intrigen anzettelte. Die schlimmste davon: sie konnte verbreiten, man wäre ein Spitzel, würde für die Kämpfer arbeiten und die Mitgefangenen denunzieren.

Ich hatte keine sexuellen Beziehungen im Gefängnis; nicht nur aus Vorsicht, sondern weil es keinen Sinn hatte; Liebe ist etwas Freies, und das Gefängnis ist etwas Monströses, wo die Liebe zu etwas Tierischem wird. Und man darf nicht vergessen, ich war der Verbrecher, der eine alte Frau vergewaltigt und wer weiß wie viele Leute ermordet hatte und obendrein noch Agent der CIA war. Außerdem war ich durch die Tabletten in einem Zustand der Euphorie in den Morro gekommen; die anderen Gefangenen hätten nie gedacht, daß ich mir das Leben nehmen wollte, sie dachten, ich hätte diese Pillen geschluckt, um mich zu berauschen und der Wirklichkeit zu entfliehen; später erfuhr ich, daß solche Tabletten bei den Gefangenen eben darum so begehrt waren. Ich wurde dort Pille genannt, weil ich wochenlang beim Gehen stolperte und im Eßraum, wenn sie mir das Tablett mit dem Essen gaben, vor- und zurücktaumelte und das Tablett manchmal sogar fallen ließ.

Aber da sich alles herumspricht, war nach einer Weile auch bekannt, daß ich Schriftsteller war. Ich weiß nicht, was die gewöhnlichen Gefangenen mit dem Wort Schriftsteller verbanden, doch von da an kamen viele, damit ich ihnen Liebesbriefe an die Freundin oder Briefe an ihre Angehörigen schrieb. Ich richtete also in meiner Zelle eine Art Schreibstube ein, und alle kamen sie, damit ich ihnen ihre Briefe verfaßte; manche hatten das Problem, daß am Besuchstag zwei oder drei Bräute zugleich auftauchten, und dann mußte ich zwei oder drei verschiedene Erklärungen schreiben und mich immer bei jeder dieser Frauen entschuldigen; ich wurde zum literarischen Verlobten oder Ehemann aller Gefangenen im Morro.

Wenn diese Frauen zu Besuch kamen und ihre Ehemänner oder Freunde in die Arme schlossen, fühlte ich mich getröstet, denn ich war es, dem sie ihre Versöhnung verdankten. Viele Häftlinge wollten mich für diese Gefälligkeit bezahlen, aber Geld war im Morro sinnlos, außerdem war sein Besitz verboten; die beste Form der Bezahlung waren Zigaretten, eine gute Zigarette war im Gefängnis etwas Besonderes. Zigaretten waren sehr schwer zu kriegen, man durfte sich nur alle vierzehn Tage eine Schachtel mitbringen lassen, und es war äußerst schwierig, sich von draußen etwas zu besorgen, was über das vom Gefängnis offiziell Erlaubte hinausging, da wir vor und nach den Besuchen nackt einer gründlichen Leibesvisitation unterzogen wurden.

Mir war immer aufgefallen, daß viele Soldaten dunkle Brillen trugen; der Grund war, wie mir später klar wurde, daß sich manche von ihnen sexuell erregten; sie wollten ganz einfach die nackten Körper der Sträflinge, ihre Schwänze und Hintern sehen können, ohne daß die anderen Wärter oder der Gefangene selbst es mitbekamen. Bei der dunklen Brille wußte man nie, wo der Soldat gerade hinsah, und sie konnten uns nackt »blickficken«. Es muß wirklich ein großes Vergnügen für diese Männer gewesen sein, uns nackt vor ihnen paradieren zu sehen; manchmal wurde die Untersuchung peinlich genau durchgeführt, und wir mußten runter auf alle viere, sie zogen unsere Arschbacken auseinander und hoben den Sack und den Schwanz an. Anscheinend befürchteten sie, wir würden einen Kassiber, eine Tablette oder irgendeinen verbotenen Gegenstand in die Zelle schmuggeln; nichts kam durch, am allerwenigsten Geld. Fast immer wurde diese Durchsuchung bei jungen und gutaussehenden Gefangenen vorgenommen. Die Soldaten wollten sie nicht nur sehen, sondern sie auch erniedrigen, indem sie diese männlichen Jungen zwangen, den Arsch vor ihnen aufzureißen.

Trotzdem gab es eine Methode, die Kontrolle auszutricksen; das besorgte eine Gruppe von erfahrenen Tunten, die »Kofferträger« genannt wurden. Die Häftlinge gaben ihnen, was ihre Angehörigen mitgebracht hatten: Zigaretten, Geld, Tabletten, Kruzifixe, Ringe oder was immer; die Kofferträger packten alles in eine Plastiktüte, gingen aufs Klo und steckten sich die Tüte in den Hintern. Einige der Kofferträger hatten tatsächlich ein erstaunliches Fassungsvermögen und transportierten auf diese Weise fünf oder sechs Schachteln Zigaretten, Hunderte von Tabletten, Goldketten und viele andere Dinge. Ein Kofferträger konnte noch so gründlich untersucht werden, man wußte nie, was er alles in seinem Hintern trug; er steckte sich alles tief rein, und sobald er wieder in seiner Zelle war, rannte er als erstes aufs Klo und entledigte sich der Ware. Natürlich kassierte er für den Transport, zwanzig oder sogar fünfzig Prozent von der Ware; aber es war ein sicherer Transport.

Einmal weigerte sich eine Tunte mit dem Spitznamen Macantaya, die Schachtel Zigaretten herauszurücken, die sie für ein paar Gefangene transportiert hatte, und es brach eine Riesenschlägerei aus. Mit einem Queue und dazu noch einem Dorn schaffte es die Macantaya, die anderen Gefangenen in Schach zu halten. Als sie einem der Kunden, die ihre Ware einforderten, das Gesicht zerhackte, kam es zu einem solchen Tumult, daß sie in die Strafzelle mußte.

Die gewöhnlichen Gefangenen haben ein Gedächtnis wie ein Elefant, sie verzeihen keinem, der sie beleidigt hat, und Rache ist für sie eine Frage der Ehre. Die Gruppe dieser Gefangenen schwor nun, sich zu rächen, und sie fingen untereinander eine kleine Schlägerei an, fügten sich ein paar leichte Messerstiche zu und kamen in die Strafzelle, wo die Macantaya saß; noch in derselben Nacht schnitten sie ihr den Kopf ab, das heißt, sie guillotinierten sie förmlich. Der enthauptete Körper der Tunte wurde erst nach drei Tagen entdeckt, wegen des Gestanks, die Kämpfer gingen nämlich nie in die Strafzelle hinein, und von weitem sah es aus, als ob die Macantaya schliefe. Diese Gefangenen wurden alle ins Gefängnis La Cabaña überführt und erschossen, weil im Morro keine Erschießungen mehr vorgenommen wurden; seitdem hatten alle, die in die Strafzelle mußten, Angst, von dort nach La Cabaña gebracht und dann erschossen zu werden.

Solche Vergeltungsaktionen gab es im Morro andauernd. Die Kriminellen, die manchmal etliche schwere Verbrechen auf dem Gewissen hatten, pflegten einen übersteigerten Puritanismus; sie verziehen es keinem, wenn er ihnen an den Hintern faßte oder ihre Mutter beleidigte. Sie schworen sich gegenseitig den Tod, und im allgemeinen kam es auch so weit. Wenn ein Gefangener um sein Leben bangen mußte, versuchte er natürlich, in eine andere Zelle verlegt zu werden, und manchmal gelang ihm das sogar. Dann belauerte ihn der Gefangene, der Rache geschworen hatte, und wartete auf eine Gelegenheit, bei der sie sich über den Weg liefen, am Besuchstag, im Speisesaal oder am Sonnentag auf der Terrasse des Gefängnisses, und bei der erstbesten Gelegenheit brachte er ihn mit einem Dorn oder einem Dolch um.

Am Besuchstag stand ich einmal in der Warteschlange, und neben mir war ein Gefangener, mit dem ich ein paar Worte gewechselt hatte. Alles lief so schnell ab, daß ich kaum merkte, was passierte. Ein anderer Gefangener kam, zog einen riesigen Dorn und rammte ihn meinem Nebenmann in die Brust; der griff sich ans Herz, krümmte sich und schlug tot hin. Am meisten überraschte mich das Gesicht des Mörders und die Haltung, die er einnahm, als seine Rache vollbracht war; er stand da wie angewurzelt, bleich, regungslos und mit dem Dorn in den Händen. Ein Wärter kam und nahm ihm die Waffe ab, ohne daß er den geringsten Widerstand leistete; er war wie verhext. Ich vermute, sie haben ihn danach erschossen.

Die Gewalt der Gefangenen richtete sich manchmal auch gegen sich selbst; eines Morgens hing in meiner Zelle ein Junge am Strick. Es hieß, er hätte politische Probleme gehabt und wäre durchgedreht; das war dort in diesem Gefängnis allerdings kein Wunder, und ich selbst hielt ihn auch für halb verrückt. Es war nur sehr merkwürdig, daß er sich in einer Zelle mit zweihundert Gefangenen erhängt haben sollte; ich glaube eher, eine Gruppe von Gefangenen hatte etwas gegen ihn und hat ihn aufgeknüpft, vielleicht aus sexuellen Gründen, er war nämlich ein sehr gutaussehender Junge; vielleicht haben sie ihn erst umgebracht und dann aufgehängt, damit es wie Selbstmord aussah.

Bei diesen Fällen, die nach Selbstmord aussahen, hatte manchmal auch der Staat seinen langen Arm im Spiel. In unserer Zelle, die voll war mit gewöhnlichen Gefangenen, saßen auch Leute der Staatssicherheit; es war schwer, sie zu entdecken, manchmal wurden sie ein ganzes Jahr lang wie wir geschlagen und lebten mitten im Kot und stellten sich erst danach als Offiziere der Sicherheit heraus, die dort waren, um über alle eventuellen politischen Aktivitäten der Gefangenen zu informieren. Manchmal waren sie auch auf einen bestimmten Häftling angesetzt, den man in die Zelle der gewöhnlichen Gefangenen gesteckt hatte, obwohl er eine politische Vorgeschichte hatte, wie es zum Beispiel bei mir der Fall war. Nach einer Weile durchschaute ich einige dieser Offiziere, und zwar als ich in der Zelle der Arbeitsgefangenen saß. Einige von ihnen kehrten seltsamerweise zum Schlafen manchmal nicht in die Zelle zurück, und die Wärter wunderten sich nicht; mir wurde klar, daß sie in diesen Nächten Erlaubnis hatten, ihre Familien zu besuchen. Diese Burschen waren finstere Gestalten, sie konnten einen Häftling einfach abstechen. Niemand wußte, daß es ein Offizier der Staatssicherheit gewesen war, alle glaubten, ein Häftling hätte wieder mal einem anderen ein Messer zwischen die Rippen gejagt; wenn er einen ermordet hatte, kam er sofort aus der Zelle raus, angeblich, um abgeurteilt zu werden, und wir sahen ihn nie wieder; bestimmt wurde er zum Hauptmann oder sonstwas befördert.

Es gab aber auch Leute, die wirklich Selbstmord begingen. So wie die »Hexe«, eine schwarze Tunte, die sich sogar im Gefängnis das Kraushaar glättete; sie hatte ein schreckliches Gesicht. Wie es hieß, hatte sie mehrere Leute umgebracht; sie machte sich über alle Welt lustig und hatte nicht einmal vor den Wärtern Respekt, weshalb sie natürlich mit Fußtritten und Bajonettstichen traktiert wurde. Eines Tages, vor dem Abendessen, nahm die Hexe einen Dorn, den sie mehr als einen Monat lang am Betonfußboden gewetzt hatte; alle dachten, sie wollte jemanden umbringen, sie sagte aber nur, ihr sollte bloß keiner zu nahe kommen, sie wirbelte mit dem Dorn herum und schnitt sich selber die Kehle durch; das werde ich nie vergessen. Dort auf dem Gefängnishof verblutete sie, und die anderen Tunten fingen ein Höllenspektakel an. Während sie verblutete, wirbelte die Hexe weiter mit dem Dorn herum und schrie dabei, keiner sollte ihr zu nahe kommen, bis sie tot umfiel. Die Kämpfer amüsierten sich und lachten ziemlich viel an diesem Tag; dann schleppten sie den ausgebluteten Körper der Hexe weg, ich nehme an, um ihn zu vergraben. Die Wärter waren Sadisten, die vielleicht gerade wegen dieses »Verdienstes« für die Arbeit im Morro ausgewählt wurden; oder sie wurden durch die Umgebung zu Sadisten. Diese Männer empfanden Lust dabei, uns zu mißhandeln; ein etwa Zwanzigjähriger aus Oriente wurde ganz erregt, während er die Häftlinge schlug, und das so offensichtlich, daß er sich dabei sogar an den Schwanz faßte, allem Anschein nach ein Riesending. Es war unglaublich, wie sich dieser riesige Phallus unter dem Stoff seiner Hose aufrichtete, wenn er einen Gefangenen mit den Füßen trat.

Wenn in der Zelle etwas gefunden wurde, zum Beispiel eine Waffe, wollten die Kämpfer von den Häftlingen wissen, wem das gehörte. Es war logisch, daß keiner ein Wort sagte, das hätte ihn das Leben kosten können. Also wurde eine Kollektivstrafe verhängt, die wirklich drakonisch war. Wir wurden in den Hof geführt, und dort zwang man uns, die Hosen runterzulassen; ein Wärter prügelte dann mit einem Knüppel auf die Hintern oder Rücken ein, bis er nicht mehr konnte. Die Männer bissen die Zähne zusammen und sagten keinen Mucks, die Tunten dagegen schrien bei jedem Schlag wie am Spieß. Der Wärter aus Oriente mit dem großen Schwanz kriegte beim Zuschauen eine Erektion; ich glaube, es kam ihm sogar.

Nach so einer Knüppelorgie konnte man in der Zelle endlich mal richtig schlafen, keiner hatte mehr die Kraft zu reden; wir waren windelweich geprügelt.

Um im Morro zu überleben, besorgte sich ein Gefangener namens Camagüey irgendwie einen Angelhaken, den er mit einem Brotkügelchen durch die Fensteröffnung neben meinem Bett warf, und damit angelte er Spatzen, die anscheinend genauso hungrig waren wie wir; manchmal zog er auch einen Stärling oder eine Schwalbe an Land; er war ein Angler, der statt im Wasser in der Luft Vögel angelte. Camagüey besaß die besondere Gabe, sich mit allen und jedem gutzustellen und sich Respekt zu verschaffen; vielleicht, weil er bestimmt fünfmal versucht hatte, aus Kuba zu fliehen, und jedesmal geschnappt worden war. Jedenfalls kochte er sich eine Spatzensuppe, und keiner störte ihn dabei, nicht einmal die Kalfaktoren. Er war ein Überlebenskünstler mit Sinn für Humor, und ich ließ mir seine Spatzensuppe schmecken, die mir sehr guttat.

Im Gefängnis hatte ich zwar, wie gesagt, mit niemandem eine sexuelle Beziehung, aber ich hatte eine platonische Romanze mit Sixto, einem Schwarzen aus Oriente, der Koch war. Manche sagten, er wäre ein Mörder, andere, er hätte nur unerlaubt ein paar Kühe geschlachtet. Sixto schätzte mich, und wenn er fertig war mit dem Küchendienst, lud er mich zum Essen ein. Ich glaube, er war ganz bestimmt ein Mörder, denn so ein Amt vertraute man Leuten mit Charakter an; ein Mörder, der mehrere Menschen auf dem Gewissen hatte, war der ideale Mann für die Essenausgabe; er war unnachgiebig und ehrlich und gab keinem auch nur ein Körnchen Reis mehr, selbst wenn der ihn mit dem Tod bedrohte. Sixto setzte sich bei mir auf die Pritsche, um über irgend etwas Belangloses zu plaudern; er schloß mich ins Herz und ich ihn auch, aber er hat nie etwas von mir gewollt, nicht einmal einen »Schuß«; das war eine im Gefängnis sehr verbreitete sexuelle Beziehung, die über eine Art beidseitiger Telepathie ablief. Der Schuß war etwas recht Mysteriöses, was kaum jemand mitbekam; wenn zwei Leute sich auf einen Schuß einigten, ließ der Passive auf der Pritsche die Hosen runter, der Aktive befriedigte sich in ziemlicher Entfernung, und wenn er abgespritzt hatte, bedeckte der Passive seinen Hintern wieder; Sixto bat mich nie darum. Als ich aus dem Morro rauskam, erfuhr ich, daß man ihn mit einem riesigen Küchenmesser umgebracht hatte, ich glaube, wegen eines Streits mit einem Mitgefangenen, der selbst Koch gewesen war und dem er keine Extrakelle Suppe geben wollte.

Sixtos Tod habe ich nicht mitgekriegt, wohl aber den von »Ochsenkopf«, der im Morro ein berühmter Rammler war; ich glaube, er war im Gefängnis, weil er mehrere Jungen vergewaltigt hatte. Es hieß sogar, er habe Kinder vergewaltigt und dann in Kalksilos verschwinden lassen, damit sie ihren Eltern nichts erzählen konnten.

Ochsenkopf erwartete wohl die Todesstrafe, doch in Kuba lassen sich die Gerichte manchmal sogar mit dem Verhängen der Todesstrafe Zeit. Da er im Morro ein angesehener Gefangener war, leitete er die Küche und auch das Waschen; wenn die Gefangenen zum Duschen gingen, stellte er sich hinter eine kleine Mauer und »blickfickte« sie alle; einige Häftlinge beschwerten sich und meinten, Ochsenkopf würde sich einen runterholen, während sie sich wuschen. Das stimmte, ich selbst hatte es einmal gesehen; er war schon alt, aber er hatte einen Riesenschwanz. Seine einzige Freude im Gefängnis war es, den Männern zuzusehen und dabei zu onanieren; dafür bezahlte er mit dem Leben, denn ein anderer Gefangener erwischte ihn, wie er sich auf seine Kosten befriedigte, und rammte ihm in der Küche einen Dorn in den Rücken.

Mir gegenüber benahm sich Ochsenkopf immer sehr anständig. Er redete nie von Morden oder irgendwelchen anderen Verbrechen; er erzählte von seiner Frau, aber niemand kam ihn besuchen. Er war kein gewalttätiger Mensch; sein einziger Moment der Erregung war beim Duschen, wenn er sich beim Anblick der Ärsche einen runterholte. Das kostete ihn seinen Ochsenkopf, dieses Wichsen, aber für die sexuelle Lust muß man fast immer teuer bezahlen; für jede Minute der Lust, die wir erleben, büßen wir früher oder später mit Jahren des Leids; es ist nicht die Rache Gottes, sondern die des Teufels, des Feindes aller Schönheit. Doch das Schöne war schon immer gefährlich. Martí sagte, wer das Licht bringt, bleibt einsam; ich würde sagen, wer sich der Schönheit verschreibt, wird früher oder später zerstört. Das ganze große Menschengeschlecht duldet keine Schönheit, vielleicht weil es ohne sie nicht leben kann; der Schrecken der Häßlichkeit schreitet jeden Tag mit großen Schritten voran.

Wenn ich von Schönheit spreche, muß ich an einen Jungen denken, der die Schönheit in Person war. Er war etwa achtzehn Jahre alt und saß, so behauptete er, wegen Fahnenflucht im Gefängnis; andere meinten, er hätte mit Drogen gehandelt oder seine Freundin vergewaltigt, was absurd war, dieser Junge hatte es nicht nötig, irgendwen zu vergewaltigen, eher reizte er selbst die anderen, ihn zu vergewaltigen. Er wurde Kindchen genannt; vielleicht wegen seiner glatten Haut, dem lockigen Haar und seinem Gesicht, auf dem das Grauen keine Spur hinterlassen hatte. Er ließ sich auf keinerlei sexuelle Beziehung ein, er war distanziert und zugleich liebenswürdig; doch die Gefangenen konnten eine solche Schönheit inmitten des Schreckens nicht zulassen. Die Kalfaktoren versuchten sich an ihn ranzumachen, schafften es aber nicht; schon das brachte ihn in Gefahr.

Kindchen schlief in der Bettenreihe mir gegenüber. Es war für mich eine große Freude, dieses Gesicht, diese wohlgeformten Beine betrachten zu können. Ich nehme an, er wußte, wie gefährlich es war, an diesem Ort so schön zu sein; wenn er ins Bett ging, sah er aus wie ein junger Gott. Eines Tages stand Kindchen beim Appell nicht auf; während er schlief, hatten sie ihm einen Spieß in den

Rücken gestoßen, durch den Rücken und den Bauch hindurch. Diese Spieße stellten die Häftlinge aus dickem Draht her. Jemand war unter seine Pritsche geschlüpft, die nur eine einfache Plane war, und hatte ihn mit dem Spieß durchbohrt. Kein Mensch hatte einen Schrei gehört, er war wohl auf der Stelle tot.

Einen solchen Tod fürchteten die Häftlinge am meisten; es war ein heimtückischer Tod, der einen hinterrücks und im Schlaf ereilte. So ein Mord war fast immer ein Racheakt, doch das einzige Verbrechen dieses Jungen war es gewesen, mit einem vollendeten Mund lächeln zu können, einen wunderschönen Körper zu besitzen und einen nahezu unschuldigen Blick.

Der Sommer kam, unerträgliche Hitze brach aus. Hitze ist in Kuba immer unerträglich: feucht und klebrig. Wenn man aber in einem Gefängnis am Meer ist, dessen Mauern einen Meter oder dicker sind, ohne jede Belüftung und mit zweihundertfünfzig Personen in einem Raum eingesperrt, dann ist die Hitze einfach grauenhaft. Natürlich vermehrten sich die *caránganos* und Wanzen in rasender Geschwindigkeit, die Fliegen schwirrten als dicke Wolken in der Luft, und der Gestank nach Scheiße wurde noch bestialischer.

Draußen, auf dem Malecón von Havanna, feierte man den Karneval 1974, das Fest, das Fidel in eine Ehrung seiner eigenen Person verwandelt hatte und das um den 26. Juli herum stattfand. Alle im Morro wollten raus und ein Bier trinken und zum Klang dieser Trommeln tanzen; das war das höchste Glück, das sich diese Männer vorstellen konnten, doch viele von ihnen sollten es nie wieder genießen können.

In der Schwulenzelle organisierten die Tunten einen kleinen Karneval mit Trommeln, die sie aus Holz- oder Metallstücken gebastelt hatten. Sie schwangen die Hüften in ihrer stickigen Zelle, und eine von ihnen krönte das

Spektakel und sang *Cecilia Valdés*; sie sang sehr gut, und ihre Sopranstimme hallte durchs ganze Gefängnis: »Ja... Ich bin Cecilia Valdés.« Sie wäre wirklich der Star jeder Operette gewesen.

Die Gefangenen waren beeindruckt von der Stimme dieser Tunte, die sich Yma Sumac nannte. Gonzalo Roig hätte sich glücklich geschätzt, eine so hervorragende Interpretin zu haben. Dieser Karneval dauerte bis in den frühen Morgen, dann stürmten die Kämpfer in die Schwulenzelle, brachten alle mit Knüppeln zum Schweigen, und es war vorbei mit dem Fest. Yma Sumac wurde eines Tages blutüberströmt herausgetragen; es hieß, eine neidische Tunte, die selber die *Cecilia* singen wollte, aber nicht die Stimme dazu besaß, hätte sie niedergestochen. Wir sahen sie nie wieder.

Ich saß seit sechs Monaten im Morro und war noch nicht vor Gericht gestellt worden; andere saßen schon seit über einem Jahr und warteten noch immer auf ihren Prozeß. Eines Tages rief mich ein Kämpfer ans Gitter; ich ging hin, ohne zu wissen, worum es sich drehte. Sie eskortierten mich in einen kleinen Raum, wo mich meine Mutter erwartete; sie hatte es geschafft, eine Erlaubnis zu erhalten, mich zu besuchen. Meine Mutter kam auf mich zu, und wir umarmten uns unter Tränen; sie befühlte meine Häftlingsuniform und sagte zu mir: »So ein dicker Stoff; was muß dir da heiß sein.« Das bewegte mich mehr als irgendeine andere Bemerkung; Mütter besitzen diesen heimlichen Zauber, einen wie ein kleines Kind zu behandeln. Wir umarmten uns still und weinten beide; diesen Moment nutzte ich und flüsterte ihr zu, sie solle zu meinen Freunden gehen und sie bitten, gut auf meine Manuskripte aufzupassen, die sie aufbewahrten; sie versprach es mir. Ich konnte ihr nicht erzählen, was für ein Ort der Morro in Wirklichkeit war, ich sagte ihr, ich fühlte mich sehr wohl, und bestimmt käme ich bald aus dieser Zelle raus, sie solle mich aber nicht mehr besuchen kommen, sondern warten, bis ich wieder draußen war. Als sie aufstand, merkte ich, wie sehr sie in diesen sechs Monaten gealtert war; ihr Körper war verfallen, und die Haut hatte ihre Straffheit verloren.

Ich dachte immer, in meinem Fall wäre es das beste, fern von meiner Mutter zu leben, damit sie nicht so leiden mußte; vielleicht sollte jeder Sohn seine Mutter verlassen und sein eigenes Leben führen. Da stehen sich natürlich zwei Egoismen gegenüber: der der Mutter, die will, daß wir ihrer Wunschvorstellung entsprechen, und unserer, der will, daß wir unsere eigenen Vorstellungen verwirklichen. Mein ganzes Leben war eine ständige Flucht vor meiner Mutter: vom Dorf nach Holguín, von Holguín nach Havanna, und dann der Wunsch, von Havanna ins Ausland zu fliehen. Ich wollte keine Enttäuschung über meinen Lebenswandel im Gesicht meiner Mutter lesen; ihre Ratschläge, wenn auch praktischer und elementarer Art, waren sicher sehr weise. Ich konnte aber nur von meiner Mutter fortgehen oder so werden wie sie, das heißt ein armes, resigniertes und frustriertes Geschöpf, ohne jeden Drang zur Rebellion, und vor allem müßte ich meine ursprünglichsten Begierden ersticken.

An jenem Tag, als meine Mutter wieder ging, fühlte ich mich so verlassen wie noch nie in meinem Leben; als ich in die Zelle kam, fragten mich die Häftlinge gleich nach Zigaretten, aber sie sahen in meinem Gesicht einen solchen Kummer, daß sogar die Kriminellen schwiegen. Als ich bei meiner Pritsche war, bemerkte ich, daß jemand meine *Ilias* geklaut hatte; der Versuch, sie wiederzubekommen, war zwecklos, höchstwahrscheinlich hatte sich Homer längst in Rauch aufgelöst.

Am nächsten Morgen riefen sie am Gitter meinen Namen und sagten mir, ich hätte fünf Minuten, um meine Sachen zu packen. Alle Gefangenen drängten sich um meine Pritsche und stellten Vermutungen an; die einen sagten, man würde mich wohl entlassen, die anderen riefen, ich käme in eine Arbeitsbrigade in ein Lager, und wieder andere meinten, ich käme in ein offenes Gefängnis oder nach La Cabaña. In Wirklichkeit wollten sie nur alle, daß ich meine wenigen Habseligkeiten unter ihnen aufteilte: das Kopfkissen, den Krug und die Wasserflasche. Camagüey kam zu mir und sagte, um diese Uhrzeit würden sie keinen rufen, um ihn zu entlassen, außerdem hätte ich noch gar nicht meinen Prozeß gehabt, und er glaube auch nicht, daß sie mich in eine Brigade stecken würden, dazu riefen sie immer mehrere Gefangenen zusammen auf; er glaubte eher, sie würden mich zur Staatssicherheit bringen. Er war ein kluger Kopf. Ich verabschiedete mich von meinen Bekannten und verteilte meine Sachen. In solchen Momenten herrscht im Gefängnis immer ein Zustand von Euphorie und Traurigkeit, weil man denjenigen, der fortgeht, möglicherweise nie wiedersieht.

Ohne ein Wort der Erklärung führte man mich bis vor eine Strafzelle, und der Offizier, der mich begleitete, stieß mich hinein und ging fort. Das war der schlimmste Ort des gesamten Gefängnisses; dort kamen die widerspenstigsten Mörder hinein, bevor sie erschossen wurden; wer einmal dort drin war, den erwartete das »Pfählchen«, wie die Gefangenen den Pfahl nannten, an den man zum Erschießen angebunden wurde. Diese Zelle war ein finsterer Ort, der Fußboden war aus Erde, und ich konnte nicht aufrecht stehen, weil die Zelle nur einen Meter hoch war; das Bett war keine Pritsche, sondern ein Eisengestell ohne Matratze, seine Notdurft mußte man in ein Loch verrichten, und ich hatte nicht einmal einen Krug mit Trinkwasser. Dieser Ort war so etwas wie ein Versorgungszentrum für *caránganos* und Flöhe; diese Insekten stürzten sich sofort auf mich, um mich willkommen zu heißen.

In *Wahnwitzige Welt* hatte ich von einem Mönch

erzählt, der in verschiedenen grauenvollen Gefängnissen gesessen hatte, auch im Morro. Als ich dort hineinkam, beschloß ich, künftig etwas vorsichtiger zu sein mit dem, was ich schrieb, weil ich dazu verurteilt schien, das Geschriebene am eigenen Leibe zu erfahren.

Während des ersten Tages kam keiner, um nach mir zu sehen oder mir irgendwas zu essen zu bringen; da fast alle in dieser Zelle sehr bald an die Wand gestellt wurden, gab es auch keinen besonderen Grund, uns zu ernähren. Man hätte sich auch gar nicht beschweren können; es war die absolute Isolation und Verzweiflung. Nach zwei Tagen brachte man mir etwas zu essen und rief mich zum Appell; das war völlig absurd in diesen völlig sicheren Zellen; von dort konnte wirklich niemand fliehen.

Einer der Gefangenen dort sang Tag und Nacht und imitierte dabei perfekt die Stimme von Roberto Carlos. Seine unendlich traurigen Lieder waren für das kubanische Volk einst wie Hymnen gewesen, für jeden von uns wurden sie zu so etwas wie eine ganz persönliche Klage. Und dieser Gefangene sang die Lieder mit größerer Überzeugungskraft und tieferem Schmerz als Roberto Carlos selbst.

Nach einer Woche öffnete derselbe Offizier, der mich zur Strafzelle gebracht hatte, die Zellentür und sagte, ich sollte mitkommen. Wir gingen denselben Weg wie eine Woche zuvor, und er brachte mich in ein Büro, wo ein Leutnant saß, Víctor; er stand auf und gab mir die Hand. Er sagte, es täte ihm leid, daß ich mich in dieser Zelle befände; man hatte mich isoliert, weil man mir eine ganze Reihe von Fragen stellen wollte und es für besser hielt, mich abzusondern, um nicht die Aufmerksamkeit der anderen Gefangenen zu wecken.

In dem Augenblick wurde mir klar, daß meine Einlieferung in den Morro und das alles bloß ein Täuschungsmanöver war; daß man die öffentliche Meinung im Ausland verwirren wollte, indem man mich zu einem gewöhnlichen Kriminellen machte, während mich gleichzeitig die Staatssicherheit verhörte. Ich wußte von Freunden, die in den Händen der Staatssicherheit gewesen waren, was das bedeutete: Folterungen, Demütigungen aller Art, unablässige Verhöre, bis man schließlich seine Freunde verriet; dazu war ich nicht bereit.

Der Offizier sprach weiter, stets in freundlichem Ton. Er sagte, er sei da, um mir zu helfen, und es hänge von mir ab, ob sich mein Aufenthalt in der Strafzelle länger oder kürzer gestalten würde. Er stand auf, lief im Raum umher und kraulte sich am Sack. Ich nehme an, er wußte, daß ich schwul bin, und wenn er sich vor mir den Sack kraulte, dann war das ein Beweis von Männlichkeit, als wollte er sagen, der Kerl hier bin ich. Víctor war um die dreißig Jahre alt, er war groß und ein strammer Bursche; es machte mir großes Vergnügen, ihn anzuschauen, wie er da herumstolzierte und sich den Sack kraulte; er war geradezu ein Geschenk des Himmels, wenn man bedenkt, daß ich seit mehr als sechs Monaten keinen sexuellen Kontakt mehr gehabt hatte. Als sie mich in die Zelle zurückbrachten, konnte ich mich trotz meiner Schwäche selbst befriedigen, mit diesem angenehmen Bild vor Augen: Víctor trat mit der Hand am Sack auf mich zu, knöpfte seinen Hosenschlitz auf, und ich lutschte ihm den Schwanz. Diese Nacht schlief ich wie ein Engel.

Eine Woche lang kam Víctor jeden Tag in den Morro, um mich zu verhören und sich dabei am Sack zu kraulen. Die Staatssicherheit hätte gerne gewußt, auf welchem Weg ich meine Manuskripte außer Landes gebracht und den Aufruf an das Internationale Rote Kreuz, die UNO und die UNESCO geschickt hatte. Meine Freunde Margarita und Jorge hatten in der französischen Presse eine große Kampagne gestartet, um meine derzeitige Situation öffentlich zu machen; der *Figaro* hatte eine Meldung gebracht, in der stand, daß ich seit fünf Monaten verschwunden war. Die Staatssicherheit wollte nun wissen, wer sich mit dieser Zeitung in Verbindung gesetzt hatte, wer meine Freunde in Kuba und im Ausland waren. Ich hatte in meinem Zimmer einige Autoreifen und auch ein paar Schläuche; meine Tante hatte das der Polizei gemeldet, als sie mein Zimmer durchsuchten. Der Besitz eines schwimmtauglichen Gegenstands war schon ein Beweis dafür, daß jemand das Land verlassen wollte, das konnte acht Jahre Gefängnis bedeuten. Mein Fall war kompliziert. Wie Víctor sagte, war in einer Nacht, während ich auf der Flucht war, ein Junge auf eine Mine getreten und in Stücke gerissen worden; sie glaubten, ich hätte sie gelegt. Sie wußten von meiner Fahrt nach Guantánamo und wollten, daß ich ihnen sagte, wer mir geholfen hatte, dort hinzukommen. Wenn ich das gestand, würde ich mehr als fünfzehn oder zwanzig meiner Freunde verraten, und das wollte ich nicht. Darum beschloß ich nach einer Woche pausenloser Verhöre, noch einmal zu versuchen, mich umzubringen, was nicht leicht war in diesen Strafzellen, wo es keine Messer und keine Schnürsenkel gab; ich aß einfach nichts mehr, doch der Körper leistet unendlichen Widerstand, und manchmal triumphiert er.

In einer Nacht zerriß ich die Uniform, drehte daraus eine Art Strick und hängte mich am Eisengestell des Bettes auf, in der Hocke. Ich hing da so vier oder fünf Stunden; ich verlor das Bewußtsein, aber ich stellte mich beim Erhängen wohl nicht sehr geschickt an und starb nicht. Die Soldaten entdeckten mich, schlossen die Zelle auf, hängten mich ab und legten mich auf den Boden; der Gefängnisarzt kam, derselbe, der mich schon sechs Monate zuvor behandelt hatte, als ich die Tabletten genommen hatte, und sagte zu mir: »Pech gehabt; du hast es nicht geschafft.«

Sie holten mich mit einer Trage ab. Ich war nackt, und

die Soldaten machten Witze über meinen Hintern; sie sagten, den könnte sich jeder mal rannehmen. Diese Soldaten waren wirklich keine schlechten Kerle; sie waren allesamt Rammler und faßten mir an den Hintern, während die Gefangenen in der Todeszelle lachten. Ich lag etwa zwei Stunden auf dem Fußboden vor dieser Zelle mit den Todeskandidaten, und danach waren alle diese Männer im Rausch; einer zeigte seinen Arsch, einer lag splitternackt in der Zelle gegenüber.

Zu guter Letzt brachte man mich ins Krankenhaus, gab mir ein paar Spritzen und Medikamente. Am nächsten Tag kam der Arzt zu mir, ein ziemlich grausamer Mensch, und sagte, er glaube nicht, daß ich noch lange im Morro bleiben würde, die Staatssicherheit wolle keine Selbstmorde vor den Geständnissen. Tatsächlich, am dritten Tag kam Víctor mit zwei weiteren Offizieren; sie sagten mir, ich solle aufstehen und mitkommen. Draußen vor dem Morro mußte ich in einen Wagen der G-2 steigen, und scharf bewacht von einer Eskorte bewaffneter Soldaten rasten wir quer durch Havanna.

Villa Marista

Wir fuhren nach Villa Marista, zum Hauptsitz der kubanischen Staatssicherheit. Dort führte man mich in ein Büro, nahm mir alle Sachen ab und steckte mich in einen gelben Overall, ich mußte meine Latschen abgeben und bekam dafür andere, und dann mußte ich mich auf einen Lehnstuhl setzen, der wie ein elektrischer Stuhl aussah, voller Riemen an den Armlehnen und Beinen; ja, es war ein tropischer elektrischer Stuhl. Dort fotografierte man mich und nahm mir die Fingerabdrücke ab. Anschließend wurde ich in den zweiten Stock gebracht; im Vorbeigehen sah ich kleine Zellen mit einer Glühbirne, die Tag und

Nacht über dem Kopf des Gefangenen brannte; mir wurde klar, daß dieser Ort in der Tat noch schlimmer war als die Kerker der Inquisition.

Ich kam vor meiner Zelle an, das war die Nummer 21, und mußte hineingehen. Die kleine Luke, durch die man auf den Gang sehen konnte, ließen sie zugesperrt. So wußte ich nie, wann Tag und wann Nacht war, die Birne brannte rund um die Uhr; das Klo war ein Loch im Boden. Vier Tage war ich dort, ohne irgend jemanden zu sehen. Am vierten Tag holten sie mich aus der Zelle und brachten mich in einen Verhörraum.

Ein Leutnant, der sagte, er heiße Gamboa, fing sein Verhör mit der Frage an, ob ich wüßte, wo ich mich befände; ich antwortete ihm, bei der Staatssicherheit. Dann sagte er zu mir: »Du weißt, was das bedeutet? Das bedeutet, wir können dich hier verschwinden lassen, wir können dich vernichten, und niemand kriegt etwas davon mit; alle Welt denkt, du bist im Morro, und dort wird man sehr leicht erstochen oder sonstwie umgebracht.« Ich begriff natürlich, was er mir sagen wollte; ich verstand jetzt, warum man mich nicht direkt zur Staatssicherheit gebracht hatte, sondern erst in den Morro; für alle meine Freunde war ich im Morro, sogar für meine eigene Mutter, der sie extra eine Besuchserlaubnis gegeben hatten, damit sie mich dort sah. Wenn sie mich jetzt ermordeten, würde die Öffentlichkeit denken, mich hätte im Morro ein Verbrecher umgebracht und ich wäre nie in den Händen der Staatssicherheit gewesen.

Es fiel mir schwer, mich nicht in den Tausenden von Fragen zu verheddern, aus denen die Verhöre bestanden. Manchmal fingen sie in aller Frühe an, und es konnte sich den ganzen Tag hinziehen; andere Male ließen sie mich eine Woche lang in Ruhe, und es sah schon so aus, als hätten sie mich vergessen, worauf sie wieder auftauchten und mich vor diesen Offizier brachten. Der Mann glaubte nicht ein Wort von dem, was ich ihm sagte; manchmal ging er wutentbrannt hinaus und ließ mich stundenlang in dem Zimmer, wo ich verhört wurde, allein, oder es kam ein anderer Offizier und setzte das Verhör fort.

Es gab unglaublich viele Russen bei der Staatssicherheit; sie wurde tatsächlich vollkommen vom KGB kontrolliert und war nichts weiter als eine Außenstelle. Die sowjetischen Offiziere wurden am meisten geachtet und gefürchtet; alle standen vor ihnen stramm, als wären es Generäle; vielleicht waren sie es auch.

Leutnant Gamboa betonte unentwegt, ich wäre vollkommen isoliert, alle meine Freunde hätten sich von mir abgewandt, und niemand würde auch nur einen Finger für mich krumm machen. Und er kam andauernd auf meine sexuelle Beziehung zu Miguel Barniz zu sprechen. Am Anfang fragte er mich, wie es meinem Freund ginge, und ich wußte nicht, wen er meinte, ich hatte so viele gehabt, daß ich unmöglich wissen konnte, um wen es sich handelte; dann sagten sie mir, sie meinten Barniz, und fragten mich verschiedene Sachen über ihn, darunter sehr intime. Auch wenn jemand für die Staatssicherheit arbeitet, wollen sie immer soviel wie möglich über ihn in der Hand haben, für den Fall, daß er in Ungnade fällt oder daß sie ihn eliminieren wollen. Zu dem Zeitpunkt hatte ich nichts über Barniz zu sagen.

»Und die Brontë-Schwestern?« fragte mich dieser Offizier eines Nachmittags. Mit einemmal begriff ich, daß eine der Personen, die jahrelang über mich berichtet hatten, Hiram Pratt war; die Brontë-Schwestern waren die Brüder Abreu, und nur Hiram Pratt wußte, daß ich ihnen diesen liebevollen Beinamen gegeben hatte. Der Leutnant wußte von unseren Treffen im Leninpark und von unserer Freundschaft. Es überraschte mich nicht allzusehr, daß Hiram Pratt ein Denunziant war; nachdem ich so viele Jahre unter diesem Regime gelebt hatte, hatte ich irgendwann begriffen, wie der Mensch sein Menschsein verliert und im Kampf ums Überleben verdirbt; Denunziation ist etwas, was die allermeisten Kubaner tagtäglich praktizieren.

Als ich aus dem Gefängnis herauskam, erfuhr ich, daß Hiram Pratt unter dem Druck der Staatssicherheit fast alle meine Freunde aufgesucht hatte, um herauszubekommen, wo ich mich auf der Flucht versteckt hielt. Er war auch bei meiner Mutter gewesen.

An dem Abend, als ich erfuhr, daß Hiram ein Denunziant war, kehrte ich ziemlich deprimiert in die Zelle zurück.

Eines Tages hörte ich in der Nachbarzelle ein merkwürdiges Geräusch, wie das Stampfen eines Pumpenkolbens, der Dampf ausstößt; nach einer Stunde fing jemand furchtbar an zu schreien; der Mann hatte einen uruguayischen Akzent und schrie, er könne nicht mehr, er würde sterben, sie sollten aufhören mit dem Dampf. Da wurde mir klar, was dieses Rohr neben dem Klo in meiner Zelle zu bedeuten hatte; es war die Leitung, durch die sie Dampf in die Zellen der Gefangenen pumpen konnten, die so, hermetisch verschlossen, zu einem Dampfkessel wurden. Das Hineinpumpen von Dampf wurde zu einer inquisitorischen Praxis, ähnlich dem Feuer; in diesem geschlossenen, mit Dampf gefüllten Raum erstickte man fast. Zwischendurch kam ein Arzt herein, maß den Blutdruck, horchte das Herz ab und sagte: »Ihr könnt ihm noch ein bißchen mehr geben.« Dann wurde der Dampf noch dichter, und wenn der Gefangene kurz vor dem Infarkt war, holten sie ihn aus der Zelle und brachten ihn zum Verhör.

Das ging mit meinem Nachbarn einen ganzen Monat so; ich gab an der Wand Klopfzeichen, und er klopfte zurück. Sie brachten ihn tatsächlich langsam um, denn kein Organismus konnte bei der schlechten Ernährung diese ständigen Dampfbäder aushalten. Irgendwann hörten die Dampfbäder auf; ich sagte mir, daß er vielleicht gestanden hatte, oder er war tot.

Ich wurde in eine Zelle verlegt, die noch schlimmer war als die erste; das war sicher die Strafe für meine mangelnde Aufrichtigkeit dem Leutnant gegenüber, der mich verhörte. Die Kampagne meiner Freunde im Ausland zeigte allerdings Wirkung; sie drohten mir zwar weiterhin, fürchteten aber die Meinung der internationalen Öffentlichkeit. Natürlich würden sie mich nicht freilassen, sie wollten, daß ich ein Geständnis ablegte, in dem ich sagte, daß ich ein Konterrevolutionär war, daß ich meine ideologische Schwäche bereute, daß ich bereute, meine Bücher geschrieben und veröffentlicht zu haben, und daß die Revolution außerordentlich gerecht zu mir gewesen war, ein Geständnis eben, das einer Bekehrung gleichgekommen wäre und vor allem die Verpflichtung bedeutet hätte, für sie zu arbeiten und optimistische Bücher zu schreiben. Sie ließen mir eine Woche Bedenkzeit. Ich wollte nichts widerrufen; ich glaubte nicht, daß ich etwas zu widerrufen hätte; doch nach drei Monaten im Gefängnis der Staatssicherheit unterschrieb ich mein Geständnis.

Natürlich beweist das nichts anderes als meine Feigheit; meine Schwäche, die Gewißheit, daß ich nicht aus dem Holz geschnitzt bin, aus dem man Helden macht, und daß die Angst in meinem Fall stärker ist als die moralischen Prinzipien. Ich tröstete mich aber mit dem Gedanken, daß ich im Leninpark in meinem Aufruf an das Internationale Rote Kreuz, die UNO, die UNESCO und viele andere Organisationen, die ihn nie veröffentlichten, geschrieben hatte, daß die Anklagen, die ich gegen das Regime Fidel Castros erhob, vollkommen zuträfen und daß all das die Wahrheit sei, auch wenn ich es irgendwann einmal abstreiten müßte; ich hatte gewußt, daß auch für mich die Stunde des Widerrufs kommen konnte.

Als ich dem Offizier sagte, ich sei bereit, mein Geständnis zu schreiben, gab er mir persönlich Papier und Stift. Mein Geständnis war lang; ich sprach von meinem Leben und von meiner Homosexualität, der ich abschwor, davon, daß ich zum Konterrevolutionär geworden war, von meinen ideologischen Schwächen und von meinen verfluchten Büchern, die ich nie wieder schreiben würde; ich schwor tatsächlich meinem ganzen Leben ab und hielt mir nur noch die Möglichkeit offen, in Zukunft mit aller Kraft der Revolution zu dienen und Tag und Nacht für sie zu arbeiten. Folglich bat ich darum, mich rehabilitieren zu dürfen, das heißt, in ein Arbeitslager zu kommen, und ich verpflichtete mich, für die Regierung zu arbeiten und optimistische Romane zu schreiben. Ich sang ein Loblied auf die Büttel, die mich denunziert hatten, und schrieb, sie wären großartige Menschen, auf die ich immer hätte hören sollen: Portuondo, Guillén, Pavón waren Helden. Ich nutzte die Gelegenheit, um von Hiram Pratt alles Schlechte zu sagen, was ich von ihm wußte, doch das interessierte sie nicht weiter, weil seine Arbeit als Informant in den Intellektuellenkreisen und in der Unterwelt von Havanna sehr wertvoll war.

Als ich mein Geständnis fertig hatte, las der Leutnant es in aller Ruhe. Nach drei Tagen kam er in meine Zelle und gratulierte mir; er war euphorisch, und es war offensichtlich, daß seine Vorgesetzten Druck gemacht hatten, ich sollte mein Geständnis endlich unterschreiben und von dort weggebracht werden. Später erfuhr ich, daß ausländische Zeitungen gemeldet hatten, ich sei verschwunden, in keinem der Gefängnisse von Havanna stünde ich auf der Liste der Inhaftierten; es war höchste Zeit, daß die Staatssicherheit mich los wurde und in den Morro zurückbrachte; ich war seit vier Monaten verschollen.

In meinem Geständnis tauchte natürlich niemand auf, dem ich damit hätte schaden können und der noch in

Kuba lebte, auch meine ausländischen Freunde nicht. Unterm Strich sah es so aus, als wäre ich der Konterrevolutionär, der seine Manuskripte außer Landes gebracht und dort veröffentlicht hatte, der jetzt alles bereute und versprach, nie wieder Kontakt mit dem Westen aufzunehmen und keine Zeile mehr gegen die kubanische Revolution zu schreiben. Ich versprach, mich auch sexuell zu rehabilitieren.

Als ich mein Geständnis unterschrieben hatte, brachte man mich erneut in meine Zelle. Selten hatte ich mich so elend gefühlt. Ich blieb dort noch etwa vierzehn Tage, bevor sie mich wieder in den Morro brachten, und hatte ein Gespräch mit dem Leutnant Gamboa; daran nahm auch Leutnant Víctor teil, halb wütend, halb liebenswürdig. Natürlich konnte sich keiner von ihnen vorstellen, daß mein Geständnis echt war, doch in einer Folterzelle konnten sie von niemandem eine ehrliche Aussage erwarten.

Während des gesamten Geständnisses verlangten sie hartnäckig die Erklärung von mir, ich hätte zwei Minderjährige verführt, die beiden Banditen, die mir und Coco Salá am Strand die Sachen geklaut hatten. Als Informant der Staatssicherheit kam Coco Salá selbstverständlich nie ins Gefängnis. Er hatte auf der Polizeiwache nur sagen müssen, wer er war, und schon war er wieder frei, während ich hinter Gitter kam.

Ich würde für eine schwere Straftat vor Gericht kommen: Verführung Minderjähriger. Sogar von Vergewaltigung war die Rede. Um internationales Aufsehen zu vermeiden, würde man mich nur dafür verurteilen. Und so, für mindestens acht Jahre eingesperrt, wollte man mich zugrunde richten und von der Welt der Literatur trennen.

In den Tagen nach meinem Geständnis öffnete einer der Soldaten, die den Gang bewachten, manchmal die Luke und suchte das Gespräch mit mir; ich nehme an, auf Weisung des Leutnants Gamboa. Dieser hübsche Mulatte öffnete die Luke und unterhielt sich manchmal länger als eine Stunde mit mir; auch er kratzte sich am Sack, und das machte mich heiß; so befriedigte ich mich oftmals, während er vor meiner Tür auf und ab lief.

Eines Nachts, als ich schlief, kam er herein und bat mich um Streichhölzer; ich durfte in der Zelle überhaupt keine Streichhölzer haben. Er redete fünf Minuten mit mir und ging dann wieder. Vielleicht sollte er mich verunsichern. Seit dieser Nacht träumte ich, er käme in meine Zelle und wir liebten uns. Vielleicht wußte er, daß ich bei seinem Anblick onanierte, und vielleicht amüsierte ihn das, jedenfalls setzten wir unsere Gespräche fort, bis ich verlegt wurde.

Vor meinem Geständnis hatte ich einen wunderbaren Gefährten: meinen Stolz. Nach dem Geständnis hatte ich nichts mehr; ich hatte meine Würde und meine Widerspenstigkeit verloren. Außerdem hatte ich mich dem Leutnant gegenüber verpflichtet, mit ihnen nach Kräften zusammenzuarbeiten, und sie konnten nun von mir verlangen, auf einer öffentlichen Veranstaltung den ganzen Text vorzulesen. Nach meinem Geständnis konnten sie mich sogar physisch liquidieren.

Jetzt war ich allein mit meinem Elend; niemand konnte mein Unglück in dieser Zelle mit mir teilen. Das schlimmste war, trotz allem weiterzuleben, nachdem ich mich selbst verraten hatte und von fast allen verraten worden war.

Noch einmal der Morro

Schließlich brachten sie mich in den Morro zurück; sie steckten mich in die Zelle Nummer zehn zu den Mördern, die schon älter waren, vierzig oder fünfzig Jahre, und die zahlreiche Verbrechen begangen hatten; es gab wenig Menschlichkeit unter diesen Unverbesserlichen. Der Spatzenjäger war auch dort. Einmal, als Besuchszeit war, kam ein Wärter auf ihn zu und traktierte ihn mit Fußtritten; er war schon alt und ging sehr langsam, von dem Tag an aber war er gelähmt. Es gab keine Rollstühle dort, also lag er den ganzen Tag auf der Pritsche oder hockte auf einem Bänkchen und mußte zum Klo kriechen. Ich weiß nicht, was aus ihm geworden ist; als ich aus dem Morro rauskam, war er noch drin.

Da diese Gefangenen nichts mehr zu erwarten hatten, waren die sexuellen Beziehungen dort unverhohlener. Ich weiß noch, wie eine schwarze Tunte einmal sagte: »Hier muß endlich mal ordentlich gevögelt werden.« Worauf sie sich mit einem Laken eine Art Zelt auf ihrer Pritsche baute und dort eine wüste Bumserei anfing; die Männer standen Schlange, um die Tunte durchzuvögeln. Manchmal vermietete sie ihr Apartment aus Laken gegen Zigaretten.

In diese Zelle kamen auch problemlos Marihuana und Kokain herein. Offenbar hatten die Gefangenen gute Beziehungen zu den Wärtern und arrangierten sich mit ihnen; es gab einen richtigen Handel zwischen Wärtern und Häftlingen, und am Besuchstag wurde mit Geld bezahlt.

Da ich versprochen hatte, mich zu rehabilitieren, holten sie mich eines Tages aus der Zelle heraus und brachten mich in die Zelle für die Arbeitsgefangenen, das war die Nummer sechs. Diese Zelle war sehr schlecht belüftet, und dort saßen Hunderte Gefangene, aber wir hatten ein Privileg: wir durften im Hof und auf der Terrasse des Morro Arbeiten verrichten. So war das Leben wenigstens nicht so langweilig, und vielleicht wurde man auch nicht so schnell umgebracht.

In dieser Zelle gab es Leute, die wie ich ihren Widerruf unterschrieben hatten, oder Militärs von Fidel Castro, die irgendein Verbrechen begangen hatten. Ein Mann zum Beispiel, ein ehemaliger Leutnant, war zu vierundzwanzig Jahren verurteilt worden, weil er seine Frau und ihren Geliebten ermordet hatte; später ließen sie ihn frei.

Auch in der Zelle mit den Arbeitsgefangenen herrschte keine Atmosphäre der Kameradschaft, sondern der Bespitzelung; fast alle dort waren Spitzel und konnten einen Mitgefangenen wegen irgendeiner Sache anzeigen, weil er homosexuelle Beziehungen hatte, weil er ein verbotenes Produkt hereingeschmuggelt hatte oder weil er Marihuana rauchte, wovon fast alle träumten. Für den kleinsten Vorteil denunzierten sie die anderen ohne jeden Skrupel.

Ich kam mit einem Dutzend anderer Gefangener zu den Wäschern, unter der Leitung eines Wärters namens Rafael, der unerbittlich war. Wir gingen auf die Terrasse des Morro, und dort, mit ein paar Tanks voll Wasser, mußten wir die Wäsche von allen Offizieren und Soldaten waschen. Die Wäsche der Gefangenen wurde natürlich nie gewaschen; wenn Rafael aber mal ein Auge zudrückte, nutzten wir die Gelegenheit und wuschen, nur in Unterhosen, auch unsere Sachen.

Von dort oben konnten wir wenigstens Havanna und den Hafen sehen. Anfangs sah ich mit Groll zur Stadt hinüber und sagte mir, letzten Endes ist Havanna auch nur ein einziges Gefängnis; später bekam ich aber große Sehnsucht nach diesem anderen Gefängnis, in dem man wenigstens umherlaufen und Leute sehen konnte ohne Blaumann und rasierten Schädel.

Einmal sahen wir von der Terrasse aus, wie ein Gefangener ein Seil am Stacheldrahtzaun festmachte und den Hang hinunter in die Tiefe sprang, um zu flüchten. Er seilte sich immer weiter ab, und als er am Ende des Seils angekommen war, fehlten ihm noch an die hundert Meter bis zum Boden; er ließ los und landete unten mit gebrochenen Beinen. In diesem Zustand schleppte er sich in Richtung Meer. Aus purem Sadismus, denn der Mann hatte nicht die geringste Chance zu entkommen, knallten die Wärter ihn ab. Das alles passierte während der Besuchszeit, und alle Angehörigen mußten stundenlang dableiben, bis herausgefunden war, wer den Strick mitgebracht hatte.

Im Morro wurden immer wieder Fluchtversuche unternommen; logisch, jeder Häftling träumt davon, aus dem Gefängnis zu entkommen. Einmal hat es einer geschafft, und wir wurden alle einen Monat lang bestraft. Für die Wärter war es eine furchtbare Demütigung, daß einem Gefangenen die Flucht gelungen war. Später erfuhren wir, daß man den Häftling gefaßt hatte; das war nicht anders zu erwarten, denn in Kuba mit seinem flächendeckenden System der Überwachung ist es keineswegs leicht, ständig auf der Flucht zu sein.

Der Mann wurde mit Wunden und Blutergüssen übersät zurückgebracht und unter Fußtritten und Fausthieben an unseren Zellen vorbeigetrieben; wir sollten sehen, was mit uns passierte, wenn wir zu fliehen versuchten. Selbstverständlich wird ein schon verurteilter Gefangener, der einen Fluchtversuch unternimmt, zu weiteren Jahren Gefängnis verurteilt. Aber wir träumten alle von der Flucht, manchmal auf die verrückteste Weise.

Ein Gefangener zum Beispiel träumte davon, seine Familie würde ihm einen Ballon mitbringen, den er gleich dort aufpumpen und dann nach Norden lenken würde, um in die Vereinigten Staaten zu kommen. Andere dachten daran, sich als Zivilisten zu verkleiden und so zu entwischen, ein Ding der Unmöglichkeit.

Als es zu meinem Prozeß kam, bestand die erste Überraschung für das Gericht darin, daß die angeblich von mir verführten Jungen gar nicht minderjährig waren; außerdem waren sie über eins neunzig groß. Der Staatsanwalt und der vorsitzende Richter waren fest entschlossen, mich zu verurteilen. Einer der Jungen, von dem es hieß, ich hätte ihn vergewaltigt, wurde als Zeuge vernommen; er erschien in seiner Schuluniform und mit säuberlich gezogenem Seitenscheitel; er sah aus wie ein Engel. Als sie ihn aber fragten, ob es zu sexuellen Handlungen mit mir gekommen sei, verneinte er. Das Gericht wiederholte die Frage, der Junge sah mich an und sagte nein; dieser Junge war der Hauptbelastungszeuge gegen mich. Da sprang der vorsitzende Richter wutschnaubend auf und fragte: »Na schön, aber hat er dir einen geblasen oder nicht?« Der Junge sagte nein.

Ich weiß nicht, was mit dem Jungen los war, daß er auf diese Weise reagierte. Man sollte annehmen, die Staatssicherheit hätte ihn bearbeitet, damit er sagte, ich wäre schuldig, aber wie auch immer, er hat es nicht getan; vielleicht hatte er sich im letzten Moment auf seine Würde besonnen, oder er bekam Angst oder Mitleid; vielleicht war es auch Machismo, und er wollte nicht, daß das in seiner Akte stand. Der Junge beschränkte sich darauf zu sagen, es hätte einen Vorschlag gegeben, zusammen eine Weile in ein Haus zu gehen. Der Richter fragte, von wem dieser Vorschlag kam, und, wirklich unglaublich, der Junge drehte sich um und zeigte auf Coco Salá. Der Richter sah ihn wütend an und wiederholte die Frage; der Junge zeigte noch einmal auf Coco Salá. Da blickte mich der Richter so haßerfüllt an, wie mich noch nie jemand angesehen hatte.

Blieb noch die Aussage des zweiten Zeugen, eines Jungen, der noch jünger war und mit dem sowohl Coco als auch ich rumgemacht hatten. Als der seine Aussage machte, war er noch wortkarger als der erste; er sagte, er wüßte von nichts, sein Freund hätte ihn gerufen und gesagt, zwei Schwule hätten ihm einen Antrag gemacht, daraufhin hätte er nur gesagt, das sollte er lieber bleibenlassen, und er selbst wäre nirgendwohin mitgekommen.

Das brachte das Gericht noch mehr in Rage; man bezeichnete die beiden als Lügner und drohte ihnen, sie wegen Meineids zu verurteilen, doch die Jungen ließen sich nicht beirren.

Trotz allem hielt der Richter eine ellenlange Rede, in der es hieß, ich sei ein Konterrevolutionär und ein unmoralisches Element und sollte wegen Verführung Minderjähriger verurteilt werden. Eingeschüchtert durch die Staatssicherheit, machte der Verteidiger kaum den Mund auf. Die Verhandlung wurde bis zur Urteilsverkündung vertagt; Coco Salá wurde freigesprochen, und mich brachte man wieder in den Morro.

Die Wärter, die mich zum Prozeß begleitet hatten, sorgten dafür, daß im Gefängnis alle erfuhren, ich wäre angeklagt, Minderjährige verführt und den Jungs einen geblasen zu haben; seitdem nannten sie mich das Milchkalb. Jetzt bekam ich in der Zelle der Arbeitsgefangenen viele Angebote, die ich aber aus Vorsicht ablehnte.

Auf der Terrasse des Morro holte eines Tages ein blonder Junge von etwa zwanzig Jahren seinen Schwanz raus und fing an, mit dem Blick aufs Meer zu onanieren; er winkte mich zu sich, ich traute mich aber nicht; ich sah ihn nur an, und er sah mich an, und so kam er und spritzte seine Lebenskraft in die Wellen.

Auf der Terrasse fanden auch die Studienzirkel statt. Sie bestanden darin, die Reden Fidel Castros herunterzuleiern und zu allem ja und amen zu sagen; im allgemeinen verliefen diese Routineveranstaltungen ohne Zwischenfälle, bis zu dem Tag, als eine Gruppe Zeugen Jehovas auf die Terrasse kam, die wegen Wehrdienstverweigerung inhaftiert waren. Der Offizier gab einem dieser Jugendlichen die *Granma* mit einer Rede Fidel Castros, damit er sie vorlas, und er weigerte sich mit der Begründung, seine Religion erlaube ihm das nicht; der Offizier schlug mit dem Gewehrkolben auf ihn ein und stieß ihn zu Boden; dann trat er ihn mit den Füßen, während er mit dem Gewehr weiter auf Kopf, Bauch und Rippen einschlug. Er prügelte ihn dermaßen, daß sogar andere Offiziere angelaufen kamen und sagten, er sollte aufhören, er würde ihn noch umbringen. Darauf gab der Offizier die Zeitung einem anderen dieser Jungen und befahl ihm, vorzulesen; während der Junge las, zitterte und weinte er die ganze Zeit. Das ist jetzt fünfzehn Jahre her, und ich kann diesen Jungen nicht vergessen.

Außer den Zeugen Jehovas lehnten sich auch andere gegen diese Ungerechtigkeiten auf. Ich weiß noch, wie ein junger Schwarzer über eine Woche lang im Gefängnishof schrie: »Nieder mit Fidel Castro! Fidel Castro Mörder! Hurensohn! Verräter!« Die Wärter traten ihn und hieben mit ihren Gewehrkolben auf ihn ein. Sie hatten ihn festgebunden, doch er schrie weiter gegen Fidel Castro, alle nur denkbaren Schimpfwörter, mit dem typischen Haß des Kubaners, der, wenn ihn einer beleidigt, erst dessen Mutter beschimpft und ihn am Ende »schwule Sau« nennt. Ich habe nie jemanden gesehen, der eine solche Wut auf den Diktator hatte. Die Soldaten wußten nicht, was sie noch tun sollten, außer ihn schlagen.

Es dauerte eine Woche, bis die Staatssicherheit beschlossen hatte, wie mit diesem Schwarzen zu verfahren war: sie fesselten ihn auf eine Trage, gaben ihm eine Spritze, sagten, er sei vollkommen geistesgestört, und brachten ihn in eine Irrenanstalt. Ja, Mut ist eine Geisteskrankheit, aber von erhabener Größe.

Eines Tages wurde ich ans »Gatter« gerufen, das heißt, ans Eingangstor des Morro; wieder schrien die Gefangenen durcheinander, ich würde bestimmt freigelassen und sollte ihnen alles geben, was ich hatte, ich käme jetzt raus.

Was ich am Gatter bekam, war das Urteil; ich wurde zu zwei Jahren Gefängnis verurteilt wegen unzüchtiger Handlungen; wegen Verführung Minderjähriger konnten sie mich nicht verurteilen. Selbst in einem Land wie Kuba mußten sich die Büttel damals an die Gesetze halten, die sie selber gemacht hatten; deshalb konnten sie mich nicht zu zwanzig oder dreißig Jahren verurteilen. Das war ein Triumph für mich.

Mit meinem Urteil in der Hand kehrte ich in die Zelle zurück; als die Gefangenen das feine Papier sahen, auf dem das Urteil geschrieben stand, sprangen sie vor Freude auf und riefen: »Gib uns das Papier für ne Lulle«, für eine Zigarette also; ich nahm das Urteil, warf es ihnen durchs Gitter zu, und an diesem Nachmittag rauchten sie Lullen, die aus dem Amtspapier des Justizministeriums gedreht waren.

Am Tag darauf kam die Staatssicherheit und brachte mich nach Villa Marista. Dort erwarteten mich die Leutnants Gamboa und Víctor; letzterer schien vor Wut zu kochen. Er fragte mich, ob ich schon meine Strafe wüßte, und ich sagte ihm, beinahe lächelnd, ja, ich wüßte sie, zwei Jahre. Víctor konnte seine Wut kaum im Zaum halten. Gamboa versuchte zu beschwichtigen und sagte, das sei noch nicht das Urteil, sondern nur der Strafantrag. Ich fiel ihm ins Wort und stellte klar, daß das sehr wohl das Urteil war.

Wenn sie mein Urteil nicht akzeptierten, blieb ihnen jetzt nur, einen politischen Prozeß gegen mich anzustrengen.

Zurück in meiner alten Zelle, sah ich durch die Luke wieder den Mulatten aus Oriente, der sich so viel mit mir unterhalten hatte; er grüßte mich sehr freundlich und plauderte eine ganze Weile mit mir, vielleicht, um mir Gelegenheit zu geben, seine Beine anzusehen und mich dabei zu befriedigen.

Diesmal blieb ich nicht lange bei der Staatssicherheit; nach drei Tagen riefen mich Víctor und Gamboa wieder zu sich. Diesmal wirkten sie sehr viel zufriedener und lächelten übers ganze Gesicht, als sie mich begrüßten; sie sagten, sie freuten sich sehr, daß meine Strafe nur zwei Jahre betrage und daß ich bereit sei, den Rehabilitierungsplan zu unterstützen und mit ihnen zusammenzuarbeiten.

Als erstes sollte ich ihnen eine Liste der Personen aufstellen, die der Revolution feindlich gesonnen seien; ich sagte, das täte ich mit dem größten Vergnügen. Sie gaben mir Papier und Stift, und ich schrieb die Namen aller Agenten der Staatssicherheit auf, die mich denunziert hatten; ihre Namen hatte ich auf einer Liste gelesen, die mir der Anwalt gezeigt hatte: Bienvenido Suárez, José Martínez Matos, Otto Fernández und viele andere, die aus reiner Boshaftigkeit denunzierten, wie der Leutnant aus meinem Wohnblock und die Vorsitzende meines CDR*. Natürlich hätte ich auch Coco Salá, Hiram Pratt und meine Tante auf die Liste setzen können, ich tat es aber nicht; im Grunde waren sie genauso Opfer dieses Regimes. Nachdem ich die Liste geschrieben hatte, brachten sie mich wieder in den Morro zurück, mit dem Versprechen, mich in Kürze in ein Rehabilitierungslager zu verlegen.

Im Morro kam ich wieder in die Zelle Nummer zehn; das sah ich als schlechtes Omen an. Offenbar war die Staatssicherheit weder von meiner Bekehrung noch von der Liste mit den Konterrevolutionären überzeugt, die ich für sie aufgestellt hatte.

In der Zelle hatten alle mörderischen Hunger; dort schlief aber auch ein Koch, der einen ganzen Beutel voll Brot hatte. Manchmal träumte ich von diesem Brot, und einmal paßte ich die Gelegenheit ab und klaute ihm ein Stück; ich biß so fest hinein, daß mir meine künstlichen Zähne kaputtgingen. Das war für mich einer der schlimmsten Momente im Gefängnis, denn ich hatte zwar mit keinem der Gefangenen eine sexuelle Beziehung, aber ich

* *Comité de Defensa de la Revolución* – Komitee zur Verteidigung der Revolution

konnte wenigstens ein ansehnliches Äußeres für mich in Anspruch nehmen und lächeln; jetzt aber, mit den beiden abgebrochenen Schneidezähnen, konnte ich nicht einmal mehr lächeln; ich brachte den ganzen Tag damit zu, die beiden Zähne wieder am Gebiß zu befestigen, was mir auch gelang, sobald ich aber ein Wort sagte, fielen sie wieder heraus.

Ohne meine Zähne wurde mein Ruf noch schlechter; jetzt war ich nicht nur das Milchkalb, sondern das zahnlose Milchkalb.

In dieser Situation lernte ich einen Gefangenen kennen, der Rogelio Martínez hieß und Gedichte schrieb; als er erfuhr, daß ich Schriftsteller war, brachte er mir eine gewisse Wertschätzung entgegen. Er mußte die Akten aller Gefangenen verwalten, mit ihren verschiedenen Gerichtsverfahren und den Verbrechen, die sie begangen hatten; nachts holte er mich aus der Zelle, unter dem Vorwand, ich sollte ihm irgendeine Kartei anlegen. Er hatte so etwas wie ein Büro und durfte sich auf dem Gefängnishof frei bewegen; er trug einen Krankenpflegerkittel, obwohl er kein Krankenpfleger war.

In Wirklichkeit wollte er mir seine Gedichte vorlesen, die leider ziemlich schlecht waren, romantisch und verstaubt; es war immerzu von Frauen die Rede, die wie Sirenen waren und die ihn auch noch betrogen hatten. Es war eine gereimte Mischung aus Erotik und Kitsch, regelrechter Schund. Aber es war ein Vergnügen, aus der Zelle rauszukommen und bei diesem armen Jungen zu sein, der ein Publikum brauchte, das sich seine Gedichte anhörte. Manchmal trieb er einen Teller Essen auf, und wir aßen gemeinsam während unserer literarischen Lesungen.

Wir schauten auch den Ratten zu, die sich nachts in der Nähe der Zellen tummelten, wo er sein behelfsmäßiges Büro hatte; ich habe nie so viele Ratten auf einem Haufen gesehen, ich habe auch nirgends größere gesehen; manche waren größer als eine Baumratte. Diese Ratten balgten sich bis aufs Blut und machten einen solchen Radau, daß der Dichter in seiner Lektüre innehielt, um sich dem Spiel dieser Tiere zuzuwenden.

Dann und wann kam mich Leutnant Víctor besuchen; von ihm erfuhr ich, daß mein Roman *Der Palast der blütenweißen Stinktiere* in Frankreich und Deutschland erschienen war; er zeigte mir wutschnaubend ein Exemplar, erlaubte mir aber nicht, es auch nur anzufassen. Es war mein Buch, aber ich durfte es nicht berühren.

Die Veröffentlichung dieses Buches war der Beweis, daß ich existierte, und das brachte sie in Rage. Meine Freunde hatten es geschafft, in ganz Europa mit einer Kampagne auf meine völlige Isolierung aufmerksam zu machen. Víctor ließ mich einen Brief an meinen Verleger in Frankreich aufsetzen, in dem ich versicherte, ich befände mich bei bester Gesundheit und könnte vielleicht schon bald wieder nach Hause.

Mehrfach wurde ich »in die Kette« gerufen: sie ließen mich meine Sachen zusammenpacken und mit den anderen Gefangenen in einer langen Schlange antreten; in letzter Minute aber stellten sie angeblich anhand irgendeiner Karteikarte fest, daß ich nicht wie die anderen in ein anderes Gefängnis verlegt werden durfte, und schickten mich zurück in meine Zelle Nummer zehn, wo noch zwei oder drei hartnäckige Fälle geblieben waren. Nach wenigen Tagen füllte sich die Zelle natürlich wieder mit den neu eingelieferten Gefangenen.

Von meiner Zelle aus konnte ich sehen, wie nach dem Appell Häftlinge aus verschiedenen Zellen hinausdurften; das waren die Agenten der Sicherheit, die sich als Gefangene ausgaben.

Eines Tages riefen sie alle Gefangenen aus der Zelle Nummer zehn auf, sofort zum Gatter zu kommen, und sie verlegten uns in die Zelle Nummer eins, die unter der Erde lag; genau über den Strafzellen. Ich weiß nicht, warum sie das taten, jedenfalls steckten sie uns in den feuchtesten Teil des Morro; bei Flut stieg das Wasser bis an unsere Füße.

Von dort verlegten sie eine Gruppe Gefangener zum Arbeiten ins Combinado del Este, das war ein modernes Gefängnis, aus dem niemals jemand fliehen konnte. Ich aber blieb im Morro, ohne daß mich noch irgend etwas antrieb, weiterzuleben.

Einmal kam mich Norberto Fuentes besuchen; das war sehr merkwürdig, weil uns nur Angehörige ersten Grades dort besuchen durften: Mutter, Kinder, Geschwister. Angeblich hatte es Norberto durch einen Verwandten geschafft, der im Morro arbeitete; er brachte mir eine Tüte geröstetes Maismehl mit und einen Roman von Lisandro Otero. Natürlich wußte ich, daß er für die Staatssicherheit arbeitete und daß nur die Staatssicherheit diesen Besuch eingefädelt haben konnte; sie dachten vielleicht, ich würde Norberto gegenüber zugeben, daß ich im Grunde das Land verlassen wollte. Selbstverständlich erzählte ich ihm das genaue Gegenteil von dem, was ich empfand, und bekundete ein weiteres Mal den Wunsch, mit ganzer Kraft der Revolution zu dienen. Norberto umarmte mich und sagte, ich käme bestimmt sehr bald frei; in der kubanischen Kulturpolitik zeichneten sich große Veränderungen ab.

Wie auch immer, ich blieb noch mehrere Monate im Morro. Manchmal zeigten sie uns sowjetische Filme; die waren wirklich grauenvoll. Als Kinosaal diente eine schaurige Zelle, wo die Gefangenen auf den Boden pinkelten; man mußte sich in die Pisse der übrigen Häftlinge setzen. Nie habe ich mich verlassener gefühlt.

Eines Abends befahl mir der diensthabende Kämpfer, mich mit allen meinen Sachen am Gatter einzufinden; das hatte ich schon so oft hinter mir, daß ich es inzwischen mechanisch tat, ohne jede Hoffnung, obwohl mir alles lieber gewesen wäre, als in diesem Verlies bleiben zu müssen. Am Gatter stand Leutnant Torres, ein untersetzter Mulatte mit pockennarbigem Gesicht, ein richtiger Verbrecher, dem es Spaß machte, die Gefangenen zu erniedrigen; er war berüchtigt für seine Bösartigkeit. Er sah mich mit seinen Schlangenaugen an und sagte, er würde mich höchstpersönlich in ein Rehabilitierungslager bringen.

Ich hatte eine Tasche mit Gefängniskleidung bei mir, die ich noch von meiner Arbeit als Wäscher hatte. Torres sagte spöttisch zu mir: »Sieh einer an, du hast dich bereichert; bist ohne alles hergekommen und gehst jetzt mit einem ganzen Sack voll.« Wir gingen zum Auto von Torres; ich wollte mich hinten reinsetzen, doch er sagte mir, ich könnte vorn Platz nehmen, neben ihm. Er fuhr los, und wir durchquerten ganz Havanna. Alles leuchtete vor meinen Augen, nachdem ich so lange in diesen Zellen im Morro eingesperrt gewesen war; die Stadt kam mir nicht mehr verfallen, sondern hell und sauber vor.

Als wir an der Ecke Calle 20 und Quinta Avenida in Miramar vorbeifuhren, sah ich unter einem der großen Bäume, die dort wuchsen, Heberto Padilla über den Bürgersteig gehen: bleich, aufgedunsen, trostlos, ein Bild der Zerstörung. Auch bei ihm hatten sie es geschafft, ihn zu »rehabilitieren«; nun wandelte er als Gespenst unter diesen Bäumen.

Ein »offenes« Gefängnis

Wir kamen zu einem sogenannten offenen Gefängnis in Flores, ein Stück hinter Miramar. Torres winkte den Wärter zu sich und flüsterte ihm etwas zu. Wir gingen hinein, und ich bekam eine neue Matratze und eine neue Uniform. Dieses Gefängnis lag am Ufer des Meeres und hatte sogar eine kleine Strandpromenade, wo man spazieren und sich hinsetzen konnte; das war eine bemerkenswerte Veränderung.

Ich durfte mich waschen; die Duschen befanden sich auf einem Steg über dem Meer. Ich machte den Mund auf, um das reinigende Wasser hineinlaufen zu lassen, und meine künstlichen Zähne fielen ins Meer.

Am nächsten Tag weckten sie uns bei Sonnenaufgang, ließen uns zum Appell antreten und brachten uns zur Arbeit, die darin bestand, für die Sowjets Häuser zu bauen. Wir arbeiteten von Tagesanbruch bis acht oder neun Uhr abends. Ich arbeitete als Gehilfe eines Maurers, der Rodolfo hieß; er war ungefähr vierzig Jahre alt und hatte den Rebellen geholfen, die zu Beginn der Revolution gegen Castro kämpften; er war zum Tode verurteilt worden, danach hatten sie die Strafe in dreißig Jahre Gefängnis umgewandelt.

Viele in diesem Gefängnis waren zu dreißig Jahren verurteilt und saßen schon seit fast fünfzehn; durch die Zwangsarbeit waren sie alt geworden. Das System hatte das ganze Leben dieser Männer zerstört; sie waren kaum volljährig ins Gefängnis gekommen, viele von ihnen gingen inzwischen auf die vierzig zu und hatten erst die Hälfte ihrer Strafe hinter sich.

Wir hatten nur an den Sonntagnachmittagen frei, und alle zwei Wochen durften wir Besuch empfangen. An einem dieser Tage kam mich Juan Abreu besuchen, und als er mich mit der Uniform und dem kahlgeschorenen Kopf sah, konnte er die Tränen nicht zurückhalten; ich versuchte ihn zu beruhigen und bat ihn, mir beim nächsten Besuch ein Exemplar der *Ilias* mitzubringen, damit ich sie weiterlesen konnte. Als Abreu gegangen war, kam Norberto Fuentes; voller Optimismus sagte er mir, ich sähe blendend aus und würde bestimmt nur ein paar Monate hier drin bleiben. Ich trug natürlich denselben Optimismus zur Schau und versprach ihm, wenn ich erst draußen wäre, würde ich nur noch Oden auf die Revolution Fidel Castros schreiben.

Beim nächsten Besuch brachte mir Juan Abreu die *Ilias* mit. Kaum war er gegangen, fing ich an, den letzten Gesang zu lesen, den ich wegen meiner Festnahme im Leninpark nicht mehr geschafft hatte. Als ich fertig war, mußte ich weinen, wie ich nicht mehr geweint hatte, seit ich im Gefängnis war. Rodolfo, der auf der Pritsche neben meiner schlief und nicht verstehen konnte, daß ich weinte, bloß weil ich ein Buch zu Ende gelesen hatte, versuchte mich zu trösten. Er meinte, ich sollte mir keine Sorgen machen, beim nächsten Besuchstag würde bestimmt meine Mutter kommen, und ich hätte doch gar keinen Grund zu weinen, bald würden sie mich doch freilassen.

Jeden Tag, wenn wir zum Duschen gingen, suchte ich auf dem Grund des Wassers nach meinen Zähnen, doch es war aussichtslos.

Eines Nachmittags rief mich einer der Gefangenen, der eine Art Verbindungsmann zwischen uns und den Offizieren des Gefängnisses war. Im Büro wartete eine Person auf mich. Ich ging hin, und da saß Víctor, der gleich aufstand und mich überschwenglich begrüßte; er gratulierte mir und sagte, er sei über meine gute Führung im Gefängnis informiert und fände es schade, daß ich so viele Schubkarren mit Erde schieben müßte, er würde zusehen, daß ich irgendeine Büroarbeit im Gefängnis bekäme; es liefe aber alles bestens, und sicherlich würde ich bald freigelassen. Er bat mich auch, ihm einen Brief an meinen Verleger in Frankreich zu schreiben, in dem stand, daß ich praktisch schon in Freiheit sei und jedes Wochenende nach Hause dürfe. Ich schrieb ihm diesen Brief, und Víctor ging überglücklich wieder fort; ich hatte einen weiteren Sieg errungen. Was er nicht wußte, war, daß ich über Juan Abreu meinen Freunden in Frankreich heimlich Nachrichten zukommen ließ, um ihnen die Wahrheit über meine Situation zu sagen und sie zu bitten, sie möchten alles versuchen, um mich aus Kuba rauszuholen.

Víctor kam regelmäßig und fragte mich, wer bei mir gewesen sei. Ich wußte, daß ich beobachtet wurde, deshalb bat ich Juan beim nächstenmal, mich nicht mehr zu besuchen; das würde ihn in Gefahr bringen. Während meiner Zeit in Flores sah ich Juan nicht wieder; Norberto dagegen ließ sich häufig blicken, seinen Namen brauchte ich allerdings vor der Staatssicherheit nicht zu verheimlichen, er gehörte schließlich dazu.

Die Gefangenen konnten sich manchmal in den Wohnungen, die sie für die Sowjets bauten, einschließen und es dort miteinander treiben. Im allgemeinen suchte sich der Maurermeister einen Gefangenen als Hilfsarbeiter aus, und am Ende war der sein Liebhaber; das vereinfachte die Beziehungen, denn der Meister und der Hilfsarbeiter arbeiteten gemeinsam, und es war nicht weiter verwunderlich, wenn sie sich in den Wohnungen dieser Gebäude einschlossen oder nachts Überstunden machten, was als besonderes Verdienst notiert wurde.

Als Rodolfo mich als seinen Hilfsarbeiter auswählte, hatte er dabei auch sexuelle Absichten. Alle diese zu dreißig Jahren Gefängnis verurteilten Männer hatten nur sehr selten die Gelegenheit, mit einer Frau zu schlafen. Viele Russinnen allerdings, die Ehefrauen der Sowjets, trugen keinen Slip und schlugen aufreizend die Beine übereinander, wenn wir vorbeikamen. Einige der Gefangenen rückten nachts aus dem Gefängnis aus, wie ich später erfuhr, und machten mit den Russinnen Sex; das wurde hart bestraft, nicht nur wegen der unerlaubten Entfernung, es galt auch als politischer Verrat. Doch die Russinnen amüsierten sich prächtig, und jedesmal, wenn wir vorbeikamen, brachten sie es fertig, die Beine noch höher zu heben, damit die Gefangenen sie bewundern konnten. Sie waren richtige »Schinkenweiber«, wie die Kubaner die Frauen nennen, die gern ein bißchen Fleisch sehen lassen.

Rodolfo erzählte mir, wie scharf ihn diese Russinnen machten, vor allem eine Blondine mit üppigen Schenkeln und kolossalen Brüsten; er sagte mir, er hielte es nicht mehr aus, und ich sah von meinem Bett aus seinen Schwanz, der sich unter der Decke aufrichtete, während er von dieser Russin sprach. Ich konnte mich nie überwinden, die Hand nach diesem Gebirge auszustrecken und in der Praxis die Rolle dieser Russin zu spielen.

Ich erinnere mich auch an einen anderen Gefangenen, einen Jungen, den ich schon im Morro kennengelernt hatte und der mir Anträge machte. Er war Hilfsarbeiter wie ich, und während wir den Mörtel für unsere Maurermeister mischten, sagte er zu mir: »Junge, wenn du wartest, bis sie dich freilassen, verrostet dir noch das Arschloch.« Ich ging nicht darauf ein, und wir arbeiteten freundschaftlich nebeneinander weiter.

Das Gebäude, in dem ich arbeitete, grenzte an den Innenhof des Hauses von Ximera Fernández, die eine bekannte kubanische Schauspielerin gewesen war, dann aber politisch in Ungnade fiel; sie war genau der Typ Frau, der die kubanischen Männer zur Raserei brachte. Täglich kam sie heraus, um in ihrem Garten ein paar Rosen zu schneiden, und mit voller Absicht bückte sie sich dabei auf eine Weise, daß die Gefangenen ihren ganzen Hintern zu Gesicht bekamen; jeden Morgen Punkt zehn Uhr fand die Rosenzeremonie statt. Die Gefangenen, die sich schon auf diesen Augenblick vorbereitet hatten, befriedigten sich dabei; es war eine schöne Huldigung, die sie mit größtem Vergnügen entgegennahm.

Mein bester Freund in dieser Zeit war wieder ein Koch, den sie Schweinefraß nannten, denn nach Meinung der Gefangenen kochte er genau das. Er wog etwa drei Zentner, ein menschlicher Riesenklops; seine größte Sorge galt der Zubereitung des Essens, was er mit einer solchen Leidenschaft tat, daß er die Seele der Gefängnisküche war. Seine wahre Passion war nicht die Fresserei, sondern die Zubereitung des Essens.

Er hatte mich, als ich ankam, gleich in sein Herz geschlossen, und er vergaß nie, mir etwas vom übriggebliebenen Essen mitzubringen. Sie hatten ihn zu fünfzehn Jahren Gefängnis verurteilt, ebenfalls aus politischen Gründen, und er kannte die Geschichte fast aller Häftlinge; er sagte mir, vor wem ich mich in acht nehmen mußte, mit wem ich kein einziges Wort reden durfte. Er war garantiert homosexuell, sprach mir gegenüber aber nie davon. Unsere Freundschaft war platonischer Natur, wir waren wie zwei Brüder; alle nannten ihn abfällig Schweinefraß, nur ich sagte Gustavo zu ihm, so hieß er nämlich. Er war vielleicht der anständigste Kerl, den ich in diesem Gefängnis kennengelernt habe; er besaß ein seltenes Geschick dafür, sich in allen Lebenslagen zu helfen, und diese Klugheit, die nur Gefangene besitzen, nämlich zu vergessen, daß da etwas jenseits der Gefängnismauern existiert, und mit den kleinen alltäglichen Aufgaben, den kleinen Streitereien, den kleinen Tratschereien um uns herum zu überleben. Mit seiner Hilfe und ausgerüstet mit einer Schaumkelle fand ich in der Nähe der Duschen meine künstlichen Zähne wieder.

Das Mittagessen brachte uns Schweinefraß zusammen mit den anderen Köchen zu der Stelle, wo wir arbeiteten; er war gerecht bei der Essenausgabe; wenn er mir mehr gab, dann nur, weil etwas übriggeblieben war. Eines Tages stand Schweinefraß hinter einem riesigen Anhänger voller Armierungseisen, der vor dem Gebäude, wo wir arbeiteten, entladen werden sollte, und schaute zu; plötzlich setzte der Fahrer mit einem Ruck zurück, und eine der Stangen durchbohrte den massigen Körper und tötete Schweinefraß auf der Stelle. Ich weiß nicht, ob das nur ein

Unfall war; vielleicht hatte der Fahrer nicht einmal etwas gegen ihn, sondern wollte sich nur einen Scherz erlauben; viele hatten ihren Spaß daran, wie die Stange diesen voluminösen Körper aufspießte. Schweinefraß erwähnte seitdem keiner mehr.

Es war ein Glück für mich, daß zu dieser Zeit eine allgemeine Kampagne anlief, wir wurden alle aufs Land geschickt, um eine Schule zu bauen; es war eine der vielen Schulen, die in Kuba in Sklavenarbeit errichtet wurden, das heißt von Gefangenen.

Wir kamen auf eine riesige Plantage, wo wir in zwei Wochen eine »Schule auf dem Land« bauen mußten, damit danach die Schüler kommen konnten, um in unbezahlter Arbeit für die Regierung diese Bananenpflanzungen vom Unkraut zu befreien. Es war schon richtig angenehm, in eine andere Umgebung zu kommen, auf dem Land sein zu können und die Pflanzen zu riechen; es gab einen Bach, und in der wenigen freien Zeit konnten wir dort baden. Es wurde Tag und Nacht gearbeitet; viele dieser Schulen wurden so schnell und aus so schlechtem Material gebaut, daß sie nach ein, zwei Monaten wieder zusammenkrachten, aber das war nicht mehr unser Problem; unser Problem war es, mit dieser Schule so schnell wie möglich fertig zu werden.

Obwohl wir ständig arbeiten mußten, waren wir dort zufriedener; wir konnten unser Essen im Freien kochen, und nachts benutzten manche sogar einen Stuhl als Trommel, und dann wurde getanzt. Man sah überall die Silhouetten der Körper, die zwischen den Bananenstauden verschwanden, um sich dort sexuell auszutoben.

Eines Nachts setzte sich jemand auf meine Pritsche; ich dachte, jemand hätte sich im Bett geirrt. In der Dunkelheit spürte ich Hände, die über meine Brust glitten, und ich hörte eine Stimme, die zu mir sagte: »Ich bin's, Rodolfo.« Dann legte er sich zu mir auf die Pritsche, wo kaum Platz für mich allein war, und zog sich so leise wie möglich die Hosen runter. Mitten in der Baracke, umgeben von mehr als fünfhundert Gefangenen, masturbierte ich Rodolfo, der im letzten Moment einen lustvollen Seufzer nicht unterdrücken konnte.

Am nächsten Tag setzten wir unsere Arbeit fort, ohne das Geschehene auch nur mit einem Wort zu erwähnen; es passierte auch nie wieder. Er erzählte mir weiter von seiner angeblichen Freundin und davon, wie er sie durchbumsen würde, sobald er Freigang hatte.

Ich hatte eine große Sorge: ich wußte nicht, ob ich noch Syphilis hatte. Das erste, was ich dem Arzt im Morro sagte, nachdem ich das Bewußtsein wiedererlangt hatte, war, daß ich bis 1973 an Syphilis gelitten hatte. Es war ein Drama gewesen, sie zu kurieren, weil alles von der Regierung kontrolliert wurde und die Medikamente in den Händen des Staates waren. Eine andere Angst war die Hirnhautentzündung, die ich als Kind gehabt hatte und die, wie ein Arzt mir sagte, durch eine Syphilis wieder ausbrechen konnte.

Über meine Freunde im Ausland hatte ich mir Penicillin besorgen können, und nach meinen Untersuchungen war die Syphilis praktisch weg. Trotzdem hatte der Arzt, als ich bei der Staatssicherheit rauskam, mir heimlich noch einmal die für die Krankheit erforderliche Dosis Penicillin verabreicht, obwohl er sagte, ich sei geheilt.

Als wir zurück in Flores waren und ich mich wusch, kam ein atemberaubender Mulatte zu mir unter die Dusche, dessen Schwanz sich, kaum daß er mich sah, in beeindruckender Weise aufzurichten begann. Ich war immer für diesen Typ von Mann empfänglich; mit seinem steifen Schwanz trat er auf mich zu, ich rieb ihn ein paarmal mit meiner eingeseiften Hand, und schon kam er. Nie habe ich einen Menschen gesehen, der nach dem Orgasmus glücklicher war; er hüpfte auf dem Steg herum und sagte, er freue sich so, mich kennengelernt zu haben. Er meinte, wir sollten uns am nächsten Tag nach zwölf Uhr wiedersehen, und ich sagte ja, obwohl ich das gar nicht vorhatte. Merkwürdigerweise wurde dieser Mulatte am nächsten Tag verlegt. In meiner Paranoia dachte ich, man hätte ihn auf mich angesetzt, um zu sehen, ob ich meine Sexualpraktiken fortsetzte, in meinem Widerruf hatte ich schließlich versprochen, keine homosexuellen Kontakte mehr zu haben.

Manchmal durften wir sonntags im Meer baden; es war für mich eine Riesenfreude, ins Wasser zu steigen und mich wenigstens fünf oder sechs Meter vom Ufer entfernen zu können; klar, daß das hinter dem Rücken der Wärter geschah, und einer der Gefangenen mußte immer aufpassen und uns warnen, wenn einer kam. Wenn ein Gefangener erst einmal in einer offenen Anstalt ist, versucht er natürlich nicht mehr zu fliehen, weil er sonst wieder ins geschlossene Gefängnis zurück muß und genau weiß, daß er sowieso geschnappt wird; es ist eine Vergünstigung, in der offenen Anstalt zu sein, und einige dürfen manchmal sogar ihre Angehörigen besuchen. Ich sollte auch einmal Freigang bekommen, ich ging aber nicht, weil ich nicht wußte, wo ich hinsollte; Norberto Fuentes sagte mir, ich könne zu ihm, aber ich blieb lieber im Gefängnis, bis ich richtig freikam.

Theoretisch durften Homosexuelle dort, wo ich war, nicht sein; sie mußten im Morro bleiben oder wurden in eine Art Konzentrationslager gebracht. Immer wieder aber gelang es einem Homosexuellen, irgendwie in eines dieser Arbeitslager für Männer hineinzukommen; in Flores gab es außer mir eine ganz offensichtliche Tunte, die die Gräfin genannt wurde (ihr richtiger Name war Héctor) und die jeden Abend im Lagerhof empfing. Irgendwoher hatte sie Tee aufgetrieben, und während sie ihn kochte, erzählte sie vom Ballett, von der Poesie und anderen Dingen, die mit Kunst zu tun hatten. Dort konnten wir Bücher lesen, so daß es immer etwas gab, worüber man reden konnte. Da Héctors Liebesleben im ganzen Lager bekannt war, stand er eines Tages vor dem Problem, daß die anderen Häftlinge sagten, er als Schwuchtel dürfte nicht in der offenen Anstalt bleiben; das hätte bedeutet, daß er in den Morro zurück mußte. Er bat mich um Rat, und ich brachte ihn darauf, eine Liste aller Personen aufzustellen, mit denen er im Lager geschlafen hatte, und ihnen mit einer Anzeige zu drohen; das tat er, und die Liste war ellenlang. Als die Männer davon hörten, legten sie in Sachen Vertreibung den Rückwärtsgang ein: »Meine Herren, laßt das bleiben; wir sind verheiratete Männer, und das wird uns in Verlegenheit bringen«, hieß es auf einmal. Letzten Endes verhinderte nur die Drohung, die ganze Höhle von Rammlern auffliegen zu lassen, daß Héctor von denselben Gefangenen verjagt wurde, die ihn immer gebumst hatten. So konnte er seine Umerziehung dort abschließen und selber auf den Toiletten die Männer umerziehen, während die übrigen schliefen.

Gegen Ende 1975 ging unter den politischen Häftlingen bereits das Gerücht um, es gäbe Gespräche zwischen Beauftragten Fidel Castros und der Vereinigten Staaten über eine Begnadigung der politischen Gefangenen und ihre Ausreise in die Vereinigten Staaten. Das war natürlich eine zwiespältige Angelegenheit. Ein paar Senatoren kamen nach Kuba, und die Staatssicherheit wählte die Häftlinge aus, die sich mit den US-Senatoren unterhalten sollten; so nahmen diese Herren keinen sehr schlechten Eindruck von den kubanischen Gefängnissen mit nach Hause.

In diesen Tagen kam Víctor mich besuchen und sagte mir, meine Entlassung stehe kurz bevor, und man könnte mir vielleicht eine Arbeit besorgen; ich hatte nicht die geringste Vorstellung, was ich mit meiner Freiheit anfangen und wo ich wohnen sollte. Wirkliche Freunde hatte ich nur sehr wenige; es sind immer sehr wenige, wenn man in Not ist. Die Hilfe der anderen, der Polizisten, erschien mir sehr zweifelhaft.

Auf der Straße

Anfang 1976 gab man mir die »Freiheit« wieder, und ich sollte für zwei oder drei Tage bei Norberto Fuentes wohnen. Er las mir das Buch vor, an dem er gerade schrieb; ein grauenhafter Schinken über Hemingway, gewidmet niemand Geringerem als Leutnant Luis Pavón, einem der unheimlichsten Männer im Inquisitionsapparat Fidel Castros, der alle Schriftsteller verfolgt und das kubanische Theater zerstört hatte, ein wahrer Schwulenhasser.

Natürlich beherbergte mich Norberto Fuentes auf Geheiß der Staatssicherheit, mein Aufenthalt bei ihm war eine Art subtiles Verhör. Er zeigte mir ein Buch von Cabrera Infante, das gerade in Europa herausgekommen war, *Ansicht der Tropen im Morgengrauen*. Er gab es mir zu lesen, um meine Meinung zu erfahren. Natürlich sagte ich ihm, es wäre ein »konterrevolutionäres« Buch, wenn auch exzellent geschrieben. So offerierte er mir eine ganze Serie von Büchern, an die man in Kuba nicht herankam, wenn man kein Funktionär Fidel Castros war.

Ich mußte irgendwie aus Norbertos Wohnung raus, wußte aber nicht wohin. Als erstes wollte ich das Manuskript meines Romans *Noch einmal das Meer* in Sicherheit bringen, es mußte noch unter dem Dach des Hauses sein, wo ich gewohnt hatte. Natürlich hing dort ein Vorhängeschloß an der Tür, und ich konnte nicht hinein. Das zweite Ziel war, meine Syphilis zu kurieren, und das dritte, ans Meer zu kommen, wo ich die glücklichsten Augenblicke meines Lebens verbracht hatte. Danach wollte ich nach Oriente fahren, um meine Mutter zu besuchen und dort zu einem Zahnarzt zu gehen, der meine herausgefallenen Zähne wieder an der Prothese festmachen sollte.

Eines Abends verabredete ich mit den Brüdern Abreu, den Versuch zu wagen und das Manuskript vom Dach des Hauses meiner Tante zurückzuholen. Während sie an der Straßenecke aufpaßten, kletterte ich im Morgengrauen aufs Dach und hob die Ziegel an; es war alles weg. Ich geriet in Panik; die Polizei leistete wirklich ganze Arbeit.

Jetzt mußte ich meinen Roman ein weiteres Mal schreiben, ich hatte aber weder eine Schreibmaschine noch Papier noch einen Ort, wo ich mich hinsetzen und arbeiten konnte. Antón Arrufat sammelte Geld, und damit konnte ich ein paar Tage im Hotel Colina überleben, gegenüber der Universität von Havanna. Norberto Fuentes war über jeden meiner Schritte informiert.

Im Hotel Colina tauchte Víctor auf; unterm Arm trug er einen Umschlag. Er sagte mir, ich sei nicht ganz aufrichtig zu ihm gewesen; ich tat erstaunt, darauf zog er das Romanmanuskript aus dem Umschlag, das ich unter dem Dach aufbewahrt hatte. Ich konnte ihm nur antworten, ich wüßte nicht einmal mehr, wo ich es gelassen hätte, es wäre heute ohne jeden Wert für mich, ich wollte nur, daß es verschwände. Dieses Manuskript der Staatssicherheit überlassen zu müssen, machte mich so wütend, daß ich mir schwor, es noch einmal zu schreiben, um jeden Preis.

Castro Palomino hieß der Arzt, zu dem ich wegen meiner Syphilis ging. Er war ein Mann aus einer anderen Zeit, der wie durch ein Wunder noch immer seine Praxis hatte; er empfing mich hinter einem riesigen Schreibtisch, und nachdem er mich untersucht hatte, sagte er, ich bräuchte mir keine Sorgen zu machen, es sei nicht ansteckend und leicht zu kurieren; er beschaffte ein paar Ampullen Penicillin und schenkte sie mir. Ich fragte ihn, wie ich sie ihm bezahlen könne, und dieser alte Herr, der schon über achtzig war, sagte mir: »Ich bitte dich nur um eins: sag Rodríguez Feo, er soll nicht vergessen, mir die Zeitschrift *Playboy* zu bringen, die er mir schon vor Monaten versprochen hat.« Rodríguez Feo hatte mich mit ihm in Kontakt gebracht.

Ich irrte durch Havanna mit sechs Ampullen Penicillin in der Tasche, auf der Suche nach jemandem, der sie mir spritzen konnte; einer war Amando López alias Gluckgluck, ein anderer Oscar Rodríguez, und die Mutter der Abreus machte sowas auch.

Amando López brachte mich in seinem Zimmer unter, das von der Küche im Haus einer Señora Elia del Calvo abging. Sie war die Witwe eines Comandante der castristischen Revolution, der bei einer der vielen Guerillaunternehmungen Fidels im Ausland getötet worden war; sie nannten ihn Racker. Sie redete den ganzen Tag unablässig von ihrem Racker, und da sie allein war in diesem großen Haus, hatte sie siebenundzwanzig Katzen.

Die übrigen Zimmer des Hauses standen fast alle leer. In einem wohnte eine Französin namens Julie Amado, deren sexueller Heißhunger noch maßloser war als der von Amando López und mir. Elia schlief praktisch nie, ihr riesiges Bett war von den Katzen okkupiert; sie setzte sich auf einen Stuhl und legte die Beine aufs Bett, während neben ihren Füßen die ganzen Katzen zwischen Tellern mit halbverfaultem Fisch schnurrten.

Um ins Zimmer der Französin oder Amandos zu gelangen, mußte man erst an Elia vorbei. Ich weiß noch, wie Amando immer den Moment abpaßte, in dem Elia ein Nickerchen machte, um einen Mann einzuschleusen. Ich schlief dann im Wohnzimmer oder wartete draußen. Eines Nachts, als einer der Ganoven, die Amando ins Haus holte, an Elias Bett vorbeihuschte, trat er auf eine Katze, und als Elia den Mann vor ihrem Bett erblickte, kreischte sie los und machte einen Riesenaufstand. Sie wollte

Amando López rausschmeißen, ich mischte mich ein und sagte zu ihr, wir hätten doch nur eine Lesung veranstalten wollen; die Frau liebte die Literatur, und Amando konnte die Nacht mit seinem derzeitigen Liebhaber verbringen. Auch die Französin hatte Probleme, ihre Männer in ihr Zimmer zu kriegen; ich glaube, Elia war auf die beiden neidisch.

Ich war für Elia eine Art Beichtvater; den lieben langen Tag zog sie über die beiden her und sagte, das wären Herumtreiber. Schließlich ließ sie mich in ihrem Haus wohnen, unter der Bedingung, daß ich für ihre siebenundzwanzig Katzen Fisch besorgte und ihre Memoiren schrieb; den ganzen Tag lief sie hinter mir her und erzählte mir ihr Leben, und ich notierte alles in einem Heft. Ich weiß nicht, was für mich schlimmer war, Elias wirre und kitschige Geschichte aufzuschreiben oder endlos anzustehen, um den Fisch für ihre Katzen aufzutreiben.

Zum Glück besaß sie eine Schreibmaschine, und während ich ihre Memoiren ins reine tippte, nutzte ich die Gelegenheit und schrieb zum dritten Mal meinen Roman *Noch einmal das Meer*; ich mußte das mit größter Vorsicht tun, Elia war eine Erzstalinistin; nach ihrer Meinung war selbst Fidel Castro zu lasch und hatte ideologische Schwächen. Eines Tages gab sie mir einen langen Bericht über den lasterhaften und asozialen Lebenswandel von Amando López zu lesen, den sie einem Freund bei der Staatssicherheit geben wollte. Ich schaffte es, sie von diesem Vorhaben abzubringen, indem ich ihr sagte, Amando sei vielleicht selber ein hoher Agent der Staatssicherheit. Vielleicht sagte ich damit nur die Wahrheit. Es werden so viele Berichte von den einen Agenten über die anderen geschrieben, daß ich glaube, sie müssen sie manchmal einfach zu den Akten legen, ohne eine Untersuchung einzuleiten.

Die Situation in diesem Haus war schlichtweg unerträglich. Es war ein einziges Tollhaus: wenn man eine Schublade öffnete, um ein Handtuch herauszunehmen, sprang einem unter kläglichem Miauen eine Katze entgegen; manchmal stürzte sich eine Katze vom Balkon, vielleicht weil sie Selbstmord begehen wollte, doch Elia ließ sie nicht sterben; sie rannte hinunter, machte ein Heidentheater und trug das arme Tier wieder ins Haus. Elia sammelte alle streunenden Katzen auf und steckte sie in ihr Haus; am Ende waren es mehr als fünfzig.

Das einzig Gute war, daß ich das Meer sehen konnte; ja, sehen, denn heran kam man nicht mehr. Auf Weisung der Regierung erhielten nur Werktätige, die ihren monatlichen Gewerkschaftsbeitrag bezahlt hatten, die Erlaubnis zum Betreten der Strände. Und diese Werktätigen durften nicht mal an den Strand, an den sie wollten, sondern nur an den, der ihrer Gewerkschaft gehörte. Um die Strände voneinander abzutrennen, hatte man hohe Mauern gebaut, die bis ins Meer reichten; die Bürokratie hatte auch das Meer erreicht. Da ich ohne Arbeit war, durfte ich an keinen der Strände, ich konnte mich allerdings auf den Malecón setzen und von dort aufs Meer schauen.

Es war auch nicht erlaubt, vor dem Malecón zu baden; wer sich dabei erwischen ließ, wurde verhaftet. Wie kann man auf einer Insel leben ohne Zugang zum Meer? Ich hatte immer gesagt, das einzige, was uns in Kuba vor dem absoluten Wahnsinn rettet, ist die Möglichkeit, ans Meer zu gehen, ins Wasser zu steigen und zu schwimmen.

Um an den Strand zu kommen, mußte man eine Ewigkeit Schlange stehen und auf den Bus warten, der einen nach Guanabo brachte; dort zog man sich, immer unter Bewachung, hinter irgendeinem Gebüsch aus und nahm seine Sachen mit, es gab keine Stelle, wo man ungesehen war. Es war aber sowieso fast unmöglich, von Havanna nach Guanabo zu gelangen; schon am frühen Morgen stellten sich die Leute an, um nach Mittag am Strand zu sein, wo man nirgends auch nur ein Glas Wasser trinken konnte. Um zurückzufahren, mußte man wieder stundenlang Schlange stehen und war dann im Morgengrauen zu Hause. Das war kein Ausflug an den Strand, das war eine Strapaze; die Freude am Leben war hin, nichts konnte man einfach so tun, ohne gleich ungeheure Opfer bringen zu müssen. Diese Reise war kein Ausflug, sondern ein Bußgang.

Mitten im Sommer fuhr ich zu meiner Mutter nach Holguín. Als ich in meinem Viertel ankam, schien sich dort seit den fünfziger Jahren nichts verändert zu haben, vor der Tür des Hauses meiner Großmutter fegte meine Mutter die Straße, wie immer. Von ihr erfuhr ich, daß meine Großmutter im Krankenhaus lag, es ging ihr sehr schlecht; die ganze Familie war zu Hause, nur Tante Orfelina fehlte, sie sollte jeden Augenblick kommen; der Tod meiner Großmutter stand unmittelbar bevor.

Als meine Großmutter starb, ging für mich eine Welt unter; nun konnte ich auf niemanden mehr zählen, der mitten in einem banalen Gespräch einhielt und Gott anrief. Es verschwand eine Weisheit, eine völlig andere Art, das Leben zu sehen. Ich hätte am liebsten geweint beim Anblick dieses Gesichts, mit dem eine ganze Vergangenheit von Hexen, Gespenstern und Kobolden davonging, mit dem meine ganze Kindheit davonging, die das Schönste in meinem Leben gewesen war; doch ich konnte nicht.

Ein paar Tage später kehrte ich nach Havanna zurück und rief Lezama an; ich hatte ihn nicht mehr gesprochen, seit ich im Gefängnis gewesen war. Er begrüßte mich freudig, ich sollte ihn besuchen kommen; noch am selben Abend ging ich hin. Er fragte mich nicht nach meiner Zeit im Gefängnis, sondern redete vom ersten Moment an über Literatur. Ihn berührte sehr, daß meine Großmutter gestorben war, er sagte mir aber, daß Großmütter nie sterben, weil sie ja Enkel haben; wenn ich schriebe, wäre sie an meiner Seite.

An diesem Abend kam auch Virgilio Piñera und las uns ein Gedicht vor mit dem Titel *Das Foto*, das Olga Andreu gewidmet war. Lezama kam in Fahrt und trug ebenfalls einige Gedichte aus dem Buch vor, an dem er gerade schrieb, während María Luisa den Tee machte. Virgilio erzählte, daß er einige afrikanische Dichter übersetzte, und manchmal dürfte nicht einmal sein Name darunterstehen; man hatte ihm allerdings gesagt, es gäbe eine kleine Hoffnung, daß ihm die Ausreise gestattet würde.

Lezama war von der UNESCO zu einer Reise eingeladen worden, doch im letzten Moment sagte er ab. Er hatte Angst vor der Kälte, vor dem Ausland; er fühlte sich müde. Obwohl die Regierung ihm die Erlaubnis noch gar nicht erteilt hatte, wollte María Luisa unbedingt, daß sie die Reise machten; sie plante insgeheim, nicht nach Kuba zurückzukehren, denn fast ihre gesamte Familie lebte in den Vereinigten Staaten, und *Paradiso* hatte längst international Anerkennung gefunden; vielleicht konnten sie sogar ein auskömmliches Leben führen. Lezama beendete das Gespräch mit den Worten: »Nach Paris zu gehen und dort zu bleiben ist bedrückend genug, aber es wäre unmöglich, zurückzukehren.« María Luisa zog sich verärgert in ihr Zimmer zurück, und wir drei fingen an, über alle möglichen Kleingeister aus der UNEAC zu tratschen. Lezama hatte Miguel Barniz und Pablo Armando Fernández das Haus verboten, »die sind nichts weiter als Polizisten«. Und was Heberto Padilla anging, so beschränkte sich Lezama Lima auf ein wütendes: »Diese Kanaille! Diese Kanaille!« Nach dem Geständnis Padillas hatten Lezama und María Luisa eine Säuberung ihrer Freundschaften vorgenommen. Eliseo Diego, Cintio Vitier und Fina nannte Lezama Halunken, und er erzählte, wie Cintio und Fina einmal für einen Vortrag nach Puerto Rico reisten, wo sie Castro in den Himmel hoben, und wie sie dann alles abgrasten, um Schuhe zu kaufen, die sie in Havanna schwarz wieder verkauften. Um Mitternacht verabschiedeten wir uns, und Lezama sagte zu mir: »Vergiß nicht, das einzige, was uns retten kann, ist das Wort; schreib.« Und er erzählte mir voller Begeisterung, er hoffe bald seine gesammelten Werke in Händen zu halten, die bei Aguilar in Madrid erscheinen sollten. Er bekam diese Ausgabe jedoch nicht mehr zu sehen. Eines Tages, als ich gerade Elias Katzen fütterte, kam Amando López zu mir und sagte: »Daß Joseíto so einfach von uns gegangen ist!« Ich fragte ihn: »Welcher Joseíto?« Und er: »Hast du nicht gehört? Lezama Lima ist gestern gestorben.« Dann zeigte er mir eine kurze Zeitungsmeldung, in der zwischen allerlei Unwichtigem in knappen Worten die Nachricht stand: »José Lezama Lima beigesetzt.«

Sie meldeten nicht seinen Tod, sondern seine Beerdigung. Sie wollten verhindern, daß sich seine vielen Bewunderer am Grab versammelten.

An diesem Abend ging ich zu Julio Gómez, in dessen Haus sich immer junge, hübsche Kerle trafen. Gómez war eine etwas ungestalte Person; wie eine Schildkröte, die sich auf die Hinterpfoten aufrichtet. Amando López führte ihm alle möglichen jungen Männer zu, fast durchweg Kriminelle, die ihn beklauten. Dieser eindeutig homosexuelle Mann entging allen Säuberungen, die am Theater vorgenommen wurden; anscheinend arbeitete er für die Staatssicherheit. Am Tag von Lezamas Beisetzung besuchte ich ihn abends, und in seinem Haus liefen lauter junge Kerle in Badehosen herum, stets bereit, mit jedem von uns ins Bett zu gehen. Ich ging auf die Veranda und fing an zu heulen. Amando und Julio kamen zu mir, sie wußten nicht, was mit mir los war, und ich schrie nur: »Heute haben sie Lezama Lima begraben, heute haben sie Lezama Lima begraben!«

Der Tod Lezamas und der Tod meiner Großmutter, beide im selben Jahr, ließen mich so einsam zurück, wie ein Mensch nur sein kann. Von nun an war die Realität nicht mehr zu verdrängen. Wie sollte ich Amando, Julio und diesen Jungs, die praktisch nackt um mich herumsprangen, erklären, daß ich nach dem Tod dieser beiden Menschen nie wieder derselbe sein würde?

Elia del Calvo ließ sich nicht davon abbringen, daß ich meine Tante Orfelina verklagen könnte, ich hätte schließlich mehr als fünfzehn Jahre lang in ihrem Haus gewohnt, und mein Zimmer stünde mir nach dem Gesetz zu; sie war eine Frau, die noch an die Gesetze glaubte, und sie schickte mich zu einem Richter, um eine Klage gegen meine Tante einzureichen, damit sie mir das Zimmer zurückgab.

Meine Tante geriet bei diesem ganzen Hickhack in Sorge. Es stimmte nämlich, daß ich auf dieses Zimmer einen Anspruch hatte. Das Recht war auf meiner Seite, aber mein Onkel bekleidete ein ziemlich hohes politisches Amt, die Verhandlung zog sich hin und wurde mehrmals vertagt. Meine Tante hatte Angst, ich könnte wieder in das Zimmer ziehen, weil sie es trotz ihrer sechzig Jahre für ihre Schäferstündchen mit dem Krämer oder ihrer Gartenhilfe benutzte.

Trotz ihrer vielen Freunde bei der Staatssicherheit, die sie zur Verhandlung mitbrachte, hatte sie Pech. Die CDR-Vorsitzende, die von ihren sexuellen Aktivitäten, ihren vielen zwielichtigen Geschäften und den Diebstählen ihrer Söhne in der Nachbarschaft wußte, sagte zu meinen Gunsten aus. Sie tat das nicht aus Sympathie zu mir, sondern weil sie meiner Tante schaden wollte. Ein weiteres Mal vertagte der Richter die Verhandlung, diesmal sollte der Prozeß jedoch an einem anderen Gericht fortgesetzt werden, außerhalb des Wohngebiets. Nun bestand für meine Tante ernsthaft die Gefahr, das Zimmer zu verlieren.

Einmal war ich gerade wieder unterwegs, um für Elias

Katzen Fisch zu kaufen, als die Tür eines Busses aufging und Hiram Pratt ausstieg, der mich überschwenglich grüßte. Ich wollte ihn schon beschimpfen, doch was aus meinem Mund kam, waren bloß die beiden künstlichen Zähne; sie flogen Hiram Pratt ins Gesicht, und er fing lauthals an zu lachen. Ich konnte auch nicht mehr an mich halten, und wir fielen uns in die Arme; ich wußte, daß ich einen Polizisten umarmte, einen Spitzel, aber auch einen begabten Dichter, mit dem ich wunderbare Stunden erlebt hatte.

Wir verabredeten uns für den nächsten Tag im Leninpark, wo wir beide uns so oft ausgetobt hatten. Wir spazierten durch den ganzen Park, standen nach ein paar kleinen Weißkäschen und Schokolade an. Danach gingen wir zum Stausee, wo ich mich auf meiner Flucht versteckt hatte, jetzt war er voll. Als wir dort auf der Brücke standen, fing ich wieder an zu schreien und sagte Hiram, ich könnte es einfach nicht fassen, daß Lezama tot war; Hiram riß ein paar Kranzblumen ab und schlug mich damit; ich riß mir alle Sachen vom Leib und schrie weiter, während Hiram mich geißelte und immer mehr Leute zusammenliefen. Am Ende stürzte ich mich mit einem lauten Schrei in den See; ich schwamm quer durch und kam auf der anderen Seite wieder aus dem Wasser. Dieser Akt des Exorzismus brachte mich wieder in die Wirklichkeit zurück.

Hiram brachte mir meine Sachen, und gleich dort, in weniger als fünf Minuten, wurden wir uns mit einer ganzen Bande von Jungs einig, in die nahegelegenen Büsche vögeln zu gehen. Die ganze Meute machte sich über uns her, und als uns jeder von ihnen gebumst hatte, wurden sie plötzlich ungemütlich und fingen an, uns mit Steinen zu bewerfen. Verzweifelt rannten wir durch die Büsche, wir kletterten über einen drei Meter hohen Stacheldrahtzaun, die Jungen kletterten uns hinterher und verfolgten uns durch den ganzen Park. Wir nahmen verschiedene Wege, und am Morgen kam ich bei mir zu Hause an, die Hände zerfetzt vom Stacheldraht.

Am nächsten Tag tauchte auch der völlig zerschundene Hiram bei Elia auf, und ich stellte ihn vor, so wie er war; wir sagten, wir wären von Banditen überfallen worden. Elia bat ihn herein, und Amando López versorgte Hirams Wunden. Während wir ihn verbanden, sagte er mir, er wolle mir diesen Abend einen verrückten Halunken vorstellen, der meine Bücher bewunderte, vielleicht könnte ich durch ihn mein Problem mit der Wohnung lösen.

Dieser Mensch, ein Hänfling mit Glubschaugen und dem Gesicht eines Mafioso, saß am Abend in der Cafeteria vom Radiocentro; er hieß Rubén Díaz und sagte mir, er hätte alle Bücher gelesen, die ich außerhalb Kubas veröffentlicht hatte; seine Mutter und sein Vater lebten im Ausland. Er hatte zwei Zimmer im ehemaligen Hotel Monserrate; er sagte mir, eines davon wollte er verkaufen, und ich könnte sogar schon einziehen, bevor ich das Geld zusammenhatte.

Noch am selben Abend gingen wir hin und sahen uns die Zimmer an; es gab dort keinerlei Möbel, bis auf ein Feldbett, und wenn man sich draufsetzte, saß man auf der Erde; es wimmelte von Kakerlaken, und in einer Ecke lag ein großer Müllhaufen. Um mir zu beweisen, daß ihm die Wohnung gehörte, wühlte er in diesem riesigem Papierhaufen, bis er schließlich fand, was er suchte, das Zuteilungsheft für die rationierten Waren. Um dort einzuziehen, mußte ich mich lediglich in dieses Zuteilungsheft eintragen, und schon war ich Familienangehöriger. Es standen mehrere Gläser voll Urin herum; eine Toilette gab es nicht mehr, weil Rubén das Klobecken verscherbelt hatte und nur noch ein Loch übriggeblieben war. Nachdem seine Familie das Land verlassen hatte, war er immer mehr heruntergekommen. Er kiffte, was das Zeug hielt, und hatte einen großen Hang zur Literatur; er zeigte mir ein langes Gedicht. Es gab kein elektrisches Licht, nur eine Kerze, weil er kein Geld hatte, um die Stromrechnung zu bezahlen, und vor über einem Jahr hatten sie ihm den Strom gesperrt, obwohl sein monatlicher Energieverbrauch nur ein oder zwei Pesos betrug. Die Wohnung machte einen düsteren Eindruck auf mich, aber ich dachte mir, daß es allemal besser war, eins der beiden Zimmer zu nehmen, als weiter bei Elia und ihren Katzen zu wohnen; ich blieb die Nacht gleich dort und schlief auf dem Fußboden, und Hiram, der auch ein ziemliches Wanderleben führte, blieb bei mir. In dieser Nacht gestand er mir, daß er gerade mit seinem Großvater die aufregendsten Liebeserlebnisse seines Lebens hatte, einem alten Mann um die achtzig, der auch in Havanna wohnte, bei einer Tante; das Haus war sehr klein, und Hiram teilte sich dort mit seinem Großvater das Bett. Eines Nachts, als er schon eingeschlafen war, spürte er, wie sich der Großvater an seiner Seite befriedigte; Hiram machte sich über den harten Schwanz des Alten her und fing an, ihn zu lutschen, bis sich der Großvater schließlich Hiram vornahm. Seitdem bumste ihn der Großvater jede Nacht, und Hiram kam nur noch zu einem richtigen Orgasmus, wenn es ihm von seinem Großvater besorgt wurde. Ich sagte ihm, seine Liebe würde nur von kurzer Dauer sein, sein Großvater hätte schließlich nicht mehr so lange zu leben. Und so kam es auch: die wilde Leidenschaft, die Hiram in dem Alten weckte, brachte ihn noch im selben Jahr ins Grab. Diesmal war ich es, der Hiram, während er sich im Leninpark die Seele aus dem Leib schrie, mit den langen Stielen der Kranzblumen geißelte.

Hiram beschloß, daß Elia möglichst schnell Rubén kennenlernen sollte. Er sagte zu mir: »Die Alte hat Geld; sie kann irgendwelchen Plunder aus ihrem Haus verkaufen und dir die tausend Pesos beschaffen, die Rubén für das

Zimmer haben will.« Also stellten wir ihn Elia als einen seriösen jungen Mann vor, der mir helfen wollte, aber tausend Pesos brauchte, weil er finanziell gerade in Verlegenheit war. In Wirklichkeit war dieser Mensch ein Erzganove, der das Zimmer schon ein paarmal verkauft hatte; er kassierte, und danach warf er den Käufer aus der Wohnung und verkaufte sie an den nächsten. Das war sehr einfach, denn in Kuba ist der Verkauf von Wohnraum offiziell nicht erlaubt, und man kann nur auf die Ehrlichkeit des Verkäufers hoffen; der Käufer taucht nirgends als Eigentümer der Wohnung auf. Rubén hatte das schon ein paarmal gemacht, zuletzt mit einem anderen Verbrecher, den er sogar von der Polizei aus der Wohnung werfen ließ, nachdem er seine tausend Pesos kassiert hatte; jetzt schlich der Geprellte ums Haus und wollte sein Geld wiederhaben, sonst würde er ihn bei der erstbesten Gelegenheit abknallen.

Rubén hatte eine Riesenangst und wollte sich das Geld beschaffen. In seiner besten Kleidung machte er Elia del Calvo seine Aufwartung; die Unterhaltung dauerte nicht lange. Elia trank gerade ein Glas Rum, und Rubén sagte zu ihr: »Señora, könnten Sie mir vielleicht ein Schlückchen verkaufen?« Und Elia antwortete: »Ich bin doch keine Kneipenwirtin, die hier Schnaps verkauft.« Daraufhin bat Rubén sie, ihn doch zu einem Schluck einzuladen, und Elia stand auf, um ein Glas aus der Küche zu holen; Rubén nutzte die Gelegenheit und machte sich über die Flasche her, und als Elia zurückkam, war er vollkommen betrunken. Hiram hatte sich die Flasche ebenfalls vorgenommen. Elia lief vor Wut puterrot an, sie beschimpfte uns als Diebe und schrie, wir sollten das Haus auf der Stelle verlassen.

Ich wohnte schon drei Tage in dem neuen Zimmer, da klopfte jemand an die Tür, es war Elia del Calvo mit zwei Spazierstöcken; sie grüßte mich, als ob nichts wäre, und sagte: »Ich habe einen Plan, wie du dieses Zimmer kriegst.

Geh zu deiner Tante und sag ihr, du verzichtest auf das Zimmer, das dir zusteht, wenn sie dir tausend Pesos gibt; dafür schreibst du mir aber meine Memoiren zu Ende.« Sie schickte wohl selbst Emissäre zu meiner Tante; sie hatte auch Beziehungen zu Leuten von der Kommunistischen Partei und schickte schwarz gekleidete alte Frauen mit Krückstock zu ihr, die großen Respekt einflößten; andere Leute ließ sie in hochtrabendem Ton anrufen, als wäre mein Anwalt am Telefon, und dergleichen Dinge mehr. Außerdem hatte mein Onkel zu der Zeit noch einen anderen Prozeß am Hals, und meine Tante hatte Probleme mit der CDR-Vorsitzenden; das heißt, sie hatten gerade genug Ärger am Hals. Als ich dann bei meiner Tante vor der Tür stand und ihr den Vorschlag machte, fiel sie mir weinend um den Hals und sagte, sie hätte mich ja immer so liebgehabt und nur mein Bestes gewollt, und weil ich in diesem Zimmer so viele Probleme gehabt hätte, wäre es das beste, ich kehrte nicht wieder zurück. In Wirklichkeit hatte ich alle Probleme dort nur ihretwegen gehabt, aber das sagte ich ihr in dem Moment nicht. Meine Tante sagte mir, sie würde alles unternehmen, um das Geld in den nächsten zwei Wochen aufzutreiben.

Bis dahin wohnte ich weiter bei Elia del Calvo; meine Lage war zum Verzweifeln, weil ich keine Arbeit bekam. Der finstere Víctor hatte die Telefonnummer von Elia del Calvo herausbekommen, er rief mich ständig an und versprach mir eine Arbeit, wenn ich dafür revolutionäre und sozialistische Bücher schriebe; einmal brachten sie mich in ein Haus im Vedado, wo zahlreiche Agenten der Staatssicherheit zusammengekommen waren, um mich zu überreden, Romane, Erzählungen und Artikel zum Lobe der Revolution und Fidel Castros zu schreiben; und nicht nur das, ich sollte auch mein homosexuelles Leben aufgeben. Die Frau, die mit dabei war, ein hohes Tier bei der Sicherheit, sagte zu mir: »Junge, die Frauen sind doch viel attraktiver als die Männer.« Ich hatte den Eindruck, das war ihre ganz persönliche Meinung.

Ich versprach, ein neuer Mensch zu werden und den großen epischen Roman der Revolution Fidel Castros zu schreiben. Währenddessen schrieb ich in Elias Haus zum dritten Mal *Noch einmal das Meer.* Amando López sagte mir, ich hätte Anspruch auf meine Stelle bei der UNEAC, und er schrieb einen Brief, in dem stand, ich käme dann und dann, um mich ins Anwesenheitsbuch einzutragen. Ich schickte den Brief ab, und zur angekündigten Zeit stand ich bei der UNEAC vor der Tür; es war zunächst schwierig, dort reinzukommen, aber schließlich gelang es mir, mit Bienvenido Suárez zu sprechen. Alle sahen mich an, als käme ich von einem anderen Stern, als hätte ich die Pest. Miguel Barniz sah mich erschrocken an und drehte mir den Rücken zu, Nicolás Guillén schlug die Tür seines Zimmers zu. Bienvenido Suárez empfing mich mit seinem falschen Lächeln und sagte, es täte ihm sehr leid, daß er mir meine Planstelle nicht zurückgeben könne. Wer länger als ein Jahr im Gefängnis war, verlor seine Stelle automatisch; nach der neuen sozialistischen Gesetzgebung galt das sogar für jeden, der seiner Arbeit länger als sechs Monate und einen Tag fernblieb.

Ich mußte weiter auf die Suche nach Fisch für die Katzen gehen; oftmals aß ich den Fisch selbst.

Da es so schwierig war, in Elias Haus zu schlafen, übernachtete ich manchmal bei Ismael Lorenzo, einem Kubaner, der in seinem ganzen Leben in Kuba keine Zeile veröffentlicht hatte, aber mit eiserner Disziplin Romane schrieb. Er wohnte in einem riesigen Haus in Alt-Havanna; im hintersten Zimmer konnte ich manchmal schlafen und ein wenig Ruhe finden. Er war ein Freund, mit dem ich offen über den ganzen Terror reden und ein weiteres Mal Pläne schmieden konnte, auf welche Weise man das Land verlassen könnte. Seine Frau war schon außer

Landes, er aber hatte es noch nicht geschafft, von Kuba wegzukommen. Er wollte illegal raus; er kannte eine Familie namens Hidalgo, die sich ein Boot beschaffen wollte, und natürlich würde er mich mitnehmen. Viele Jahre lang träumte Ismael von diesem Boot, das niemals kam.

Ismael verhielt sich mir gegenüber ganz anders als fast alle Schriftsteller der UNEAC und meine früheren Freunde. Die Leute von der UNEAC waren besonders mies; niemand grüßte mich mehr. Ich war plötzlich unsichtbar geworden. Antonio Benito Rojo, der in der Casa de las Américas arbeitete, hörte auf, mich zu grüßen, er sah mich nicht, wenn ich vorbeikam; so ging es mir mit fast allen. Und andere, wie Reinaldo Gómez Ramos, vergaßen, daß es mich gab, vielleicht aus purer Feigheit, obwohl uns eine lange Freundschaft verbunden hatte. Reinaldo kam zu mir und sagte, daß er noch ein paar Manuskripte von mir bei sich zu Hause hätte, die er nicht länger aufbewahren könne; er müßte sie vernichten oder mir zurückgeben. Ich verabredete mich mit ihm an der Ecke vor seinem Haus, um die Manuskripte an mich zu nehmen, obwohl ich längst keinem mehr vertraute und dachte, er könnte ein Informant der Staatssicherheit sein. Reinaldo brachte sie mir, völlig verängstigt; ich nahm sie und warf sie in den Gully. Das war das beste, was ich in einem solchen Fall tun konnte, denn wenn er ein Informant war, konnte er mich nicht mehr anzeigen, weil es keinerlei Beweis gab. Doch selbst wenn er kein Informant war, hätte er als alte Tratschtante seinen Freunden, angefangen mit Coco Salá, erzählen können, er hätte mir diese Manuskripte wiedergegeben; das wäre furchtbar für mich gewesen. Es war ein erbärmliches Verhalten von vielen dieser Freunde, in die ich mein Vertrauen gesetzt hatte und die es jetzt, wo ich auch keine Wohnung mehr hatte, nicht einmal fertigbrachten, meine Manuskripte aufzubewahren.

Angeekelt von all diesen Leuten, die keine Freunde mehr waren, wenn es wirklich darauf ankam, entwarf ich einen leicht ironischen Musterbrief, den ich »Bescheid über den Abbruch der Freundschaft« nannte. Das Muster sah so aus:

Señor,
gemäß der auf strengen Prüfungskriterien beruhenden, von mir zu jedem Jahresende vorgenommenen Liquidationsbilanz von Freundschaften teile ich Ihnen mit, daß Sie selbige Liste verlängert haben.
Hochachtungsvoll
Reinaldo Arenas

Ich tippte Unmengen Exemplare von diesem Musterbogen und schickte sie an alle Leute, die in meinen Augen ein ehrloses Verhalten mir gegenüber an den Tag gelegt hatten. Als erster bekam Nicolás Guillén einen solchen Brief; dann natürlich Reinaldo Gómez, Miguel Barniz, Otto Fernández, Roberto Fernández Retamar.

Hiram Pratt, dieser Satan, machte zahlreiche Kopien davon und schickte sie mit meiner nachgemachten Unterschrift an meine wirklichen Freunde. Das erzeugte ein Riesendurcheinander, weil Leute wie Ismael Lorenzo, Amando López und selbst Elia del Calvo diese Mitteilung erhielten. Es dauerte nicht lange, und ich kam dahinter, daß die Fälschungen von Hiram Pratt waren; daraufhin schrieb ich auch ihm einen Bescheid über den Abbruch der Freundschaft; wir redeten lange Zeit kein Wort miteinander, und er schickte die falschen Bescheide weiter an Leute, die mir irgendeinen Gefallen getan hatten. Ich rächte mich damit, daß ich Spottverse über ihn in die Welt setzte; diese Zungenbrecher von mir waren eine weitere Waffe gegen Leute, die mir übel mitspielten.

Meine Zungenbrecher machten im Jahre 1977 in ganz Havanna die Runde; sie waren auf mehr als dreißig Personen gemünzt, die in der Welt des Varieté und den Literatenkreisen von Havanna bekannt waren.

Zu den traurigsten Seiten der Tyrannei gehört, daß sie alles ernst nimmt und den Sinn für Humor erstickt. In seiner ganzen Geschichte war Kuba der Wirklichkeit immer durch Satire und Spott entronnen. Fidel Castro aber hat den Sinn für Humor nach und nach verschwinden, ja, verbieten lassen; damit hat das kubanische Volk eine seiner wenigen Möglichkeiten des Überlebens verloren; indem man dem Volk das Lachen nahm, hat man ihm den tiefsten Sinn der Dinge genommen. Ja, Diktaturen sind prüde, pompös und todlangweilig.

Hotel Monserrate

Meine Tante beschaffte schließlich die tausend Pesos, und ich konnte in Rubéns Zimmer umziehen. Wir schlossen eine Art Geheimvertrag, in dem vor meiner Tante und ihren beiden Ganovensöhnen als Zeugen festgehalten wurde, daß Rubén mir das Zimmer definitiv verkauft und dafür die Summe von tausend Pesos entgegengenommen hatte. Dieses Dokument konnte man den Behörden jedoch nur im äußersten Notfall zeigen, da ja der Verkauf von Wohnraum in Kuba illegal ist. Es war jedoch eine Möglichkeit, Rubén unter Druck zu setzen; wenn er versuchen sollte, mich aus dem Zimmer zu werfen, konnte ich das Dokument vorlegen, auch wenn wir dafür beide ins Gefängnis kamen.

Das Monserrate war früher einmal ein ziemlich gutes Hotel gewesen, dann jedoch zur elenden Absteige heruntergekommen, wo ausschließlich Prostituierte wohnten, die das Hotel benutzten, um ihrem Beruf nachzugehen. Als aber Castros Revolution kam, gingen die Zimmer, in denen sie wohnten, in ihren Besitz über, ich vermute, sie hatten das ihren Beziehungen zu den neuen Offizieren der Rebellenarmee zu verdanken. Das war natürlich zu Beginn der Revolution; als ich einzog, wohnten dort nur noch einige von diesen Frauen, die sich mehr oder weniger zur Ruhe gesetzt hatten; andere hatte das Alter rehabilitiert, und sie bewohnten die Zimmer mit zwei oder drei Kindern.

Es war eine Fauna am Rande des Gesetzes, die dort lebte; die Polizei hätte nichts weiter zu tun brauchen, als ein Gitter vor der einzigen Eingangstür des Hauses anzubringen, und alle hätten hinter Schloß und Riegel gesessen.

Im ersten Stock wohnte Bebita mit ihrer Freundin; zwei kesse Väter, die sich täglich aus Eifersucht in die Haare bekamen. Bebita hatte noch andere Freundinnen und pflegte sie mit aufs Zimmer zu nehmen, während ihre Freundin schlief; wenn diese aufwachte, ging ein Donnerwetter los, daß im ganzen Haus die Wände wackelten; bei diesen Szenen fingen die Teller und Gläser an zu tanzen.

Neben Bebita wohnten Schneewittchen und die sieben Zwerge; sie waren alle Geschwister, sie und die sieben Zwerge; sie lebten vom Schwarzmarkt und vom Glücksspiel.

Gegenüber von Schneewittchen und den sieben Zwergen wohnte Mohammed, eine etwa sechzigjährige Tunte; er wog um die drei Zentner und schmückte sein Zimmer mit Silberpapier, Titelseiten von ausländischen Zeitschriften und Papierblumen voller Wachs; sein Zimmer war eine merkwürdige Kombination aus blinden Türen, Tapetentüren, hinter denen er das Geld und die alkoholischen Getränke aufbewahrte. Mohammed verbrachte sein Leben damit, riesige, unglaublich kitschige Blumensträuße herzustellen, die er im Haus und in ganz Havanna verkaufte; mit dem Verkauf dieser grauenhaften Blumen, die durchaus ihren galanten Charme hatten, verdiente er sogar Geld. Diese Blumensträuße waren von einer Pracht und Herrlichkeit, wie sie in Kuba, wo es nicht mal die primitivsten Materialien für die Herstellung künstlicher Blumen gab, nicht ihresgleichen kannten. Mohammed hatte das Haus immer voller Rammler, Halunken, die ihn am Ende verprügelten, ihm das Geld stahlen und sich über den Balkon davonmachten, während Mohammed das ganze Haus zusammenschrie. Er lebte mit seiner Mutter zusammen, einer etwa neunzig Jahre alten Frau, die mir und Bebita und ihrer Freundin ihr Herz ausschüttete und sagte, keiner der Männer, die ihr Sohn ins Haus brachte, würde etwas taugen, das wären keine anständigen Leute.

Eines Tages stürzte einer der Liebhaber Mohammeds, der mit Frau und Kind im selben Haus wohnte, mit einem Knüppel bewaffnet in das Zimmer der Tunte und fing an, damit auf seinen Schädel einzudreschen; das Zimmer war bald über und über mit Blut bespritzt, und die Leute aus dem Haus liefen zusammen, um Mohammed zu retten. Der Mann ergriff die Flucht, und Mohammed mußte ins Krankenhaus eingeliefert werden, aber schon nach einer Woche war er wieder auf den Beinen. Seine Mutter, die bei dieser Prügelei auch einen Hieb abbekommen hatte, starb ein paar Wochen später.

Zu immer neuen Fehden kam es auch im zweiten Stock, wo ich wohnte; zum Beispiel in der Wohnung von Teresa. Teresa hatte einen Mann, den sie sich, wie es aussah, mit ihrer Schwester teilte; die beiden Schwestern prügelten sich überall im Haus, daß man nur staunen konnte.

Das Wasser wurde in ein paar alten Tanks gespeichert, die ich erstmal saubermachte; zum Auffüllen mußte man den richtigen Moment abpassen, weil es nur alle zwei Tage Wasser gab. Rubén verhungerte buchstäblich; natürlich hatte er keine Energie, um zu arbeiten, und er wollte es auch gar nicht. Er war bisexuell, und als ich in das Zimmer zog, hatte ich alle Mühe, ihn mir vom Leibe zu halten, manchmal schlüpfte er nämlich zu mir ins Bett. Irgendwann blieb mir nichts anderes übrig, als die Tür zwischen unseren beiden Zimmern zuzumauern. Das machte Ludgardo für mich, ein Maurer mit einer unerhörten Erfindungsgabe; in Guanabacoa, wo er wohnte, hatte er über den Dächern der Häuser eine Art Kanalsystem aus Zinkrinnen gebaut, die es ermöglichten, bei Regen das Wasser in Tanks zu sammeln, die in seinem Haus standen, so daß es ihm nie an Wasser fehlte. Aus Kanistern, in die er Löcher bohrte, hatte er Windrädchen, Flugzeuge und andere Apparate gebastelt, mit denen er einen Spielplatz für seine Kinder ausstattete. Aus jedem Stück Holz machte er ein Paar Pantinen; seine ganze Familie klapperte von morgens bis abends mit diesen Riesendingern durch die Gegend.

Rubén war ein hoffnungsloser Fall; der Traum seines Lebens war es, sich ein Paar Jeans zu kaufen, und jetzt, wo ich ihm die tausend Pesos gezahlt hatte, zeigte ihm jemand nagelneue Jeans und sagte ihm, für zweihundert Pesos könnte er genau so eine von ihm bekommen, und natürlich rannte er prompt los und holte das Geld. Sie drückten ihm schnell ein Paket in die Hand; er gab ihnen das Geld, und als er in meinem Zimmer war und das Paket aufmachte, waren nur alte Zeitungen drin; sie hatten ihn übers Ohr gehauen. Ich versuchte, auf ihn aufzupassen, damit er nicht das Geld ausgab, das er dem anderen Verbrecher noch schuldete, aber er hörte nicht auf mich; er war seinen Freunden gegenüber sehr großzügig und lud sie immer zum Essen ein; auch mich lud er einmal ein, ins Moskau, damals eins der nobelsten Restaurants von Havanna.

Víctor erfuhr logischerweise sofort meine Adresse und

kam mich besuchen; er fragte nach meinen neuen Freunden, und einmal mehr versprach er mir Arbeit. Um meinen wirklichen Freunden jeden Ärger zu ersparen, hängte ich ein Schild an meine Tür, auf dem stand: VIELEN DANK FÜR DEN BESUCH. LEIDER KEIN EMPFANG. Mit roter Farbe fügte ich noch hinzu: NEIN. Dieses Nein war mein Protest gegen jeden als Freund getarnten Polizisten, der mich besuchen wollte.

Manchmal schrieb Rubén morgens um drei ein Gedicht und klopfte bei mir an die Tür, weil er es vorlesen wollte; mir blieb gar nichts anderes übrig, als es mir anzuhören.

Im dritten Stock des Hauses wohnte Coco Salá. Die Inhaberin seines Zimmers war eine französische Prostituierte gewesen, bei der es immer irgendwie Krach gegeben hatte: mal wollten die Männer, die sie anschleppte, nicht zahlen, mal wollte sie ihnen die Brieftasche klauen. Irgendwann hatte die Frau von der ganzen Misere die Nase voll, und sie entschloß sich, nach Frankreich abzuhauen, und Coco hatte das Zimmer für sich.

Coco und ich sprachen nicht miteinander, waren aber beide über den anderen auf dem laufenden und versuchten im allgemeinen, uns das Leben noch schwerer zu machen, als es schon war.

Einmal legten Coco und ein paar Freunde, zu denen auch Hiram Pratt gehörte, zusammen, um einen Jungen zu bezahlen, der zwanzig Pesos dafür nahm, daß er sie alle fickte. Als der Junge ins Haus kam, war ich gerade im Fahrstuhl; die Tunten standen alle auf Coco Salás Balkon und warteten schon; da der Junge aber nicht wußte, wie man den Fahrstuhl bediente, machte ich mich erstmal daran, es ihm zu zeigen, und wir fuhren ein paarmal vom ersten in den fünften Stock und wieder runter. Coco Salá und seine Clique sahen den Lift hoch- und runterfahren, wie einen Käfig am Seil, und wir dachten überhaupt nicht daran, in dem Stockwerk zu halten, wo sie schon ganz aufgeregt warteten. Schließlich hielten wir auf meiner Etage; der Junge hatte eine Ananas dabei, und ich schlug vor, sie in meinem Zimmer zu essen; wir aßen die Ananas und liebten uns dann.

Coco rannte völlig durchgedreht von einem Stockwerk zum anderen und rief nach dem Jungen, während wir uns in meinem Zimmer, nackt, halb kranklachten; Coco verzieh mir das nie. Seitdem tauchten vor meinem Zimmer alle möglichen Zaubereien auf: Hahnenfüße, Taubenköpfe und dergleichen mehr.

Mittlerweile hatte ich zum dritten Mal *Noch einmal das Meer* beendet, das Manuskript lag in Elias Wohnung in einer Schublade versteckt, was ziemlich gefährlich war, weil sie eine echte Revolutionärin war; noch gefährlicher aber wäre es gewesen, das Manuskript in meinem Zimmer aufzubewahren, da ich jederzeit mit einer Durchsuchung rechnen mußte, Coco brauchte mich bloß anzuzeigen, oder irgendeine der rehabilitierten Prostituierten aus dem Haus, die Mitglieder der Kommunistischen Partei geworden waren.

Damals ging gerade das Mezzaninfieber um, das heißt, man zog in den Zimmern eine Zwischendecke aus Holz ein, wo man mit einer kleinen Leiter hinaufkletterte. Das machte man, um in diesen Räumen ein bißchen mehr Platz zum Wohnen zu haben, man konnte dort oben allerdings oft nicht aufrecht stehen, sondern nur kriechen. Diese Zwischengeschosse hatte die Regierung verboten, man mußte sie heimlich bauen; aber selbst Schneewittchen und die sieben Zwerge hatten ihr Mezzanin.

Ich wollte nicht zurückstehen und besorgte mir auf dem Schwarzmarkt das Holz, das ich dafür brauchte. Als ich einmal gerade eine riesige Bohle über die Straße schleppte, hielt Carpentier dort auf einer Tribüne einen Vortrag. Ich bahnte mir zwischen dem Schriftsteller und seinem Publikum mit meiner riesigen Holzbohle auf der Schulter einen

Weg, und er mußte seinen Vortrag unterbrechen; ich blieb stehen und sagte zu jemandem aus dem Publikum, dieser Mann spräche ja gar kein Spanisch mehr, diese kehligen Laute mit unüberhörbar französischem Akzent, die er da produzierte, hörten sich an wie Froschgequake; der Typ lachte los, ich auch, und das Ende meines Balkens knallte gegen den Tisch, hinter dem Alejo seinen Vortrag hielt.

Als ich in Oriente bei meiner Mutter zu Besuch gewesen war, hatte ich einen schönen Rekruten aus Palma Soriano kennengelernt, mit dem ich ein bißchen rumflirtete; da ich damals aber keine Adresse hatte, die ich ihm geben konnte, verabredeten wir uns für drei Monate später auf dem Busbahnhof von Havanna. Ohne die geringste Hoffnung, daß der Soldat da wäre, ging ich am vereinbarten Tag zur vereinbarten Stelle, und er war da. Er hieß Antonio Téllez, wollte aber lieber Tony genannt werden. Wir gingen zu mir, und es war kaum zu glauben, der Junge hatte noch nie etwas mit einem Mann gehabt; als ich anfing, ihn zu streicheln, kicherte er; man sah, er war ganz klar ein Anfänger, er hatte Mühe, in Fahrt zu kommen, und er war nervös. Wir wurden schließlich gute Freunde.

Tony und Ludgardo bauten mir dann mein Zwischengeschoß; das war ein hartes Stück Arbeit. Mit Schlägeln und Eisenstücken mußte man riesige Löcher in die Wände schlagen, und weil wir dabei keinen Krach machen durften, damit die CDR-Vorsitzende nichts mitbekam, mußten wir die Hämmer mit Lappen umwickeln. Es war eine wahre Odyssee, die Bretter aufzutreiben und sie dann ins Haus zu kriegen; wir machten das nachts. Bebita, ihre Freundin, Mohammed und ich suchten uns auf den Müllhaufen von Alt-Havanna Holzreste und alte Bretter zusammen.

Dann kam Nicolás Abreu mit einem ganzen Berg kleiner Brettchen, die er auf verschiedenen Schuttplätzen in Arroyo Apolo gesammelt hatte, wo er wohnte; damit verkleideten wir das Zwischengeschoß. Zwischen den Balken und dieser Verkleidung blieb ein großer Spalt, wo ich meine Manuskripte von *Noch einmal das Meer* und das von Rubén unterschriebene Schriftstück verstecken konnte, in dem stand, daß er mir das Zimmer für tausend Pesos verkauft hatte.

In der Nähe meines Hauses war eine Bushaltestelle, die »Erfolgsstation« oder »Letzte Hoffnung« genannt wurde. Dort, vor dem Gómez-Karree, tummelten sich die Schwulen; es waren so viele Leute, daß man nie Mühe hatte, jemanden aufzureißen. Dort traf ich auch Hiram Pratt wieder, der zu dieser Zeit ein erklärter Feind Coco Salás war; wir grüßten uns wieder, er fragte mich, wo ich wohnte, und ich sagte, bei Coco Salá. Er war sprachlos, er wußte, daß Coco ein Polizist war und daß ich seinetwegen ins Gefängnis gekommen war; er konnte es nicht fassen, daß wir zusammenlebten. Danach verbreitete er in ganz Havanna, ich würde mit Coco Salá zusammenwohnen, und eines Nachts kam er mit ein paar Ganovenfreunden zu uns ins Haus, sie trommelten gegen Cocos Tür und stießen wüste Beschimpfungen gegen mich aus; Coco öffnete die Tür einen Spalt und versuchte, mit einem Besenstiel auf Hiram einzuschlagen, doch die Ganoven, die Hiram mitgebracht hatte, verabreichten Coco eine ordentliche Tracht Prügel. Monatelang hatte Coco eine Stinkwut auf mich, weil meine Post bei ihm landete und viele Besucher für mich bei ihm an die Tür klopften.

Im selben Stock wie Coco wohnte Marta Carriles mit ihrer Familie und einer Sklavin, die Spanierin genannt. Ich lernte die Spanierin kennen, als sie gerade mit einem ihrer Liebhaber zu fliehen versuchte; ich sah vor meinem Fenster einen riesigen Koffer an einem Seil herunterkommen, dann hörte ich einen Mordskrach im dritten Stock, das war Marta, die der Spanierin hinterherrannte, um sie an der Flucht zu hindern.

Marta Carriles' Mann war Lkw-Fahrer und brachte von der Arbeit Gemüse mit, das Marta dann in der Nachbarschaft verkaufte. Marta war außerdem eine *santera*, und viele Leute kamen zu ihr, um sie um den Beistand der afrikanischen Götter zu bitten. Sie hatte zwei bildschöne Söhne, und einer von ihnen, der etwa fünfzehn Jahre alt war, hatte schon etwas mit Rubén gehabt. Der andere war auch ein hübscher Kerl, den ich im Fahrstuhl immer in Begleitung einer Frau sah. Da ich nicht einmal mehr meine Zähne im Mund hatte, machte ich mir keine Illusionen. Im übrigen war es fast unmöglich für mich, meine Zähne in Ordnung bringen zu lassen, man brauchte dafür eine ärztliche Bescheinigung, einen Betriebsausweis, die Überweisung von einer Poliklinik; nichts dergleichen besaß ich, und vermutlich würde ich es auch niemals besitzen.

Wenn ich mein Lächeln trotzdem wiedergewann, so verdanke ich das Alderete, einem etwa sechzigjährigen Mann, der mal im Tropicana, mal in einem weniger respektablen Cabaret als Transvestit arbeitete. Er war in den vierziger Jahren sehr berühmt gewesen und besaß eine ganze Sammlung von Perücken in allen Farben; er imitierte fast alle berühmten Künstlerinnen Kubas, und seinen Starauftritt hatte er als Rosita Fornés, weil er mehr Stimme hatte als sie selbst. Es hieß, Alderete hätte einmal einen Ganoven zu sich mitgenommen, der ihn mit einem Messer bedrohte und sein Geld rauben wollte; Alderete sagte ihm, er solle einen Moment warten, er würde das Geld holen, und darauf verschwand er in einem Wandschrank; dort kam er als traumhaft schöne Frau verkleidet wieder heraus, und der Gangster war so fasziniert von dieser Frau, daß er sich den Schwanz lutschen und das Portemonnaie aus der Hosentasche ziehen ließ; der Junge hatte nicht gemerkt, daß diese schöne Frau die alte Tunte war, die er eigentlich ausrauben wollte. Später verliebte er sich in die von Alderete gespielte Person, und Alderete erwartete ihn immer in ihren schönsten Kleidern.

Irgendwann begriff dieser Mann aber doch, daß hinter all dem Plunder und der Schminke bloß eine Schreckschraube von Tunte steckte; vielleicht hatte er es von Anfang an gewußt, jedenfalls fing er an zu toben und beschloß, der Schwuchtel alles zu klauen, um sich zu rächen, einschließlich der Riesensammlung Perücken.

Ich lernte Alderete mitten in seiner depressiven Phase kennen, in die ihn »der große Raub«, wie er es nannte, gestürzt hatte. Vollkommen kahlköpfig und in ein Laken gewickelt, war er tatsächlich ein ebenso grauenhaftes Geschöpf wie Coco Salá. Bald schon aber hatte er seine Perücken und den ganzen Plunder wieder zusammen und trat von neuem als Rosita Fornés auf.

Ihm verdanke ich es, daß ich meine Zähne wieder einsetzen konnte; er kannte einen Zahnarzt, der ihn bewunderte, und dieser wollte von mir keinen Centavo dafür haben, daß er mir die beiden Zähne, die ich so sehr brauchte, wieder an der Prothese befestigte. Jetzt fielen mir die Zähne nicht mehr heraus, wenn ich den Mund aufmachte.

Das war es vielleicht, was mich ermunterte, ein bißchen Gymnastik zu treiben, und ich fing an, auf meinem Mezzanin herumzuhopsen, und da es nicht besonders stabil gebaut war, krachte alles runter, ich gleich mit. Ich brauchte ungefähr eine Woche, um mit einem Hammer die Nägel herauszuziehen und das Ganze auseinanderzunehmen, bevor ich neue Balken besorgen und montieren konnte. Ich war gerade bei dieser Plackerei, als zwei Franzosen bei mir anklopften; ein junger Bursche und ein Mädchen, die von Margarita und Jorge Camacho kamen. Sie waren als Touristen in Jibacoa und wollten eine Woche in Havanna bleiben; natürlich nutzte ich die Gelegenheit und gab ihnen die dritte Fassung von *Noch einmal das Meer* mit.

Die beiden Franzosen waren sehr erstaunt über meinen Aufzug, ich hatte nur ein paar Hosen an, von denen ich mit einem Messer die Beine abgeschnitten hatte, ohne Hemd, und ich war gerade dabei, aus einer Reihe von Brettern die Nägel herauszuziehen; sie hatten sich nicht vorgestellt, daß ein Schriftsteller so wohnt, erst recht nicht, nachdem sie meine Bücher in Frankreich gelesen hatten. Sie luden mich in ein Restaurant ein und wollten, daß ich mit nach Jibacoa kam; man hatte mir aber offiziell verboten, an den Strand zu gehen.

Die Touristen fuhren wieder ab, und eine Woche lang stand ich furchtbare Ängste aus, da ich mit einem Besuch der Staatssicherheit rechnete. Ich wußte nicht, ob es ihnen gelungen war, die Manuskripte außer Landes zu bringen, oder ob sie Víctor in die Hände gefallen waren. Zum Glück ging alles gut.

Ich stand gerade in einem Haufen von Brettern und allem möglichen Kram, als ich Hiram Pratt auf dem Hausflur hörte, der herausgefunden hatte, daß ich doch nicht mit Coco Salá zusammenlebte; ich steckte den Kopf zur Tür raus und bat ihn, draußen zu warten. Dann setzte ich schnell eine Art amtliches Schriftstück auf, so etwas wie eine Begnadigung; darin hieß es, der zweijährige Freundschaftsentzug, mit dem ich ihn bestraft hatte, würde herabgesetzt auf nur sechs Monate, und nach Ablauf dieser Frist könnte er wiederkommen, dann würde ich ihm die Bedingungen für unsere zukünftige Freundschaft mitteilen. Ich überreichte ihm das Schriftstück, und er ging.

Irgendwann kam Rubén auf die Idee, jedesmal, wenn ich seine Toilette benutzte, eine Gebühr von fünfzig Centavos von mir zu kassieren; das war Erpressung, aber es war seine Toilette. Meine Lage wurde immer schlimmer, ich wußte nicht mehr ein noch aus, als plötzlich ein wunderschöner Junge vor meiner Tür stand, barfuß und ohne Hemd, der mich um eine Zigarette bat; ich hatte keine, holte ihn aber erstmal herein und schloß die Tür. Er sagte, er wüßte, ich wäre Schriftsteller, ich hatte aber absolut keine Lust, von Literatur zu reden; ihn wollte ich, sonst nichts. Ich erfuhr, daß er der ältere Sohn von Marta Carriles war und Lázaro hieß; Mohammed sagte mir, er wäre ein prima Junge, und der Fahrstuhlführer, er wäre ein Wahnsinniger und ein Verbrecher.

Seine Mutter war eine Hexe, sie legte sich andauernd mit den Nachbarinnen an und ging auf alle mit Fäusten los, selbst auf die eigenen Kinder. Lázaro erzählte mir, wie furchtbar es bei ihm zu Hause zuging, und bald schon merkte ich, daß er anders war; er hatte es offenbar mit den Nerven, war aber ganz anders als der Rest der Familie, alles Lumpen und Verbrecher. Lázaro sehnte sich nach Ruhe und wollte gute Bücher lesen.

Wir machten ein paarmal Ausflüge in die Umgebung der Stadt; wir fuhren nach Guanabo, gingen am Malecón schwimmen, obwohl es verboten war, und wir badeten auch in der Nähe des Strands von La Concha. Eines Tages wurde mir klar, daß er ein gefährliches Bedürfnis nach Gewalt hatte: er schlug mir zum Spaß so fest ins Gesicht, daß ich Angst hatte, meine Zähne wären zerbrochen; ich wurde wütend und rannte mit einem Knüppel hinter ihm her. Seitdem, glaube ich, verband uns eine noch tiefere Freundschaft; er wußte, daß er bei mir ein bißchen vorsichtiger sein mußte, und ich erfuhr, daß er in der psychiatrischen Klinik von Mazorra gewesen war, weshalb ich ihn noch mehr ins Herz schloß.

Seine Familie hatte ihn, bloß um einen Esser weniger zu haben, in diese Irrenanstalt gesteckt, die schlimmste in ganz Havanna. Dort hatten sie ihm eine Unmenge Elektroschocks verpaßt. Wie er erzählte, kam er einmal abends nach Hause, und keiner machte ihm auf, weil irgendein

Bauer der Mutter ein bißchen Schweinefleisch besorgt hatte; sie und sein Vater aßen es hinter verschlossener Tür, um ihm, dem eigenen Sohn, nichts abgeben zu müssen; in dieser Nacht mußte er draußen schlafen. Nach dieser Geschichte sagte ich ihm, wann immer er wollte, könnte er in meinem Zimmer schlafen, und ich gab ihm einen Schlüssel.

Am meisten Spaß hatten wir, wenn wir durch die Stadt streiften; manchmal sprangen wir über die Zäune und badeten an den verbotenen Stränden. Durch Rubén lernten wir noch einen anderen faszinierenden Menschen kennen, der sich die ausgefallensten Möglichkeiten ausdachte, um von der Insel zu fliehen. Er meinte, es ginge auch mit einem Plastikfloß, man müßte nur ein paar große Fische fangen, das könnten auch Haie sein; die müßte man vor das Floß spannen und nach Norden lenken und könnte so in etwa drei Tagen Miami erreichen. Er nannte sich Raúl, aber bei Rubéns Freunden wußte man nie, wie sie wirklich hießen.

Vor dem Kino Payret gab es immer endlose Schlangen, weil dort französische und nordamerikanische Filme gezeigt wurden. Raúl rechnete aus, daß am Kartenschalter täglich an die zehntausend Pesos eingenommen wurden, und entwickelte einen unglaublichen Plan: er wollte mit einem riesigen Ballon voll komprimiertem Gas an den Schalter gehen, ihn dort ablassen und eine ungeheure Gaswolke erzeugen, um das Geld zu rauben und danach in der Menschenmenge zu verschwinden. Er überlegte auch, der Frau am Schalter bei dem Überfall eine Flasche Chloroform unter die Nase zu halten, damit sie ohnmächtig wurde und er ihr so das Geld rauben konnte.

Schließlich bastelte er mit ein paar anderen eine Maschine, um falsche Pesos herzustellen, und eines Nachts wurden sie alle verhaftet. Die Maschine stand in der Wohnung von Julio Gómez, der eng mit Coco Salá befreundet war. Das Merkwürdige daran war, daß Raúl für immer von der Bildfläche verschwand, während Julio und Rubén auf freiem Fuß blieben. Mir wurde alles klar, als ich eines Tages Leutnant Víctor aus Rubéns Zimmer herauskommen sah.

Bei Rubén verkehrte auch eine Malerin, Clara Romero mit Namen, die offenbar in Ungnade gefallen war. Sie war mit Walterio Carbonells verheiratet gewesen, einem Mann, der verschiedene diplomatische Posten in Afrika bekleidet hatte und dann von Fidel Castro in ein Konzentrationslager in Camagüey gesteckt worden war. Eines Tages kam Rubén in mein Zimmer und jammerte, Clara hätte sich, als er gerade auf dem Klo war, seine ganzen Klamotten angezogen und wäre damit abgehauen. Rubén, Lázaro und ich gingen zu Clara nach Hause; das war ein elendes Loch, eine Bruchbude in einem alten Haus in der Calle Monserrate, eine Höhle ohne Fenster, mit einer kleinen Tür. Clara hatte viele Kinder; manche waren schwarz, andere hatten einen arabischen oder chinesischen Einschlag; Clara praktizierte nämlich ihren eigenen, sexuellen Internationalismus. Nach der Verhaftung ihres Mannes verdiente sie sich ihren Lebensunterhalt als Prostituierte, weil niemand ihre Bilder kaufte, obwohl sie wirklich großartig waren.

Damals besuchte sie zusammen mit ihrem amtierenden Ehemann Teodoro Tapiez bekannte Maler wie Raúl Martínez, Carmelo González und andere; während ihr Mann die Gemälde lobte, steckte Clara die Pinsel und Ölfarben ein, um selber malen zu können, und den Lebensmittelhändlern kaufte sie illegal Mehlsäcke ab, oder sie sammelte Stoffreste auf der Müllkippe. Darauf malte sie riesige Bilder, die in ihrer Wohnung ganze Wände bedeckten.

Als wir bei ihr ankamen, zeigte uns Clara hocherfreut eines ihrer Meisterwerke, und wir vergaßen, Rubéns Sachen zurückzufordern. Seitdem besuchte ich Clara ziemlich regelmäßig; irgendwie schaffte sie es immer, einen Tee und ein hartgekochtes Ei im Haus zu haben. Davon lebten wir fast alle in Havanna; die Eier gab es frei zu kaufen, und russischen Tee bekam man mit einiger Mühe auf dem Markt.

Eines Tages trommelte Clara alle ihre Freunde und ihre Kinder in diesem kleinen Zimmer zusammen, wo wir beinahe erstickten. Clara sagte: »Ich habe euch gerufen, weil ich euch etwas Schreckliches mitteilen muß: Meine Titten sind runtergefallen«, worauf sie ihre Bluse aufmachte und uns zwei kleine dunkle Brüstchen zeigte, die ihr bis auf den Bauch hingen. Das war eine Tragödie, so konnte sie unmöglich weiter als Prostituierte arbeiten, womit sie ihre Kinder, ihre Mutter und Teodoro ernährte, der an der Universität studierte und selbst nicht arbeiten gehen konnte. Ich weiß noch, wie ihre Kinder um sie herumstanden und über diese Katastrophe weinten. Wir alle versuchten, Clara zu trösten, auch ihre Mutter, die zu ihr sagte: »Mach dir keine Sorgen, wir werden schon einen Weg finden, wie wir dir helfen können, aber jetzt wasch dir erst mal die Beine, die sind ja völlig verdreckt.« Tatsächlich, Claras Beine waren so schmutzig, daß ihre Mutter ein Messer nahm und anfing, den Dreck abzuschaben.

Es war unerträglich heiß, und Clara klagte darüber, daß der Raum kein Fenster hatte; auf der Stelle fingen wir an, mit ein paar kaputten Macheten eine Fensteröffnung in die Wand zu brechen; die Mauer war mehr als einen Meter dick, und als wir endlich durch waren, merkten wir, daß das Loch nicht auf die Straße ging, sondern in ein riesiges Kloster, das Santa Clara; die Nonnen hatten es nach dem Sieg Castros verlassen. Das Kloster war noch richtig gut in Schuß und stand voll mit Möbeln, Truhen, Buntglasfenstern und allem möglichen Kram.

Mit der Disziplin von Ameisen machten wir uns daran, das gesamte Kloster auszuräumen und alles, was darin war, zu verkaufen. Auf einmal kamen aus diesem Zimmerchen, wo Clara wohnte und wo kaum Platz für ein paar Stühle war, zwanzig oder dreißig Lehnstühle und vier oder fünf Truhen zum Vorschein, die wir im Handumdrehen in Havanna verkauften; einmal luden wir einen ganzen Lastwagen voll.

Eines Tages stand die CDR-Vorsitzende bei Clara vor der Tür und sagte zu ihr, sie könnte sich nicht erklären, wie alle diese Sachen in dem Zimmer gewesen sein sollten; der Durchgang zum Kloster war verdeckt von einem der Bilder, die Clara malte. Uns blieb keine andere Wahl, als die CDR-Vorsitzende zu kaufen, und das taten wir dann auch; wir sagten ihr, sie könnte sich nehmen, was sie wollte, und die Frau nahm mit, soviel sie konnte, und zeigte uns nicht an.

In meinem Zimmer baute ich mir eine Toilette ein, eine Marmorküche sowie ein Mezzanin aus echtem Zedernholz, und meine kleine Wohnstube füllte sich mit Möbeln aus dem 18. Jahrhundert.

Zum Schluß holten Lázaro und ich noch das ganze Holz der Deckentäfelung aus dem Kloster; mein Mezzanin war eine Art Musterstück für den Verkauf dieses Holzes. Natürlich kassierte Clara für alles, was durch das Loch wanderte, ihre Prozente. Besonders gefragt waren rote Marmorplatten; sogar Elia und Coco kauften welche.

Einmal hielt uns nachts ein Polizist an, als wir gerade eine große Ladung Kruzifixe, Silberkelche und andere wertvolle Stücke transportierten, und er fragte uns, was das für ein Plunder wäre; wir sagten, wir hätten das alles in einem eingestürzten Haus in der Altstadt gefunden und wollten damit unsere Wohnungen verschönern. Dem Polizisten schien das wertloser Kram zu sein, und er ließ uns mit der Ladung weiterziehen.

Ludgardo konnte dank Claras Mauerloch die Produktion von Schuhen aus Zedernholz aufnehmen. Das Loch war für uns eine wahre Schatzkammer, sogar die Fliesen verkauften wir in ganz Havanna.

Schließlich kam Bebita auf die Idee, mit dem Holz und den Fliesen aus Claras Mauerloch überall im Haus Balkons und Zwischengeschosse zu bauen, und das machten wir auch. Mein Zimmer verwandelte sich über Nacht in ein Apartment, das sogar einen Balkon mit mittelalterlichem Schmiedeeisen besaß. Auch unsere CDR-Vorsitzende hatte ihr Mezzanin.

Als Rubén sah, was aus meinem Zimmer geworden war, sagte er zu mir, da die Wohnung ja nicht mein Eigentum wäre, würde er sie demnächst wieder in Besitz nehmen. Ich sah ihn ruhig an und sagte zu ihm, dieses Zimmer wäre sehr wohl mein Eigentum. Er verlangte, daß ich es ihm bewies, und ich ging in meine Kochnische, nahm mir ein riesiges Küchenmesser, das ich aus dem Kloster hatte, zeigte es ihm und sagte: »Da hast du den Beweis.« Danach kam er nie wieder darauf zu sprechen.

Nachdem Clara fast alles verkauft hatte, beschloß sie, ein Fest zu geben; wir kauften Kerzen auf dem Schwarzmarkt und schmückten damit das ganze Kloster. Um Mitternacht fing das Fest an; wir hatten nur hartgekochte Eier und Tee, aber Clara hatte fast alle ihre alten Freunde eingeladen, das heißt Prostituierte im Ruhestand, geschniegelte Luden, Tunten, die nur nachts auf die Straße gingen; auch Hiram Pratt war da. Clara und ich setzten in dieser Nacht ein Schriftstück auf, in dem wir festhielten, daß wir uns aufgrund der teuflischen Natur Hirams nur an Orten wie dieser Höhle, in Baumkronen oder auf dem Meeresgrund treffen konnten und daß wir ihm definitiv verziehen.

Hiram schrieb gerade an seiner Autobiographie und las uns in dieser Nacht daraus vor. Er sprach darin von Clara als einer der kultiviertesten Frauen und größten Malerinnen dieses Jahrhunderts, und ich war der Martí unserer

Generation. Später erfuhr ich, daß Hiram die Kapitel aus seiner Autobiographie jeweils dem Ort anpaßte, wo er sie vorlas. In anderen Versionen kam ich als Verbrecher vor und Clara als »dreckige Nutte«.

Auf diesem Fest war auch Bruno García Leiva, ein wunderlicher Mensch, der immer jemand anderes spielte, vielleicht weil er selber gar nicht existierte. In dieser Nacht kam er als Geistlicher verkleidet, mit Skapulier und schwarzer Kutte, er sah wirklich wie ein Mönch aus, und viele der anwesenden Huren im Ruhestand baten ihn, die Beichte ablegen zu dürfen, und er nahm sie ihnen feierlich ab.

Manchmal verkleidete er sich als Arzt, und wir gingen ins Calixto-García-Krankenhaus. Bruno führte mich in die Notaufnahme, während ich schrie wie am Spieß. Er packte ärztliche Bescheinigungen, Stempel und Rezeptblöcke ein, die Gold wert waren; Bruno verkaufte diese Bescheinigungen für schwindelerregende Summen an jeden, der nicht in die Landwirtschaft wollte. Die Alkoholiker kauften die Rezepte, um sich in den Apotheken Sprit zu besorgen. Hiram Pratt, der völlig dem Alkohol verfallen war, hätte alles gegeben für eins dieser Rezepte.

In dieser Nacht waren auch Amando López, Sakuntala und Ludgardo mit dabei. Ludgardo war ein riesiger Mulatte, in dessen Hose ein dicker Schwanz und prächtige Eier zu erkennen waren. Ich weiß noch, daß jeder eine künstlerische Darbietung beisteuern mußte, und Amando streckte sich auf dem Boden aus, der mit einer Leinwand von Clara bedeckt war, und sang, immer leidenschaftlicher, eine Art Ode an Ludgardo, die ging so: »Ach, Ludgardo mein, ich bin so allein, schlaf doch nicht ein, sei nicht gemein, sonst beiß ich dir rein, steck ihn mir rein, ja, steck ihn mir rein, o Ludgardo mein.« Ludgardo war gar kein Rammler, aber an der Ode hatte er trotzdem seinen Spaß.

Ich gab ein paar meiner Sprüche zum besten, zum Beispiel: »Bin ich beneidenswert! Wie eine Muse, der die Partei für die freiwillige Fron als Himmelslohn eine extra Pampelmuse verehrt.«

Alderete brachte seine Perückensammlung mit, und beim Schein der Kerzen ließ er die Stimme von Rosita Fornés erklingen. Schließlich erklärte Ludgardo, irgendwo hier wäre bestimmt ein Schatz vergraben, und den sollten wir nun suchen. Daraufhin ließ uns Clara ein Dokument unterschreiben, in dem wir schworen, wenn jemand den Schatz fände, würde sie fünfzig Prozent davon abbekommen. So wurde aus dem Fest eine richtige Schatzsuche. Beim Graben fanden wir zwar kein Gold, wohl aber eine Zisterne, die noch wunderbar funktionierte und in der Altstadt von Havanna fast einem Schatz gleichkam.

Von da ab verkauften wir fast zweihundert Kanister Wasser am Tag; vor Claras Mauerloch bildeten sich lange Schlangen.

Clara und Amando López hatten es irgendwie fertiggekriegt, Hiram Pratt in der Höhle gefangenzusetzen. Als ich sie nach den Gründen dafür fragte, erfuhr ich, daß sie herausgefunden hatten, was wirklich in Hirams Autobiographie über Clara stand, Clara hatte sich das Manuskript nämlich unter den Nagel gerissen, und danach war sie eine siebzigjährige Hexe, die ganz Havanna mit Syphilis angesteckt hatte, die sämtliche griechischen Matrosen ins Bett holte, die mit den eigenen Töchtern lesbische Beziehungen hatte und Informantin der Staatssicherheit war. Clara sagte, Hiram würde so lange angebunden bleiben, bis er das Buch neu geschrieben hatte, und das Original bekäme er natürlich niemals zurück. Nach drei Tagen banden Lázaro und ich ihn los.

Zu dieser Zeit waren von dem Kloster nur noch die Mauern übrig, die man hätte verkaufen können, und genau das taten Lázaro und ich; wir rissen die Innenwände ein, klopften Ziegel für Ziegel ab und verkauften sie in ganz Havanna. Das war ein glänzendes Geschäft, weil Ziegel in Kuba nirgends zu kriegen waren.

Wir erhielten einen anonymen Brief von Hiram, in dem er schrieb, er würde die Straftaten und Orgien in Clara Romeros Höhle nach oben melden.

Eines Tages rief die CDR-Vorsitzende Clara zu sich und sagte ihr, die Polizei hätte sie gefragt, ob es stimmte, daß Clara illegal mit Holz und Wasser handelte. Die Frau legte ihr nahe, alle Verkäufe vorläufig einzustellen.

Wir konnten nur eins tun, um alle Spuren zu verwischen, nämlich das Kloster zum Einsturz bringen; doch vorher wollte ich zerlegen, was vom Dach noch übrig war, um die Bretter zu Geld zu machen. Von dort oben hatte man einen wunderschönen Blick über ganz Alt-Havanna.

Als wir gerade eine Mauer einreißen wollten, entdeckten wir plötzlich, daß dahinter noch ein Raum war, von dem wir gar nichts gewußt hatten und wo vier fest verschlossene Tresore standen. Offenbar hatten die Nonnen diese falsche Wand eingezogen, um den wahren Schatz zu verstecken. Da wir die Kombination nicht herausfanden, um die Tresore zu öffnen, bearbeiteten wir sie eine Woche lang mit unseren Hämmern, bis wir sie endlich aufhatten; es war nichts drin. Das war bestimmt der Grund, weshalb das Kloster leer stand, Castros Funktionäre waren schon vor uns dagewesen, hatten die Tresore geplündert und wollten nicht, daß jemand den Diebstahl bemerkte. Wenn sie uns den Diebstahl anhängten, konnten wir wegen Unterschlagung für dreißig Jahre ins Gefängnis kommen. Wir rissen schnell die Wand ein, die das spärliche Mauerwerk vom Kloster noch stützte, und als es kurz vorm Einstürzen war, machte Ludgardo ein Seil daran fest, und von Claras Mauerloch aus zogen wir mit aller Kraft, bis alles mit einem Riesengetöse zusammenkrachte.

Ein paar Tage danach brach in Alt-Havanna eine große

Typhusepidemie aus. Fidel Castro spazierte durch die Straßen und sagte, die Krankheit käme von den Unmengen von Müll, der sich in der Stadt angesammelt hätte. Tatsächlich war in diesem Viertel seit drei Jahren kein Müll mehr abgeholt worden; die Gebäude stürzten ein, und es war ein wahres Paradies für die Ratten und alles mögliche Getier, das ansteckende Viren übertrug.

Die Stadt wimmelte bald von Militärlastern, die eine »Sauberkeitsoffensive« durchführten; so verschwand innerhalb von vierundzwanzig Stunden alles, was vom Kloster Santa Clara übriggeblieben war.

Ein paar Wochen später bekam Lázaro wieder seine Nervenkrankheit, was öfters geschah. Er hockte im Treppenhaus, führte Selbstgespräche, schimpfte mit dem Dach und redete unzusammenhängende Sachen. In diesen Fällen erkannte er niemanden, nicht einmal mich.

Er wollte schreiben und konnte es nicht; nach zwei oder drei Zeilen schob er die angefangene Seite weg und fing hilflos an zu weinen. Ich sagte ihm, er wäre ein Schriftsteller, auch wenn er nie auch nur eine einzige Seite vollschreiben würde, und das tröstete ihn. Er wollte, daß ich ihm das Schreiben beibrachte. Schreiben ist aber kein Beruf, sondern ein Fluch; das schlimmste war, daß er mit diesem Fluch geschlagen war, der Zustand seiner Nerven ihn aber am Schreiben hinderte. Nie habe ich ihn so geliebt wie an diesem Tag, als ich sah, wie er vor dem weißen Blatt saß und vor Ohnmacht weinte, weil er nicht schreiben konnte.

Ich lieh ihm die Bücher, die meiner Meinung nach geeignet waren, ihm ein bißchen literarisches Rüstzeug zu geben; es war unglaublich, was für ein feines Gespür er durch die Lektüre bekam und wie er entdeckte, was viele Kritiker zum Teil noch gar nicht entdeckt hatten. Manchmal rief er mich von seinem Klo aus und fing an, mir Abschnitte aus dem *Quijote* vorzulesen; manchmal endeten diese Lesungen damit, daß die Nachbarn sich in ihrer Ruhe gestört fühlten und uns mit Steinen bewarfen.

An diesen Lesungen nahm auch ein geistesgestörter Mann namens Turcio teil, ein ehemaliger Schiffskapitän, der die Literatur liebte und von seiner Frau um den Verstand gebracht worden war. Turcio redete unablässig, und wenn sich zum Beispiel zwei Frauen gestritten hatten, wiederholte er den ganzen Tag, was sich diese Frauen an den Kopf geworfen hatten. Wenn Lázaro und ich unsere Lesungen veranstalteten, wiederholte er für den Rest des Tages wie ein Lautsprecher einzelne Fetzen daraus. Manchmal kam er auf den Flur und posaunte alle Nachrichten in die Welt, die er aufgeschnappt hatte: »Es wird dieses Jahr kein Fleisch mehr geben«, »Es ist Huhn eingetroffen, nur für Kinder unter sechs Jahren«, »Die Linie 32 fährt hier nicht mehr entlang« und dergleichen mehr. Er wiederholte alles, was sein verwirrtes Ohr gehört hatte.

Eines Tages kam der Rekrut, mit dem ich weiterhin befreundet war, mit einem Vetter zu mir, einem Polizisten; er kam in Uniform und mit einer Pistole am Gürtel. Der Rekrut sagte zu mir: »Mach dir keine Sorgen; du wirst schon sehen, davon steigt dein Ansehen im Haus, und keiner legt sich mehr mit dir an.« Der Polizist war ein Rammler aus Oriente, und kaum stand er fünf Minuten in meinem Zimmer, legte er den Patronengürtel mit der Pistole ab; ich zeigte ihm mein Mezzanin und er mir sein Prachtexemplar von Schwanz. Unten stand der Rekrut und kochte vor Wut. Nach einer Stunde verabschiedeten wir uns als gute Freunde. Turcio schrie die ganze Zeit, die Polizei wäre bei mir; was sich kein Nachbar vorstellen konnte, war das Kaliber der Waffe, mit der mich dieser Polizist aufs Korn genommen hatte.

Manchmal, wenn der Rekrut oder der Polizist bei mir waren, bekam Lázaro einen Eifersuchtsanfall. Ich sagte ihm immer die Wahrheit; er war der Mensch, den ich wirklich liebte, die anderen waren nur Zeitvertreib. Ich war immer der Meinung, daß die Liebe eine Sache ist und Sex eine andere; wahre Liebe hat etwas mit Solidarität und Vertrautheit zu tun, die es bei rein sexuellen Beziehungen nicht gibt.

Lázaro hatte auch sexuelle Beziehungen mit Frauen, und ich verlangte nicht im entferntesten von ihm, sie abzubrechen, ich ermutigte ihn vielmehr dazu; ich war der Meinung, so würden wir uns nur um so besser verstehen. Es machte mir Spaß, eine Beziehung mit einem Mann zu haben, von dem ich wußte, daß er auch etwas mit Frauen hatte; ich wollte sein Freund sein, nicht die Frau, die für ihn kocht und sich um sein tägliches Wohlergehen kümmert. So würde er als Freund und nicht aus Verpflichtung mit mir schlafen. Deshalb war ich auch so froh, als ich hörte, daß er Mayra heiraten wollte, ein bezauberndes Mädchen, mit dem er schon seit Jahren zusammen war. Sie dachten, wenn sie heirateten, würden sie eine Wohnung bekommen, weil ihr Stiefvater gute Beziehungen zur Regierung hatte. Die Trauung fand im Hochzeitspalast statt, und ich war Trauzeuge.

Ihre Flitterwochen verbrachten sie in Santa María del Mar, und Lázaro bestand darauf, daß ich sie begleitete. Eines Nachts klopfte Mayra an meine Tür und sagte, Lázaro hätte es wieder mit den Nerven, ich sollte zu ihm ins Zimmer kommen; er hatte gerade einen seiner Anfälle. Ich habe nie richtig begriffen, was eine Geisteskrankheit eigentlich ist, ich denke aber, die Menschen, die darunter leiden, sind so etwas wie Engel, die die Wirklichkeit um sich herum nicht ertragen können und sich irgendwie in eine andere Welt flüchten müssen. Als ich zu Lázaro kam, bat er mich, bei ihm zu bleiben, und er legte seinen Kopf in meine Hände; Mayra verhielt sich sehr vernünftig. Am nächsten Tag ging es ihm schon viel besser, und wir gingen alle drei an den Strand.

Mayras Vater schaffte es allerdings nicht, ihnen eine Wohnung zu besorgen, und sie mußten zu Marta Carriles ziehen. Wir bauten ein Zwischengeschoß über der Küche ein, im Wohnzimmer hatte Marta schon eins. Lázaros Mezzanin war so niedrig, daß man dort oben nicht stehen konnte. Einmal platzte der Dampfkochtopf, und alles knallte an die Zwischendecke; es hörte sich an wie eine Bombe, und alle Hausbewohner liefen zusammen, während sich die beiden in ihrem Mezzanin weiterliebten und halb totlachten. Lázaro rief mich durch sein Fensterchen, und ich lehnte mich über die selbstgebaute Brüstung meines Balkons und winkte ihm zu; ich wußte, was sie dort trieben, und ich hatte ebenfalls meinen Spaß daran.

Lázaro und ich fuhren zusammen nach Pinar del Río, wir badeten nackt in den Bächen, machten Ausflüge auf Pferden und genossen die Natur. Das Feldbett, in dem wir schliefen, quietschte wie wahnsinnig.

In einem dieser Landhäuser erfuhr ich die Geschichte der Spanierin. Sie hatte einen Freund gehabt, der sie von zu Hause entführt und geschwängert und nach ein paar Monaten sitzengelassen hatte. Ihre Familie verstieß sie, und Marta Carriles nahm sie auf, unter der Bedingung, daß sie bei ihr als Dienstmädchen arbeitete; in Wahrheit war sie aber eher ihre Sklavin; sie arbeitete pausenlos, wie meine Mutter. Sie hatte eine Tochter, die jedoch von den Schwiegereltern auf dem Land aufgezogen wurde und die sie nicht sehen durfte.

Bei meiner Rückkehr ins ehemalige Hotel Monserrate kam es dort zu einem der aufsehenerregendsten Skandale seiner gesamten Geschichte; er spielte sich zwischen Hiram Pratt und Coco Salá ab. Hiram hatte einen Freund, den er anscheinend sehr liebte und der Nonito hieß; der Junge stammte aus Holguín. Hiram hatte Coco, mit dem er wieder befreundet war, von den körperlichen Vorzügen des Knaben erzählt, und Coco fackelte nicht lange, setzte sich in den Zug und fuhr nach Holguín. Er versprach dem Jungen mehrere Jeans und Hemden und holte ihn nach Havanna. Eines Tages klopfte Hiram bei Coco an die Tür, und wer ihm aufmachte, war Nonito, splitternackt. Hiram sah rot; er kam zu mir und lieh sich einen Hammer und noch ein paar Zimmermannswerkzeuge aus. Mit diesem Waffenarsenal ging er zu Coco hoch und schlug ihm die Glastür kaputt; in diesem Haus waren alle Türen verglast, ich hatte allerdings hinter meiner Scheibe eine Metallplatte angebracht. Coco und Nonito kamen mit einem Besen heraus, und im Eifer des Gefechts zertrümmerte Hiram nicht nur Cocos Tür, sondern auch gleich die von Marta Carriles und von einer großen Familie, die Zeugen Jehovas waren. Alle diese Leute stürzten sich auf Hiram, und der floh in mein Zimmer; ich hatte schon Angst, sie würden meine Tür eintreten, und deshalb schrie ich nach Bebita, die, gefolgt von Victoria, mit einem Messer angerannt kam. »Im Hotel Monserrate ist der Bürgerkrieg ausgebrochen«, jammerte Turcio. In der allgemeinen Hysterie kamen alle angelaufen, um alte Rechnungen zu begleichen: Schneewittchen und die sieben Zwerge attackierten Mohammed, Teresa und ihre Schwester zogen sich wieder mal an den Haaren, Marta Carriles gab Caridad González, der CDR-Vorsitzenden, ein paar Backpfeifen, und einer der Zeugen Jehovas verpaßte dem Fahrstuhlführer Fußtritte. Derweil lauschten Hiram und ich, in meinem Zimmer verschanzt, dem Schlachtenlärm, und Bebita und Victoria versuchten, mit ihren lauten, männlichen Stimmen wieder für Ordnung zu sorgen.

Weil die Aufregung so groß war, machten Hiram und ich uns am nächsten Tag nach Holguín auf; dort standen wir lange nach einem Bus an und fuhren für ein paar Tage nach Gibara; ich war wieder am Meer meiner Kindheit, doch diese Stadt war inzwischen längst eine Gespensterstadt, der Hafen war noch weiter versandet.

Wieder zurück in Holguín, aßen wir bei Hirams Mutter zu Abend, einer armen Bäuerin, die praktisch über das ganze Liebesleben Hirams Bescheid wußte, sich aber diskret zurückhielt. Hiram nutzte die Gelegenheit, mich einer Reihe von Leuten vorzustellen, die so etwas wie lokale Berühmtheiten waren, darunter Gioconda Garralero, die mit einer furchtbaren Tunte verheiratet war; sie liebte ihren Mann über alles, aber der war ganz verrückt nach Jünglingen. Als wir gerade dort waren, schrie auf der Straße ein junger Bengel dem Mann dieser Frau nach: »Armando, du schwule Sau, gib mir das Paar Schuhe, das du mir versprochen hast; glaub ja nicht, daß ich dir meinen Schwanz aus Spaß reingesteckt habe.« Er machte einen solchen Aufstand, daß Gioconda auf die Straße lief und dem Jungen Armandos Schuhe gab.

Ich lernte auch Beby Urbino kennen; er war schwul, hatte seine Homosexualität aber nie ausgelebt. Er wohnte in einem riesigen Haus, das von wilden Pflanzen überwuchert war. In seiner Philosophie waren Liebe und Sex nur ein Quell der Bitterkeit. Ich konnte nie in Abstinenz leben, darum sagte ich zu Urbino: »Das Risiko nehme ich auf mich.«

Hiram und ich gingen im Calixto-García-Park spazieren; dort fiel es uns nicht schwer, mit einer Clique von Jungs anzubändeln, und wir gingen zusammen auf den Kreuzberg, als eine letzte Ehrung für die Stadt Holguín. In der Nähe des Kreuzes bumste uns ein Dutzend Jungs durch, und triumphierend, mit neuer Kraft, nahmen wir den Zug zurück nach Havanna.

Lázaro arbeitete jetzt als Dreher in einer Fabrik. Er mußte früh aufstehen und an den Wochenenden Wache stehen; das hatte wieder seine Nerven angegriffen. Oft ließ er Mayra allein und schlief bei mir. Dann kam die Zafra, und Lázaro mußte zum Zuckerrohrschneiden nach Camagüey; nach wenigen Tagen bekam ich einen Brief von ihm, in dem er mich fragte, wie es mir ginge, und mich bat, ihn besuchen zu kommen.

Zusammen mit Pepe, seinem Bruder, nahm ich einen dieser Höllenzüge, und nach einer Woche kamen wir in einem Ort an, der Manga Larga hieß; von dort gingen wir zu Fuß ins Lager. Lázaro hatte eine Nervenkrise gehabt und konnte nicht aufs Zuckerrohrfeld hinaus. Am nächsten Tag gingen wir mit ihm zusammen arbeiten; als ich aufs Feld kam, hatte ich sofort wieder das Gefühl, in der Hölle zu sein. Wir blieben eine Woche bei ihm, als er aber sah, daß wir wieder abreisen wollten, fing er an zu brüllen und drehte vollkommen durch.

Nach einem Monat kehrte er zurück. Er hatte mehr als dreißig Pfund abgenommen; um seine Nerven stand es schlimm, und seine Mutter wollte ihm das bißchen Geld, das er bei der Zuckerrohrernte verdient hatte, auch noch wegnehmen. Einmal stand Lázaro um Mitternacht auf und stieg von meinem Zwischengeschoß runter, er nahm eine Machete, die er mitgebracht hatte, und ich sah, wie er sie auf seinen Bauch richtete; ich sprang herunter, und als ich ihm die Machete wegnehmen wollte, versuchte er mich anzugreifen. Ich raste nackt auf den Flur und rief seine Eltern; als sie mich so sahen, kamen sie sofort, und als wir die Tür aufmachten, sank er bewußtlos zu Boden. Eine Woche lang machte er eine schreckliche Krise durch.

Seine Mutter klopfte an meine Tür, mit einem Eimer und zwei Schildkröten. Sie sagte, der heilige Lazarus hätte ihr gesagt, sie würden mir und ihrem Sohn Glück bringen; wir sollten sie behalten. Ich nahm die Schildkröten, obwohl sie mir leid taten, so eingesperrt. Es war auch sehr schwer, Futter für sie zu besorgen, da sie nur Fleisch oder Fisch fraßen.

Schon vor einiger Zeit hatte Hiram Pratt mir einen sonderbaren Menschen vorgestellt, der, wie er sagte, ein ehemaliger politischer Häftling war und alles unternahm, um mit einem Boot das Land zu verlassen; er hieß Samuel Echerre und wohnte in einer Zelle der Episkopalkirche im Vedado. Samuel hatte tatsächlich schon einmal den Versuch unternommen, zusammen mit ein paar Freunden von Südkuba aus mit einem Boot zu fliehen, seine Idee war es gewesen, die Insel Grand Cayman zu erreichen; Samuel war ein fanatischer Bewunderer Englands und dachte, wenn er Grand Cayman erreichte, würde man ihn unverzüglich zur Königin Elizabeth bringen, die er abgöttisch verehrte. Mitten auf dem Meer ging aber der Motor des Boots kaputt, und es gab keine Möglichkeit, ihn zu reparieren, weil sie den Schraubenschlüssel nicht fanden, den sie brauchten, um ihn aufzuschrauben. Da der Motor unter diesen Umständen nur Ballast war, stießen sie ihn ins Meer und wollten bis Grand Cayman weiterrudern, doch da entdeckten sie, daß der Schlüssel unter dem Motor gelegen hatte. Sie trieben noch ein bißchen mit der Drift, bis sie Land sahen. Gleich ließen sie die Königin Elizabeth hochleben; sie wurden aber sofort von Milizsoldaten festgenommen und danach zu acht Jahren Gefängnis verurteilt. Samuel rehabilitierte sich und saß nur zweieinhalb Jahre ab. Als ich ihn kennenlernte, war er gerade aus dem Gefängnis entlassen worden und wohnte in der Episkopalkirche, obwohl seine krebskranke Mutter noch in ihrem Haus in Trinidad lebte. Als er mich später zu sich nach Trinidad einlud, konnte ich dort, mitten im Wohnzimmer, ein riesiges Foto der Königin Elizabeth von England bewundern. Unter diesem Foto stand ein kleines Tischchen, an dem Samuel, ganz in Schwarz gekleidet, mit Zylinderhut und gleichfalls schwarzen Handschuhen, jeden Nachmittag um fünf in religiöser Andacht Platz nahm, um in Gesellschaft einiger Freunde den Tee zu nehmen.

Bei einer Temperatur von über fünfunddreißig Grad lief Samuel in dieser Aufmachung und mit Zylinder durch Trinidad. Es war aber nicht nur die seltsame Art, wie er sich kleidete, sondern seine ganze Gestalt, die ihn zu einem der skurrilsten Wesen machte, die die Welt je gesehen hat: groß, schlaksig, mit strähnigem, in die Stirn hängendem Haar, Glubschaugen, weit ausholender Hakennase, einem überdimensionierten Mund, gigantischen Zähnen und einem pickligen Gesicht, wozu noch seine langen, knochigen Hände kamen; er war das leibhaftige Bild einer Hexe aus Macbeth oder einer Karikatur von Walt Disney.

Obwohl er ein ziemlich freies Liebesleben führte, hielt er an den Gebräuchen eines Novizen fest, er hatte nämlich in Matanzas die religiöse Laufbahn eingeschlagen und war dann an die Episkopalkirche in Havanna gekommen. In Samuels Zelle fanden allerdings weniger religiöse Meditationen als vielmehr literarische Tertulias statt; allabendlich versammelten sich dort mehr als fünfzehn Personen. Man mußte über einen hohen Zaun klettern, durch zahllose Gänge laufen und schließlich eine Treppe hochsteigen, bevor man in Samuels Zimmer gelangte. Jeden Tag traf ich dort Héctor Angulo, Roberto Valero, Amando López und andere Freunde.

Unter vier Augen besprachen Samuel und ich, wie man illegal das Land verlassen könnte. Er kannte eine Person in Matanzas, die uns angeblich für eine ziemliche Summe Geld rausschmuggeln konnte.

Gegen Mitternacht flogen immer Steine an Samuels Fenster. Er meinte, das wären die Leute vom CDR, die aus Protest gegen seine religiöse Tätigkeit diese Steine warfen, und man mußte alle Fenster schließen; die Angriffe dauerten täglich eine halbe Stunde, danach kehrte wieder Ruhe ein. Auch um diese Zeit servierte Samuel mit allem Brimborium und unter Anrufung Ihrer britischen Majestät den Tee und fing an, uns einige seiner grauenhaften Gedichte vorzutragen.

Schließlich fuhren wir nach Matanzas, und tatsächlich

trafen wir dort eine Frau, die uns sagte, sie könnte uns außer Landes bringen. Sie wollte die Namen aller Personen wissen, die in dem Boot mitfahren würden; ich wollte ihr meinen Namen nicht sagen, auch nicht Lázaros. Samuel war sehr direkt und sprach mit ihr, als würde er sie schon lange kennen. Wir wohnten dort bei Roberto Valero, mit dem wir durch Matanzas streiften, und wir kamen an eine Bucht, wo wir badeten. Ich werde nie den Anblick Samuel Echerres in Shorts vergessen; dieser staksende Storch mit seinem knochigen Körper wurde zur Zielscheibe der Jungen, die dort badeten und ihn mit Steinen bewarfen; es war äußerst riskant, sich an der Seite so einer Schauergestalt zu zeigen. Ich tauchte im Wasser unter, und als ich meinen Kopf wieder rausstreckte, o Graus!, da war neben mir ein russisches Schiff. Ich verschwand augenblicklich.

Als ich zurück in Havanna war, kam Víctor zu mir und sagte: »Na, und was ist aus dem Boot geworden, mit dem du heimlich das Land verlassen wolltest?« Ich wußte nicht, was ich sagen sollte; er war über alles informiert. Seit dem Tag war ich vor allen auf der Hut, am meisten vor Samuel Echerre.

Víctor sagte mir, ich wäre ein Konterrevolutionär, ich hätte die Nachsicht der Revolution nicht verdient und würde schon bald wieder hinter Gitter kommen.

Zu dieser Zeit begann etwas, das man den Krieg der anonymen Briefe nennen könnte; alle Welt erhielt beleidigende anonyme Briefe. In einigen, die ich bekam oder die man anderen schickte, in denen aber von mir die Rede war, wurde ich als Scheusal beschrieben, das sogar einen Jungen ermordet hatte; ich bin mir sicher, diesen anonymen Brief hatte Coco in Umlauf gebracht. Ich blieb ihm jedoch nichts schuldig; ich verzierte sämtliche Toiletten Havannas mit riesigen Parolen gegen Coco Salá, in denen stand, er sei die größte Schwuchtel des Planeten und ein

Spitzel der Staatssicherheit; Coco geriet in Panik, jedesmal, wenn er auf die Klappe ging, sah er diese Sprüche und ergriff die Flucht.

Einer der anonymen Briefe, die Coco am meisten ins Schwitzen brachten, war der über Samuel Echerre. Coco Salá hatte Samuel Echerre gesagt, daß seine Gedichte wirklich schauderhaft waren, darauf sprach Echerre kein Wort mehr mit ihm. Hiram und ich setzten ein Schreiben auf und verschickten es in ganz Havanna; es war ein moralisch-patriotischer Appell an alle angesehenen und ehrbaren Bürger der Stadt, in dem wir von den Orgien berichteten, die in der Episkopalkirche veranstaltet würden. Tatsächlich war das gar nicht so weit von der Wirklichkeit entfernt, Samuel holte sich nämlich jeden in die Kirche, der ihm über den Weg lief, sogar einen Polizisten, der sich als eine verkappte Tunte entpuppte.

Ich kannte diesen Polizisten schon, bevor ich Samuel kennenlernte. Wenn er und sein Compañero mit dem Streifenwagen unterwegs waren, so erzählte er mir einmal, und sie sahen einen netten Jungen, dann verlangten sie seinen Ausweis und sagten ihm, er müßte mitkommen. Statt ihn aufs Revier zu bringen, fuhren sie mit ihm irgendwo ins Gebüsch, zogen ihm die Hosen runter und lutschten ihm den Schwanz.

Samuels Tertulias waren nicht nur literarische, sondern auch erotische Treffen; der Bischof höchstpersönlich verließ manchmal seine Residenz im Park der Kirche und traf sich in Samuels Zelle mit zehn, zwölf jungen Burschen. Echerre erzählte ihm, sie würden das Buch *Das gemeinsame Gebet* studieren, das in dieser Kirche als Katechismus diente. Unser Schreiben berichtete von all diesen Orgien und malte sie in noch düstereren Farben aus. Wörtlich hieß es: »Um Mitternacht sind im Kirchenschiff ungeheuerliche Schreie zu hören, die bei den unglaublichsten Ausschweifungen ausgestoßen werden.« Dann folgte eine Liste all jener Personen, die in der Episkopalkirche an diesen mitternächtlichen Orgien nach Art der schwarzen Messen teilnahmen. Jeder, der auf der Liste stand, wurde durch ein paar Beiworte kurz charakterisiert, zum Beispiel: »Miguel Barniz, lüsterne Matrone, verdorbenes Flittchen, wüste Kupplerin; Aristóteles Pumariega, unverbesserlicher Lustmolch; Manuel Baldín, sabbernde Tunte; Cristina Fernández, besser bekannt unter dem Namen Herkules von Trinidad; Nancy Padregón, dringt als Mann gekleidet in die Kathedrale ein, stößt dabei obszöne Worte aus und parodiert Sóngoro Cosongo*; Reinaldo Arenas, vormals flüchtig, Räuberbraut; Hiram Pratt, Transvestit.« Wir setzten uns selbst auch auf diese Liste, um von uns abzulenken, und Hiram, der sich zu diesem Zeitpunkt als guter Freund von Samuel ausgab, sagte ihm, Coco wäre dabei, einen anonymen Brief über ihn zu schreiben, den er in der ganzen Stadt verbreiten wollte. Zum Schluß unseres Schreibens hieß es, an der Tür überreiche Samuel Echerre, im Priesterornat, jedem der Teilnehmer ein Exemplar des *Gemeinsamen Gebets*.

Der Brief zirkulierte in ganz Havanna, und einer der ersten, der ihn empfing, war der Bischof der Episkopalkirche. Als wäre das nicht genug, hing der Brief eines Tages bei der Messe an der Kirchentür, damit alle ihn lesen konnten. Fast jeder, der den Brief las, fügte noch irgend etwas hinzu. So verwandelte er sich in einen kleinen Roman. Samuel tobte vor Wut, und der Bischof rief ihn zu sich und verlangte Aufklärung.

In dem Brief tauchte auch eine andere danteske Figur auf, Marisol Lagunos, ebenfalls Meßdiener, der den Beinamen »Prophetin des Untergrunds« trug. Einmal stand der Bischof in aller Frühe auf und traf Marisol an, splitternackt, wie er von einem riesigen Schwarzen hinter dem

* Gestalt aus einem Gedicht von Nicolás Guillén

Hochaltar rangenommen wurde; der Bischof warf ihn aus der Kirche, und Samuel Echerre gab er dreißig Tage, um seine Sachen zu packen. Samuel ging zu Coco Salá, mit seinem schwarzen Regenschirm und mit Cristina, die gleich auf Coco eindrosch, während dieser drohte, die Polizei zu rufen, und schwor, er hätte den Brief nicht geschrieben. Marta Carriles kam Coco zu Hilfe und prügelte auf Cristina ein.

Bei Coco mußten ein paar Zähne dran glauben, und Samuel bekam von Marta Carriles ein paar Ohrfeigen. Alles in allem nahm aber niemand den Brief richtig ernst, und Samuel wohnte weiter in der Kirche.

Amando López war zu dem Maler Eduardo Michelson gezogen; sein Haus war ein einziger Taubenschlag, und als Amando dort einzog, bat er mich, doch ein paar Tage bei ihm zu wohnen, um ihm beim Einrichten zu helfen.

Eines Nachts teilte Michelson an seine Mieter alle möglichen Waffen aus: Hämmer, Macheten, Messer. Der Grund war, daß er am Abend einen Liebhaber erwartete, der ein absoluter Verbrecher war; wenn Michelson schrie, sollten wir ihm alle mit unseren Waffen zu Hilfe eilen. Zum Glück schrie er nicht.

Zu den Weltfestspielen der Jugend und Studenten beschloß Michelson, in seinem Haus ein Minifestival zu veranstalten; natürlich war es eine illegale Veranstaltung, zu der nur Vertrauenspersonen eingeladen wurden; ich brachte als Überraschungsgäste Mohammed und Hiram Pratt mit. Jeder mußte irgend etwas darbieten, und mit Unterstützung von Mohammed und Hiram Pratt, die als Chor auftraten, spielte ich die vier großen Kategorien der kubanischen Tunten vor.

Das Fest zog sich bis zum nächsten Tag hin; wir starben fast vor Hunger, aber niemand traute sich auf die Straße; die Komitees zur Verteidigung der Revolution paßten auf, daß kein Asozialer von den Ausländern gesehen wurde, die zu den Weltfestspielen gekommen waren. Irgendwann beschloß Pedro Juan, einer der Mieter von Michelson, sich als Mann zu verkleiden, und ging als Milizionär hinaus; er stand lange an und ergatterte ein paar Packungen Spaghetti. Wir kochten sie in einem großen Bottich. Michelson hatte noch eine Gallone Schnaps in Reserve, und als er sie holen wollte, war statt dessen nur noch Wasser drin; er regte sich so darüber auf, daß er alle rausschmiß, sogar die, die dort wohnten und Miete zahlten.

Im selben Moment prasselten Steine gegen das Haus, und die wenigen noch heilen Fensterscheiben gingen zu Bruch. Michelson sagte, wir bräuchten uns keine Sorgen zu machen, diesen Steinhagel gebe es täglich, so lebten einige Nachbarn ihre Aggressionen aus.

Ich hatte Angst, jeden Moment könnte die Polizei ins Haus kommen, und ich beschloß, bis zum Ende der Weltfestspiele zu Roberto Valero nach Matanzas zu fahren. Seit Clara ihr Loch in der Wand zumauern mußte, unterhielt ich mit Valero nicht nur freundschaftliche, sondern auch geschäftliche Beziehungen; ich nahm Kleidungsstücke mit, die ich auf dem Schwarzmarkt gekauft oder von Margarita und Jorge bekommen hatte, und verkaufte sie dann in Matanzas mit Hilfe Robertos, der als Zwischenhändler auftrat. Wir pflückten dort auch Zitronen und alle möglichen Früchte und verkauften sie in Havanna.

Als ich in Matanzas ankam, befand sich Valero im Gewahrsam der Staatssicherheit, und seine Frau war in Angst und Schrecken. Zwei Tage lang hörten wir nichts von ihm; sie hatten seine Wohnung durchsucht, dabei aber zum Glück nichts wirklich Belastendes gefunden. Noch am selben Abend, als sie ihn entließen, gingen wir zu Carilda, die in ihrem Haus in Matanzas eine ihrer illegalen Tertulias veranstaltete; Carilda hatte wie Elia del Calvo das Haus voller Katzen. Sie las bei diesen Treffen endlose

Gedichte vor, die manchmal wunderbar kitschüberladen und zugleich wirklich schön waren; Carilda fehlte das Gespür für das rechte Maß, und sie machte sich deshalb oft lächerlich. Während sie las, hüpften die Katzen um sie herum, als hätten sie Flügel.

Carildas Liebhaber, der viel jünger war als sie und vollkommen verrückt, parodierte ihre Verse im tiefsten Bariton. Er war Sänger an der Oper gewesen und hatte wegen einer Nervenkrankheit den Beruf an den Nagel hängen müssen.

Carilda raunte uns zu, sie wäre selber sehr nervös, weil ihr Mann an diesem Abend fünfunddreißig Glas Wasser getrunken hätte; er hatte irgendein Prostataleiden und trank die ganze Zeit Wasser. Neben seinem Hang zum Wasser hatte er noch eine Schwäche: er sammelte Säbel; er hatte ein ganzes Zimmer voll, und er versicherte, einer davon habe dem General Martínez Campos gehört.

Es wurde Morgen, und Carilda rezitierte immer noch ihre endlosen Gedichte. Für den Schluß hatte sie sich die erotischsten Gedichte aufgehoben, wie dieses zum Beispiel: »Berühr ich dich mit meiner Brüste Spitzen, komm, Geliebter, ich ins Schwitzen, ja, ins Schwitzen.« Nachdem alles, was sie in letzter Zeit geschrieben hatte, vorgetragen war, erklärte sie, sämtliche Gedichte hätten an diesem Morgen in Matanzas ihre Welturaufführung erlebt.

Eines davon war entschieden pornographisch, und Carildas Mann preschte mit dem Säbel des Generals Martínez Campos in der Hand dazwischen und schrie: »Ich hab dir gesagt, du sollst das Gedicht nicht vorlesen, du Nutte!« Carilda ließ sich nicht aus der Ruhe bringen und las weiter; er fuchtelte mit dem Säbel in der Luft herum und traf dabei auch eine der Katzen; da riß Carilda der Geduldsfaden, und sie sagte zu ihm: »Alles erlaube ich dir, aber rühr meine Katzen nicht an; das hier ist mein Haus, und hier mache ich, was ich will!« Und zum Beweis zog sie ihr Kleid aus und stand im Slip da. Ihr Ehemann rückte Carilda mit dem Säbel immer mehr zu Leibe, bis er sie am Rücken traf; sie kreischte laut auf und rannte im Slip durch ganz Matanzas, während ihr Mann hinter ihr herrannte und schrie: »Bleib stehen, du Nutte!« Carilda flehte ihn an: »Bitte bring mich um, aber mach in meiner Stadt nicht einen solchen Skandal!« Bei dem ganzen Spektakel verloren sich Mann und Frau schließlich in den Straßen von Matanzas aus den Augen.

Am nächsten Tag trieb ich soviel wie möglich von dem Geld ein, das ich noch für die Sachen bekam, die Valero unter seinen Freunden verkauft hatte; er selbst hatte ein indisches Gewand erstanden, das ihm bis zu den Knien hing, er sagte mir aber gleich, daß der Stoff morsch war. Ich kehrte nach Havanna zurück, und als ich zu Hause war, machte ich Vorhängeschlösser an meine Tür; das war eine Technik, mit der ich seit einiger Zeit die Polizei und unerwünschte Besucher in die Irre führte. Da es in Höhe des Zwischengeschosses eine Luke zum Flur gab, versperrte ich die Tür mit drei, vier Vorhängeschlössern, brachte einen Zettel an, auf dem stand, ich wäre nicht zu Hause, kletterte durch die Luke und war direkt im Mezzanin. So kam keiner auf die Idee, ich könnte zu Hause sein.

Gegen Morgen hörte ich, wie sich jemand mit Gewalt an der Tür zu schaffen machte; ich spähte durch die Luke und sah einen riesigen Schwarzen, mit dem ich in den letzten Monaten eine Affäre gehabt hatte; nun brach er meine Tür auf, im Glauben, es wäre keiner da. Ich griff lautlos nach einem Knüppel, den ich für den Fall der Fälle zu meiner Verteidigung unter dem Bett bereithielt, machte die Luke auf und zog ihm den Stock mit einer solchen Wucht über den Schädel, daß er für einen Moment ganz benommen war. Der Schlag hatte ihn überrascht, und vor allem konnte er sich nicht erklären, woher er gekommen war, weil ich die Luke nach dem Hieb schnell wieder zugemacht hatte. Der Schwarze richtete sich auf, ich öffnete noch einmal die Luke und ließ den Knüppel ein zweitesmal auf ihn niedersausen; diesmal verging ihm die Neugier, woher die mysteriösen Schläge kamen, und er nahm Reißaus. Er ließ sich nie wieder bei mir blicken; womöglich dachte er, diese Schläge rührten von einer unsichtbaren, teuflischen Macht her, über die ich verfügte.

Nur Lázaro wußte, daß ich in meinem Zimmer war, und manchmal brachte er mir Essen, das er Marta geklaut hatte. Als die Weltfestspiele zu Ende waren, nahm ich die Vorhängeschlösser wieder ab; jetzt verschlechterte sich die Lage noch mehr, weil das Festival das Land endgültig ruiniert hatte und es überhaupt nichts mehr zu essen gab. Für mich wurde alles noch schwieriger, weil ich keine Arbeit bekam.

Die einzigen, die mir in dieser Krise Gesellschaft leisteten, waren die beiden Schildkröten von Marta Carriles. Seit langem schon tat es mir in der Seele weh, wie diese Tiere langsam verhungerten; sie kamen mir ein bißchen vor wie ein Symbol meines eigenen Lebens. Ich steckte sie in einen Sack und brachte sie in den Zoologischen Garten, ich wollte sie am See mit den Schildkröten aussetzen; kaum war ich dort, wurde mir allerdings bewußt, daß die Parkwächter denken mußten, ich hätte sie gestohlen, wenn sie mich mit den Schildkröten erwischten, und mich ins Gefängnis bringen würden; der Hunger war nämlich so groß, daß im Zoo immer wieder Tiere gestohlen wurden, um sie zu essen. Der berühmteste Fall war, als Leute einmal den Löwen aus dem Zoo von Havanna raubten und ihn aufaßen. Schließlich setzte ich die Schildkröten auf dem Boden ab, und sie flitzten über den Sand, als hätten sie Flügel; ich habe noch nie glücklichere und lebensfrohere Tiere gesehen. Sie rannten bis ans Wasser und verschwanden zwischen den anderen Schildkröten im See. Ich fühlte mich unendlich erleichtert. Kurz darauf ging ein

Wolkenbruch nieder und überflutete die Straßen Havannas, und ich lief glücklich durch den Regen.

In der Episkopalkirche kam es zu einem weiteren Skandal, ähnlich aufsehenerregend wie der mit Marisol. In der Kirche wurde eine feierliche Messe gehalten, bei der alle Novizen und Priesteranwärter ihre kostbarsten Gewänder tragen durften. Echerre kleidete sich bei dieser Gelegenheit ganz in Weiß und setzte sich eine grüne Kappe auf, die ihm ganz offensichtlich nicht gehörte; er sah aus wie ein Troll aus einem skandinavischen Alptraum. Samuel hatte alle seine Freunde gebeten, an der Feier teilzunehmen, damit sie ihn in seiner ganzen Pracht sähen; er war schon immer sehr exhibitionistisch gewesen.

Die Messe begann, und Samuel trug sein Prachtgewand zur Schau; der Bischof fing mit seiner Predigt an, dann setzte die Orgel ein und erfüllte die Kirche mit ihrem Klang. Plötzlich kamen aus der Orgel, obwohl die Nonne das Instrument weiterhin gekonnt spielte, statt der gewohnten Laute merkwürdige Geräusche; der Chor hörte auf zu singen; die Nonne bemühte sich zwar weiterhin, ihr Lied zu spielen, aber aus dem Apparat kam nur noch ein Höllenlärm.

Fast alle Anwesenden, sogar der Bischof, stiegen zu den Orgelpfeifen hinauf, und dort sahen wir, was los war: Hiram Pratt, splitternackt, ließ sich vom schwarzen Gärtner durchrammeln, und während des Paarungsaktes schlug und trat Hiram auf die Orgelpfeifen ein. Ich weiß nicht, ob Hiram das tat, weil er vollkommen im Rausch war oder weil der Schwanz des Schwarzen so ungeheuerlich war, daß er ihn dazu trieb, dermaßen auf die Orgelpfeifen einzudreschen. Sicher ist jedenfalls, daß es so etwas in der ganzen Geschichte der Episkopalkirche noch nicht gegeben hatte. Hiram und der Schwarze flohen nackt in die Parkanlage der Kirche. Der Bischof aber, der wußte, daß Hiram von Samuel eingeladen worden war, sagte

Samuel noch am selben Tag, er müßte die Zelle nun endgültig verlassen. Samuel erbat für den Auszug einen Monat Zeit und drohte, er würde sich sonst an die Wohnungsverwaltung wenden. Ich weiß nicht, wie er es schaffte, aber er verlängerte seinen Aufenthalt in der Kirche noch um weitere drei Monate.

Er hatte Glück, es war das Jahr 1979, und Fidel Castro wollte ehemalige politische Gefangene loswerden, von denen viele ohne jede Bedeutung waren; darunter auch Samuel Echerre. Mit einem Schlag gehörte Samuel zur Kategorie wichtiger Persönlichkeiten; er ging schließlich in die freie Welt hinaus. Sogar der Bischof gab ihm einen kleinen Abschiedsempfang, und alle kamen wir noch einmal in dieser Kirche zusammen, um Samuel Lebewohl zu sagen.

Bei dieser Gelegenheit sprach ich unter vier Augen mit ihm und bat ihn, Jorge und Margarita auszurichten, sie möchten bitte alles unternehmen, um mich heimlich aus Kuba rauszuholen; ich schärfte ihm noch ein, sie sollten alles so unauffällig wie möglich tun. Aber kaum war er in Europa, hatte Samuel nichts Eiligeres zu tun, als alles, was er geheimhalten sollte, an die Presse weiterzugeben. Eine Woche, nachdem er fort war, tauchte Víctor in meiner Bude auf; er hatte ein Exemplar der spanischen Zeitschrift *Cambio 16* bei sich, wo in großen Lettern prangte: REINALDO ARENAS WILL AUS KUBA RAUS, SONST BRINGT ER SICH UM. So hatte Samuel das Geheimnis gewahrt, das ich ihm anvertraut hatte; er hatte meine Freundschaft einfach nur benutzt, um in die spanischen und französischen Zeitungen zu kommen.

Margarita und Jorge Camacho gewährten ihm mehr als einen Monat lang Unterkunft; als sie sahen, daß er keine Anstalten machte auszuziehen, fragten sie im Oktober sehr diplomatisch bei ihm an, wann er denn zu gehen gedenke; Samuel sagte, vielleicht gegen Ende des Jahres.

Ich schrieb Margarita und Jorge alles, was Samuel uns angetan hatte, und als sie wußten, mit wem sie es zu tun hatten, setzten sie ihn an die Luft; sie gaben ihm sogar noch Geld, damit er sich ein Hotel nehmen konnte.

Vom ersten Tag an, als er in Europa war, schickte uns Samuel unglaubliche Briefe; er wußte, daß unsere Post von der Staatssicherheit kontrolliert wurde, und bei einigen Leuten adressierte er die Briefe sogar an die Arbeitsstelle oder an die Universität. Mit seinen ganzen Briefen wollte er uns nur schaden. In einem Brief an mich stand, er hätte alles getan, um mich aus Kuba rauszuholen, er hätte mit Olga, meiner französischen Freundin, über die Möglichkeit gesprochen, mich auf einem Handelsschiff herauszuschmuggeln. Und an Valero schrieb er: »Ich hoffe, ihr versammelt euch immer noch in der Episkopalkirche oder an einem anderen Ort zu euren konterrevolutionären Treffen, so wie wir früher jeden Abend.« Einen ähnlichen Brief schickte er an Juan Peñate, der darauf seine Arbeit verlor und schließlich in eine Irrenanstalt eingeliefert wurde. Valero wurde aus der Universität ausgeschlossen und kam ins Gefängnis.

Bei mir wußten sie nicht, von was sie mich noch ausschließen sollten, und mich ins Gefängnis zu stecken hätte zu großes Aufsehen erregt, also überwachten sie mich noch schärfer als zuvor, und Víctor sagte mir, wenn das noch einmal vorkäme, dann würden sie kein Erbarmen kennen. Ich beteuerte natürlich, ich wüßte von nichts, und Samuel hätte sich das alles nur ausgedacht, um mir zu schaden.

Zu dieser Zeit bekam Virgilio Piñera Besuch von der Staatssicherheit; sie beleidigten ihn, schikanierten ihn, nahmen ihm alle seine Manuskripte weg und verboten ihm öffentliche Lesungen jedweder Art. Seitdem versank Virgilio in stummer Angst. Es war Miguel Barniz, der Virgilios Lesungen als konterrevolutionär denunziert hatte;

den Beweis dafür bekam ich später, sein Freund René Cifuentes, der jetzt im Exil ist, bestätigte es mir.

Abschied von Virgilio

Auch Virgilio kam zu dem Schluß, daß die einzige Rettung darin bestand, von der Insel fortzugehen. Als wir einmal durch Alt-Havanna spazierten, sagte er zu mir: »Hast du gehört, sie erlauben Padilla die Ausreise. Wenn sie Padilla gehen lassen, dann lassen sie uns alle gehen.« Unglücklicherweise war es nicht so; Virgilio kam nie aus Kuba heraus.

Eine Woche später klopfte Coco Salá bei mir an, der schon seit einiger Zeit das Gespräch mit mir suchte, bestimmt auf Betreiben der Staatssicherheit. Ich machte auf, und Coco sagte: »Virgilio Piñera ist tot; sein Leichnam liegt im Bestattungsinstitut Rivero.« Eine halbe Stunde später kam Víctor mit derselben Nachricht, und er sagte, es wäre besser für mich, wenn ich mich nicht dort blicken ließe. Das war der Gipfel, ich durfte nicht einmal beim Begräbnis meines toten Freundes dabeisein.

Kaum war Víctor zur Tür hinaus, zog ich mich an und ging zum Bestattungsinstitut. María Luisa war auch dort, Lezama Limas Witwe, und noch ein paar Freunde; viele hatten sich nicht getraut. Bei dieser Trauerfeier fehlte jedoch die Hauptsache: Virgilio Piñeras Leichnam. Unter dem Vorwand, eine Autopsie vornehmen zu müssen, hatte die Staatssicherheit ihn von dort fortgebracht, was völlig ungewöhnlich war, die Autopsie macht man normalerweise, bevor der Leichnam in die Leichenhalle kommt.

Die kubanischen Behörden teilten mit, Virgilio sei an einem Herzinfarkt gestorben, ich habe daran jedoch meine Zweifel. Kurz vor seinem Tod hatte mich Víctor gefragt, ob ich Virgilio häufig besuchte und wer die Person wäre, die einmal die Woche bei ihm saubermachte. Offensichtlich wollten sie wissen, wann Virgilio allein zu Hause war und wann diese Person bei ihm war; eine so finstere Gestalt wie Víctor fragt so etwas nicht aus bloßer Neugier.

Als ich beim Bestattungsinstitut ankam und Virgilios Leichnam nicht da war, kam mir der Verdacht, dieser plötzliche Tod könnte Mord gewesen sein.

Fidel Castro hat die Schriftsteller immer gehaßt, selbst die, die auf der Seite der Regierung stehen wie Guillén oder Retamar, im Falle Virgilios aber war der Haß noch verbissener; vielleicht weil er homosexuell war und seine Ironie zersetzend, antikommunistisch und antikatholisch. Er verkörperte den ewigen Dissidenten, den permanenten Nonkonformisten, den rastlosen Rebellen.

Mit seinem Roman *Schikanen und Diamanten,* in dem sich ein berühmter Diamant als falsch herausstellt und im Klo landet, fiel Virgilio bei Fidel Castro endgültig in Ungnade, die Symbolik war zu eindeutig: der Diamant hieß Delfi, die Silben des Namens Fidel umgedreht.

Schließlich wurde der Leichnam, nur wenige Stunden vor der Beerdigung, zurückgebracht und dann auf den Friedhof überführt. Genau in dem Moment, als sie den Toten aus der Leichenhalle holten, sah ich Víctor, der vor Zufriedenheit strahlte; ich begriff, sie hatten ganze Arbeit geleistet.

Der Wagen mit Virgilios Sarg fuhr so schnell, daß es praktisch unmöglich war, hinterherzukommen. Die Staatssicherheit versuchte mit allen Mitteln zu verhindern, daß aus Anlaß seines Todes die Menschen zusammenströmten. Trotzdem folgte dem Sarg jetzt eine große Menge, darunter auch Jugendliche auf Rollschuhen oder Fahrrädern. Andere, Schlauere, waren schon vorher auf den Friedhof gegangen und warteten dort.

Bevor der Sarg ins Grab hinabgelassen wurde, las Pablo Armando eine kurze Rede, in der er sagte, Virgilio sei ein kubanischer Schriftsteller gewesen, der in Kuba geboren und in Kuba gestorben sei; logisch: schließlich hatten sie ihn nicht gehen lassen.

Vor dem offenen Grab schwiegen Virgilios Freunde und auch seine Feinde. Marcia Leiseca, eine der höchsten Agenten der Staatssicherheit, war ganz in Schwarz gekleidet, wie eine große Spinne; sie wachte darüber, daß der Leichnam ordnungsgemäß bestattet wurde. Bis zum letzten Moment schienen sie Angst zu haben, daß ihnen Virgilio entwischte oder das Regime mit einem letzten Lachen verspottete.

Als ich in mein Zimmer zurückkam, erwartete mich dort meine eigene Leiche, sie sah mich aus dem Spiegel an.

Ich glaube, mein Verhalten bei Virgilios Beerdigung alarmierte die Staatssicherheit. Zum einen hatte ich Víctors Weisungen nicht gehorcht und war hingegangen. Zum anderen war ich der einzige gewesen, der eine rebellische Äußerung im Sinne Virgilios gewagt hatte; ich hatte nämlich gesagt, daß das alles wirklich schrecklich war. Nun konnte niemand mehr an den Schwindel glauben, ich hätte mich rehabilitiert, und meine Wohnung wurde noch schärfer überwacht.

Carlos Olivares war der Neffe des kubanischen Botschafters in der Sowjetunion, eine Mulattentunte, die unter den anderen Tunten als Mann auftrat, um sie sich auf diese Weise zu angeln und Informationen aus ihnen herauszuholen; offenbar wurde auch Olivares von der Polizei erpreßt. Im Wald von Havanna hatte es einmal einen Riesenaufruhr gegeben, als Olivares einen schönen Rekruten auf einen Spaziergang einlud; er machte vage Andeutungen, und der Soldat versuchte sich diplomatisch aus der Affäre zu ziehen, doch dann forderte Olivares ihn auf, ihn doch bitte zu ficken, es würde ja niemand erfahren. Als der Rekrut darauf bestand, er müsse jetzt gehen, baute sich Olivares vor ihm auf und sagte: »Du bumst mich jetzt, oder ich schreie.« Der Rekrut wurde nervös und beschleunigte seine Schritte, und Olivares fing ein Geschrei an, daß es im ganzen Wald widerhallte, worauf mehrere Polizisten aus den nahen Kasernen angerannt kamen und der Rekrut erklärte, was vorgefallen war; vielleicht wurde Olivares deshalb zum Spitzel, vielleicht war er es auch aus purer Bosheit. Er war einer von vielen Spitzeln, die mich auf Befehl der Staatssicherheit nun besuchten.

So war mein Leben Anfang 1980; umgeben von Spionen sah ich, wie meine Jugend zerrann, ohne daß ich je ein freier Mensch gewesen war. Meine Kindheit und meine frühen Jahre waren unter der Diktatur Batistas vergangen, mein Leben danach unter der noch despotischeren Diktatur Fidel Castros; nie hatte ich wirklich ein Mensch im ganzen Sinne des Wortes sein können.

Ich muß gestehen, daß ich mich nie davon erholt habe, was ich im Gefängnis erlebte; ich glaube, kein Gefangener erholt sich davon. Ich lebte in ständiger Angst und zugleich in der Hoffnung, eines Tages aus diesem Land fliehen zu können. Die ganze kubanische Jugend dachte an nichts anderes; immer wieder versuchten einige, mit Gewalt in die Botschaften anderer Länder einzudringen.

Viele hatten noch das Bild des Lkws voller kubanischer Jugendlicher in Erinnerung, der beim Versuch, den elektrischen Zaun des Marinestützpunktes von Guantánamo zu durchbrechen, von kubanischen Truppen mit Maschinengewehren unter Feuer genommen wurde.

In der mexikanischen Botschaft saßen kubanische Flüchtlinge, die dort seit Jahren ausharrten, weil die stets taktierende, unmoralische mexikanische Regierung sie dort festhielt, womöglich auf direkten Befehl Fidel Castros. Manchmal kamen sie vor Hunger fast um; sie waren auf mexikanischem Territorium, aber der Erpressung Castros ausgeliefert. Es war praktisch unmöglich, in eine

Botschaft hineinzukommen, obwohl alle Jugendlichen davon träumten.

Mariel

In den ersten Apriltagen des Jahres 1980 war ein Busfahrer der Linie 32 mit dem vollbesetzten Bus gegen das Tor der peruanischen Botschaft gerast und hatte um politisches Asyl gebeten. Das Unerhörte war, daß sämtliche Fahrgäste sich ebenfalls entschlossen, um politisches Asyl zu bitten; nicht ein einziger wollte die Botschaft verlassen.

Fidel Castro forderte die Auslieferung dieser Leute, und der peruanische Botschafter erklärte ihm, sie befänden sich auf peruanischem Territorium und hätten nach dem Völkerrecht Anspruch auf politisches Asyl. Ein paar Tage später beschloß Fidel Castro in einem seiner Tobsuchtsanfälle, die kubanischen Wachposten vor der peruanischen Botschaft abzuziehen und sie einfach unbewacht zu lassen, vielleicht wollte er so dem Botschafter Schwierigkeiten machen, damit dieser letzten Endes nachgab und all diese Personen aus der Botschaft entfernte.

Doch diesmal ging der Schuß nach hinten los; sobald bekannt wurde, daß die peruanische Botschaft unbewacht war, suchten Tausende und Abertausende in der Botschaft Zuflucht und baten um politisches Asyl. Einer der ersten war mein Freund Lázaro; ich glaubte nicht an dieses Asyl, schließlich hatte die Nachricht in der *Granma* gestanden. Ich hielt das für eine Falle; wenn die Leute erst einmal drin waren, konnte Castro sie alle verhaften. Sobald man wußte, wer die Feinde waren, also diejenigen, die das Land verlassen wollten, brauchte man sie nur noch hinter Schloß und Riegel zu bringen.

Lázaro verabschiedete sich von mir und ging zur Botschaft. Am nächsten Tag war sie bereits abgesperrt; drinnen hielten sich zehntausendachthundert Personen auf, und in der Umgebung der Botschaft versuchten hunderttausend, hineinzukommen. Aus dem ganzen Land kamen Lkws, vollbesetzt mit Jugendlichen, die in die Botschaft wollten, aber inzwischen hatte Fidel Castro gemerkt, daß er mit dem Abzug der Wachen einen schweren Fehler begangen hatte, und jetzt wurde nicht nur die Botschaft abgeriegelt, sondern man verbot auch jedem, der nicht dort wohnte, den Zugang zum Stadtteil Miramar.

Den Flüchtlingen in der Botschaft sperrte man Strom und Wasser; für zehntausendachthundert Personen gab es achthundert Portionen Essen. Außerdem schleuste die Regierung zahlreiche Agenten der Staatssicherheit ein, die dort sogar Leute ermordeten, die in der Regierung hohe Ämter bekleidet und sich nun in die Botschaft geflüchtet hatten. Die Umgebung der peruanischen Botschaft war übersät mit Mitgliedsausweisen der Partei und des Kommunistischen Jugendverbands, die die Leute über den Zaun geworfen hatten.

Die Regierung versuchte die Affäre herunterzuspielen, aber die Presseagenturen der ganzen Welt berichteten bereits darüber. Julio Cortázar und Pablo Armando Fernández, Vasallen Castros, die gerade in New York waren, erklärten, es wären nur sechs- oder siebenhundert Personen, die sich in der Botschaft Perus aufhielten.

Ein Taxifahrer versuchte hineinzukommen, indem er mit Vollgas auf die Botschaft zuraste, und die Staatssicherheit nahm ihn mit Maschinengewehren unter Beschuß; verwundet versuchte er noch aus dem Wagen auszusteigen und in die Botschaft zu gelangen, doch er wurde in ein Polizeiauto gezerrt.

Die Ereignisse in der peruanischen Botschaft waren die erste Massenrebellion des kubanischen Volkes gegen die Diktatur Castros. Danach versuchten die Menschen, in die Interessenvertretung der Vereinigten Staaten hineinzukommen. Alle versuchten, in eine westliche Botschaft zu gelangen, und die Verfolgung durch die Polizei erreichte neue, erschreckende Ausmaße. Schließlich schickte die Sowjetunion einen hohen Vertreter des KGB nach Kuba, und er führte eine Reihe von Gesprächen mit Fidel Castro.

Fidel und Raúl Castro waren selbst vor der Botschaft gewesen. Dort hörte Castro zum erstenmal, wie das Volk ihn beschimpfte, wie es schrie, er sei ein Feigling und ein Verbrecher; sie wollten, daß er ihnen die Freiheit gab. Da befahl Fidel, auf sie zu schießen, und diese Menschen, die seit zwei Wochen kaum etwas gegessen hatten, die im Stehen schliefen, weil kein Platz war, um sich hinzulegen, die in ihren eigenen Exkrementen überlebten, sie antworteten auf die Schüsse, die viele von ihnen verletzten, mit der Nationalhymne.

Da ein Volksaufstand auszubrechen drohte, beschlossen Fidel und die Sowjetunion, ein Ventil zu öffnen und einen Teil der Unzufriedenen außer Landes gehen zu lassen; es war, als ließe man einen kranken Organismus zur Ader. In einer verzweifelten, blindwütigen Rede verunglimpfte Castro, flankiert von García Márquez und Juan Bosch, die ihm Beifall klatschten, alle diese bedrängten Menschen in der Botschaft als Asoziale und Perverse. Ich werde nie diese Rede Castros vergessen, nicht dieses Gesicht einer gehetzten, tobenden Ratte und nicht den verlogenen Beifall von García Márquez und Juan Bosch, die das Verbrechen an den unglücklichen Eingeschlossenen unterstützten.

Dann wurde der Hafen von Mariel aufgemacht, und nachdem Castro alle diese Menschen zu Asozialen erklärt hatte, verkündete er, daß er genau das wollte, dieser ganze Abschaum sollte endlich aus Kuba verschwinden. Sofort tauchten Transparente auf, auf denen stand: SOLLEN SIE DOCH GEHEN, SOLL DAS PACK DOCH GEHEN. Die Partei und die Staatssicherheit organisierten einen »freiwilligen« Marsch gegen die Flüchtlinge in der Botschaft. Der Bevölkerung blieb nichts anderes übrig, als an diesem Marsch teilzunehmen; viele kamen mit der Absicht, vielleicht irgendwie über den Zaun zu klettern und in die Botschaft hineinzukommen; doch die Demonstranten durften sich dem Zaun nicht nähern, davor stand eine dreifache Polizeikette.

Tausende Boote, vollgestopft mit Menschen, nahmen nun vom Hafen Mariel aus Kurs auf die Vereinigten Staaten. Natürlich durften nicht alle, die wollten, das Land verlassen, sondern nur solche, die Fidel Castro loswerden wollte: gewöhnliche Verbrecher aus den Gefängnissen, Kriminelle, Geheimagenten, die er in Miami einschleusen wollte, Geisteskranke. Und das alles wurde bezahlt von den Kubanern im Exil, die Boote schickten, um ihre Familienangehörigen zu suchen. Die meisten dieser Familien aus Miami, die ein Boot mieteten, um ihre Angehörigen zu holen, ruinierten sich dabei, und oft ließ Castro diese Boote in Mariel mit Verbrechern und Verrückten füllen. Doch auch Tausenden von ehrlichen Menschen gelang es, rauszukommen.

Um über den Hafen von Mariel ausreisen zu können, benötigten die Botschaftsflüchtlinge natürlich eine Genehmigung, und die wurde ihnen von der Staatssicherheit ausgestellt; sie mußten nach Hause gehen und warten, bis sie von Castros Regierung den Bescheid über die Ausreise erhielten. Von diesem Moment an war es die Staatssicherheit und nicht die peruanische Botschaft, die sagte, wer rausdurfte und wer nicht. Viele widersetzten sich und wollten die Botschaft nicht verlassen, vor allem diejenigen, die sich besonders mit Castros Regime eingelassen hatten.

Die von der Staatssicherheit organisierte Menge wartete vor der Botschaft auf die Menschen, die mit ihrer Bescheinigung herauskamen, und in vielen Fällen fielen die Leute über sie her und zerrissen ihnen den Schein, womit sie ihren Flüchtlingsstatus verloren.

Die Menschen wurden immer wieder verprügelt, nicht nur weil sie in der peruanischen Botschaft gewesen waren, es reichte schon, daß sie ein Telegramm an ihre Angehörigen in Miami aufgaben, in dem sie sie baten, nach Mariel zu kommen und sie zu holen. Ich selbst habe gesehen, wie ein Jugendlicher, der ein solches Telegramm aufgegeben hatte, aus der Post herauskam und geschlagen wurde, bis er bewußtlos auf der Straße liegenblieb. Zu solchen Szenen kam es im April und Mai 1980 täglich und überall.

Nach zwanzig Tagen verließ Lázaro die Botschaft; er war kaum wiederzuerkennen, er wog nur noch neunzig Pfund und war halb verhungert. Er hatte es bisher geschafft, nicht zusammengeschlagen zu werden. Jetzt hieß es nur noch, auf die Ausreisegenehmigung zu warten. Am Tag, als sie kam, brachte ich ihn mit dem Taxi an den Ort, wo die Papiere ausgestellt wurden, und er sagte zu mir: »Mach dir keine Sorgen, ich hole dich hier raus, Reinaldo.« Als er aus dem Taxi stieg, mußte ich mit ansehen, wie diese Horden auf ihn einprügelten und ihn mit Eisenstangen auf den Rücken schlugen und mit Steinen und faulen Früchten bewarfen. So sah ich ihn in die Freiheit entschwinden, während ich zurückblieb, allein. Im Hotel Monserrate wollten fast alle das Land verlassen, und so fand ich dort eine andere Art von Asyl.

In dieser Bürgerkriegsatmosphäre spielten sich furchtbare Szenen ab. Ein Mann, der nicht länger vom Mob geschlagen werden wollte, war in sein Auto gestiegen und auf die Leute zugerast, die ihn lynchen wollten. Ein Agent der Staatssicherheit zückte sofort seine Pistole und liquidierte ihn mit einem Kopfschuß. Diese Vorfälle wurden sogar in der *Granma* gebracht; daß jemand diesen »Asozialen« getötet hatte, feierte man als Heldentat.

Die Häuser, in denen die Menschen auf ihre Ausreise

warteten, wurden vom Mob belagert und mit Steinen beworfen; im Vedado wurden mehrere Personen zu Tode gesteinigt. Der ganze Terror, den wir zwanzig Jahre lang erlitten hatten, erreichte nun seinen grauenvollen Höhepunkt. Jeder, der kein Agent Castros war, schwebte in Gefahr.

Auf der Mauer meinem Zimmer gegenüber hingen mehrere Transparente mit der Aufschrift:
SOLLEN DIE HOMOSEXUELLEN DOCH GEHEN,
SOLL DER ABSCHAUM DOCH GEHEN.

Genau das wollte ich ja, aber wie? Der Irrwitz war, daß die Regierung uns einerseits beleidigte und schrie, wir sollten gehen, uns andererseits aber nicht gehen ließ. Fidel Castro hatte den Hafen von Mariel keineswegs geöffnet, damit alle hinauskamen, die hinauswollten, zu keinem Zeitpunkt; sein Trick war einfach der, nur Personen hinauszulassen, die dem Ansehen der Regierung nicht schaden konnten, aber weder Personen mit Hochschulabschluß durften ausreisen noch Schriftsteller, die wie ich Bücher im Ausland veröffentlicht hatten.

Da es aber die Weisung gab, alle unerwünschten Personen außer Landes gehen zu lassen, und da zu dieser Kategorie in erster Linie die Homosexuellen gehörten, konnte 1980 auch eine große Anzahl Schwuler die Insel verlassen; andere, die es gar nicht waren, gaben sich als homosexuell aus, um über den Hafen Mariel aus dem Land zu kommen.

Am einfachsten war es, eine Ausreiseerlaubnis zu bekommen, wenn man mit einem Dokument beweisen konnte, daß man homosexuell war. Ich besaß nichts, womit ich das hätte beweisen können, aber ich hatte meinen Personalausweis, in dem stand, daß ich wegen Erregung öffentlichen Ärgernisses im Gefängnis gewesen war; das war schon ein guter Beleg, und ich ging zur Polizei.

Dort fragten sie mich, ob ich homosexuell wäre, und ich sagte ja; dann fragten sie, ob aktiv oder passiv, und ich war gut beraten zu sagen: passiv. Einem Freund von mir, der sagte, er sei aktiv, verweigerten sie die Ausreise; er hatte nur die Wahrheit gesagt, die kubanische Regierung war aber der Meinung, die aktiven Homosexuellen wären eigentlich gar keine. Sie verlangten von mir, vor ihnen auf- und abzugehen, sie wollten feststellen, ob ich wirklich eine Schwuchtel war; dort saßen ein paar Frauen, die Psychologinnen waren. Ich bestand die Prüfung, und der Leutnant schrie einem anderen Uniformierten zu: »Den schickst du mir direkt.« Das hieß, daß ich keine weitere politische Untersuchung über mich ergehen lassen mußte.

Sie ließen mich ein Schriftstück unterschreiben, in dem ich erklärte, ich verließe das Land aus rein persönlichen Gründen, weil ich unwürdig sei, in einer so wunderbaren Revolution wie dieser zu leben. Sie gaben mir eine Nummer und sagten, ich solle mich nicht von zu Hause fortbewegen. Der Polizist, der meine Papiere ausfüllte, sagte zu mir: »Jetzt weißt du Bescheid; wenn du eine Abschiedsparty geben willst, mach es zu Hause, wenn nämlich die Ausreiseerlaubnis kommt und du bist nicht da, ist es aus und vorbei.« Ich glaube, der Polizist wäre selber gerne zu der Abschiedsparty gekommen, die ich, wie er dachte, bei mir zu Hause geben wollte.

Mein Ausreiseantrag wurde in meinem Wohngebiet bearbeitet, auf dem Polizeirevier, und der Unterdrükkungsapparat war in Kuba technisch gesehen noch nicht so perfektioniert. Aus diesem Grund konnte ich ausreisen, ohne daß die Staatssicherheit davon erfuhr; ich reiste als eine Schwuchtel von vielen aus, nicht als Schriftsteller; keiner der Polizisten, die mir in diesem allgemeinen Durcheinander die Genehmigung erteilten, hatte von Literatur auch nur die geringste Ahnung, und natürlich hatte keiner etwas von mir gelesen, wie sollten sie auch, es war ja fast nichts von mir in Kuba erschienen.

Nach einer Woche, in der ich kein Auge zumachte, eingesperrt in diesem Zimmer, in dem die Hitze unerträglich war, klopfte eines Abends, als ich endlich eingeschlafen war, jemand an meine Tür; es waren Marta Carriles und Lázaros Vater, sie riefen: »Steh auf, dein Ausreisevisum ist da. Wir wußten doch, daß der heilige Lazarus dir hilft.« Im Pyjama rannte ich die Treppe runter, und tatsächlich stand ein Polizist vor der Haustür, mit einem Papier in der Hand, und er fragte mich, ob ich Reinaldo Arenas sei; ich sagte ja, so leise ich konnte, und er sagte mir, ich hätte dreißig Minuten Zeit, um meine Sachen zu packen und mich an einem Ort namens Cuatro Ruedas zur Ausreise einzufinden.

Als ich wieder hochrannte, lief mir Coco Salá über den Weg, immer auf der Lauer, der mich fragte: »Unten ist ein Polizist, der dich sucht, was will er eigentlich von dir?« Mir stand das Entsetzen ins Gesicht geschrieben, und ich antwortete, man würde mich abholen, um mich wieder ins Gefängnis zu stecken, ich bekäme einen neuen Prozeß. Da ich mich schon für durchschaut hielt, antwortete ich mit einer solchen Angst, daß er mir glaubte.

Es war fast unmöglich, in einer halben Stunde nach Cuatro Ruedas zu gelangen, es kam aber ein Bus vorbei, und ich sagte dem Fahrer, ich hätte eine Ausreiseerlaubnis, und wenn er mich in weniger als einer halben Stunde nach Cuatro Ruedas brächte, würde ich ihm eine Goldkette schenken. Der Fahrer gab Vollgas, er hielt an keiner Haltestelle, und ich kam pünktlich an. Dort verabschiedete ich mich in aller Eile von Fernando, Lázaros Vater, und rannte zu der Stelle, wo ein Soldat wartete; ich gab ihm mein Zuteilungsheft und den Schein, den mir zu Hause der Polizist gegeben hatte, und gleich dort bekam ich einen Paß und eine Bescheinigung, in der stand, ich wäre einer der Emigranten aus der peruanischen Botschaft. Mit dem ersten Bus, der an diesem Tag dort abfuhr, machte ich mich auf den Weg nach Mariel; zu allem Überfluß blieb der Bus unterwegs liegen, und wir mußten fast zwei Stunden warten, bis uns ein anderer Bus aufsammelte.

Wir erreichten Mosquito, ein Konzentrationslager ganz in der Nähe von Mariel; der Name war sehr passend, wenn ich an die Moskitos denke, von denen es dort nur so wimmelte. Wir warteten zwei oder drei Tage an diesem Ort, bis wir an der Reihe waren, uns in Mariel einzuschiffen. Ich sah ein paar Freunde im Lager, aber auch viele, von denen ich wußte, daß sie Polizisten waren; ich nahm mich in acht, damit sie mich nicht erkannten. Wir wurden durchsucht, wir durften nämlich keinen Brief mitnehmen, nicht einmal eine Telefonnummer in den USA; ich hatte die Nummer meiner Tante in Miami auswendig gelernt.

Bevor man in den Bereich kam, wo sich die Leute aufhielten, deren Ausreise genehmigt war, mußte man sich in eine lange Schlange einreihen und seinen Paß einem Agenten der Staatssicherheit aushändigen; der kontrollierte, ob der Name in einem dicken Buch stand; dort waren alle Personen aufgelistet, die das Land nicht verlassen durften, und ich bekam einen Riesenschreck. Ich bat schnell jemanden um einen Stift, und da die Eintragungen in meinem Paß mit der Hand geschrieben waren und das e in Arenas ganz schmal war, machte ich daraus ein i und war plötzlich Reinaldo Arinas, und unter diesem Namen suchte mich der Offizier in dem Buch. Er fand mich nicht.

Bevor wir in die Busse stiegen, die uns zum Hafen von Mariel brachten, rief uns ein anderer Offizier zusammen und sagte uns, wir würden alle mit »sauberen« Papieren ausreisen, in keinem Paß sei vermerkt, ob wir irgendeine Straftat begangen hätten, und wenn wir in den Vereinigten Staaten ankämen, sollten wir nur sagen, wir wären Emigranten aus der peruanischen Botschaft. Dahinter steckten ganz klar schmutzige, hinterhältige Absichten;

sie wollten nur die US-Behörden völlig verwirren, damit sie nicht herausfanden, wer wirklich ein Emigrant war und wer nicht.

Bevor wir an Bord gingen, hatten sie uns in verschiedene Gruppen aufgeteilt: in einer waren alle Verrückten, in einer anderen die Mörder und Schwerverbrecher, in wieder einer anderen die Huren und die Schwulen und in noch einer die jungen Agenten der Staatssicherheit, die in die Vereinigten Staaten eingeschleust werden sollten. Als wir dann an Bord gingen, füllten sie die Boote mit Personen aus den verschiedenen Gruppen.

Man darf nicht vergessen, daß bei diesem Exodus einhundertfünfunddreißigtausend Personen das Land verließen, die meisten davon Menschen, die wie ich nichts weiter wollten, als in einer freien Welt leben und arbeiten und ihre verlorene Menschenwürde wiedergewinnen.

In der Nacht zum 4. Mai war ich dann schließlich an der Reihe. Mein Boot hieß *San Lázaro,* und mir fiel ein, was Marta Carriles mir einmal gesagt hatte. Es war ein Uhr morgens. Ein Offizier machte mehrere Fotos von uns. Nach wenigen Minuten legten wir von der Küste ab. Wir wurden von zwei Booten der kubanischen Polizei eskortiert, das war eine Vorsichtsmaßnahme, um zu verhindern, daß Personen, die keine Ausreiseerlaubnis hatten, heimlich an Bord gelangten.

Genau in dem Moment, als wir ablegten, spielte sich vor unseren Augen ein furchtbares Drama ab. Ein Soldat von der Küstenwache warf sein Gewehr ins Meer und versuchte, zu uns herüberzuschwimmen; die anderen Küstenwachboote nahmen sofort die Verfolgung auf, und mit ihren Bajonetten ermordeten sie ihn an Ort und Stelle im Wasser.

Die *San Lázaro* entfernte sich immer weiter von der Küste; langsam verwandelte sich die Insel in eine Ansammlung flimmernder Lichter, und dann war nur noch ein unendliches Dunkel um uns herum. Wir waren auf offener See.

Für mich, der ich seit so vielen Jahren nichts sehnlicher wünschte, als diesem Grauen zu entfliehen, war es leicht, nicht zu weinen. In Mariel hatten sie aber auch einen Jungen an Bord gebracht, vielleicht siebzehn Jahre alt, der in Kuba seine ganze Familie zurückließ und untröstlich weinte. Da waren Frauen mit Kindern, die wie ich seit fünf Tagen keinen Bissen mehr gegessen hatten. Und es gab auch mehrere Schwachsinnige.

Der Kapitän war ein Kubaner, der seit zwanzig Jahren in den Vereinigten Staaten lebte und nach Kuba gekommen war, um seine Familie zu holen; nun fuhr er zurück, das Boot voller Unbekannter, und man hatte ihm versprochen, wenn er wiederkäme, dürfe er seine Familie mitnehmen; ihm blieb gar nichts anderes übrig, als sich darauf einzulassen. Er erzählte mir, er habe das Boot nur gemietet und verstehe überhaupt nichts von Navigation. Es war auch nichts zu essen an Bord.

Die Überfahrt nach Key West dauert normalerweise nur etwa sieben Stunden, aber wir waren schon mehr als einen Tag unterwegs, und das sagenhafte Key West war immer noch nicht in Sicht. Schließlich gestand uns der Kapitän, daß er sich verirrt hatte und nicht genau wußte, wo wir waren. Er hatte ein Funkgerät und versuchte, mit anderen Schiffen Verbindung aufzunehmen, aber es gelang ihm nicht.

Am zweiten Tag ging das Benzin aus, und wir trieben im riesigen Golf von Mexiko mit der Strömung dahin. Wir hatten schon so viele Tage nichts gegessen, daß wir uns nicht einmal mehr übergeben konnten; wir spuckten nur Galle. Einer der Verrückten versuchte mehrmals, ins Wasser zu springen, und man mußte ihn die ganze Zeit festhalten. Von den Kriminellen riefen einige, daß er sich zusammennehmen sollte, er führe zu Onkel Sam, und der arme

Verrückte schrie: »Was für ein Onkel Sam, ich will nicht zu Onkel Sam, ich will nach Hause.« Dieser Mann begriff die ganze Zeit nicht, daß wir in die USA unterwegs waren. Die Haifische strichen um unser Boot und warteten nur darauf, daß wir über Bord gingen, um uns zu verspeisen.

Zu guter Letzt gelang es dem Kapitän doch noch, eine Funkverbindung zu einem anderen Schiff herzustellen, und das rief die US-Küstenwache, die einen Hubschrauber losschickte. Am dritten Tag tauchte am Himmel der Hubschrauber auf, er kam fast bis auf die Wasseroberfläche herunter, machte Fotos von uns und verschwand sofort wieder. Er gab einem Küstenwachschiff den Rettungsbefehl, und noch am selben Abend traf es ein; sie warfen Taue zu uns herüber und holten uns an Bord; sie machten unser Boot hinten am Küstenwachschiff fest, und wir fuhren los. Auf dem Schiff gab man uns zu essen, und nach und nach kamen wir wieder zu Kräften und fühlten uns überglücklich. Endlich erreichten wir Key West.

Key West

Als ich das Hotel Monserrate verließ, kam die Verantwortliche für den Wachdienst des CDR zu mir und sagte: »Hab keine Angst, ich werde dich nicht anzeigen; ich will nur eins: sag meinem Sohn, wenn du ihn sieht, daß ich wohlauf bin.« Verrückterweise war der erste, den ich in Key West traf, ihr Sohn, und ich konnte ihm die Grüße von seiner Mutter ausrichten. Er führte mich zu ein paar Lagerhallen, wo sich all die Sachen stapelten, die die Emigranten aus Miami für die Mariel-Flüchtlinge gespendet hatten; er gab mir ein Paar neue Schuhe, Jeans und ein wunderschönes Hemd, dazu noch Seife und eine Unmenge zu essen. Ich duschte mich, rasierte mich und sah langsam wieder wie ein Mensch aus.

Dort traf ich auch einen Tänzer aus der Truppe von Alicia Alonso, der mir erzählte, daß in dem Moment, als ich gerade aus Mariel raus war, über alle Lautsprecher mein Name ausgerufen wurde; die Polizei suchte mich. Später erfuhr ich, daß alle ihren Paß vorzeigen mußten, bevor sie den Hafen betreten durften, und daß man alle Busse anhielt, um nach mir zu fragen; die Staatssicherheit und die UNEAC waren inzwischen alarmiert, und da sie dachten, ich wäre noch in Mosquito, leiteten sie eine Großfahndung ein, um zu verhindern, daß ich außer Landes ging.

In Key West brachte man uns in Notquartieren unter, die Einwanderungsbehörde würde uns später andere Unterkünfte geben, hieß es. Mitten in diesem Gewühl traf ich Juan Abreu; endlich konnten wir uns umarmen, außerhalb Kubas und als freie Menschen.

Kaum war ich in Miami, versuchte ich, Kontakt mit Lázaro aufzunehmen, auch mit Jorge und Margarita Camacho, die sich zu dieser Zeit in Spanien aufhielten. Ich hatte Glück und sah Lázaro bei meinem Onkel wieder; er erwartete mich, und wir konnten es immer noch nicht fassen, daß wir beide, wenn auch mit einer Woche Abstand, nun in den Vereinigten Staaten waren. An Margarita und Camacho schrieb ich einen Brief; sie hatten von meiner Ausreise durch eine Agenturmeldung erfahren, die in Spanien erschienen war; ich wollte jetzt meine Manuskripte wiederhaben, und Margarita und Jorge, die in ihrem Landhaus waren, hatten sie nicht dort. Daraufhin rief ich Severo Sarduy an, dem sie die Manuskripte gegeben hatten; bei diesem ersten Anruf sagte mir Severo, er hätte sie nicht. Verzweifelt schrieb ich noch einmal an Camacho und Margarita, und sie beruhigten mich, ich sollte mir keine Sorgen machen, die Originale hätten sie. Schließlich erhielt ich alle meine Manuskripte zurück, was für mich ein unbeschreibliches Erlebnis war. Jetzt konnte ich sie sehen und in aller Ruhe streicheln, obwohl ich wußte, es würde Jahre dauern, diese in so großer Hast geschriebenen Seiten zu überarbeiten.

Miami

Die International University of Florida lud mich ein, am 1. Juni 1980 einen Vortrag zu halten. Ich nannte ihn *Das Meer ist unser Dschungel und unsere Hoffnung* und sprach zum erstenmal vor einem freien Publikum. Mit mir trat Heberto Padilla auf; er sprach als erster. Es war wirklich peinlich; er kam vollständig betrunken in den Saal, taumelte und improvisierte unzusammenhängendes Zeug, und das Publikum reagierte mit heftiger Ablehnung. Er tat mir wirklich leid, dieser Mann, den das System zerstört hatte und der seinem eigenen Gespenst nicht gegenübertreten konnte, dem öffentlichen Geständnis, das er in Kuba abgelegt hatte. Tatsächlich hat sich Heberto nie wieder von diesem Geständnis erholt; dem System war es gelungen, ihn auf perfekte Art und Weise zu zerstören, selbst jetzt schien es ihn noch zu benutzen.

Kaum hatte ich begonnen, Erklärungen gegen die Tyrannei abzugeben, die ich zwanzig Jahre lang erdulden mußte, da fielen mir sogar meine Verleger in den Rücken, die mit dem Verkauf meiner Bücher ziemlich viel Geld gemacht hatten, und erklärten sich zu meinen Feinden. Emmanuel Carballo, der mehr als fünf Auflagen von *Wahnwitzige Welt* herausgebracht und mir nie auch nur einen Centavo gezahlt hatte, schrieb mir nun einen empörten Brief, in dem er mir sagte, ich hätte Kuba niemals verlassen dürfen, außerdem weigerte er sich, mich auszuzahlen; es waren alles leere Versprechungen gewesen, das Geld bekam ich nie; auf diese Weise ließ sich der Kommunismus sehr lukrativ praktizieren. So war es auch bei

Angel Rama, der in Uruguay einen Erzählband von mir veröffentlicht hatte; obwohl er meine Situation in Kuba kannte, wo wir uns 1969 begegnet waren, schrieb er mir nicht etwa einen Brief, um mir zu gratulieren, daß ich aus Kuba herausgekommen war, sondern er publizierte statt dessen in Caracas in der Tageszeitung *El Universal* einen riesigen Artikel unter der Überschrift: REINALDO ARENAS VOR DEM VERSTUMMEN. Rama schrieb darin, es wäre ein Fehler gewesen, daß ich das Land verlassen hatte, an allem wäre nur die Bürokratie schuld, und jetzt hätte ich nichts mehr zu sagen. Das alles war ein einziger Zynismus; außerdem war es grotesk, so etwas über jemanden zu sagen, der seit 1967 in Kuba kein einziges Buch mehr veröffentlicht und unter Repression und Gefängnis gelitten hatte, in diesem Land, wo er das, was er zu sagen hatte, nicht sagen durfte. Ich begriff, daß der Krieg von neuem anfing, jetzt allerdings auf viel hinterhältigere Weise, weniger schrecklich, als Fidel ihn gegen die Intellektuellen in Kuba führte, aber darum nicht weniger unheilvoll.

Hinzu kam, daß ich für die französischen Ausgaben meiner Romane nicht mehr als tausend Dollar erhielt, und auch das erst nach unzähligen Telefonanrufen.

Nichts davon überraschte mich wirklich; ich wußte längst, daß auch das kapitalistische System schäbig ist, vom Kommerz beherrscht. Schon in einer meiner ersten Erklärungen nach meiner Ausreise aus Kuba hatte ich gesagt: »Der Unterschied zwischen dem kommunistischen und dem kapitalistischen System ist der, daß sie uns zwar in beiden einen Arschtritt geben, aber im kommunistischen mußt du Beifall klatschen, und im kapitalistischen darfst du schreien; ich bin hier, um zu schreien.«

Ich bereiste damals mehrere Länder: Venezuela, Schweden, Dänemark, Spanien, Frankreich, Portugal. In allen ließ ich meinen Schrei hören; er war mein Schatz, er war alles, was ich hatte.

Ich entdeckte jetzt eine Fauna, die mir in Kuba unbekannt gewesen war: die Luxuskommunisten. Ich weiß noch, wie auf einem Bankett der Harvard University ein deutscher Professor zu mir sagte: »Ich verstehe ja in gewisser Weise, daß du in Kuba womöglich einiges durchgemacht hast, aber ich bin ein großer Bewunderer Fidel Castros, und ich bin sehr zufrieden mit dem, was er in Kuba geleistet hat.«

Als er das sagte, hatte der Mann einen großen Teller mit Essen vor sich, und ich sagte zu ihm: »Ich finde es ausgezeichnet, daß Sie Fidel Castro bewundern, aber dann dürfen Sie jetzt nicht weiteressen, denn niemand in Kuba, außer den Funktionären, bekommt solches Essen.« Ich nahm seinen Teller und warf ihn an die Wand.

Meine Begegnungen mit diesen faschistischen Salonlinken waren ziemlich polemisch. In Puerto Rico war man recht hinterlistig; die Universität lud mich ein, und man bat mich, nicht von Politik zu reden. Ich trug eine Arbeit über Lezama Lima vor, und nach mir las ein Vasall Castros mit Namen Eduardo Galeano eine lange politische Rede vor, in der er mich genau deswegen attackierte, weil ich eine apolitische Haltung eingenommen hätte.

Ganz offensichtlich war mein Krieg gegen die Kommunisten, Heuchler und Feiglinge damit, daß ich aus Kuba rausgekommen war, noch nicht zu Ende.

Im Exil bin ich zwar einer ganzen Reihe von Opportunisten und Pharisäern begegnet, Leuten, die mit dem Leid des kubanischen Volkes ihr Geschäft machten, aber ich habe auch ehrliche und großartige Menschen kennengelernt, von denen mir viele geholfen haben. Professor Reinaldo Sánchez lud mich ein, an der International University of Florida als Gastdozent zu arbeiten, wo ich ein Seminar über kubanische Lyrik abhielt, und dabei lernte ich hervorragende Studenten kennen; es war wie eine Rückkehr zum Kubanischen, aber auf eine tiefere Art, eben weil wir nicht in unserer Heimat waren.

Außerdem hatte ich die Gelegenheit, mit drei für mich grundlegenden Schriftstellern unserer Geschichte Bekanntschaft zu schließen: Lydia Cabrera, Enrique Labrador Ruiz und Carlos Montenegro.

Lydias Weisheit gab mir das Gefühl, wieder bei Lezama zu sein. Sie hatte es sich zur Aufgabe gemacht, die Insel wieder auferstehen zu lassen, Wort für Wort, und so saß sie in einer kleinen Wohnung in Miami, schrieb unablässig, immer in Geldsorgen, mit einer Unmenge unveröffentlichter Bücher; und was sie doch in Miami veröffentlichen konnte, hatte sie aus eigener Tasche bezahlt.

Für andere Autoren war die Situation noch unangenehmer; Labrador Ruiz, einer der Großen unseres zeitgenössischen Romans, lebte und lebt immer noch von der Fürsorge. Er hatte seine Memoiren geschrieben und nie einen Verleger gefunden.

Es war paradox, wie diese großen Schriftsteller, die auf der Suche nach Freiheit aus Kuba fortgegangen waren, jetzt hier vor der Unmöglichkeit standen, ihre Werke zu veröffentlichen.

In dieser Lage befand sich auch Carlos Montenegro, ein Romancier und Erzähler ersten Ranges, der ebenfalls in einem kleinen Zimmer in einem Armenviertel Miamis von der Fürsorge lebte; das war der Preis, den er bezahlen mußte, um seine Würde zu wahren. Das kubanische Exil interessierte sich nicht sonderlich für Literatur; der Schriftsteller wird als seltsames, irgendwie krankhaftes Wesen angesehen.

Als ich nach Miami kam, traf ich mit vermögenden Leuten zusammen, Besitzern von Banken und Unternehmen, und ich schlug ihnen vor, einen Verlag zu gründen, um die besten Autoren der kubanischen Literatur zu veröffentlichen, die schon fast alle im Exil waren. Die Antwort dieser Herren, allesamt Multimillionäre, war unmißverständlich; mit Literatur macht man kein Geld; fast niemand ist daran interessiert, ein Buch von Labrador Ruiz zu kaufen; Lydia Cabrera verkauft sich vielleicht noch in Miami, aber auch nicht sehr gut; kurz und gut, es würde sich nicht lohnen.

»Wir wären vielleicht interessiert, ein Buch von dir zu veröffentlichen, du bist gerade aus Kuba gekommen und sorgst für Aufsehen«, sagten sie mir. »Aber diese Autoren kauft niemand mehr.«

Montenegro starb ein Jahr später in einem öffentlichen Krankenhaus, vollkommen vergessen. Labrador siecht in einem kleinen Zimmer in Miami vor sich hin. Und was Lydia betrifft, so schreibt sie weiter, inzwischen völlig erblindet, und veröffentlicht ihre Bücher selber in Kleinstverlagen, die über Miamis Grenzen hinaus kaum Verbreitung finden.

Einmal ging ich zur Vorstellung eines Buches von Lydia Cabrera; eine uralte Frau saß unter einem Mangobaum an einem Tischchen und signierte Bücher; das war Lydia Cabrera. Sie hatte ihr riesiges Haus, ihre umfangreiche Bibliothek, ihre ganze Vergangenheit zurückgelassen, und nun lebte sie in Miami in einer bescheidenen Wohnung und signierte unter freiem Himmel, unter einem Mangobaum, ihre Bücher, die sie auf eigene Kosten veröffentlichte. Als ich sie so dasitzen sah – blind –, begriff ich, daß sie eine Größe und einen rebellischen Geist verkörperte, wie es sie vielleicht bei keinem anderen Schriftsteller mehr gab, weder in Kuba noch im Exil. Eine der größten Frauengestalten unserer Geschichte, verbannt und vergessen;

oder von Leuten umgeben, die nicht eines ihrer Bücher gelesen hatten und die nichts weiter wollten als eine kurze Erwähnung in der Zeitung im Abglanz dieser alten Dame. Es war paradox und zugleich ein Beispiel für die tragischen Verhältnisse, unter denen die kubanischen Schriftsteller zu allen Zeiten leben mußten: auf der Insel waren wir zum Schweigen und Verstummen, zu Zensur und Gefängnis verurteilt, im Exil zu Verachtung und Vergessen von seiten der Emigranten selbst.

Die Kubaner haben einen Hang zu Zerstörung und Neid; im allgemeinen duldet die überwältigende Mehrheit keine Größe, sie erträgt es nicht, daß jemand herausragt, sie will alle auf das gängige Niveau müder Mittelmäßigkeit herunterziehen; das ist unverzeihlich. Das schlimmste an Miami ist, daß praktisch alle Welt Dichter oder Schriftsteller sein will, vor allem aber Dichter; ich war überrascht, als ich eine Bibliographie der Dichter Miamis in die Hände bekam, geschrieben ebenfalls von einer Dichterin aus Miami, die sich aber natürlich nicht Dichterin nannte, sondern Poetin; in dieser Bibliographie standen mehr als dreitausend Dichter. Sie verlegten ihre Bücher selbst und nannten sich Dichter, sie veranstalteten riesige Tertulias, bei denen man dabeisein mußte, wenn man nicht als Aussätziger behandelt werden wollte. Lydia nannte diese Dichterinnen »Pötinnen« und nannte auch Miami nicht bei seinem Namen, sondern nur den »Misthaufen«. Lydia sagte mir immer, ich solle sofort nach New York gehen, nach Paris, nach Spanien, aber bloß nicht in Miami bleiben; in diese Umgebung von Stumpfsinn, Neid und Kommerz hatte sie nie hineingepaßt, doch mit ihren achtzig Jahren konnte sie nicht mehr fort. Lydia Cabrera gehörte zu einer feineren, geistreicheren, kultivierteren Tradition; und Welten trennten sie von diesen »Pötinnen« mit ihrem hochgetürmten Dutt und ihrem ewigen Kitsch, wo es vor allem auf den Augenblickserfolg ankam; wer ein Buch im

Ausland veröffentlichen konnte, wer ein gewisses Echo fand, galt fast schon als Verräter.

Mir wurde sofort klar, daß Miami kein Ort war, wo ich leben konnte. Das erste, was mir mein Onkel sagte, als ich nach Miami kam, war: »Jetzt kaufst du dir ein Jackett und eine Krawatte, läßt dir die Haare schön kurz schneiden und gehst, wie es sich gehört, aufrecht und mit festem Gang; außerdem läßt du dir eine Visitenkarte drucken, auf der dein Name steht und daß du Schriftsteller bist.« Was er mir sagen wollte, war natürlich, daß ich ein Mann werden sollte, ein richtiger kleiner Macho.

Die typisch kubanische Tradition des Machismo hat in Miami wirklich beängstigende, explosionsartige Ausmaße angenommen. Ich wollte nicht lange an diesem Ort bleiben, der wie eine Karikatur Kubas war, Kuba von seiner schlechtesten Seite: Klatsch und Tratsch, Ränkespiele, Neid. Ich ertrug auch nicht die Plattheit einer Landschaft, die nicht einmal die Schönheit einer Insel besaß; sie war wie das Gespenst einer Insel, eine sandige, faulige Halbinsel, die versuchte, sich für eine Million Emigranten in den Traum von einer tropischen Insel zu verwandeln, vom Meer umspült und von einer lauen Brise umschmeichelt. In Miami haben der Sinn fürs Praktische, die Geldgier und die Angst vorm Verhungern das Leben, vor allem aber die Lust, das Abenteuer, die Unbotmäßigkeit ersetzt.

Während der wenigen Monate, die ich in Miami lebte, konnte ich kein bißchen Ruhe finden; ich lebte dort in einem Strudel von Klatsch und Gezänk und war andauernd auf Cocktails, Festen und Empfängen; ich kam mir vor wie ein bunter Vogel, den man zur Schau stellen mußte, den man einladen mußte, bevor er seinen Glanz verlor, oder bevor ein neues Exemplar kam und man ihn ausrangierte. Ich fand keine Ruhe zum Arbeiten, schon gar nicht zum Schreiben. Auch die Stadt, die keine Stadt ist, sondern eine Ansammlung verstreuter Häuser, ein

Cowboy-Kaff, wo das Pferd durch das Auto ersetzt ist, schreckte mich ab. Ich war eine Stadt mit Bürgersteigen und Straßen gewohnt; eine verfallene Stadt, durch die man aber schlendern konnte, deren Mysterium man nachspüren und es manchmal auch genießen konnte. Jetzt war ich in einer Plastikwelt ohne jedes Mysterium, deren Einsamkeit oft noch aggressiver war. Natürlich dauerte es nicht lange, und ich bekam Heimweh nach Kuba, nach Alt-Havanna; doch meine wütenden Erinnerungen waren stärker als jedes Heimweh.

Ich wußte, daß ich an diesem Ort nicht leben konnte. Zehn Jahre später weiß ich natürlich, daß es für einen Verbannten keinen Ort auf der Erde gibt, wo er leben kann; daß es ihn nicht gibt, weil der Ort, wo wir geträumt, wo wir eine Landschaft entdeckt, das erste Buch gelesen und das erste Liebesabenteuer erlebt haben, immer das Land unserer Träume bleiben wird; im Exil ist man nur noch ein Gespenst, der Schatten eines Menschen, der seine eigene Wirklichkeit niemals einholt; ich existiere nicht, seit ich im Exil angekommen bin; seitdem habe ich angefangen, vor mir selbst zu fliehen.

In Miami hatte Lázaro wieder einen schweren Nervenzusammenbruch, noch schlimmer als früher. Alle lebten sie dort eingesperrt und in einem Zustand ewiger Paranoia; sogar meine Tante schien mir, als ich sie nach zwanzig Jahren wiedersah, noch verrückter geworden zu sein.

Als ich nach Miami kam, gab ich ein paarmal Erklärungen ab, die den Leuten, glaube ich, nicht sehr gefallen haben, ich sagte: »Wenn Kuba die Hölle ist, dann ist Miami das Fegefeuer.«

Im August 1980 nahm ich eine Einladung zu einem Vortrag an der Columbia University in New York an. Ohne zu zögern, bereitete ich in weniger als zwei Stunden den Vortrag vor und nahm das Flugzeug; ich floh vor einem Ort, wo ich mit meinen Ängsten und meiner Art zu leben niemals zurechtkommen konnte; und ich floh, für immer, vor mir selbst.

Die Hexen

Der Verbannte ist ein Mensch, der seine Liebe verloren hat und in jedem neuen Gesicht das geliebte Wesen sucht und sich immer wieder selbst betrügt und denkt, er hätte es gefunden. Dieses Gesicht glaubte ich in New York gefunden zu haben, als ich 1980 hier ankam; die Stadt schlug mich in ihren Bann. Ich meinte, in einem Havanna angelangt zu sein, das all seine Pracht entfaltet hatte, mit breiten Bürgersteigen, phantastischen Kinos und Theatern, einem Verkehrssystem, das aufs wunderbarste funktionierte, mit allen möglichen Arten von Menschen, mit der Mentalität eines Volkes, das auf der Straße lebte, das alle Sprachen sprach; ich fühlte mich nicht als Ausländer, als ich in New York ankam. Noch am selben Abend streifte ich durch die Stadt; es kam mir vor, als hätte ich in einem anderen Körper, in einem anderen Leben schon einmal in dieser Stadt gelebt. An diesem Abend fuhren wir, eine Gruppe von dreißig Leuten, darunter Roberto Valero, Nancy Pérez Crespo und der leibhaftige Samuel Echerre, dem ich mittlerweile verziehen hatte, mit dem Auto über die Fifth Avenue, in der sich an diesem ersten September schon herbstlicher Nebel ausbreitete.

Die Hexen haben in meinem Leben eine sehr wichtige Rolle gespielt. Zunächst die Hexen, die man als friedlich und übersinnlich bezeichnen könnte, die in der Welt des Phantastischen herrschen; durch die Phantasie meiner Großmutter bevölkerten diese Hexen die Nächte meiner Kindheit mit ihren Geheimnissen und ihren Schrecken, und sie drängten mich später, meinen Roman *Celestino vor dem Morgenrot* zu schreiben. Aber auch andere

Hexen, aus Fleisch und Blut, spielten eine herausragende Rolle in meinem Leben. Da war zum Beispiel Maruja Iglesias, die alle Welt die Bibliothekshexe nannte; sie war es, die dafür sorgte, daß ich zur Nationalbibliothek überwechselte und dort eine noch weisere, noch bezauberndere Hexe kennenlernte, María Teresa Freyre de Andrade, die mich unter ihre Fittiche nahm und mir manches Wissen vermittelte, auch uraltes; María Teresa blinzelte wie eine gut gespielte Hexe in einem Shakespeare-Stück. Danach lernte ich Elia del Calvo kennen, auch sie eine vollkommene Hexe; sie war so echt, daß sie sich nur mit Katzen umgab; ihre Gestalt und Persönlichkeit waren während eines Abschnitts in meinem Leben von großer Bedeutung. Diese Sorte Hexen hatte, und sei es auch nur indirekt, dafür gesorgt, daß ich später als ein Niemand, als ein Unbekannter das Land verlassen konnte. In Miami traf ich ebenfalls mehrere Hexen, die mit dem Wort handelten. Sie kleideten sich wie richtige Hexen in schwarze Lumpen, waren dürr und hatten vorspringende Kinnladen; einige von ihnen schrieben Gedichte und zwangen mich, wie Elia del Calvo, sie zu lesen. Die Welt ist wahrlich von Hexen bevölkert, die einen gütig, die anderen gnadenlos; doch nicht nur das Reich der Phantasie, auch das der sichtbaren Wirklichkeit gehört den Hexen.

Als ich nach New York kam, begegnete ich einer weiteren vollkommenen Hexe; diese Dame färbte sich das Haar violett, wünschte sich, daß ihr steinalter Gatte bald starb, und kokettierte mit jedem, der einen Fuß in ihre Wohnung setzte; es war ein platonisches Flirten, bestimmt war sie nur darauf aus, die unermeßliche Einsamkeit in ihrem Apartment an der West Side von Manhattan auszufüllen, wo sie ein Englisch vernehmen ließ, das kein Mensch zu deuten vermochte. Diese Hexe umgab sich ständig mit Schwulen, und so nahm sie auch mich gleich nach meiner Ankunft auf. Ihr Sohn war ebenfalls schwul, doch als echte Hexe hatte sie ihn gezwungen, sich eine Freundin zuzulegen und später zu heiraten und sogar mehrere Kinder zu haben. Die Hexe, die Ana Costa hieß, sagte mir, ich müßte in dieser Stadt bleiben. So half sie mir, meinem Schicksal zu folgen, meinem stets grausamen Schicksal. Sie schaffte es, eine leere Wohnung für mich aufzutreiben, mitten in Manhattan. »Miete sie sofort«, sagte sie zu mir. Und obwohl ich eigentlich nur für drei Tage nach New York gekommen war, fand ich mich plötzlich in einer kleinen Wohnung in der 43. Straße wieder, zwischen Eighth und Ninth Avenue, drei Blocks vom Times Square entfernt, in der am dichtesten bevölkerten City der Welt. Ich mietete die Wohnung sofort und vertraute meine Seele wieder einmal der geheimnisvollen, bösen und erhabenen Macht der Hexen an.

Eine Hexe war auch meine Tante Orfelina, in ihrer Schlechtigkeit vollkommen; bei ihr wohnte ich mehr als fünfzehn Jahre lang in der ständigen Angst, sie könnte ihre Drohung wahrmachen und mich bei der Polizei anzeigen, aber ich kann nicht verhehlen, daß sie auf mich auch eine seltsame Anziehungskraft ausübte; vielleicht die Anziehungskraft des Bösen, der Gefahr. Eine denkwürdige Hexe in meinem Leben war Clara Romero, die Alt-Havanna nicht zufällig in eine Fabrik für Holzschuhe verwandelte und mit dem Fall ihrer Titten die Prostitution an den Nagel hängte und eine ausgezeichnete Malerin wurde, während sie zugleich ihre Bewunderer bei der Staatssicherheit denunzierte.

Die Hexen haben mein Leben bedroht. Sie haben nie den Besen aus der Hand gelegt; nicht weil sie damit fliegen konnten, sondern weil alle ihre Ängste, ihre Enttäuschungen und Wünsche zerstoben, wenn sie den Flur unseres Hauses, die Höfe, die Zimmer fegten, als wollten sie auf diese Weise ihr eigenes Leben fortfegen.

Und so tritt unter all diesen Hexen das Bild der größten

Hexe hervor, der edlen Hexe, der duldenden Hexe, der Hexe voller Sehnsucht und Trauer, der geliebtesten Hexe der Welt: meiner Mutter; auch sie fegte stets mit ihrem Besen, als wäre alles, worauf es ankommt, der symbolische Gehalt dieser Tätigkeit.

Manchmal nahmen die Hexen aber auch eine halb männliche Form an, dann waren sie womöglich noch verhängnisvoller. Wie könnte ich unter den Hexen, die mich so lange Zeit durchs Leben begleiteten, Cortés vergessen, diese grauenhafte Hexe in vollkommener Hexengestalt, der ich es zu verdanken hatte, daß ich so viele Male meinen Roman *Noch einmal das Meer* schreiben mußte, und die mein Leben während der ganzen siebziger Jahre mit Schrecken erfüllte; wie könnte ich Coco Salá vergessen, eine ebenfalls perfekte Hexe, die ständig frei zu schweben schien, eine bucklige und verwachsene, unheimliche Gestalt, der ich es zu verdanken hatte, daß ich im Gefängnis landete, einem der schlimmsten Kreise der dantischen Hölle. Und wie die klassische Hexe, die ganz in Schwarz gekleidete Hexe, mit schwarzen Handschuhen und schwarzem Umhang, mit Glubschaugen und strähnigem Haar, die Hexe mit dem riesigen Kinn und dem finsteren Grinsen, Samuel Echerre; eine furchtbare Hexe, die mir gezeigt hat, was wirklicher Verrat ist, und die als Hexe schließlich immer wieder dort auftauchte, wo ich mich befand; jetzt saß er in demselben Auto, mit dem ich durch die Straßen New Yorks fuhr.

Die Hexen, die mich seit meiner Kindheit umgaben, werden mich bis an die Pforten der Hölle begleiten.

Am 31. Dezember 1980 zog ich nach New York. Ich hatte noch einmal nach Miami zurückkehren müssen, um meinen Literaturkursus abzuschließen. Lázaro war schon vorher gekommen und wohnte in meinem Zimmer. Ich kam um zwölf Uhr nachts an, als die ganze Stadt im Silvestertaumel war. Bei meiner Ankunft sah ich es als gutes

Zeichen an, daß der Taxifahrer – so einen findet man wahrscheinlich nie wieder – die Geduld aufbrachte, die mehr als zwanzig Koffer voller Bücher, Klamotten und Manuskripte zu verstauen, die ich aus Miami mitgebracht hatte. Es war eine wahre Odyssee, am Silvesterabend die Stadt zu durchqueren, vor allem den Times Square, wo mehr als eine Million Menschen feierten. Als ich in die Wohnung kam, war Lázaro nicht da, und ich mußte diese Unmenge von Koffern und Bücherkisten allein, ohne Lift, in den fünften Stock schleppen; der Taxifahrer sagte mir, ich sollte sie nur alle Stück für Stück hochbringen, er würde unten so lange warten, bis ich sie oben hätte. Als ich fertig war und ihn fragte, wieviel ich ihm schuldete, sagte er mir, fünfzehn Dollar; ich gab ihm zwanzig, und er sagte zu mir: »Das ist viel Geld, sehr viel Geld«; das war eine ungewöhnliche Geste, wie ich sie vielleicht nie wieder erleben werde, doch mit dieser Geste schien die Stadt mich willkommen zu heißen. Und in den Jahren 1981 und 1982 war New York wirklich ein Fest. Der Schnee und der Winter waren für mich ein einzigartiges Erlebnis; ich genoß es, wie der Schnee fiel; es war eine ungeheure Lust, durch die Straßen zu laufen und zu spüren, wie der Schnee auf mich herabfiel; ich spürte nicht einmal die Kälte. Der Schnee ist für alle Kubaner immer so etwas wie eine unstillbare Sehnsucht gewesen: José Lezama Lima, Eliseo Diego, Julián del Casal, fast alle Dichter, die nie den Schnee gesehen haben, sehnten sich ein Leben lang nach ihm; andere, die unter ihm zu leiden hatten, wie Martí und Heredia, verfluchten ihn zutiefst. Auf die eine oder andere Weise hat der Schnee eine wesentliche Rolle in unserer Literatur gespielt. Wir, Lázaro und ich, lebten jetzt in einer Euphorie des Schnees und der großen Stadt, die nie stillstand; hier fand man zu jeder Tages- und Nachtzeit alles, was man nur wollte; alle Früchte – darunter viele tropische –, von denen man in Kuba nur träumen konnte, gab es hier mitten im Schnee zu kaufen. Es war wahrhaftig ein Traum und ein unaufhörliches Fest. Ich arbeitete viel, aber nie erschien mir New York so lebendig wie damals; vielleicht wird es nie wieder so sein, aber mir bleibt der Trost, diese letzten Jahre erlebt zu haben, bevor die Seuche kam, bevor der Fluch auch diese Stadt traf, so wie er stets alle wirklich außerordentlichen Dinge trifft.

Die Zeitschrift *Mariel*

Auch in New York gab es eine kleine Kolonie von Kubanern, die über Mariel nach New York gekommen waren, und bei jeder Gelegenheit trafen wir uns und lasen uns unsere Texte vor. Einer der Orte, wo wir uns versammelten, war die Wohnung von René Cifuentes in der Eighth Avenue; dort redeten wir über dieses und jenes, lasen vor, kritisierten. Manchmal veranstalteten wir einen Maskenball, und jeder verkleidete sich, und wenn wir in den Spiegel sahen, erkannten wir uns selbst nicht wieder.

In Miami lebten Juan Abreu und eine weitere Gruppe von Freunden, die ebenfalls über Mariel gekommen waren, darunter Carlos Victoria und Luis de la Paz; in Washington war Roberto Valero, der an der Georgetown University studierte; in New York waren Reinaldo García, dem ich seine Furchtsamkeit verziehen hatte, René Cifuentes und ich. Wir beschlossen, mit all diesen *marielitos* die Zeitschrift *Mariel* zu gründen. Wir hoben die Zeitschrift unter einer Pinie aus der Taufe, als ich Juan in Miami besuchte; wir verfügten natürlich über keinerlei Räumlichkeiten und hatten nicht die leiseste Ahnung, wie man eine Zeitschrift macht; und wir hatten nicht einen Cent. Die literarische Beraterin der Zeitschrift war immerhin Lydia Cabrera, die uns begeistert ihre Hilfe anbot. Die Zeitschrift mußten wir selbst finanzieren, jeder mußte einen Beitrag leisten und ihn pünktlich zahlen. Niemals bekamen wir irgendeine offizielle Unterstützung. Die erste Nummer kam im Frühjahr 1983 heraus und war José Lezama Lima gewidmet; das war der Traum und die große Hoffnung, die Juan und ich viele Jahre lang gehegt hatten, als wir noch in Kuba lebten. Es war wie die Wiedergeburt unserer Zeitschrift, die wir *Ach, diese Gezeiten* genannt und illegal im Leninpark hergestellt hatten. Wir nagten alle fast am Hungertuch, doch wir opferten das wenige Geld, das wir verdienten, um diese Zeitschrift zu gründen; für uns war es ein großes Ereignis. Es mußte eine Zeitschrift sein, die selbst die kubanische Exilgemeinde überraschte, von Fidel Castro ganz zu schweigen. Sie war unbequem, diese Zeitschrift, und sie legte sich mit aller Welt an; sie ehrte die großen Schriftsteller und entlarvte die Heuchler, und sie bekämpfte die bürgerliche Moral, wie sie für so viele Leute in Miami typisch ist. In dieser Zeitschrift machten wir auch eine Nummer über Homosexualität in Kuba und interviewten Personen, die unter den Vorurteilen einer oftmals konservativen und reaktionären Gesellschaft wie in Miami und einem Großteil der Vereinigten Staaten zu leiden hatten. Abgesehen von einer kleinen Gruppe liberaler Intellektueller stieß die Zeitschrift überall auf Ablehnung; logisch, den Salonlinken der Vereinigten Staaten und den Scheinheiligen dieser Linken konnte sie nicht behagen, und genausowenig den Kommunisten und den über die ganze Welt, vor allem über die USA verstreuten kubanischen Agenten, und natürlich konnte sie auch den »Pötinnen« Miamis nicht behagen. Alle Leute, die sich in diesem Land etabliert hatten, sahen uns als merkwürdige Geschöpfe an; doch die Zeitschrift erschien mehrere Jahre lang. Ich schrieb einmal einen Artikel unter der Überschrift *Lob der Furien*, in dem ich sagte, die Furien seien die einzigen Göttinnen, von denen wir uns immer inspirieren lassen sollten, und ich stützte mich dabei auf eine ganze Reihe von Texten, die von der *Ilias* bis zu Virgilio Piñeras *Die schwebende Insel* reichten. Wir mußten keine Form wahren und strebten keine Ämter an. Ich wollte nie die US-amerikanische Staatsbürgerschaft und will sie auch heute nicht. Später verloren einige Mitglieder des Komitees der Zeitschrift den Mut oder rückten von ihr ab. Auch wegen ihrer finanziellen Schwierigkeiten mußte die Zeitschrift ihr Erscheinen einstellen, doch geblieben sind einige Ausgaben, die die Exilliteratur und die kubanische Literatur im allgemeinen wirklich herausfordern.

Ein weiterer großer Erfolg dieser Zeit war der Film *Unschickliches Benehmen* von Néstor Almendros und Orlando Jiménez Leal. Es war die erste große Dokumentation über Kuba, in der offen die Verfolgung der Homosexuellen und all derer angeprangert wurde, die unter dem Regime Fidel Castros kein konservatives Verhalten an den Tag legten; es kamen darin sogar die Lager der UMAP vor, Interviews mit Personen, die in diesen Lagern gewesen waren, Dokumente, die die Unterdrückung belegten. Es war zudem ein frecher Film, der mit einer gehörigen Portion Humor gemacht war; er zeigte die Tunten, die aus Kuba geflohen waren und jetzt als Transvestiten in irgendeinem Cabaret in New York sangen; er zeigte auch Fidel Castro höchstpersönlich, der in seinem grünen Drillich ziemlich lächerlich wirkte. Der Film fand große internationale Beachtung, er löste wütende Polemiken aus und erhielt den Menschenrechtspreis als bester Dokumentarfilm des Jahres in Europa.

Castros Regierung war wegen dieses Films derart beunruhigt, daß sie eine Gruppe von offiziellen Schwulen ernannte, fast alle aus dem Innenministerium, die durch die ganze Welt ziehen und Vorträge halten sollten, in denen sie berichteten, daß Schwule in Kuba nicht verfolgt würden. Diese armen Tunten mußten sogar vor dem

Publikum herumtucken und sich effeminierter geben, als sie waren, um unwiderlegbar zu beweisen, daß Homosexuelle in Kuba nicht verfolgt würden. Kaum waren sie nach Kuba zurückgekehrt, mußten sie natürlich ihre Federn wieder wegstecken, und wir haben nie erfahren, was aus dieser offiziellen Delegation der kubanischen Schwulen geworden ist. Auf alle Fälle sind sie uns bestimmt dankbar gewesen, denn durch diesen Film konnte jeder von ihnen seine kleine Reise durch Europa machen.

Néstor Almendros ist ein republikanischer Spanier, der während der Franco-Diktatur aus Spanien geflüchtet war; er lebte in Kuba und erfuhr dort am eigenen Leib die Diktatur unter Batista und dann unter Castro. Er ist ein Beispiel für intellektuelle und künstlerische Würde, und seine Haltung war stets entschieden und mutig, auch wenn sie ihm in mancherlei Hinsicht schadete. Berühmt und wohlhabend, hätte er uns keineswegs helfen müssen, was sogar verständlich gewesen wäre. Um als fortschrittlich zu gelten, hat die übergroße Mehrheit der US-amerikanischen Intellektuellen die begreifliche Verbitterung jener Völker benutzt, die unter anderer Unterdrückung zu leiden haben, und hat die Verbrechen Fidel Castros fast immer unterstützt oder stillschweigend geduldet. Ich kann mir vorstellen, daß jetzt, mit der Hyperstalinisierung des Castro-Regimes, das inzwischen sogar sowjetische Zeitschriften kritisiert, auch einige US-amerikanische Intellektuelle aus politischer und wirtschaftlicher Opportunität heraus ihre Einstellung ändern werden. Man darf allerdings nicht die beträchtliche Propaganda und die internationalen Verbindungen der kubanischen Regierung vergessen, die seit dreißig Jahren bestehen; sie hat ihre Kultureinrichtungen, ihre Bibliotheken, ihre Verlage, ihre Werbeagenturen, die über die ganze Welt verstreut sind, vor allem im Westen, ihrem liebsten Betätigungsfeld.

Ich weiß noch, wie mir ein Kubaner, als ich gerade eben in die Vereinigten Staaten gekommen war, in Washington sagte: »Leg dich bloß nicht mit den Linken an.« Für diese Leute bedeutete ein Angriff auf Castros Regierung, sich mit den Linken anzulegen. Doch wie sollte ich nach zwanzig Jahren Unterdrückung zu diesen Verbrechen schweigen? Außerdem habe ich mich niemals als links oder rechts angesehen, ich möchte nicht, daß man mir irgendein opportunistisches, politisches Etikett aufklebt; ich sage meine Wahrheit, so wie ein Jude, der unter dem Rassismus gelitten hat, oder ein Russe, der im Gulag war, wie jeder Mensch eben, der Augen hat, die Dinge so zu sehen, wie sie sind; ich schreie, also bin ich. Doch diese Haltung ist mich teuer zu stehen gekommen; sowohl finanziell als auch im Hinblick auf die Verbreitung meiner Bücher. Als ich aus Kuba kam, wurden meine Romane an der Universität von New York gelesen, in dem Maße aber, wie ich eine radikale Position gegen Castros Diktatur bezog, strich die Literaturprofessorin Haydée Vitale Rivera meine Bücher eins nach dem anderen aus ihren Seminaren, bis keins mehr übrig war. Und so machte sie es auch mit den anderen Kubanern, die emigriert waren. Letzten Endes blieben nur ein paar Romane von Alejo Carpentier übrig. Das ist mir in vielen Universitäten der Vereinigten Staaten und der ganzen Welt so gegangen; ironischerweise hatte ich, als ich in Kuba gefangen und geächtet war, mehr Möglichkeiten, verlegt zu werden, weil ich wenigstens nicht den Mund aufmachen durfte und die ausländischen Verlage sagen konnten, ich wäre ein Schriftsteller, der in Havanna lebt.

Selbstverständlich betraf diese Haltung nicht nur mich, sondern alle Kubaner im Exil, weil wir in der Verbannung kein Land haben, das uns vertritt; wir leben, als erwiese man uns eine Gnade damit, uns leben zu lassen; immer kurz davor, abgewiesen zu werden. Wir haben kein Land, nur ein Gegenland: die Bürokratie Fidel Castros, die zu allen Intrigen und Machenschaften bereit ist, um uns geistig und, wenn möglich, auch physisch zu liquidieren. Diese Situation hat bei vielen kubanischen Intellektuellen zu einer gewissen Vorsicht geführt.

Diese politische Furchtsamkeit kommt vor allem von der Angst, zu verhungern; manche trauen sich schon gar nicht mehr, ein kritisches Papier gegen die Castro-Diktatur zu unterschreiben, andere ziehen es vor, in apolitischer Lethargie zu versinken, und schreiben Artikel über Belgien; die Feigheit ist immer lächerlich, doch Unrecht und Dummheit sind sehr viel ärgerlicher.

Einer der offenkundigsten Fälle intellektueller Ungerechtigkeit in diesem Jahrhundert ist Jorge Luis Borges, dem systematisch der Nobelpreis vorenthalten wurde, schlicht und einfach wegen seiner politischen Haltung. Borges ist einer der bedeutendsten lateinamerikanischen Schriftsteller dieses Jahrhunderts, wenn nicht der bedeutendste; trotzdem bekam den Nobelpreis Gabriel García Márquez, ein Faulkner-Plagiator, persönlicher Freund Castros und geborener Opportunist. Von ein paar Qualitäten abgesehen, ist sein Werk von billigem Populismus durchtränkt, mit dem er den großen, in Vergessenheit geratenen oder verachteten Schriftstellern nicht das Wasser reichen kann.

Reisen

Schon seit Jahren wollte ich nach Europa und mich in Spanien mit Jorge und Margarita treffen, da ich aber weder einen Paß noch sonst irgendwelche offiziellen Papiere besaß, durfte ich die Vereinigten Staaten nicht verlassen. Ich hatte seit 1980 mehrere Einladungen erhalten, konnte aber erst 1983 mit einer merkwürdigen und zweifelhaften

Bescheinigung reisen, die sich Flüchtlingsausweis nannte und fast nirgendwo auf der Welt akzeptiert wurde, in kaum einem Konsulat, an kaum einer Grenze, in kaum einem Hotel. Ein Flüchtling ist immer eine Gefahr, er kann an jedem beliebigen Ort einfach bleiben und hat im allgemeinen keinen Groschen in der Tasche. Dieser Ausweis war von der UNO ausgestellt und erbitterte sogar die Gepäckträger, weil sie von einem Flüchtling kein Trinkgeld zu erwarten hatten.

Jedenfalls konnte ich nach ewigem Hin und Her 1983 nach Madrid aufbrechen; es war meine erste Reise nach Europa. Ich flog zunächst nach Schweden, und zusammen mit Humberto López fuhr ich in Zügen, wo eine Eiseskälte herrschte, durch das ganze Land; wir kamen fast bis an den Nordpol. Ich hatte verschiedene Papiere dabei, darunter das Urteil, mit dem in Kuba ein Dichter zu Gefängnis verurteilt wurde, weil er ein Buch geschrieben hatte, in dem eine Reihe von Insekten auftauchten, die jemand als Raúl und Fidel Castro identifiziert hatte. Mit diesen Dokumenten, mit diesem Urteil durchquerten wir im tiefsten Winter das Land. Ich weiß noch, wie wir einmal in einem furchtbar trostlosen Ort übernachteten, im Haus eines schwedischen Bauern, der vollkommen deprimiert war, weil seine Frau ihn verlassen hatte. Ich weiß nicht, warum das Komitee, das uns eingeladen hatte, uns dort unterbrachte; vielleicht hatten sie nichts anderes gefunden. Mit all meinen Dokumenten versuchte ich diesem Mann die Einsamkeit und Verzweiflung verständlich zu machen, in der die Kubaner in Kuba leben, und er jammerte bloß, weil seine Frau ihn verlassen hatte; ich sah dieses windschiefe Haus im Schnee und fragte mich, warum die Schwedin diesen Mann nicht schon viel früher verlassen hatte.

An der Universität Stockholm hielt ich einen Vortrag, in dem ich eigentlich nichts anderes tun wollte, als ein paar Zeitungsausschnitte aus der *Granma* vorzulesen; das war die sicherste Methode, diesem Publikum deutlich zu machen, was in Kuba vor sich ging. Das Publikum bestand fast ausschließlich aus Chilenen, die unter der Diktatur Pinochets emigriert waren und mich praktisch nicht zu Wort kommen ließen; sie fingen ein wüstes Geschrei an, sprangen von ihren Plätzen auf, um mich zu beschimpfen, und erklärten, alles, was ich sagte, wäre glatte Lüge. Irgendwann holte ich die Gesetze hervor, die die kubanische Regierung selbst in Kuba veröffentlicht hatte, und las sie vor; ich las auch die ganzen Artikel aus der kubanischen Presse vor, aber sie waren durch nichts zu überzeugen; sie lebten sehr gut in Schweden, sie fuhren jedes Jahr nach Chile, wo sie ihre Ferien verbrachten, und kehrten dann zurück und hatten in Schweden sogar eine Sozialversicherung und komfortable Wohnungen. Ich lief in einem riesigen, viel zu weiten Mantel herum, den ich in New York für achtzig Dollar erstanden hatte. Aber egal, es machte mir trotz allem eine riesige Freude, durch Stockholm zu laufen und, vor allem, mir die Leibgarde des Königs von Schweden anzusehen, die aus ganz prächtigen Burschen bestand.

Vor mir waren Carlos Franqui und seine Frau Margot an dieser Universität gewesen, und auch ihnen hatte man das Leben zur Hölle gemacht. Margot hatte sogar irgendwer ein Bein gestellt oder etwas Ähnliches, damit sie stolperte, und tatsächlich schlug sie hin.

Ich muß aber auch sagen, daß mich viele schwedische Intellektuelle ganz anders empfingen; sie nahmen zur Diktatur Fidel Castros eine andere Haltung ein und kannten zum Beispiel den Fall von Armando Valladares und vielen anderen Intellektuellen sehr gut, die im Gefängnis saßen; mit ihnen konnte ich reden. Sie veröffentlichten auch mehrere Interviews mit mir, und es gelang mir sogar, Verbindung zu ein paar Verlagen aufzunehmen, von denen ich allerdings nie wieder etwas gehört habe.

Die Ankunft in Spanien war für mich ein Erlebnis, das meine tiefsten Gefühle aufwühlte; dort warteten Jorge und Margarita Camacho auf mich, seit so vielen Jahren; nach 1967 sahen wir uns nun 1983 wieder. In all diesen Jahren hatten sie nicht eine Woche versäumt, mir zu schreiben, und sie hatten niemals den Versuch aufgegeben, mich irgendwie aus Kuba herauszuholen. Jetzt waren wir plötzlich wieder zusammen und liefen in Madrid über den Prado; es war wirklich ein Traum. Danach nahmen wir einen Zug und fuhren nach Paris. Gemeinsam mit ihnen erlebte ich einen der denkwürdigsten Augenblicke, die ein Mensch überhaupt erleben kann: die Entdeckung einer der schönsten Städte der Welt; schon die Tatsache, eine Stadt zu entdecken, ist etwas Einzigartiges, aber wenn man dann auch noch das Glück hat, es zusammen mit den Freunden zu tun, die man am meisten liebt, wird diese Entdeckungsreise zu etwas wirklich Unvergleichlichem.

Ich bin immer der Meinung gewesen, es ist besser, die Schriftsteller zu lesen und sie nur von weitem zu kennen, als sie persönlich kennenzulernen; man kann nämlich schreckliche Enttäuschungen erleben. Meine Freundschaft mit Lezama, Virgilio Piñera und Lydia Cabrera – abgesehen davon, daß sie auch menschlich außergewöhnliche Persönlichkeiten waren – war von der Vereinsamung geprägt, ja, geradezu verflucht. Später lernte ich viele angesehene Schriftsteller kennen, einige davon hochberühmt, aber ich nenne ihre Namen lieber nicht; ich war ihnen viel näher, als ich ihre Bücher las. Zum Glück habe ich, glaube ich, ihr eitles Getue vergessen; aus diesen Erinnerungen soll ja auch weder eine Abhandlung über Literatur werden noch über mein Verhältnis zu diversen, als bedeutend geltenden Persönlichkeiten, denn was ist letzten Endes schon bedeutend?

Eines Abends befand ich mich durch einen unglücklichen Zufall in der Villa des Rektors einer angesehenen US-amerikanischen Universität. An diesem Abend trafen sich dort zahlreiche weltberühmte Schriftsteller. Eine der Gestalten, die mich am meisten erschreckten, war Carlos Fuentes; dieser Mann schien kein Schriftsteller zu sein, sondern ein Computer; für jedes Problem, auf jede Frage hielt er eine exakte und, wie es schien, glänzende Antwort parat; man brauchte bloß auf einen Knopf zu drücken. Die Anzahl der Professoren vermehrte sich dort auf beängstigende Weise, und zu allem Überfluß trug auch noch jeder ein großes Blechschild am Revers, wie die Krankenpfleger in einem Krankenhaus, auf dem ihr Name und ihr Titel stand.

Carlos Fuentes drückte sich in vollendetem Englisch aus und machte den Eindruck eines Mannes, den kein Hauch eines Zweifels je gestreift hat, noch nicht einmal ein metaphysischer; er war in meinem Augen denkbar weit von dem entfernt, was man als echten Schriftsteller bezeichnen könnte. Dieser elegant gekleidete Herr war eine wandelnde Enzyklopädie, vielleicht nur ein bißchen dicker. Viele Schriftsteller dieser Art bekommen große literarische Preise, den Cervantespreis oder sogar den Nobelpreis, und sie halten makellose Vorträge.

Ich verließ diese Versammlung mit Entsetzen. Zum Glück konnte ich noch einen Zug nehmen und nach New York fahren.

Aus dieser Fauna muß ich jedoch Emir Rodríguez Monegal hervorheben, den Verehrer der großen Literatur, der ein Gespür besaß, das seine akademischen Verdienste, die immens waren, bei weitem übertraf. Dieser Mann war kein Professor im herkömmlichen Sinne des Wortes; er war ein großer Leser und besaß die Magie, in seinen Schülern die Liebe zur Schönheit zu wecken. Er war der einzige lateinamerikanische Gelehrte in den Vereinigten Staaten, der eine eigene Schule begründete.

In den drei Jahren nach meiner Ausreise aus Kuba hatte ich bei drei Filmen mitgemacht: *Mit eigenen Worten* von Jorge Ulla, *Das andere Kuba* von Carlos Franqui und Valerio Riva und *Unschickliches Benehmen* von Néstor Almendros und Orlando Jiménez Leal. Außerdem hatte ich große Teile Europas bereist, hatte sechs Bücher geschrieben oder neugeschrieben, hatte eine Literaturzeitschrift gegründet und dafür gesorgt, daß meine Mutter, nach tausend haarsträubenden Formalitäten, von Holguín nach New York kommen und drei Monate zusammen mit mir in dieser Stadt verbringen konnte, bevor sie mit einer riesigen Ladung Textilien zurückkehrte, mit der sie fast das ganze Viertel Vista Alegre einkleidete, wo ihre Angehörigen und Freundinnen in Holguín wohnten. Zu diesem Zeitpunkt war ich bereits von über vierzig Universitäten eingeladen worden und hatte unvergeßliche Erfahrungen gemacht, mit den phantastischsten Schwarzen Harlems, im Central Park oder in der wimmelnden 42. Straße. Und ich hatte Jorge Luis Borges seine eigenen Gedichte lesen hören.

In den Nächten besuchte ich, zusammen mit René Cifuentes, Jorge Ronet oder Miguel Contreras, die faszinierendsten Orte Manhattans. Und als hätte ich sonst nichts zu tun, hatte ich mich auch noch in einem Fitneßcenter angemeldet und brachte einen Teil des Tags mit Joggen zu. An den Wochenenden fuhr ich an die Strände von New York.

Um einige dieser Strände herum waren riesige, wie mit kubanischem Guineagras bewachsene Wiesen, wo sich Hunderte von Schwulen trafen, nackt und geil, stets bereit, sich miteinander zu vergnügen. Es war, als fände ich die gute alte Zeit wieder, die Zeit, als ich über die Strände von Havanna zog. Ich erlebte nun meine verlorene Zeit, meine beinahe wiedergefundene Zeit, die Zeit meiner Unterwasserspielchen und der Euphorie meines literarischen Schaffens. Nur daß es jetzt für mich spielend leicht war, zu tun und zu schreiben, was ich wollte; ich konnte einen Monat lang verschwinden, ohne jemandem Rechenschaft abzulegen, ich konnte ein Auto nehmen und in diesem Riesenland herumfahren. So war es eins meiner größten Abenteuer, zusammen mit Lázaro, meinem Freund Roberto Valero und seiner Frau María Badías im Auto das ganze Land zu durchqueren, wo wir zum erstenmal die Freiheit und die Lust am Abenteuer genossen, ohne uns verfolgt zu fühlen; die Befriedigung, uns lebendig zu fühlen.

Der Wahnsinn

1983 wurde ich von einem Krankenhaus außerhalb New Yorks angerufen. Lázaro hatte einen Autounfall gehabt und war ziemlich schwer verletzt; er war gegen einen Baum geprallt. Einen Tag nach dem Unfall wurde er in ein Privatkrankenhaus in Manhattan verlegt; als sie erfuhren, daß er weder Geld noch eine Versicherung hatte, setzten sie ihn auf die Straße; dort las ihn eine Ambulanz auf, und nach endlosen Formalitäten nahm ihn ein anderes Krankenhaus auf, wo er über einen Monat mit einem völlig zertrümmerten Bein lag, man befürchtete sogar, es amputieren zu müssen; außerdem hatte er mehrere Verletzungen am Kopf. Schließlich wurde er aus dem Krankenhaus entlassen, und zur gleichen Zeit traf seine Mutter aus Kuba ein; er war nicht mehr derselbe. Er war nicht mehr der flinke junge Mann, der im Central Park hinter mir herjagte; er hatte einen Nagel im Bein, und er hinkte; während der Zeit im Krankenhaus war er aufgeschwemmt und hatte seine Figur verloren. Als man ihn aus dem Krankenhaus entließ, kam er zu mir in meine Wohnung; er stieg langsam die Treppe hinauf, er machte einen gebrochenen

Eindruck. Es fällt mir schwer, das Bild dieses Jungen zu vergessen, der so schön gewesen war und der sich nun die Treppe hochquälte. Statt ihm zu helfen, sorgte seine Mutter nur dafür, daß sich seine Nervenkrankheit noch verschlimmerte. Schließlich mußte Lázaro für mehrere Monate in die psychiatrische Abteilung des städtischen Krankenhauses; ich ging jede Woche zur Besuchszeit hin. Dieser Saal bot ein danteskes Spektakel im schlimmsten Sinne des Wortes; dort gab es alle Arten von Verrückten, die Tag und Nacht schrien. Wenn ich dieses Gebäude betrat, überfiel mich ein furchtbares Gefühl der Bestürzung und Unruhe.

Als ich einmal aus dem Krankenhaus kam, sah ich ein kahlgeschorenes, dünnes Kind, das mit einem riesenlangen Schlauch einen gigantischen Baum wässerte; ich dachte, dieser kleine Junge ist Lázaro, von Kind auf ohne Vater und nun in einem Irrenhaus.

Als er wieder herauskam, ging es ihm immer noch ziemlich schlecht, trotzdem mußten sie ihn entlassen; er kehrte in mein Zimmer zurück; bei seinem Nervenzustand war es schwierig, mit ihm zusammenzuleben. Ich besorgte ihm ein Zimmer in der 31. Straße, noch kleiner als meins, aber mit einem Fenster, das auf einen riesigen Baum hinausging. Ich half ihm, obwohl meine finanzielle Lage auch im Exil nie besonders gut war, und nach und nach fand er sich wieder in der Gesellschaft zurecht; er fing an, bei einer Fluggesellschaft zu arbeiten, er war ganz begeistert von dem Job, aber das Unternehmen ging pleite, und er war wieder ohne Arbeit. Das blieb eine Weile so, bis er eine Stelle als Portier fand. Wir waren nicht mehr dieselben; wir hatten den Horror eines Hospitals in New York gesehen; den Wahnsinn, das Elend, die Mißhandlung und Diskriminierung. Irgendwie mußte man aber weitermachen und den kommenden Katastrophen ins Auge sehen, was auch immer kam.

Unsere Freundschaft blieb bestehen. Lázaro war voller Phantasie und schmiedete immer irgendwelche Pläne, doch sie nahmen nie feste Formen an. Er ist für mich im Exil das einzige Bindeglied zur Vergangenheit gewesen, der einzige Zeuge und Mitwisser meines Lebens in Kuba; bei ihm habe ich immer das Gefühl gehabt, in diese unwiederbringlich verlorene Welt zurückkehren zu können. Es ist schwer, in diesem oder in irgendeinem anderen Land mit jemandem zu reden, wenn man aus der Zukunft kommt. Und wir Kubaner, nachdem wir zwanzig Jahre lang dieser Verfolgung, dieser schrecklichen Welt ausgesetzt waren, sind Menschen, die nirgendwo Ruhe finden; was wir erlitten haben, hat uns für immer geprägt, und nur mit Menschen, die dasselbe durchgemacht haben, können wir vielleicht eine Möglichkeit der Verständigung finden.

Die allermeisten Menschen verstehen uns nicht, und wir können sie auch nicht bitten, uns zu verstehen; sie leben mit ihren eigenen Schrecken und könnten, selbst wenn sie wollten, die unseren nicht wirklich begreifen, geschweige denn teilen.

Bei seiner Arbeit als Portier lernte Lázaro im selben Gebäude eine Amerikanerin kennen und heiratete sie. Er lud mich damals ein, in Puerto Rico Ferien zu machen. Dort ermutigte ich ihn, seine Erinnerungen aufzuschreiben, er als einer der zehntausend Flüchtlinge in der peruanischen Botschaft. Er schrieb das Buch, das *Deserteure aus dem Paradies* hieß und von Néstor Almendros und Jorge Ulla herausgegeben wurde; das Buch wurde von der Kritik sehr gut aufgenommen. Danach besuchte er Kurse in Fotografie, und heute ist er ein ausgezeichneter Fotograf, obwohl er weiter als Portier arbeitet, was einer der besten Jobs auf der Welt ist. Von meinen Besuchen bei Lázaro, am Eingang seines Gebäudes, stammen die besten Ideen für meinen Roman *Der Portier,* der natürlich Lázaro gewidmet ist. Schon seit Jahren war es nicht nur

Freundschaft, die uns verband, sondern Brüderlichkeit. Wenn es mir manchmal leid tut, aus dieser Welt zu gehen, dann weil ich weiß, in welcher Einsamkeit ich diesen Bruder zurücklassen werde, einen Bruder zwischen Wahnsinn und Genie, der mit seinen zweiunddreißig Jahren nicht aufgehört hat, ein Kind zu sein; und es tut mir auch leid wegen Jorge und Margarita und wegen meiner Mutter, die in einem Vorort von Holguín ihr Leben fristet. Das heißt, ich kann nicht einmal in Ruhe sterben.

Räumung

Im gleichen Jahr 1983 beschloß der Besitzer des Hauses, in dem ich wohnte, uns aus der Wohnung zu werfen; er wollte das Haus sanieren und mußte es leer haben, um es instandzusetzen und für eine höhere Miete, als wir sie bezahlten, neu zu vermieten. Es war ein Krieg zwischen Eigentümer und Mietern; der Eigentümer ging so weit, uns das Hausdach kaputtzumachen, und es regnete und schneite in mein Zimmer hinein. Es ist schwer, einen Krieg gegen die Mächtigen zu führen, vor allem, wenn man in einem fremden Land lebt und nicht einmal die Sprache und die juristischen Begriffe beherrscht. Letzten Endes mußte ich das Zimmer, in dem ich wohnte, aufgeben. Man setzte mich um in ein altes Gebäude ganz in der Nähe. In den USA ist es das Normalste von der Welt, daß die Leute oft umziehen, aber für mich gehörte es in Kuba zu den schlimmsten Dingen, daß ich keinen Ort zum Wohnen hatte und immer auf Wanderschaft war, daß ich in der Angst leben mußte, jeden Moment auf die Straße gesetzt zu werden, und daß ich nie einen Platz hatte, der mir gehörte. Nun mußte ich in New York dasselbe durchmachen. Mir blieb jedenfalls nichts anderes übrig, als meine Siebensachen zu packen und in das neue Loch umzuziehen. Später erfuhr ich, daß die Leute, die sich nicht aus ihren Wohnungen vertreiben ließen, vom Eigentümer schließlich bis zu zwanzigtausend Dollar erhielten, damit sie auszogen. Meine neue Welt war nicht mehr von der politischen Macht beherrscht, wohl aber von dieser anderen, genauso finsteren Macht: der Macht des Geldes. Nachdem ich einige Jahre in diesem Land gelebt hatte, begriff ich, daß es ein Land ohne Seele ist, weil alles vom Geld bestimmt wird.

New York hat keine Tradition, keine Geschichte; es kann keine Tradition geben, wo keine Erinnerungen existieren, an denen man sich festhalten kann, denn die Stadt selbst ist in ständigem Wandel, in ständigem Aufbau und ständiger Zerstörung, um wieder neue Häuser zu bauen; wo gestern ein Supermarkt war, ist heute ein Gemüsegeschäft, und morgen wird dort ein Kino stehen; am Ende wird eine Bank daraus. Die Stadt ist eine riesige seelenlose Fabrik, ohne einen Zufluchtsort für einen Spaziergänger, der ausruhen möchte; ohne Plätze, wo man einfach nur sein kann, ohne für das bißchen Luft, das man atmet, oder den Stuhl, auf dem man verschnaufen möchte, gleich in bar zu bezahlen.

Die Vorzeichen

1985 starben zwei meiner besten Freunde: Emir Rodríguez Monegal, derjenige, der alle meine Bücher am besten interpretiert hat, und Jorge Ronet, mit dem ich mich oft ins aufregende Nachtleben gestürzt hatte. Emir starb an einem blitzartig wuchernden Krebs. Jorge starb an Aids; die Seuche, die für mich bis dahin nur etwas sehr Fernes gewesen war, wovon ich nur durch hartnäckige Gerüchte gehört hatte, wurde nun zu etwas Gewissem, Greifbarem, Offensichtlichem; der Leichnam meines

Freundes war der Beweis, daß es mir bald genauso ergehen konnte.

Die Träume

Die Träume und auch die Alpträume haben in meinem Leben stets einen großen Raum eingenommen. Ich ging immer ins Bett wie jemand, der sich auf eine lange Reise vorbereitet: Bücher, Tabletten, ein Glas Wasser, Uhren, eine Lampe, Stifte, Hefte. Im Bett zu liegen und das Licht auszuknipsen war für mich, als würde ich mich einer vollkommen unbekannten Welt ausliefern, voller Verheißungen, ob lustvoll oder verhängnisvoll. Die Träume waren in meinem Leben allgegenwärtig; das erste Bild aus meiner Kindheit, an das ich mich erinnere, entstammt einem Traum, einem furchtbaren Traum. Ich stand auf einem rötlichen Platz, und von links und rechts kamen ungeheure Zähne auf mich zu, die zu einem unvorstellbar großen Maul gehörten, das ein seltsames Geräusch machte; und während die Zähne immer näher kamen, wurde das Geräusch immer lauter; als mich die Zähne zerreißen wollten, wachte ich auf. Andere Male spielte ich auf einem der hohen Dachvorsprünge unseres Hauses auf dem Land, und plötzlich machte ich eine falsche Bewegung, mir lief ein kalter Schauer den Rücken herunter, meine Hände schwitzten, ich rutschte aus und fiel in ein gewaltiges dunkles Loch; dieser Fall war wie eine endlose Agonie, und bevor ich aufschlug, wachte ich auf.

Andere Male waren die Träume in bunten Farben, und eigentümliche Gestalten näherten sich mir, boten mir ihre Freundschaft an, die ich teilen wollte; sie waren riesig, aber sie lächelten.

Später träumte ich von Lezama, auf irgendeiner Versammlung in einem unermeßlich großen Saal; von ferne hörte man Musik, und Lezama zog eine riesige Taschenuhr heraus; vor ihm saß seine Frau, María Luisa; ich war ein Kind und ging auf ihn zu; er machte seine Beine breit und empfing mich lächelnd und sagte zu María Luisa: »Sieh mal, wie gut es ihm geht, richtig gut.« Als ich das träumte, war er schon tot.

Andere Male träumte ich, daß ich, obwohl ich in den Vereinigten Staaten lebte, nach Kuba zurückgekehrt war, ich weiß nicht, aus welchem Grund – vielleicht war das Flugzeug vom Kurs abgekommen, oder man hatte mich getäuscht und mir gesagt, ich könnte ohne Probleme hin –, und ich sah mich wieder dort; in der Bruthitze meines Zimmers und ohne hinauszukönnen; ich war verurteilt, für immer dort zu bleiben. Dann sollte ich eine seltsame Nachricht erhalten: zum Flughafen zu fahren, jemand sollte mich mit einem Auto abholen, kam aber nicht; ich wußte, daß ich dort nicht mehr wegkam, daß die Polizei auftauchen und mich verhaften würde. Ich hatte die Welt bereist und wußte, was Freiheit ist, und nun, aufgrund eines merkwürdigen Umstands, war ich wieder in Kuba und konnte nicht entkommen. Ich wachte auf, und als ich die schäbigen Wände meines Zimmers in New York sah, verspürte ich eine unbeschreibliche Freude.

In einem anderen Traum will ich in das Haus, wo meine Mutter ist, und vor der Tür hängt ein Drahtgitter. Ich rufe und rufe, sie sollen mir die Tür aufmachen; meine Mutter und meine Tante sind auf der anderen Seite des Drahtgitters, und ich mache ihnen Zeichen, ich fasse mir mit der Hand an die Brust, und aus meiner Hand kommen Vögel heraus, kleine Papageien in allen Farben, Insekten und immer gigantischere Vögel; ich fange an zu schreien, sie sollen mir aufmachen, und sie sehen mich durch das Drahtgitter an; es kommen alle möglichen Schreie und Tiere aus mir heraus, doch ich kann nicht durch die Tür.

In irgendeinem Traum bin ich Maler; ich habe ein

geräumiges Studio und male riesige Bilder; ich glaube, die Bilder, die ich male, haben mit den Menschen zu tun, die ich liebe; auf ihnen dominiert Blau, und in diesem Blau lösen sich die Figuren auf. Plötzlich kommt Lázaro herein, jung und schlank; er grüßt mich mit niedergeschlagener Stimme; er geht zu dem großen Fenster, das auf die Straße geht, und springt hinaus; ich fange an zu schreien und renne die Treppe hinunter; die Wohnung ist eigentlich in New York, aber als ich die Treppe hinunterrenne, bin ich in Holguín, und dort sind meine Großmutter und mehrere Tanten; ich erzähle ihnen, daß sich Lázaro aus dem Fenster gestürzt hat, und alle laufen auf die Straße, es ist die Straße des 10. Oktober, wo das Haus meiner Mutter steht; dort liegt Lázaro im Dreck, auf dem Bauch, tot. Ich hebe seinen Kopf hoch und sehe in sein schönes, dreckverschmiertes Gesicht; meine Großmutter kommt heran, betrachtet sein Gesicht und sieht zum Himmel auf und sagt: »Mein Gott, warum?« Später habe ich versucht, diesen Traum auf verschiedene Weise zu deuten; nicht Lázaro war der Tote, sondern ich; er ist mein Doppelgänger; der Mensch, den ich am meisten geliebt habe, ist das Symbol meiner Zerstörung. Darum war es logisch, daß die Personen, die sich den Toten ansahen, meine Angehörigen waren und nicht Lázaros.

Ich habe geträumt, daß ich Kind war, und das Meer kam bis an mein Haus; es hatte Dutzende Kilometer überwunden und überschwemmte den ganzen Hof; es war wundervoll, in diesem Wasser dahinzutreiben; ich schwamm und schwamm und sah dabei das Dach meines überschwemmten Hauses und roch den Geruch des Wassers, das sich weiter als breiter Strom seinen Weg bahnte.

In New York träumte ich einmal, daß ich fliegen konnte, etwas, das dem Menschen nicht vergönnt ist, auch wenn man uns Homosexuelle in Kuba Vögel nennt. Ich aber war nun in Kuba und glitt über die Palmenwälder; es war ganz einfach, man brauchte nur zu denken, daß man fliegen konnte. Danach flog ich über die Quinta Avenida von Miramar hinweg und über die Palmen, die sie säumten; es war wunderschön, die ganze Landschaft zu sehen, während ich, glücklich und strahlend, höher als die Wipfel der Palmen, darüber hinwegflog. Ich wachte hier in New York auf, und es kam mir vor, als wäre ich noch in der Luft.

Als ich einmal am Strand von Miami war und Ferien machte, hatte ich einen furchtbaren Traum. Ich war in einem riesigen Pissoir voller Kot und mußte dort schlafen. An diesem Ort waren Hunderte seltsamer Vögel, die sich mit großer Mühe fortbewegten. Der Ort füllte sich immer mehr mit diesen grauenvollen Vögeln, ein Entkommen wurde immer aussichtsloser; der ganze Horizont draußen war bedeckt von diesen Vögeln, die etwas Metallisches an sich hatten und einen dumpfen Lärm machten, wie eine Alarmanlage. Plötzlich stellte ich fest, daß es ihnen allen gelungen war, in meinen Kopf zu schlüpfen, und daß mein Schädel sich ungeheuer vergrößerte, um ihnen Unterschlupf zu gewähren; während sie in meinem Kopf Zuflucht suchten, wurde ich immer älter. In Miami träumte ich mehrere Nächte lang diesen Alptraum und wachte jedesmal schweißgebadet auf. Ich nahm ein Flugzeug und flog zurück nach New York. Wie immer ging ich mit allem möglichen Zeug und einem großen Glas Wasser ins Bett, um mich auf die Nacht vorzubereiten. Vor dem Einschlafen lese ich immer noch mindestens ein oder zwei Stunden, und ich war gerade bei den letzten Seiten von *Tausendundeiner Nacht*. Es war 1986; Lázaro hatte sich noch ein bißchen mit mir unterhalten und war gerade gegangen; er war noch nicht aus dem Haus, als ich in meinem Zimmer einen ohrenbetäubenden Knall hörte; es war eine richtige Explosion. Ich dachte, es wäre einer meiner eifersüchtigen Liebhaber gewesen oder irgendein Dieb, der die Fensterscheibe eingeschlagen hatte, die zur Straße ging; der Lärm war so groß gewesen, daß man dafür schon eine Eisenstange in die Scheibe hätte schmeißen müssen. Als ich zum Fenster kam, war die Scheibe völlig unversehrt. Etwas sehr Seltsames war in dem Zimmer passiert: das Glas Wasser auf dem Nachttisch war, ohne daß ich es berührt hatte, explodiert; es war in tausend kleine Stücke zersprungen. Ich rannte los und rief Lázaro, der das Haus noch nicht verlassen hatte, und wir suchten die ganze Wohnung bis in die letzte Ecke ab; da ich schon bei verschiedenen Gelegenheiten von der kubanischen Staatssicherheit Morddrohungen erhalten hatte, dachte ich, man hätte auf mich geschossen und dabei das Glas getroffen; schon mehrfach waren sie in meine Wohnung eingedrungen und hatten alle Papiere durchsucht; andere Male stand das Fenster, das ich geschlossen hatte, offen, und es fehlte nichts, so daß es kein Dieb gewesen sein konnte. Das Geheimnis jener Nacht aber bleibt für mich vollkommen unergründlich. Wie war es möglich, daß ein Wasserglas mit so einem ungewöhnlich lauten Knall explodieren konnte? Nach einer Woche begriff ich, daß das ein Vorzeichen war, eine Warnung, eine Botschaft der höllischen Götter, ein weiteres schreckliches Zeichen, um mir anzukündigen, daß etwas wirklich Neues mit mir geschah; daß es in diesem Moment schon mit mir geschah. Das Glas Wasser war vielleicht eine Art Schutzengel oder Talisman; etwas war in diesem Glas verkörpert, das mich jahrelang geschützt und vor allen Gefahren gefeit hatte: schreckliche Krankheiten, Stürze von Bäumen, Verfolgungen, Gefängnisse, Schüsse mitten in der Nacht, verirrt auf hoher See und immer wieder Angriffe von Banden bewaffneter Verbrecher in New York. Einmal wurde ich mitten im Central Park überfallen; ein paar Jugendliche hielten mir eine Pistole an den Kopf, durchsuchten mich, fanden aber nur fünf Dollar; sie befummelten mich beim Durchsuchen so ausgiebig, daß wir schließlich Sex miteinander machten, und am Schluß bat ich sie, mir wenigstens einen Dollar zu geben, damit ich nach Hause kam, und sie gaben ihn mir. Jetzt aber schien all die Gnade, die mich vor soviel Unheil bewahrt hatte, ein Ende zu haben.

Ein andermal war ich in New York in meine Wohnung gekommen, und ein riesiger Schwarzer war dort, der das Fenster eingeschlagen und meine Sachen genommen hatte und mich jetzt mit einer Waffe bedrohte. Ich konnte gerade noch wegrennen und schreien, daß ein Dieb im Haus war; mehrere Leute kamen auf den Hausflur, darunter ein Puertoricaner mit einer Flinte mit doppeltem Lauf, vor der der Schwarze die Flucht ergriff, wobei er alle meine Sachen zurückließ; ich blieb unverletzt.

Einmal antwortete mir ein Krimineller, der einen Regenschirm bei sich trug und den ich nach der Uhrzeit gefragt hatte, mit einer Unverschämtheit. Ich glaube, ich sagte ihm darauf ein paar unüberlegte Worte, und zuletzt rempelte ich ihn an. Er raste vor Wut, riß von der Spitze seines Schirms eine Metallkappe ab und stürzte sich auf mich, wobei er mit diesem riesigen Stachel des Regenschirms auf mich einstach. Er fügte mir mehrere Wunden an der Stirn zu und stieß direkt auf meine Augen zu; offensichtlich wollte er sie mir ausstechen, aber es gelang ihm nicht. Blutüberströmt kam ich nach Hause, aber schon nach einer Woche ging es mir wieder gut; mein Schutzengel hatte mir ein weiteres Mal beigestanden.

Jetzt aber schien etwas Mächtigeres, Unheimlicheres und Verhängnisvolleres als alles, was mir je zugestoßen war, die Lage zu beherrschen; ich war in Ungnade gefallen. Das Zerspringen des Glases war ein Symbol meiner endgültigen Verdammnis. Verdammnis: so deutete ich es ein paar Wochen später, und wie es aussieht, unglücklicherweise völlig zu Recht.

Lázaro und ich waren in Puerto Rico an einem einsamen

Strand. Ich war mit ihm dort hingegangen, weil es mich an Kubas Strände erinnerte. Lázaro hatte ein Buch aufgeschlagen und fing gerade an zu lesen, als eine Verbrecherbande auftauchte; sie waren mehr als ein halbes Dutzend. Einer von ihnen richtete eine Pistole auf uns, die er ganz auffällig unter einem Tuch versteckte. »Legt euch auf die Erde und rückt alles raus, was ihr habt, oder wir legen euch auf der Stelle um«, sagte einer. Ich wollte schon nach einem Knüppel greifen und mich auf einen der Banditen stürzen, doch Lázaro sagte zu mir, das solle ich nicht tun, es wäre zu gefährlich. Wir legten uns auf den Boden, sie durchsuchten uns und nahmen uns das wenige weg, was wir bei uns hatten: Schwimmflossen und eine Taucherbrille. Als sie gingen, bat ich sie, mir die Taucherbrille wiederzugeben; einer der Räuber wollte sie mir nicht wiedergeben, aber ein anderer sagte, sie sollten es ruhig tun, sie könnten damit eh nichts anfangen. Sie hätten uns umbringen können, doch mein Schutzengel hatte uns beschützt, derselbe, der mir im Morro zu überleben half, der mich warnte, als ich fast schon den Marinestützpunkt von Guantánamo erreicht hatte, daß das Gelände vermint war. Wieder hatte er uns gerettet.

Jetzt aber war das Wasserglas zersprungen; es gab keine Rettung mehr.

Was war dieses Wasserglas, das zersprungen war? Es war der Gott, der mich beschützte, es war die Göttin, die mir immer beigestanden hatte, es war der Mond, der meine Mutter war, in den Mond verwandelt.

Ach Mond! Du warst immer an meiner Seite, dein Licht hat mir in den schlimmsten Augenblicken geleuchtet; seit meiner Kindheit warst du das Geheimnis, das über meinem Schrecken wachte, du warst mein Trost in den verzweifeltsten Nächten, du warst meine Mutter und hast mir eine Wärme geschenkt, die sie mir wohl nie geben konnte; mitten im Wald, an den düstersten Orten, im Meer; dort warst du und hast mich begleitet; du warst mein Trost; du warst es, der mir in den schwersten Augenblicken den Weg gewiesen hat. Meine große Göttin, meine wahrhafte Göttin, du hast mich vor soviel Unheil beschützt; zu dir über dem Meer, zu dir vor der Küste, zu dir zwischen den Klippen meiner trostlosen Insel, zu dir habe ich den Blick gehoben, und dich habe ich angesehen; immer derselbe; in deinem Gesicht habe ich einen Ausdruck von Schmerz gesehen, von Bitterkeit, von Mitleid mit mir, deinem Sohn. Und jetzt, plötzlich, Mond, zerspringst du vor meinem Bett in tausend Stücke. Ich bin allein. Es ist Nacht.

Abschiedsbrief*

Liebe Freunde,
angesichts meines kritischen Gesundheitszustands und der furchtbaren Ohnmacht, die ich verspüre, weil ich nicht mehr schreiben und für die Freiheit Kubas kämpfen kann, setze ich meinem Leben ein Ende. In den letzten Jahren konnte ich, obwohl ich mich sehr krank fühlte, mein literarisches Werk abschließen, an dem ich fast dreißig Jahre lang gearbeitet habe. Ich vermache euch all meine Ängste, aber auch die Hoffnung, daß Kuba schon bald frei sein wird. Ich bin glücklich, daß ich zum Sieg dieser Freiheit einen, wenn auch bescheidenen, Beitrag leisten konnte. Ich setze meinem Leben freiwillig ein Ende, weil ich nicht mehr weiterarbeiten kann. Keiner der Menschen, die mich umgeben, hat an dieser Entscheidung irgendeinen Anteil. Es gibt nur einen Verantwortlichen: Fidel Castro. Die Leiden des Exils, der Schmerz der Verbannung, die Einsamkeit und die Krankheiten, die ich mir nur in der Verbannung zuziehen konnte, hätte ich sicherlich nicht erlitten, wenn ich frei in meinem Land gelebt hätte.

Das kubanische Volk, im Exil und auf der Insel, rufe ich auf, weiter für die Freiheit zu kämpfen. Meine Botschaft ist keine Botschaft der Niederlage, sondern des Kampfes und der Hoffnung.

Kuba wird frei sein. Ich bin es schon.

Reinaldo Arenas

* Als Reinaldo Arenas starb, hinterließ er mehrere Kopien dieses Briefes an einige Freunde.

Bibliographie

Romane

Celestino antes del alba (Celestino vor dem Morgenrot),
La Habana 1967, ab 1982 unter dem Titel
Cantando en el pozo (Singend im Brunnen)

El mundo alucinante. Una novela de aventuras, Mexico 1969,
deutsch: *Wahnwitzige Welt. Ein Abenteuerroman,*
übersetzt von Monika López, Frankfurt am Main 1982

El palacio de las blanquísimas mofetas, Caracas 1980,
deutsch: *Der Palast der blütenweißen Stinktiere,*
übersetzt von Monika López, Darmstadt 1977

Otra vez el mar (Noch einmal das Meer), Barcelona 1984

La loma del angel (Der Engelshügel), Miami 1987

El portero (Der Portier), Málaga 1989

Viaje a La Habana (Reise nach Havanna), Miami 1990

El color del verano (Die Farbe des Sommers), Miami 1991

El asalto (Der Überfall), Miami 1991

Erzählungen und Novellen

Con los ojos cerrados (Mit geschlossenen Augen),
Montevideo 1972

Termina el desfile (Die Parade ist vorbei), Barcelona 1981,
die in diesem Band enthaltene Erzählung *Comienza el desfile*
erschien auf deutsch unter dem Titel:
Wie ich zu Hause einmarschiert bin in mehreren Anthologien.

Arturo, la estrella más brillante (Arturo, der hellste Stern),
Barcelona 1984

El final de un cuento (Ende einer Geschichte), Málaga 1991,
die Titelgeschichte ist auf deutsch erschienen in:
Ein neuer Name, ein fremdes Gesicht, Frankfurt am Main 1986.

Das erzählerische Werk Reinaldo Arenas' wurde umfassend ins Französische und ins Amerikanische übersetzt, einzelne Werke außerdem in zahlreiche andere Sprachen.

Gedichte

El central (Die Plantage), Barcelona 1981

Voluntad de vivir manifestándose
(Der Wille zu leben und den Mund aufzumachen), Madrid 1989

Leprosorio (Leprosorium), Madrid 1990

Theaterstücke

Persecución. Cinco piezas de teatro experimental
(Verfolgung. Fünf Stücke für experimentelles Theater),
Miami 1986

Essays und publizistische Texte

Necesidad de libertad. Mariel: testimonios de un intellectual disidente
(Verlangen nach Freiheit. Mariel: Augenzeugenberichte eines dissidentischen Intellektuellen), Mexico 1986

Un plebiscito a Fidel Castro (Ein Plebiszit über Fidel Castro), zusammen mit Jorge Camacho, Madrid 1990

Gespräche mit Reinaldo Arenas

Miguel Barnet, *Celestino antes y después del alba*
(Celestino vor und nach dem Morgenrot), La Habana 1967

Francisco Soto, *Conversación con Reinaldo Arenas*
(Gespräch mit Reinaldo Arenas), Madrid 1990

Inhalt

Reinaldo Arenas

Rosa

Roman in zwei Erzählungen

ISBN 3 86034 146 4

Obsession und Angst, Erfüllung und Verlust bestimmen Arenas' Schilderung eines scheinbar unausweichlichen Schicksals in einer Mischung aus Entwicklungsroman und spannungsreicher Abenteuerstory.

Reise nach Havanna

Roman in drei Reisen

ISBN 3 86034 315 7

Drei überraschende Geschichten über die Suche nach dem Glück, nach der Schönheit, nach der Heimat: das letzte literarische Werk des kubanischen Schelms Reinaldo Arenas, voller Galgenhumor wie seine Autobiographie.

Das Buch

»Der Freund, der mir die Shorts besorgt hatte, versteckte mich in einer der Kabinen am Strand und ging zu meinem Haus, das jetzt von Polizisten mit Hunden bewacht wurde. Er sagte, ich solle schnell ins Meer springen und mich hinter einer Boje verstecken, da würden mich die Hunde nicht aufspüren.« – Der Versuch, schwimmend eine amerikanische Militärbasis zu erreichen, scheitert. Es folgen Gefängnis, Verhöre durch die Staatssicherheit, wieder Gefängnis. Das Leben eines schwulen, oppositionellen Dichters in Kuba. Reinaldo Arenas' Weigerung, sich zum Hymnenschreiber Castros degradieren zu lassen, hätte schon ausgereicht, ihn zum Dissidenten zu machen. Verfolgt wird er aber vor allem, weil er die Unverschämtheit besitzt, seine Sexualität übermütig und ungezügelt auszuleben. Das macht ihn zum Vogelfreien. Als Arenas dieses Buch begann, konnte er nur in den Bäumen des Leninparks in Havanna ungestört schreiben – bevor es Nacht wurde. »Erschütternd und zugleich mitreißend komisch.« (Der Spiegel) – »In einem Wettlauf gegen den Tod geschrieben, hingeschmiert, ... diktiert, gesprochen, gebrüllt, ist dieses Buch sein Meisterwerk.« (Guillermo Cabrera Infante in ›lettre‹) – »Seit langem hat mich kein Buch so bewegt.« (Mario Vargas Llosa)

Der Autor

Reinaldo Arenas wurde 1943 in Kuba geboren. Er ist Autor zahlreicher Romane, Gedicht- und Erzählungsbände. 1990 wählte er in New York den Freitod. Auf deutsch erschienen: ›Der Palast der blütenweißen Stinktiere‹ (1977), ›Wahnwitzige Welt‹ (1982), ›Reise nach Havanna‹ (1994).